黒い鳥の唄

ヘザー・グレアム

風音さやか　訳

MIRA

MIRA文庫

Night of the Blackbird

by Heather Graham

Published by Harlequin K.K., Tokyo, 2002

黒い鳥の唄

■主要登場人物

モイラ・キャスリーン・ケリー……テレビ番組制作会社経営。
ダニエル・オハラ……モイラの元恋人。作家。
マイケル・マクレイン……モイラの部下。現在の恋人。
ジョシュ・ウェイレン……モイラの共同経営者。
エイモン・ケリー……モイラの父。〈ケリーズ・パブ〉経営。
ケイティ・ケリー……モイラの母。
パトリック・ケリー……モイラの兄。弁護士。
コリーン……モイラの妹。モデル。
ジョーン……モイラの祖母。
ジェイコブ・ブローリン……北アイルランドの政治家。

プロローグ

北アイルランド、ベルファスト
一九七七年、夏

「やったわよ！」ドアもノックしないで狭い部屋へ駆けこんでくるなり、母親は言った。「パパが帰ってきたの、これからみんなで映画を見に行くって！」

母親は顔を上気させて浮き浮きしていた。仕事やつれした顔に生気が戻り、幼い少女のような笑みが浮かんで目がきらきら輝いている。少年は息をのんだ。耳にした言葉が信じられなかった。見たくて仕方がなかった映画だ。新作のアメリカ映画で、繁華街の映画館で封切られたばかりだった。少年は今九歳、一日の大半を通りで過ごしている。両親はたくさん約束をしてくれるけれど、それらが実現することはめったになかった。両親が悪いのではない。それが世の習わしなのだ。世の中にはいろいろな習わしがあり、彼の世界にだってそれはある。そういうものなのだと思っている。父親には仕事がある。母親にも仕事がある。それにふたりは会合やなにかに出たり、パブで時間を過ごしたりする。少年は九歳の割りにタフで強く、都会で生き抜くためのしたたかさを身につけていた。そして悲しいかな――少年自らが意識していたように――早くも用心深くなっており、人生に疲れていた。けれどもそれは……。

SF映画だ。未来の騎士や宇宙船や大戦争などがいっぱい出てくる。正義のための戦いが行われて、最後には――少年の考えによれば――正義が悪に打ち勝つのだ。

少年は読んでいた漫画本をほうりだすと、信じられない思いで母親を見た。そしてぱっと立ちあがり、母親に抱きついた。「映画に行くって本当？　やったぞ！」

「さあ、髪をとかして服を着替えなさい。ママは妹の支度をさせるわ」

まもなく彼らは家族そろって通りを歩いていた。

その通りはスラム街と言ってよかった。古いれんが壁は落書きで覆われている。家々はどれも小さいうえに古ぼけており、隙間《すきま》風が入るので、冬は泥炭をたかなければならない。だが、暮らすにはいいところだった。壁の裂け目には暗い秘密の場所がいっぱいある。飛び越せる塀や隠れられる場所が。

ときどき隣人とすれ違った。男たちは帽子に手をやり、女たちは心のこもった声で挨拶《あいさつ》をしていった。少年は両親と一緒に歩くのがうれしくてならなかった。彼は妹の手を握っていた。妹はほんの五歳と彼より幼く、まだ生き生きとした目の輝きを失っていない。挨拶をしていく隣人たちのにこやかな笑みが普段は陰鬱《いんうつ》な笑みであることも、人々が黒雲の垂れこめた空のように、あるいはくすんだ古い建物のように陰気な性格をしていることも、まだ知る年齢にはない。少女は兄を見あげた。その顔に心からの晴れ晴れとした笑みが浮かんでいた。兄と妹はときどき喧嘩《けんか》をしたけれど、そして兄は九歳にしてかなりのしたたかさを備えたタフな少年だったけれど、幼い妹を心から愛していた。妹が家族そろっての外出に喜び、畏怖《いふ》の念すら抱いていることに、少年は深く感動した。

「あたしたち、本当に映画を見に行くの？」

「うん、本当に映画を見に行くんだ！」少年は妹に請けあった。

父親が笑顔で振り返った。「そうとも、おまえ。それだけじゃないぞ、ポップコーンも買ってやるからな！」

少女が笑った。その笑い声に家族のみんながほほえんだ。古ぼけた薄汚い壁でさえも、明るい彩りを加えられたように見えた。

映画館に着いた。そこには味方もいれば敵もいた。みんなその映画を見たかったのだ。それゆえ笑みを浮かべても、いつもより引きつっているように思われた。ときどき両親は顔見知りとよそよそしい会釈を交わした。

約束どおり父親はポップコーンを買ってくれた。それにソーダ水も。キャンデーまでも。少年がこれほど両親を身近に感じたことは絶えてなかった。このときばかりは幼い男の子に戻っていた。数時間、少年は暗い現実を離れて、遠い未来の時間と空間に身を置いた。笑い声をたて、歓声をあげ、最後のポップコーンを妹に譲った。そして彼女が理解できないところを解説してやった。妹を膝の上に抱いた。母親がためらったあとで、頭を父親の肩へもたせかけるのを見た。父親は母親の膝に手を載せていた。

家路を半分ほどたどったとき、いきなり銃を手にした男たちが飛びだしてきた。

男たちは、少年がいつも遊び場にしている壁の暗い秘密の場所にひそんでいたようだ。

覆面をした先頭の男が出し抜けに父親の名を呼んだ。

「そのとおり、おれに間違いない。おれはそれを誇りにしている！」父親は力強く挑戦的に答え、妻を自分の後ろに隠した。「しかし、今は家族が一緒だ――」

「へーえ、おまえはスカートの陰に隠れようってのか！」二番目の男がさも軽蔑《けいべつ》したように言った。

銃声がした。あまりに突然、あまりに近くで、耳をつんざくような音がした。妹のほうへ手をのばした少年の目に、父親が倒れるのが見えた。あっというまの出来事だったが、まるで映画のスローモーションのようだった。恐ろしい結末を眼前にしながらも、なすすべがなかった。

男たちの標的は父親だった。だが、流れ弾が妹にあたった。少年は心のどこかで、男たちには妹を撃つつもりなどなかったこと、そしてそれを後悔している余裕もないことがわかっていた。妹は、この奇妙な戦争の犠牲者にすぎないのだ。

母親が父親の名を叫ぶのが聞こえた。娘もまた撃たれたことを、彼女はまだ知らなかった。

少年は妹を抱き、その服が血に染まっていくのを見ていた。少女は目を開けていた。痛みを感じていないようだった。なにが起こったのかすら理解していないらしい。ほほえみ、輝く目で兄を見ると、名前をそっと呼んだ。

「早くおうちへ帰りたい」少女はささやいた。そして目をつぶった。少年には妹が死んだのがわかった。

通りの暗がりで、人生の暗闇《くらやみ》のなかで、少年は妹を抱いたまま、母親の叫び声を聞いていた。やがて夜の闇を引き裂き、パトカーと救急車のサイレンの音が聞こえてきた。


父親と妹の葬儀は土曜日にとり行われた。しきたりどおり自宅で通夜が行われ、親戚《しんせき》や友人たちがやってきて柩《ひつぎ》を囲んで朝まで過ごした。彼らはウイスキーやエールを飲みながら父親の人柄や行為をほめたたえ、妹は大義のために捧《ささ》げられたのだと言った。世界じゅうから大勢の記者が押しかけてきて、その多くが彼らの崇高な大義のために神は哀れな幼い命を犠牲にされたとささやいた。

彼らは妹の笑顔を見たことがない。妹が希望や夢にあふれた幼い子供だったことを、その笑みや輝く瞳に、人生におけるいろいろなものを宿していたことを知らないのだ。

ついに最後の儀式を行うときが来た。ふたりを埋葬するのだ。けれど、少年はわかっていた。ここで本当に埋めてしまえるものはなにもないことを。

ジリアン神父が祈りの言葉を唱え、続いて何人かの男が熱のこもったスピーチをした。母親は髪をかきむしり、胸をたたいて泣き叫んだ。女たちが彼女を助け起こし、一緒に嘆き悲しんだ。彼女たちは妖精《バンシー》のように大声で泣き叫ぶので、その声は天国にまで届くかと思われた。

少年はひとりで立っていた。涙がとめどなく流れた。

祈りの言葉とスピーチが終わると、バグパイプ奏者たちが進みでて、あえぐような音で物悲しい旋律を奏でた。

演奏したのは《ダニー・ボーイ》だった。

それが終わると、少年はほかの男たちと歩みでて柩をかついだ。幸い少年は年齢の割りに背が高く、かなり年上のいとこたちと一緒に妹の柩を運んだ。妹はあんなに小さかったのに、柩がこんなにも重たいのが不思議だった。一生分を生きた少女を運んでいるような気がした。

柩が穴のなかにおろされ、土と花が投げこまれた。それで終わりだった。

弔問客が三々五々帰りはじめた。ジリアン神父が母親の肩を抱いていた。大おばが少年のそばへやってきた。「さあ、お母さんのところへ行っておやり」

少年は一瞬顔をあげ、涙にかすむ目を向けた。「ぼくなんかいなくてもいいみたいだよ」

少年の言うとおりだった――母親を慰めてあげようとしたけれど、母親には母親なりの憎悪が、情熱が、そして新たに見つけた大義があった。

少年は誰も傷つけたくなかったので言い添えた。「ぼくはもうちょっとここにいたい。母さんには今、助けになってくれる人がいる。あとでひとりぼっちになったら、母さんはぼくにいてほしいと思うかもしれない」

「おまえはいい子だね。頭も切れるし」大おばはそう言い残して離れていった。

少年はひとり墓の傍らに立っていた。涙が静かに頬を伝い落ちた。

そのとき少年は心に誓った。心から誓った。亡くなった父親と妹に。神に――そして自分自身に。

この誓いを守れないくらいなら死んだほうがましだ、と少年は思った。
闇がおりてきて、少年の住む町を覆った。
そして少年の心を覆った。

1

ニューヨーク州ニューヨーク市
現在

「聖パトリックの日に帰ってこないって、どういうこと?」

モイラ・ケリーはたじろいだ。

母親のケイティ・ケリーは、普段は穏やかで耳に心地よい物柔らかな話し方をする。ところがこのときはいつになく甲高い声だったので、隣室のアシスタントにも聞こえたのではないかとモイラは思った――もっとも母親は数百キロも離れたボストンにいて電話で話しているのだから、聞こえるはずはなかったが。

「ねえ、ママ、クリスマスに帰らないって言ってるんじゃ――」

「いいえ、もっと悪いわ」

「ママ、わたしには仕事があるの。もう子供じゃないのよ」

「そうよね。おまえはアメリカで生まれたんですものね、しきたりというものをすっかり忘れてしまったんだわ」

モイラは深く息を吸った。「そこなのよ、ママ。わたしたちが住んでいるのはアメリカなの。ええ、わたしはここで生まれたわ。がっかりして、いやになっちゃうだろうけど、聖パトリックの日は国民の祝日ではないのよ」

「またそんなことを言って。ばかにするのはやめてちょうだい」

モイラは再び深く息を吸うと、心のなかで数を数えながらため息をついた。「ばかにしてなんかいないわ」

「おまえは自分で会社をやってるんでしょ。だったら休みたいときに休んで、その分どこかで働けばいいじゃない」

「会社っていったって、ひとりでやってるんじゃないのよ。共同経営者がいるわ。わたしたちはテレビ番組の制作会社《プロダクション》を運営しているの。スケジュールや締め切りだってある。それに共同経営者のジョシュには奥さんが――」

「そうそう、その人、ユダヤ人の娘さんと結婚したんだったわね」

モイラは今度も躊躇《ちゅうちょ》した。

「いいえ、ママ。ユダヤ人の女性と結婚したのは『ニューヨーク』誌記者のアンディ・ガーソンよ。ほら、例のモーニングショーでときどき共同司会をしている。ジョシュの奥さんはイタリア人なの」モイラは受話器を見つめてかすかに笑みを浮かべた。「とても信心深いカトリック教徒よ。ママもきっと好きになるわ。ふたりには生後八カ月の双子がいるの。そのことも、会社をうまく運営していかなくちゃならない理由のひとつなのよ!」

母親の耳には聞きたいことしか入らなかったようだ。「奥さんがカトリックなら、わかってくれるはずだわ」

「イタリア人だって、聖パトリックの日を国民の祝日とは考えていないんじゃないかしら」

「パトリックはカトリックの聖人なのよ！」

「ママったら――」

「モイラ、お願い。自分のために頼んでいるんじゃないの」今度は母親が言いよどんだ。「このあいだお父さんがまた治療を受けたんだけど……」

モイラの心臓がどきんと打った。「どういうこと？」鋭い声で尋ねる。

「もう一度手術をしなければならないかもしれないって」

「連絡してくれなかったじゃない！」

「だから、こうして今電話してるじゃないの」

「でも、パパのことで電話してきたんじゃないわ！」

「おまえには黙ってろってお父さんから言われているのよ。このところずっと具合がよくなかったんだけど、心配かけたくなかったのね。おまえはこれまで必ず聖パトリックの日には家へ帰ってきた。だから、そのときに話せばいいと思っていたの。月曜日には検査を受けなければならないわ、外来でね。命に危険があるわけじゃないから。これから……そう、これからどうするか決めるの。でもね、わかってるでしょ……口には出さないけど、お父さんはおまえに帰ってきてもらいたいのよ。それとジョーンおばあちゃんが……その、ちょっと元気がないみたいなの」

祖母のジョーンは九十歳を超えており、体調のいいときでも体重は四十キロ足らずしかない。それでいながら持ち前の激しい気性はいささかも衰えていなかった。

きっと永遠に生きつづけるんじゃないかしら、とモイラは思っていた。

とはいえ、気になるのは父親の健康状態だ。何年か前に父親が開胸手術をして人工弁を埋めこんでからというもの、モイラの胸から不安が消えることはなかった。父親は決して愚痴をこぼさず、笑みを絶やさない。だからこそ危険なのだとモイラは思っていた——本当に具合が悪くなって倒れでもしない限り、まわりがいくら説得しようと医者に診てもらうとは言わないだろう。母親も父親の心臓に負担がかからないよう普段の生活に気を配っているに違いないが、任せきりというわけにはいかない。

それに、聖パトリックの日には……。

「パトリックも帰ってくるのよ」母親が言った。

でしょうね、とモイラは思った。

マサチューセッツ州西部に居を構える兄のパトリックが、自分と同じ名前の聖人の日をないがしろにするはずがない。そんなことのできる人間はそうそういないだろう。

パトリックにとって家へ帰るのは簡単だ。どのみちボストンへはしょっちゅう出かけている。

実のところモイラは兄と妹のコリーンをあてにして、彼らがいれば、自分は帰らなくてもいいだろうと思っていたので、ちょっぴり後ろめたさを覚えた。アイルランド系の人々は聖パトリックの日に緑色のビールを大いに飲み、かわいらしい小妖精《レプラコーン》の絵柄のカードを送るのだが、その日にはそれ以上に重要な意味があった。

「パトリックに会いたいでしょ？」

「もちろんよ。でも、それよりもパパのことが心配だわ」

「お父さんとわたしが明日ぽっくり死んでしまったら――」

「それでも兄さんとコリーンとわたしがばらばらになってしまうことはないわ。実際、ママたちは明日ぽっくり死んだりしないわよ。でも心配しないで、わたしたちきょうだいは愛しあっているし、これからも仲よくやっていくから」

またいつもの議論だ。母親が同じことを言うので、こちらも同じ言葉で応じる。兄のパトリックにも母親は同じことを言う――兄も同じ言葉を返す。

妹のコリーンはといえば、母親から同じことを言われるたびに、ただため息をついて目をくるりとまわすのだった。

けれどモイラは家族を心から愛していた。

「ママ、わたし、家へ帰ることにする」家まではそれほど遠くないので、頻繁に帰ってはいるのだ。今回、聖パトリックの日を軽く考えていた理由として、単純にしょっちゅう家へ帰っているからというのもあった。ついこのあいだクリスマスの休暇に行ったばかりなのだ。だから家へ帰ることが重要とは思えず、撮影のスケジュールを優先させたのだ。

しかし、今ではそれがすごく重要になった。

「ねえ、聞こえた、ママ？　聖パトリックの日には必ず家へ帰るわ」

「よかった。おまえに来てもらわないと困るのよ」

「スケジュールの都合がつき次第、こちらから電話するわ。パパが無理をしないように気をつけててね、いい？」

「わかったわ」

受話器を置こうとしたモイラの耳に、母親の声が聞こえた。

「ああ、そうそう、言い忘れるところだった――」

「なんなの？」モイラは再び受話器を耳にあてた。

「誰が来るか聞いたら、きっと驚くわよ」

「巨大なレプラコーン？」われながらくだらない冗談だ。

「違うわ！」

「じゃあ、リズベスおばさん？」リズベスは血のつながったおばではなく、アイルランドに家があったころの隣人だ。彼女は数年に一度アメリカへやってくる。モイラはリズベスが好きだったけれど、老女の話すことはほとんど理解できず、ほほえみかけるだけだった。リズベスは祖母のジョーンよりもっと年をとっていて、ひどいアイルランドなまりがある。入れ歯をするのがいやで、いつも外してテーブルの上に置いておいたら、飼っているウルフハウンドに噛《か》みつぶされてしまったのだ。リズベスにまだ歯があったときでさえ、モイラには老女がなんと言っているのかほとんど聞きとれなかった。今では話の内容を推測することすら難しい。ところが、祖母も両親も老女の話をちゃんと理解できるらしかった。

「いいえ、ばかね。リズベスおばさんじゃないわ」

「降参よ、ママ。誰が来るの？」

「ダニーよ。ダニエル・オハラ。すてきじゃない？　おまえたちふたりは大の仲よしだったわね。会えなくてずっと寂しかったでしょう」

「そんなこと……ないわ」モイラはそう答えたものの、声がわずかにかすれていた。

「じゃあね、モイラ」

「またね、ママ」

ダニーが来る。

気がつけば、モイラはまだ受話器を持ったままだった。ぎゅっと握りしめた手が痛くなりはじめ、受話器からはぶーんという低い音がもれている。やがて録音されたオペレーターの声がした。

〝電話をおかけになるときは……〟

モイラは受話器を置いて電話を見つめ、うんざりしたように頭を振った。ダニーと最後に会ってからどれくらいたつだろう。二年、それとも三年？　ダニーはわたしの生涯の恋人だった――いいえ、青春時代の恋人だったのよ。モイラは訂正した。ダニーは風のようにやってきて、風のように去っていった。最後に電話してきて、今アメリカにいると言われたとき、モイラは会うのを拒んだ。ダニーはいつ消えてしまうかわからないボストンの冬の青空みたいなものだ。それでもやはり……。

モイラの胸がかすかな痛みに震えた。ダニーと会うのはいいことかもしれない。

彼への気持に区切りをつけた今なら。

今はほかの男性とつきあっているから、ダニーと会っても平気でいられるに違いない。〝なあ、モイラ、ビールを一杯引っかけようよ〟とか〝モイラ・ケリー、一緒に散歩でもしないかい？〟とか、あるいは〝ぼくとベッドにもぐりこんで、一緒に楽しい時を過ごそうよ、いいだろ？〟などと言われたとしても。

もうたくさんよ、ダニエル。

わたしは時間に追われる生活を送っている。これからもっと忙しくなるだろう。ことに帰省するとなると、みんなにスケジュールを変更してもらわなければならない。

モイラは仕事を愛していた。ジョシュと共同で会社を起こせたことがいまだに信じられない。ふたりのプロダクションが制作する番組は、そこそこ成功をおさめている。両親は故国のアイルランドを今も愛しているが、モイラが愛しているのはアメリカだ。彼女はアメリカで生まれ育ち、この国の多様性をなによりも愛している。大学へ入ったときからつとめて多忙な日々を過ごし、実現する見込みのないことは顧みずにきた。あるいは忘れようと努力してきた。

けれども心の片隅では、ダニーが帰ってくることをずっと夢見ていたのかもしれない。彼が戻ってきて、ここにとどまることを。

そう考えると、困ったことに、胸にあこがれにも似た気持がわきあがった。

いいわ、たしかにわたしはダニーが好きだし、今後もそれは変わらないだろう。ただし、心のほんの片隅でだ！　わたしとダニーのあいだには、ここから星雲までと同じくらいの距離がある。

わたしは現実主義者だ。彼と別れて以来、さまざまな人と接してきた――あくまで仕事上のつきあいだが。そして今はつきあっている人がいる。彼は聡明《そうめい》で尊敬に値し、わたしと共通の趣味を持っている。ちょうどいい時期に、申し分のない形で、わたしの人生に登場してきた……。

ダニーがボストンに来る。彼にとってはいいことだ。彼は……。

一瞬、モイラの頭のなかがうつろになった。

マイケル！　モイラがつきあっている男性はマイケル・マクレインといった。やはりアイルランド系、それも典型的なアイルランド系だ。ふたりの関係は最高にうまくいっている。マイケルは名画を見るのが大好きで、見た映画がつまらなくてもぶつぶつ言ったりはしない。スポーツの熱烈なファンだが、美術館で一日を過ごすのも好きなら、ブロードウェーの演劇にも――さらにはオフブロードウェーの演劇にさえも通じている。

完璧《かんぺき》と言っていい人だ。会社のために骨身を惜しまず働いてくれる。絶えずあちこち飛びまわって人と会い、詳細をつめ、許可がとれているかどうか確認している。現に今もどこかへ出かけているが、モイラは彼の行き先すら知らなかった。いえ、もちろん知っているわ……ただ、今はまともに考えられないだけ。母と話をしたせいで頭がぼんやりしてしまった。

マイケルがどこにいようとかまいはしない。彼は携帯電話を持ち歩いていて、個人的な用件であろうと仕事上の用件であろうと、呼びだせば必ず連絡を入れてくる。それもまた彼のすばらしいところだ。

けれども、ダニーのことを考えただけで……。

モイラはいらだたしげに鉛筆をとりあげて机をとんとんとたたいた。別のことを考えよう。たとえば仕事のことを。モイラは受話器に手をのばし、共同経営者のジョシュに電話をかけた。

もう一度ダニーと会うのはいいことではないだろうか？

驚いたことに、そう思うと熱い波が体のなかを走り抜けた。今すぐにでもベッドへもぐりこみたい気分だ。目をつぶるとダニーが見えた。裸のダニーが。

やめなさい！　モイラは自分をしかりつけた。

「なんだい？」

「なにが？」

「きみがかけてきたんだぜ」ジョシュが言った。「どうしたんだ？」

「昼食をどこか外で一緒にしない？」

モイラは心のなかでダニーに服を着せた。

それからダニーを容赦なく心の奥底へ追いやった。

ジョシュはためらっている。まるで眼前にいるかのように、モイラの脳裏にはジョシュが濃い眉をひそめているところが浮かんだ。ダニーは記憶のなかへ退いた。と同時に、共同経営者の姿が現実味を帯びて迫ってきた。ジョシュ・ウェイレンは常にモイラの生活の一部だった。堅実で、率直で、慎み深く、善良なジョシュ。背が高く、骨と皮ばかりのようにやせている。そしてハンサムだ。ふたりはニューヨーク大学の映画学科で知りあい、肉体関係を持つ寸前に、恋人になるのではなく生涯の友人でいようと決めた。そして共同経営者になったのだった。

当時彼女はダニーとつきあっていたが、彼がいつもそばにいてくれるわけではなかった。ジョシュを好きになろうとしたのも、愛する男性を永遠に待つ必要はないのだと自分を納得させるためだったのかもしれない。だが深い仲になる前に、ふたりとも後悔することになるだろうと気づいた。

再びモイラは、ダニーをいるべき場所へ押しこめた。

これまでにつきあったどの男性よりもジョシュとはうまが合った。ふたりは同じ人生観、同じ労働観を持っていて、小さなプロダクションを立ちあげる資金を稼ぐために、あちこちのレストランで奴隷のように働いた。ジョシュは建設現場でも働いたし、土木作業にも従事した。ふたりとも会社を起こすために全人生をかける気でいた。

「きみのオフィスへ行って一緒に食事するんじゃだめなのかい？」ジョシュがきいた。

「それよりも、どこかすてきなレストランへ行きましょうよ。おいしいワインをごちそうしてあげたいの……」

ジョシュのうめき声がした。「きみはスケジュールを変更したいんだな」

「わたしね――」

「スポーツバーにしよう。そこでビールをおごってくれ」

「どこの？」

ジョシュはグリニッチビレッジの会社からほんの数ブロック行ったところにある、お気に入りの小さな店の名前をあげた。ジョシュには入社希望のカメラマンとの面接があり、モイラには喫茶店で客と会う約束があったが、それぞれの仕事をすませたあと店で落ちあうことにした。

ところが、モイラが会う約束をしていた客に都合ができ、午後に変更してくれないかと電話をしてきた。ほっとした彼女は快く応じた。

空いた時間をウォーキングにあてることにした。せっせと歩いているうちにジョシュと会う時間が近づいた。

モイラが〈サムズ・スポーツ・スペクタキュラー〉へ着いたとき、ジョシュはまだ来ていなかった。店は狭いけれど人気があると見えてこみあっていた。モイラは日中はめったにアルコールを口にしなかったし、夜でさえもなるべく控えていたが、今日は生ビールを注文した。カウンターからいちばん遠いテーブルでちびちびやっていると、ジョシュが入ってきた。ハンサムで背が高く、人目を引く。ひょろっとしたところが芸術家風だ。演出家か、ロックミュージシャンの成れの果てといったところか。そう考えてモイラは愉快になった。ジョシュは濃い茶色のきれいな目をしていて、赤茶色の髪はくしゃくしゃに縮れている。妻の猛烈な反対にもかかわらず、顎と鼻の下に髭《ひげ》を蓄えていた。

「ぼくのビールは?」椅子へ体を滑りこませながら、ジョシュは言った。

「なにが好みかわからなかったんですもの」

頭がどうかしちまったのかい、とでもいうようにジョシュはモイラを見つめた。「ぼくと知りあって何年になるんだ?」

「十年ぐらいかしら。十八のときからのつきあいだわね。でも――」

「ぼくがいつも飲むのはなんだっけ?」

「ミラーライトよ。だけど――」

「ほら、知ってるじゃないか」

「わたし、今日はちょっとおかしいの」

「かなりおかしいよ」ジョシュは手をあげてウエイターを呼び、注文した。若いウエイターはうなずいてカウンターのほうへ戻っていった。

「どうして今日はおかしいんだ?」ジョシュが身を乗りだして尋ねる。

「母から電話があったの」

ジョシュは顔をしかめた。「ぼくのおふくろなんか毎日電話してくるぜ。そんなの言い訳になりゃしないよ」

「わたしの母を知らないからそんなことが言えるんだわ」

「知ってるさ」彼はにやりとして、わざと軽いなまりをまじえて言い添えた。「敬愛すべき女性だ、嘘《うそ》じゃない」

「うーん、まあね。それより父の具合がよくないの」

「なんだって?」ジョシュは急に真顔になった。「すまなかった」

「父は……」モイラはためらった。彼女を悩ませているのは、本当は父親のことではない。「たぶん大丈夫だと思う。ただ、もう一度手術しなければならないみたいなの」

「それで聖パトリックの日に帰省したいってわけか」

「フロリダ州中部のテーマパークで撮影があるのは知ってるし、あなたがそのための書類作成や許可申請に奔走してくれたのもわかってる。それに――」

「今までだって計画を延期したことはあるよ」

「そう言ってもらえるとありがたいわ」モイラは小声で言い、ビールを飲んで目を伏せた。

「三月にフロリダ行きが実現するなんて最初から思っていなかったさ」

モイラはジョシュを見て顔を赤らめた。「わたしのこと、気骨がないって思ってるんじゃない？」

「きみのお母さんにかかったらターミネーターだって降参するよ」

モイラは感謝のこもった笑みを浮かべた。「それでね、わたしにひとつ考えがあるの。当社でアイルランド系の人々の暮らしぶりを撮影し、それを生放送してもらうようにレジャー・チャンネルに売りこんだらどうかしら。けっこう受けるかもしれない。こういうことを望んでいる視聴者は多いと思うから」

ジョシュはそれについて考えをめぐらした。そして両手をあげた。「きみの言うとおりかもしれない。〝楽しみ、食べ物、ファンタジー――女性司会者の家から生中継〟か」

「三月のボストンについてどんな印象を持っている？」

「最悪だけど、その点ではニューヨークもたいして変わらないと思うね」彼はふいににこっと笑った。「実を言うと、こういうことになるんじゃないかと思ってたんだ。で、フロリダのオーランドだけでなくボストンについても、撮影許可がとれるかどうかをマイケルにチェックさせていたんだよ」

「冗談でしょう！　あの人、そんなことはおくびにも出さなかったわ」

「秘密はちゃんと守る男だからな。ぼくはね、きみの先を読んで行動してるってことを、きみに勘づかれたくなかったんだ」

「たいしたものだわ」

「まあね。こういうのはもっと前に制作しておくべき番組だったんだな、きっと」

急に心が軽くなったモイラは明るくほほえんだ。「だけどあなたも奥さんのジーナも、ディズニーワールドへ行くのを心待ちにしてたんでしょう」

「それはそうだが、予定を立てなおせばすむことだ。それに息子たちだって気にしやしない――なにしろまだ幼くて、なんにもわかっちゃいないんだから」

モイラは笑った。なるほどそのとおりだ。生後八カ月の双子にとっては、ミッキーマウスを見に行けようが行けまいがどうでもいいことだろう。

「なにか食べたほうがいいんじゃないのか？」ジョシュがきいた。「それともビールを昼食代わりにするつもりかい？」そう言って彼女のグラスを指し示した。すっかり空になっていたが、いつのまに飲んでしまったのやらモイラには覚えがなかった。

「わたしにはやっぱりアイルランド人の血が流れているんだわ」ぼそりと言った。

ジョシュは笑い声をあげて再び身を乗りだした。「おいおい！　別に悪気があって言ったんじゃないんだぜ。単純に食事をしたいかしたくないかをきいただけなんだ」

「ええ、ええ、わかってる。そうね、食べておいたほうがよさそう」

「ここのサラダはうまいよ」

「そう。でもハンバーガーにしようかしら」

「なんだ、せっかく教えてやったのに。今日のぼくらは相手を裏切ってばかりだ、違うかい？」

ジョシュはからかってから、ウエイターを手招きした。

「なんのこと？　今日のあなた、ほんのちょっとばかり親切じゃない？　そうか、わたしがスケジュールをすっかり変更してもらったことで一生感謝しなくてもすむように、気をつかってくれているんだ」

ジョシュは声をあげて笑った。「そうかもな。あるいは、帰省するのを怖がっているきみを見ておもしろがってるだけかもしれない」

「怖がってなんかいないわ！　家へはしょっちゅう帰ってるんですもの。ほら、ウエイターが来たわ。ハンバーガーを頼んでちょうだい――それと、ビールをもう一杯」

ジョシュは言われたとおりにしたが、そのあいだも目には愉快そうな色がきらめいていた。

「で、なにをそんなに怖がってるんだい？」ウエイターが注文をとって行ってしまうと、ジョシュは小声で尋ねた。

「怖がってないわ。さっきも言ったように、家へはしょっちゅう帰っているのよ」

「だけど、今回はえらく不安そうじゃないか。きみが家へ帰る口実として、ぼくたちが撮影をしなくてはならないからかい？　まったく好都合じゃないか。アメリカにはアイルランド人がたくさんいるし、聖パトリックの日には——」

「全員がアイルランド人みたいなものですものね。ええ、わかってるわ」モイラはぼそぼそとつぶやいた。二杯目のビールが運ばれてきた。彼女がほほえみかけると、ウエイターはにっこりして歩み去った。モイラはさっそくひと口すすった。そして椅子に座りなおすと、グラスの縁を指先でなぞった。

「それで？　完璧じゃないか」ジョシュが言った。

「完璧よ——出演者だってものすごい面々だし」

「きみのお母さんはとても魅力的だよ。お父さんだって負けていない」

「うーん、わたしの両親って、ちょっと……」

「ちょっと、なんだい？」

「その、ふたりとも……とても変わってるの」

「きみのご両親が？　全然そんなことないじゃないか」

「からかうのはやめて。ジョーンおばあちゃんを知ってるでしょう。祖母ったら、いい子にしてないと屋外便所《アウトハウス》へ行くときにバンシーにつかまってしまうって、ずっとわたしたちに教えこんできたのよ。でも、脅して子供たちをおとなしくさせようっていう祖母の作戦には重大な欠陥があったの——なにしろわが家には家の外にトイレなんてなかったんだもの。でも、それに気づいたのは、コリーンもパトリックもわたしも高校を出たあとだったわけ」

「きみのおばあさんは実に愛すべき人物だね」

「それはまあそうだけど」モイラは同意した。「それから父ときたら、アメリカでは〝ファイティング・アイリッシュ〟がフットボールチームの名前だってことをまだのみこめないでいるの」

「そいつは嘘だ！　一緒に大学のフットボールの試合を観戦したことがあるよ。もっともお父さんは〝ノートルダム〟のほうを応援してたけどね」

「母は、伝統的なお料理はコンビーフではなくてベーコン・キャベツだなんて一席ぶつかもしれないわ。そうすると父も負けずに、イギリスの帝国主義がゲール語を話す世界じゅうの人々を迫害しているなんて演説を始めるわよ。用心しないとアメリカのすばらしさに話が移っていってしまう。この国が何万ものネイティブ・アメリカンを虐殺したことは忘れて、歴史上名高いアイルランド系アメリカ人の名前をあげはじめるでしょうね。建国の父たちから南北戦争の将軍に至るまで――もちろん両陣営の人間をよ」

「たぶんカスター将軍の側についたアイルランド人は除外するんじゃないかな」

「ジョシュ、まじめに話しているのよ。父を知ってるわよね。お願いだからほかの人たちにも注意しておいてちょうだい、アイルランドの民族主義だとかアイルランド共和国軍《IRA》なんかの話を持ちださないようにって」

「わかった、お父さんの前で政治の話はしないように気をつけよう」

　モイラは彼の言葉にほとんど耳を貸さず、テーブルに両肘を突いて身を乗りだした。頭はほかのことでいっぱいだ。「兄のパトリックはきっと子供たちを連れてくるわ。すると父も母も祖母も、迷子のレプラコーンが家のなかを暴れまわってるみたいにあたふたするでしょう。あちこちへビールの樽《たる》を置きっぱなしにして、至るところを緑色に染めてしまうんじゃないかしら」

「そいつはおもしろそうだ」

「人がわんさと押しかけてきて——」

「大勢いればいるほど楽しいよ」

モイラは体をまっすぐ起こしてジョシュの目を見つめた。「ダニーが来るの」

「ああ、なるほど、そういうことか」ジョシュがぼそりと言った。


男はゆっくりと目覚めた。時刻はもうかなり遅い。まったく快適だ。マットレスは柔らかく、シーツは清潔でひんやりしている。傍らの女からは今も香水の甘い香りがしていた。それと、ふたりが交わした愛の営みのにおいが。女は若い。といって若すぎはしない。日焼けした肌はすべすべしている。豊かな濃い茶色の髪がホテルの枕《まくら》をほとんど覆いつくしていた。女は心底満足している様子だ。だがそれを言うなら、男のほうも満足していた。ふたりは一緒に楽しんだ。

昨晩タイマーをセットしておいたポットでコーヒーができている。とっくにはいっていて、たぶん煮つまっていることだろう。こんなに寝過ごしてしまうとは考えてもいなかった。

男は枕が腰にあたるようにしてベッドのヘッドボードに寄りかかった。

アメリカはいい。

そのよさをいつも満喫してきた。

ここにはなんでもある。物があふれている。それと、自分がどんなに恵まれているのかに気づいてさえいないおつむの弱い連中が。たしかに、そういうやつらだって問題を抱えている。それは知っているし、同情を覚えないわけではない。しかし、向こうとこことでは問題の質が違うのだ。甘やかされてだめになった金持の子供だとか、人種間の緊張だとか、共和党と民主党だとか……そして問題が足りないと見るや、自分たちでわざわざつくりだしている。なんとも哀れだ。だが、ここでの生活が気楽だという事実は変わらない。

電話が鳴った。男はベッドわきのテーブルに手をのばして受話器をとった。

「もしもし？」

「指令の準備はできたか？」

「ああ、できている。届けようか？　それともここへ来るかい？」

「こっちへ来てもらったほうがいいだろう。ほかに話しあわなくてはならないことがあるかもしれない」

「いいだろう。何時に？」

相手は時刻を言って電話を切った。男は受話器を置いた。

傍らの女が身動きしてうめき声をもらした。それから男のほうへ寝返りを打ち、目をぱっちり開けてほほえんだ。「おはよう」

「おはよう」男は身をかがめて女にキスした。朝になっても女の愛らしさはうせていない。濃い茶色の髪に濃い茶色の目、日焼けした肌。

女は上掛けの下から手をのばして、彼のものをそっと握った。

男は女に向かって眉をつりあげてみせた。

女が笑い声をあげる。「これは無料サービスよ。あたし、いつもは朝までいないんだけど――」

「おれも普段は売春――いや、女性を朝までいさせたりしないんだが」男は気をつかって言いなおした。

女の指は熟練していて、男はたちまち高ぶってくるのを感じた。しかし、カーテンの隙間《すきま》から陽光が差しこんできているのに気づいた。

「どうしたの?」女がきいた。

男はにやりとして煙草《たばこ》をもみ消した。「どうもしやしないよ」そう言って女の頭を抱き寄せ、唇にキスした。それから女の頭を押しさげ、その口がみだらな攻撃を仕掛けるのに任せた。男は腕時計に目をやった。時間はたっぷりある。

女の技巧はなかなかのものだ。それに、こんなにのんびり快楽にふけるのは久しぶりだった。男は女にたっぷりと奉仕させてから、相手にも同じことをしてやった。そして愛の行為に及ぶと――見ず知らずの女、それも売春婦とのセックスを〝愛の行為〟と呼べるならばだが――精魂を傾け、歓《よろこ》びを味わった。たちまち絶頂に達したものの、セックスの相手としては思いやりにあふれていたと言える。ごろりと女の傍らへ横たわりながら、再び腕時計に目をやった。

「遅くなった」そうつぶやくと、女の唇にキスし、シャワーを浴びにバスルームへ向かった。

「コーヒーができている。煙草はベッドのわきだ」

長い年月のあいだに身につけた手際のよさでシャワーを浴びる。体をこすり、髪も洗った。棚からタオルをとって濡《ぬ》れた髪を入念にぬぐいながらバスルームのドアを開けた。頭にタオルを巻いていたが、下は素っ裸だ。

「コーヒーを飲んだ……」尋ねかけてやめた。筋肉がぴんと張っている。「なにをしてるんだ？」鋭い声できいた。

女はひざまずき、手に男のズボンを持っていた。

「あの……」女は言いかけてズボンを床に落とし、男を見あげた。よろよろと立ちあがる。盗みを働こうとしていたのだろうか？

こいつ、なにかを見たのか、と男はいぶかった。女が探ったのはズボンだけでないのがすぐにわかった。引きだしがぴったり閉まっていないし、ベッドの下部のほこりよけ《ダストラッフル》がめくれあがっている。こんなにびくついているなんて、この女はなにを見つけたのだろう。

それともおれの目つきにおびえているだけなのか？

女はブラスリップとストッキングだけの姿で突っ立っている。男は女の心の動きを推し量った。おれがシャワーを浴びているあいだに服を着て、さっさとおさらばしておけばよかったと考えているに違いない。

だが、おさらばし損なった。

吸い寄せられるように男の目を見つめている女の目。そこには恐怖の色がありありと浮かんでいる。男もまた目をそらさなかった。相手を見据えたまま、視野の隅で室内の様子を調べた。わずかな時間に女はいい仕事をしたようだ。徹底的に探ったらしい。ただの売春婦――こそ泥にすぎないのに。

それとも、違うのだろうか？

「あちこち見てただけよ。興味があったの」女はそう言って唇をなめた。

彼女が売春婦以外の何者であるにせよ、嘘が得意でないのはたしかだ。

「なあ、おまえ」男は低い声で言った。「こういう諺《ことわざ》を聞いたことはないか？　好奇心は身を滅ぼす」

「へえ、きみの親友のダニエル・オハラがね」ジョシュがからかった。「考えてもみろよ。あのダニー・ボーイがいなかったら、ぼくときみは結婚していたかもしれないんだぜ」

「そして離婚していたでしょうね。結婚して一週間もしないうちにつかみあいの喧嘩《けんか》をしていたわよ、きっと」

「そうかもしれないし、そうでないかもしれない。きみは知性ではぼくを愛していながらも、昔の恋人に欲望を抱いていたんだ。ぼくは善良かつ慎み深い男で、常に高潔なふるまいを心がけていた。一方のダニーは情熱にあふれた若い恋人で、手が届かないゆえにいっそう興味をそそる存在だった。ほとんどそばにいないくせに、きみの心をものにしてしまった。それからきみの――なあ、言わなくてもわかるよな」

「ジョシュ、わたしたちは結婚する運命じゃなかったのよ」

「たぶんね」ジョシュはやけに明るく同意した。

「ねえ、そんな思わせぶりな言い方をしたって無駄よ。ダニーはわが家の古い友人で——」

「彼がフットボールのラインバッカーみたいな体格で、ギリシャ神話のアドニスばりのルックスなことも関係ないっていうのかい？」

「あなたって信じられないほど……薄っぺらね。まるでわたしが外見だけで男性を判断してるみたいじゃないの。それと、あなただってそうとうなハンサムよ」

「ありがとう。真に受けとくよ。もっとも、きみのエキゾチックな恋人とは比べものにならないさ。それから、きみが惹《ひ》かれているのは彼の容姿だけじゃない。アイルランドなまりや声、伝統、一家の古い友人であるという事実にも心を動かされているんだ」ジョシュは気どったアイルランドなまりでつけ加えた。「悔しいが、モイラ、きみの恋人は実に存在感があるよ」

「彼は恋人なんかじゃないわ！」

「えらく慌てて否定するじゃないか」

「もう何年も会ってさえいないのよ」

「最後に会ったのがいつかは知ってる。三年ほど前の夏だ。きみはニューヨークへ戻ると家族に嘘をついて、彼と一緒にボストンの〈コプリー・プラザ・ホテル〉に泊まった。彼にここへとどまってくれと頼めば、そうしてくれるだろうと考えた。ところがあてが外れたんで、きみは怒り狂った。そして次のクリスマスに彼から電話があったとき、きみは会うのを拒んだんだ」

「そんな話、あなたにした覚えなんてないわ！」

「それくらいわかるさ。ぼくはきみの夫にはなれなかったかもしれないが、親友ではあるんだ。

彼にはなにかがある。きみがどうしても振り捨てられないなにかが」

「あなたは間違ってる」

「そうかな?」

「ええ、そうよ。わたし、彼のことはきっぱり振り捨てたわ」モイラは腕時計に目をやった。

「親友と称する人にいじめられているあいだに、もうこんな時間になっちゃった。ミセス・グリショルムと会わなければならないのよ。午前中の約束が午後になったの。メイン州の例の謎《なぞ》めいた小さな劇団の人。ほら、観客も芝居に参加するっていう。ディナーも一緒につくって一緒に食べるんですって。彼女については前に話したわよね。まるで——」

「きみの昔の恋人が帰ってくることについて、マイケルはなんて言うだろう。彼にダニエル・オハラのことは話してあるのかい?」ジョシュが愉快そうにモイラを遮った。

「ダニーは過去の人よ。マイケルのことはあなたに関係ないでしょ」

ジョシュが笑いだした。モイラの頬は真っ赤になった。

「聖パトリックの日はおもしろくなりそうだ。きみが誰と寝ようとぼくには関係ないが、当社はマイケルをロケーション・マネージャーとして雇ったんだ。きみらふたりが親密になる前にね。だからマイケルにもボストンへ行ってもらおうと思っている」

「ええ、もちろん彼もボストンへ行ってもらうわ」

ジョシュは相変わらずにやにやしている。

「ねえ、そのいやらしい笑い方、やめてくれない?」

「ごめんよ。かつての恋人候補としては、どうなるか興味津々なんだ。なんたってきみは長らく禁欲生活を送ってきた。それが今になって、ふたりの恋人を祝日に実家へ迎え入れるんだから」

「ジョシュ……」モイラは警告するように言った。

「そう悪いことじゃないかもしれない。パパとママが守ってくれるさ」

モイラは立ちあがった。「あなたみたいなご立派な人とパートナーになれてよかった――」

「こんなに下品なやつでなければ、もっとよかったのにね」ジョシュは笑いながら応じた。

「そんな態度ばかりとってると、奥さんに言いつけるわよ」

「妻は、ぼくが昔きみにのぼせていたことを知ってるんだ。今回の状況を、ぼくに劣らず愉快に思うんじゃないかな」

「あなたって信じられない人ね。もう行くわ」

「急げよ、約束の時間に間に合わないぞ。それと、きみが愛してるのはぼくだということを忘れるなよ」ジョシュは、すでにドアへ向かって歩いているモイラに呼びかけた。

「愛してないわ」モイラはくるりと振り返って叫んだ。「ちゃんとお金を払っておきなさいよ。チップもたっぷり弾んであげてね」

「ぼくが大好きなくせに！」ジョシュの声が追いかけてきた。

モイラはドアのところで後ろを見た。ジョシュはまだ例のにやにや笑いを浮かべている。そして片方の眉をつりあげてみせると、《ダニー・ボーイ》をハミングしはじめた。

2

うんざりするほど長い一日だった。マイケル・マクレインは真剣に仕事にとり組み、着手した仕事をやり遂げた。それには駆け引きや話術、かたい意志、相手を圧倒する手腕が要求される。

電話の音にマイケルは飛びあがった。ベッドに寝そべってうつらうつらしているときだった。仕事柄、いつなんどき電話がかかってこないとも限らないのだが、ふいにやかましい音がしたので神経にさわった。国を縦断するという長旅をしてきて——会社はあらゆる事態に備えなければならないのだが——へとへとに疲れている。しばらく鳴らしておいてから、やっと上体を起こして床へ両脚をおろし、髪をかきあげた。重い腰をあげ、ベッドわきの電話に手をのばしかけて、鳴っているのが携帯電話であるのに気づいた。髪を指ですきながらズボンのところへ歩いていき、ポケットから携帯電話を出した。

ナンバー・ディスプレーを見る。モイラからだ。

「やあ、きみか。なにかあったのかい? 大丈夫なんだろうね? ずいぶん遅いが」

「わかってる、ごめんなさい。もっと早く電話しなければいけなかったわね」

「いつ電話してきたってかまわないさ。昼だろうと夜中だろうと。わかってるだろう」

「ありがとう」モイラが柔らかな声で言った。

世の中に女はごまんといる。マイケルもそれなりに女性とつきあってきた。しかしモイラの独特な声は心に染み入ってくる。そう、女はたくさんいるが、モイラのような女性はほかにいない。マイケルは彼女の姿を思い浮かべた。濃い赤毛と青緑色の瞳をしたモイラはとびきりの美人だ。背が高く、身のこなしは優雅で、生まれながらの品のよさを備えていながら、手や爪が汚れる仕事もいとわない。立ちはだかる障害に笑顔で立ち向かい、どんなささいな仕事も誠心誠意行う。

〈KWプロダクション〉のアシスタント・プロデューサー兼ロケーション・マネージャーの募集広告に応募したとき、マイケルはすでにモイラをテレビで見て知っていた。そして面接を受ける前に、入手できる限りのビデオテープを見まくった。テープにおさめられたモイラはすてきだった。だが実物はもっとすばらしかった。彼女を見て興奮と感動に襲われ、マイケルはとまどった。モイラが今ここにいればいいのに。男心をそそるあの声。なんて快い響きだろう。

「何時間も前に電話すべきだったし、しようと思えばできたんだけど」そこまで言って、モイラは急に黙りこんだ。「まだジョシュから電話はかかってきてないでしょう?」

「ああ」

マイケルの耳にため息が聞こえた。「そう、ジョシュときたら、わたしに言わせようって魂胆なんだわ。電話するのがこんなに遅くなったのは、勇気を奮い起こさなければならなかったからなの」

マイケルが、ぼくに電話をかけるのに勇気を奮い起こす必要はないよと言おうとしたとき、モイラが早口に続けた。

「あなたがどれほどたくさんの仕事をこなしてくれたかは知ってる――」

「ボスはきみじゃないか」

「それは正しくないわ。ジョシュとわたしはずっとふたりでものごとを決めてきたし、あなたが加わってからは、あなたにも会社の運営に携わってもらった……ああ、どうしよう、マイケル、こんなことになってほんとに申し訳ないんだけど……急に計画を変更することになったの」

そうなることをマイケルは予期していた。それでも体じゅうの筋肉が緊張するのを感じる。彼にはモイラがこれから口にすることがわかっていた。

「オーランドで撮影できるように、あなたとジョシュが骨を折ってくれたことは知ってるわ。許可をもらうのは並大抵のことではなかったでしょうね……でも、聖パトリックの日の撮影に切り替えることにしたの。ごめんなさい。悪いと思って――」

「家族の圧力かい?」マイケルは穏やかに尋ねた。

「うちの父が来週検査を受けなければならないの。母はたいしたことないと言ってるけど、父のことだから自分でパブを切りまわさなければ気がすまなくて、夜遅くまで働いてるに違いないわ。帰らないと言ったら、母はわたしをまるで薄情者みたいになじるのよ。それで……降参しちゃったの」

「心配ないよ」マイケルは慰めた。「もうボストンの状況は調べてある」

「そうなの?」

「ジョシュもぼくもこういう事態を予想してたんだ」

彼女は黙りこくっている。

「モイラ、大丈夫だよ。ねえ、ぼくはきみの家族に会うのが楽しみなんだ。こうなったら、今から気を引きしめておくよ。きみの生涯の男、きみにとってすべてである男、そう印象づけられるようにね。そうだろ？」

「あなたって信じられないくらいすばらしい人ね」

「もちろんさ。そうでなかったら、きみにふさわしい男とは言えない。違うかい？」

「あのね」

「なんだい？」

「あなたの話し方ってすてき」

モイラの声はシルクのようになめらかだった。

「ぼくもちょうどきみについて同じことを考えてたんだ」

「みんなとても変わってるのよ」

「みんなって？」

「わたしの家族」

「モイラ、きみはふさわしい男にめぐりあったね。ぼくの家族もアイルランド人だ。そりゃあ実家はパブじゃないし、一日じゅう《ダニー・ボーイ》を口ずさむ身内もいないが、レプラコーンやバンシーの話を持ちだされても目を白黒させたりはしないよ。そんなに心配するなって」

モイラは黙りこんだ。やがて口を開いた。「それってまさにうちの家族のことだわ」

「なにが？」

「みんな朝から晩まで《ダニー・ボーイ》を口笛で吹きながら走りまわってるの」

マイケルは笑った。「その歌が嫌いなわけじゃない。それより、ジョシュと賭《かけ》をしたんだ」

「わたしが家族の圧力に屈しないほうに賭《か》けていたのはどっち？」

「どっちでもない。ふたりともきみがいつ屈するかに賭けたんだ」

「早くあなたに会いたいわ」モイラが言った。マイケルは再び彼女を思い描いた。テレビに出ている女性ではなく、今ここに自分と一緒にいるべき女性を。生まれたままの姿でいる彼女は、ほのかな香りを漂わせ、なめらかでほっそりとした肢体におろした髪をまつわりつかせている。たぶんそれが彼女の魅力なのだ。人前ではあくまでもエレガントで誇り高い態度を持しながら、ふたりきりのときは信じがたいほど官能的でみだらになる。

「夜中のこんな時刻では飛行機はないだろうな」マイケルはいかにも残念そうに言った。「列車に飛び乗るのも無理だ。レンタカーなら借りられるかもしれない……きみがどうしても来てほしいと言うなら」

「あなたっていい人ね。すっごくいい人」

「いや、実際には——」

「気にしないで」モイラはそう言い、また笑った。「フロリダでレンタカーを借りたって、ここへ来るには時間がかかるわ。それにわたし、明日こっちでいくつか手配しておかなければならないことがあるの、本当よ。そのあとすぐ出発するつもり。そうすれば聖パトリックの日まで一週間の余裕ができるでしょう。事前に家族と過ごす時間があったほうが、レジャー・チャンネル向けにいい番組が制作できるわ」

「そうしてほしいなら、そっちへ行ってもいいんだよ」マイケルは、自分がフロリダにはいないことを教えるべきかどうか迷った。それはジョシュに任せたほうがいいだろう。

マイケルはしばらく口をつぐんでいた。そうとも、世の中にはほかにも女はいる、そんなのはよくわかっていることだ。彼の空いているほうの手が、ぎゅっと握られては開き、また握られては開いた。しかし、彼女のような女はひとりとしていない。

「よし、わかった、きみのご両親のパブで！」できる限りのアイルランドなまりを発揮して言った。「それまで待つときみが言い張るなら」

「ほんとにひと晩じゅう車を走らせてくる気はある……？」

「あるとも」

「そんな無理をして死なれるより、あとで生きているあなたに会うほうがいいわ」モイラはきっぱりと言った。「あさっての夜、ボストンの〈ケリーズ・パブ〉でわたしの家族に会えるわ。わたしたちもそこで、いいわね？」

「わかった」マイケルは答えた。そして、予期していたことにもかかわらず、すべてがボストンに集結するという事実に不安を覚えた。自分、モイラ、彼女の家族、彼女の過去――そして未来。

「愛してるよ」そう言ったあとで、自分の声にこめられた危険なまでの情熱に驚いた。

「わたしも愛してるわ」モイラが言った。マイケルはその言葉を信じた。

数秒後にふたりは電話を切った。

夜はすでに更け、体は疲れきっていたが、マイケルは立ちあがって服を着はじめた。壁の時計を見やる。そう遅くはない。まだ十二時を少しまわったところだ。

マイケルは身支度を整えると、ホテルの部屋をあとにした。

目的地は歩いて容易に行けるところにある。その点でボストンの街はよくできている。旧市街地にも、新しい区域にさえ、狭くて曲がりくねった通りが何本も走っている。植民地時代の町並みと近代的なビル街が隣りあっていた。マイケルはボストンが好きだった。ここにはうまいシーフードがあり、歴史の香りが漂う。

足早に歩を進め、昼間のうちに調べておいた通りへ出た。一ブロックも行かないうちに、街灯の柔らかな黄色い光を受けている看板の前に来た。

〈ケリーズ・パブ〉

彼は立ちどまって看板を見つめた。

これからの日々が呪《のろ》わしい。

ドアはまだ開いているが、なかは静かなようだ。平日の夜。ぶらりと入っていって生ビールを注文し、隅の席に座って様子をうかがってみようか。

やめておこう。

時刻は十二時半。彼は向きを変えて歩み去った。

十二時四十五分。

去っていくマイケル・マクレインを、高いビルの物陰に身をひそめたもうひとりの男が見つめていた。顔は見ていないし、以前に会ったことのある人物でもなかったが、男には相手が誰かははっきりわかっていた。

ダニエル・オハラは男の姿が見えなくなるまで考え深げに見つめていた。ダニーは通りの反対側の街灯を避けていたので、闇《やみ》のなかに黒いシルエットが浮かぶことはなかった。

ダニーは古いビルの壁に寄りかかった。通りに誰もいないのを確認して煙草《たばこ》に火をつけ、深々と吸ってゆっくり煙を吐きだす。悪習だ。やめなければ、とぼんやり思う。今のがマイケルか。これというはっきりした根拠はなかったが、ダニーは本能的にマイケルを嫌悪した。仮にモイラがつきあっている相手がノーベル平和賞受賞を確実視されている聖人だとしても、好きにはなれないだろうが。

マイケル・マクレインに評価を下すのはまだ早い。彼がパブを下見しておきたいと思ったからといって非難することはできないのだ。

〈ケリーズ・パブ〉ダニーはこの店を愛していた。

ここに来るのはいつ以来だろう。だいぶ時間がたってしまった。この前帰ってきたときには、なにもかもが変わっていたのだ。モイラはいなかった。

ぼくはモイラを何度突き放しただろう。もちろん、それでよかったのだ。出会ったころの彼女は若すぎた。やがて恋人同士になったときでさえ、自分が彼女にふさわしくないのはわかっていた。それなのに、モイラはぼくのものであり、この先もずっとそうだと思いこんでいることに気がつかなかった。心から彼女の幸せを願っていながら、自己本位の考えから抜けきれていなかった。ぼくを待つことが彼女にとっての幸せなのだと信じていたのだ。

いいとも、ぼくはくず野郎だ。

くず野郎ではあるが……やったことは正しかった。モイラは強い女性だ。分別があり、善悪の判断ができる。まさにアメリカ人的だ。ぼくはといえば、どこまでもアイルランド人だ。アメリカを愛するアイルランド人だが、同時に……。

義務を負っている。

これからもずっと義務感にとらわれて生きていくのだろうか。

くそ、ぼくは生きのびられるだろうか。

今起こりつつあることを考えると憤りを感じた。自分が悪いのではないと思ってみても、気持は軽くならない。彼が始めたことではなく、彼にできることもなかった。

モイラが家へ帰ってくる。今日、ダニーは彼女の母親に電話をかけた。ケイティ・ケリーは、家族全員が家に集まって特別の祭日を迎えられるというので浮かれきっていた。同時に、少し神経質にもなっていた。「モイラにはつきあってる男性がいるんだけど、わたしはまだ会ったことがないの」不満を声ににじませまいとしながら、ケイティは言った。

「きっとすばらしい人ですよ」ダニーは言ってやった。「モイラはもう大人だ。人を見る目は持ちあわせているでしょう。大丈夫ですよ、ケイティ」

「その人もテレビの仕事をしているの。モイラとジョシュの下で働いてるんですって」ケイティはため息をついた。「ジョシュといえば……ほんとにいい人よね」

「立派な人です」ダニーの口からすらすらとほめ言葉が出た。彼はモイラの共同経営者が好きだった。ジョシュは既婚者で、モイラの親友であり、彼女と親密な関係になったことは一度もない。

「でね、モイラの今度の相手はアイルランド人なの」

「へえ。名前は？」

「マイケル。マイケル・マクレイン」

「それだけわかっていれば充分じゃありませんか。それ以上、なにを知りたいんです？」

ケイティが再びため息をつく。「だって……わたしはあなたがあの子と結婚してくれるものだとばかり思っていたのよ、ダニー」

「ああ、ケイティ。ぼくたちは別々の道を歩む運命にあったんですよ。それに、ぼくは結婚に向いていない」

「そんなことないわ」

ケイティは、モイラと撮影クルーがやってきても、ダニーがいつもそうしているようにパブの奥の部屋は自由に使ってくれと言った。そして、モイラに彼が来ることを教えておいたと。

奇妙な懐旧の念が忍び寄ってきた。ダニーにとって、この場所はほかのどこよりも故郷と言えた。幼いころの日々がはるか昔のことに思われる。伯父と暮らしていた彼は、世界じゅうをあちこち旅してまわった。母の兄であるブレンダン・オトゥールは——彼はケイティ・ケリーのいとこと結婚したのだが――学者であると同時に昔の写本を扱う古物商でもあった。ダニーに文学への情熱を、書かれた言葉の持つ力を、最初に教えてくれたのがこの伯父だった。伯父は話をつくるのがうまく、その才能はダニーに受け継がれた。ダブリンに家を構えていたけれど、ふたりがそこにいることはほとんどなかった。ダニーは数多くの外国を見てまわり、アメリカで多くの時間を過ごした。この国が好きだった。

しばらくぶりに来たので、懐かしさがこみあげる。

今店に入っていくこともできる。しかし、到着は朝になると言ってしまった。それまで待っていよう。少し前からボストンにいたのだと、彼らに説明する理由もない。

よし、待つことにしよう。

ビルの壁にもたれて立っているダニーの目に、通りを大股に歩いていく男の姿が映った。大きなコートを着て、帽子を目深にかぶっている。おかしなことはなにもない。ボストンはこの時期まだ凍るほど寒かったりするのだ。

だが、この男がパブへ近づいていく足どりは奇妙だ。やがて男はダニー同様立ちどまって窓を見つめた。

男は長いことそこに立ったままでいる。ダニーは地面へ煙草を落とすと、身動きもせずにその男を見守った。

男はパブのなかに誰がいるのかを確かめようと、窓越しになかをのぞいている。

どうやら探している人物――あるいは一団――はいないらしく、しばらくして向きを変えると、通りをもと来たほうへ引き返していった。

おかしなことはなにもない。パブへ友人を探しに来て、なかをのぞいてみたがいなかった。それで帰ることにしたのだろう。

おかしなことはなにもない。

大きなコートを着て帽子を目深にかぶったその男がパトリック・ケリーだということ以外は。〈ケリーズ・パブ〉のオーナーの息子だ。

ダニーは新しい煙草に火をつけた。胃が重くなり、新たな緊張が生じるのを感じた。

彼はさらに少し待ってから、コートの襟を立てて通りを歩きだした。

モイラが足をとめてウィンドーショッピングをすることはめったにない。どこへ行くにもたいてい急ぎ足だ。それに、もうニューヨークへ来てからだいぶたつ。今も休暇を意識した美しいディスプレーは好きだし、生活と仕事の場であるこの街で世界のほとんどの品が買えることをありがたいと思っている。服も大好きだし、服や靴を次々に試し、店員をやきもきさせて一日過ごすのも好きだ。

しかしその朝は、グリニッチビレッジの新しいフレンチレストランへ——そこでメイン州から来た女性と会い、撮影スケジュールを相談することになっていた——歩いていく途中で思わず足をとめ、聖パトリックの日のために飾られたショーウィンドーをまじまじと見つめた。ほとんどの店が、復活祭用の品と聖パトリックの日用の品を両方飾っている。このショーウィンドーはことのほかすばらしかった。あちこちにセンスよく三つ葉《シャムロック》が配置され、磁器でできたかわいらしい妖精《ようせい》の一群が虹《にじ》の上を舞うようにつるされている。虹のたもとには伝説にあるように金貨の入った壺《つぼ》が置かれており、その周囲に、魅力的な顔をしたすばらしいレプラコーンの彫刻があたかも日々の仕事にいそしんでいるかのように並べてあった。中央にいるレプラコーンは台座に座り、別の台座の上にいる妖精のほうを向いている。その妖精の見事なこと。片足の爪先で立ち、翼は虹色だ。モイラは知らぬ間にショーウィンドーに顔を近づけ、魅入られたようにその妖精を見つめた。そして、それがオルゴールであるのに気づいた。

腕時計をちらりと見る。もっとよく見る時間はありそうだ。モイラは店内へ入っていった。店主がレジ係を兼ねている。少しアイルランドなまりが残っているその女店主は、モイラが妖精のオルゴールに興味を持ったことを喜んだ。

「母はああいうのが大好きなの」モイラはそう言って値段を尋ねた。

高かった。女店主が急いで説明する。「対になっているんですよ。妖精とレプラコーンで。磁器としてはそれほど質のいいものではないけれど、ダブリンの兄弟が手ずから彫刻を施しているんです。片方には兄の、片方には弟の署名が入っています。彼らはそのうち人気作家になるでしょうが、こういうものはそうそう手に入りません。なにしろひとつ製作するのにそうとうな時間を要しますので」

「ショーウィンドーから出していただくことはできるかしら?」

「もちろん。わたしもあれが大好きなんです。喜んでお出しいたしますわ。買っていただかなくてもかまいません。よほどお気に召されたようですね」

モイラは「ええ、とても」と答えた。店主がショーウィンドーから品物を出してモイラの前に置いた。考えていたよりも、ずっとずっと美しい。特に顔の彫りが精巧だ。妖精を見ていると、この世のものとは思えなくなってくる。まるで魔法の国から抜けだしてきたかのようだ。アイルランドの人々の善良さと愛らしさが凝縮されている。「これ、いただくわ」モイラは言った。

「音色を聴きたくありません?」店主がそう言いながら小さな台座の底のねじを巻いた。

「ええ、ありがとう。なんの曲かしら?」

店主は低く笑うと、アイルランドなまりを強めて冗談まじりに答えた。「それはもう、これに決まっていますわ。《ダニー・ボーイ》ほら、《ロンドンデリーの歌》です」

小さな妖精が回転しはじめた。台座の上で羽ばたいているかのようだ。音楽が鳴った。愛らしく、美しく、甘く、心に染みる旋律。懐かしくはあるが、軽やかで、どことなく変わっている。《ダニー・ボーイ》もちろんだわ。ほかになにがあるっていうの? アイルランドには美しい民謡がたくさんあるけれど、このオルゴールには当然《ダニー・ボーイ》がふさわしい。

「どうかしました?」店主が尋ねた。

「いいえ。とてもすてきね。どうもありがとう。母のために買っていくわ」

「きれいにラッピングしましょう」

「お願い」

待っているあいだにモイラは、これから一週間ずっと《ダニー・ボーイ》を聴いて過ごすことになると思った。今のうちに慣れておいたほうがいいかもしれない。

「お買いあげでよろしいんですよね？」

「ええ。それと、そこの小さなぬいぐるみのレプラコーンも両方いただくわ。姪《めい》たちへのいい贈り物になりそう。男の子にあげられそうなものはあるかしら？」

「ちょうど小型のゲーム機が入荷したばかりなんです。バンシーと妖精の対戦型ゲームで、悪いレプラコーンといいレプラコーンがどちらかの味方につくんです」

「それにするわ。いろいろありがとう」

明日は家へ帰る。モイラは店のなかでふいに、期待と不安の入りまじった気持に襲われた。

ダニエル・オハラが店の奥にある部屋、つまりいつも使わせてもらっている客室から出てきてみると、〈ケリーズ・パブ〉はもう夜の客でいっぱいだった。すでにパブ専属のバンド〝ブラックバード〟がアイルランドの曲を新旧とりまぜて演奏していた。ときどきアメリカンポップスがまじる。ダニーはバンドのメンバー全員と顔なじみだった。

開店しているときにパブに入っていくのははじめてだ。みんなから挨拶《あいさつ》されるだろうと思い、心構えをした。

「おお、来た来た！」カウンターの後ろからエイモン・ケリーが大声で呼びかけた。「おまえらごろつきのなかで最も善良にして最も聡明《そうめい》なるミスター・ダニエル・オハラのお出ましだ」

「やあ、ダニー、元気かい？」老シェイマスが声をかけてきた。

「ダニー・ボーイ、よく帰ってきたな！」リアム・マコナヒーが言った。カウンターに陣どっているのはエイモンの古くからの友人たちだ。祖国から移住してきた者もいれば、アメリカで生まれ育った者もいる。サルヴァトーレ・コスタンツァの顔も見えた。ダニーの同級生であるサルは、北海岸沿いにあるイタリア人街の出身だ。エイモン・ケリーはここにゲール帝国を築きあげていたが、情け深く人なつっこい性格ゆえ、自分のまわりに集まってくる人間を誰であれ受け入れていた。またエイモンは――たいていの場合――人間のよしあしをかぎ分けられた。しかしダニーは、今ここで進行しつつあることが気に入らなかった。〈ケリーズ・パブ〉を、そしてケリー一家を、それから守るために全力をつくしたい。だが事態は動きだしており、彼には打つ手がなかった。その計画に〝ブラックバード〟という暗号が与えられたことからして、〈ケリーズ・パブ〉に関係があるのは間違いない。

それどころか、ケリー家の誰かが関与している可能性もあるのだ。

「ただいま」ダニーは軽い口調で応じて老シェイマスとリアムを抱擁し、挨拶してくる人ひとりひとりと握手をした。

「それで」シェイマスが言った。曇った青い目の上の真っ白な太い眉をつりあげている。「祖国へ戻っていたのかね？　それともアメリカをあちこちぶらついていたのかな？」

「両方です」ダニーは答えた。

「最近、アイルランドへ行ったかね？」リアムがきいた。髪が白いのはシェイマス同様だが、リアムのほうはかなり薄くなっている。

「ええ、行きました」

「共和国のほうかね？　それとも北アイルランド？」シェイマスが尋ねた。わずかにしかめた顔に心配そうな色が表れている。

「両方です」ダニーは答えた。「エイモン、カウンターのみなさんにぼくのおごりで酒を注《つ》いであげてくれませんか。また会えてこんなにうれしいことはない。サル、リトル・イタリーのレストランはうまくいってるかい？　きみのお母さんがつくるラザーニャの味は今でも忘れられないよ。あんなにうまいラザーニャをこしらえる人はほかにいない」

サルが応じた。ダニーは笑みを絶やさず、酒の礼を言われるたびにうなずき返した。そうやってカウンターの連中と軽口をたたきながらも、店内をぐるりと見まわす。一方の端でバンドが演奏をしているが、店内は比較的静かだ。中央のテーブルで魅力的な若いカップルが食事をしている。一緒にいるのは男の両親だろうか、それとも女の両親だろうか。仕事帰りとおぼしき一団が――ＩＢＭの社員か、角を曲がったところの銀行の行員だろうが――バンドのそばのテーブルをふたつ占拠して一日の疲れを癒《いや》している。エイモンの息子のパトリック・ケリーもいた。背が高くて、光沢のある赤褐色の豊かな髪をしており、なかなかのハンサムだ。ステージの上でベースギターを持ってバイオリン奏者と一緒に演奏している。パトリックはダニーを見て手を振りながら顔をほころばせ、こっちへ来いと手招きした。ダニーはうなずいてほほえみ返し、そのうちに行くと身ぶりで応《こた》えた。パトリックがリードギタリストでバンドリーダーのジェフ・ドーランを肘でつつくと、ジェフもダニーのほうへうなずいてみせた。

　さらに店内を見まわしたダニーは、少し離れた薄暗い隅のテーブルにひとりで座っているビジネススーツ姿の男に目をとめた。見たことのない男だ。ダニーは、男が自分と同じように店内の客を観察しているような気がした。

「ダニー、なにを飲む？」エイモンがきいた。

「なにを飲むかだって？」シェイマスがいきりたって言った。「ウイスキーとギネスに決まってるじゃないか！」

「ちょっと、シェイマス、せっかくアメリカに来てるんですよ」ダニーは抗議した。「生ビールのバドライトにしてくれませんか、エイモン。長い夜になるかもしれない。なにしろボストンのはみだし者たちと再会しちゃったもんでね」

「この店はどうだい、ダニー？」リアムが尋ねた。「来られないと寂しいだろう？」

「ここは最高ですよ。みんなますます元気そうだ」ダニーは答えた。そしてエイモンが渡してくれたジョッキを掲げた。「乾杯《スラーンチャ》！　古きよき時代に。古くからの友人たちに」

「そして祖国に！」エイモンが叫んだ。

「ええ、祖国に」ダニーは穏やかに言った。


　モイラの乗ったニューヨーク発ボストン行きの飛行機が着陸に向けて降下を始めた。空はどんよりと曇っている。それでも彼女は窓から地上を眺めおろした。眼下に広がっているのは生まれ育った町、今でも大好きな町だ。家へ帰る。モイラは興奮してきた。彼女は家族を深く愛している。たしかに変わり者ぞろいだ。それは否定しようがない。けれども家族のことは大好きだし、みんなに会えると思うとうれしくてたまらなかった。

それなのに……それなのに、ダニーのことを考えてしまう。

飛行機が着陸した。モイラはゆっくりシートベルトを外し、ゆっくりおりる準備をした。誰も迎えには来ていない。土壇場になって彼女はほかのみんなよりひとつ早い便に乗ることにした。彼らは今日の最終便で来る。後ろの座席の乗客たちがぞろぞろとおりていったあとで、モイラは旅行かばんを手にして出口に向かい、彼女を見送ってからおりる客室乗務員とパイロットに礼を言った。

モイラはローガン空港を出てタクシーを呼んだ。座席に落ちついてすぐ、運転手がバックミラー越しに自分を見つめているのに気づいた。細面で琥珀《こはく》色の目をした二十代の若い男だ。

「モイラ・ケリーですね！」目が合ったとたん、運転手はぱっと顔を赤らめて言った。

「ええ」

「ぼくの車に！　びっくりしたな。あなたのような人でも定期便に乗って一般のタクシーを利用するんですね」

「あちこち飛びまわるには、それがいちばんいいみたい」モイラはほほえんで言った。

「専用ジェットを持ってて、運転手つきのリムジンを待たせてるんじゃないんですか？」運転手が尋ねた。

モイラは笑った。「専用ジェットなんてとんでもない。ハイヤーを頼むことはあるけど」

「それで誰もあなたに気づかないのかな。追いかけられたりしません？」

「残念ながらアメリカ人全員がレジャー・チャンネルを見ているわけではないもの。たとえ見ているとしても、わたしたちの番組を見てるとは限らないし」

「そんな。見るべきですよ」

「どうもありがとう」

「ボストンへはなにをしにいらしたんですか？」

「わたし、ここの出身なの」

「わお！ そうですか。あなたはアイルランド系なんですか？ ご家族に会いに帰省なさったんですか？ それともここで撮影を？」

「両方よ」

「わお！ すごいぞ。光栄です。ここにいるあいだに車が必要なときは、ぜひぼくを呼んでください。ボストン一清潔なタクシーなんですよ。ぼくもここで育ちました。だから隅から隅まで知っています。料金なんかいりません。本当です」

「あなたの仕事に対してお金を払わないなんていやだわ」モイラは言った。「でも、名刺をちょうだい。移動手段が必要なときは必ずあなたにお願いするから」実際、若者のドライバーとしての腕はたしかなようだ。ボストンの交通事情は相変わらずよくなかった。必ずどこかで道路工事をしているので、高速道路はいつも渋滞している。いったんトンネルを出てハイウェイを外れると、道路は狭くなって一方通行になる。さらには至るところにロータリーがあり……。古い町並みと狭い通りが街の魅力といえば魅力だが、悩みの種でもあった。

若者は右手でハンドルをしっかり握ったまま、左手で名刺を渡してよこした。

「実はぼくもアイルランド系なんですよ」

「名前はトム・ガンベッティね」

彼はバックミラー越しにモイラに笑いかけた。「母がアイルランド人で、父がイタリア人なんです。ええ、それがボストンですよ。ここにはぼくたちのようにじゃがいもとパスタで生きている人間がたくさんいる！ あなたのご両親はどちらもアイルランド人ですか？」

「ああ、ええ、そうよ！」モイラは笑い声をあげた。

「じゃがいも運搬船でやってきた新しい移民かな？」

「そんなところね」モイラは身を乗りだして指さした。「そこよ。〈ケリーズ・パブ〉」

通りは狭かった。手前の角と向こうの角には新しいオフィスビルが立っているが、ほかの建物はどれも古い。パブの入っている建物は二階建てで、地下室と屋根裏部屋がある。軒を連ねている隣近所の建物と同様、植民地時代に建てられたものだ。店の前には古い鉄柱が残っている。かつて男たちが一杯やりに来たとき、それに馬をつないでおいたのだ。ドアの上に〈ケリーズ・パブ〉と書かれた目立つ看板がかかっていて、両側からランプの柔らかい光に照らされていた。あたたかくなると塀で囲まれた狭い前庭《パティオ》にテーブルが並べられる。店の通りに面した側には窓がふたつあり、まだ寒い時期なので閉まっているが、レースで縁どりしたカーテンを開けてあるので通りからなかが見える。道行く人々は心地よさそうな雰囲気に誘われて、店に入りたくなるだろう。

「かばんをパブのなかへ運びましょうか？」トムはきいた。

「いいえ、けっこうよ。歩道へおろしてちょうだい。まず二階へあがるから」

「なんなら上まで運びますよ」トムは申しでた。

モイラはかぶりを振った。「いいえ、いいの。ありがたいけど——」

「里帰りはひとりでするのがいちばんってわけですね」

かばんをおろしてくれたトムに、モイラは料金を払った。「ありがとう。車が必要なときは連絡するわ」

「いつでもどうぞ。とてもすてきなパブみたいですね」

「ええ、そうよ」モイラはつぶやいた。なかから笑い声と音楽が聞こえてくる。「こんなにすてきなパブはふたつとないわ。ケアド・ミール・フォルチャ」

「どういう意味なんです？」

モイラはトムを見ていたずらっぽくほほえんだ。「いつでも大歓迎という意味よ」

「それはありがたい。じゃ、お元気で。また会えるのを楽しみにしています」

「ありがとう」

トムは車へ乗りこんで名残惜しそうに走り去った。いい青年だわ。モイラはかばんを持ちあげると、にぎやかな店の上の住まいへ続く外の階段をあがっていった。

母のケイティは主婦の鑑《かがみ》だ。住まいの玄関わきのポーチに白い籐《とう》のカフェテーブルが並べてあって粗布がかぶせてあるが、冬も終わりのこの時期でさえ、布はまったく汚れていない。モイラはドアのそばにかばんを置いてノックした。手袋をしている手が思いのほか冷たい。鍵《かぎ》を探すよりノックをするほうが楽だった。

ドアが開いた。出てきたのは母親だった。娘の顔を見てにっこりほほえむ。それだけでモイラは旅の疲れが吹き飛ぶのを感じた。「モイラ・キャスリーン！」ケイティ・ケリーはモイラを両腕で力いっぱい抱きしめた。母親の体は葦《あし》のように細く、身長も百七十三センチのモイラより五センチほど低い。「モイラ・キャスリーン、帰ってきたのね！」ようやくケイティは後ろへさがると、両手を腰にあてて娘をまじまじと見つめた。

「もちろんだわ、ママ。帰るって言っておいたじゃない」

「長いあいだ会わなかった気がするわ、モイラ」ケイティが頭を振りながら言う。「あなた、すごくきれい」

モイラは笑った。「ありがとう、ママ。ママの娘ですもの」愛情をこめて言った。母は美しい女性だ。赤褐色の髪に銀色の筋がまじりはじめているが、染めようとしない。神様のおぼしめしどおりに年をとるのがいちばん、というのが口癖だ。真っ白になってもかまわないらしい。毎日忙しく駆けずりまわっているけれど、いつも身だしなみには気を配っている。瞳の色は祖国コーク県の草原を思わせるグリーンで、顔立ちは端整だ。

「ああ、おまえがいなくて寂しかった！」ケイティはそう言って娘にキスした。「ほんとに久しぶりね」

「ママったら、まだ聖パトリックの日にもなっていないのよ。クリスマスをここで過ごしたばかりじゃない。それに元日の朝を市内で一緒に迎えたでしょう？」

「たしかにそれほど会わなかったわけじゃないけど、パトリックなんか月に一度は顔を見せてくれるのよ」

「まあ、兄さんはそうでしょうね。なんたって聖パトリックだもの」モイラはつぶやいた。

「まったく、おまえは兄さんみたいないい人間をばかにするのかい？」ケイティの後ろから声がした。モイラが母親の背後を見ると、祖母のジョーンが立っていた。祖母の身長は若いころと変わらず百五十センチほどだ。九十歳をいくつか超えているけれど――本人も含めて誰もジョーンの生まれた年を知らないが――今も背筋がぴんとしていて、若い娘のようにきびきび動く。おどけた口調でモイラに話しかけてきた祖母のはしばみ色の目に、抜群のユーモアのセンスがきらめいていた。

「あら、アイルランド共和国《エール》の精神のお出ましね！」モイラは声をあげて笑い、歩み寄って祖母を抱きしめた。ジョーンがわずかに震えるのが感じられる。しゃっきりしてはいても祖母は小柄で華奢《きゃしゃ》だ。モイラの胸にいとおしさがこみあげた。幼いころにレプラコーンの伝説やバンシーの楽しい物語を聞かせてくれたのも祖母なら、大人になってから、祖国が独立するまでの長い戦いの歴史を語ってくれたのも祖母だ。ジョーンは豊かな感性と知性の持ち主で、生まれ育った町が戦場と化して破壊されるのをまのあたりにしながらも、周囲の人々への愛情を、すばらしいユーモアのセンスを、政治や人間に対する健全な判断力を、失うことはなかった。

「ねえ、モイラ、おまえはちっとも年をとらないね」ジョーンがからかった。「ケイティ、あまり責めちゃいけないよ。この子が向こうで頑張ってるのを誇りに思わないと。それにこの子がいるのはニューヨーク、パトリックが住んでいるのは同じマサチューセッツ州なんだから」

「だけど、マサチューセッツの西部ですもの、ニューヨークと同じくらい離れているわ」ケイティが反論する。

「でも交通の便がね」ジョーンが言った。

「それに、あの意地悪な妹だっているじゃない」モイラは軽口をたたき、目をくるりとまわした。

ケイティは首をかしげ、ふたりに向かって苦笑した。「あら、そのコリーンが暮らしているのはこの国の西の果てじゃなかったかしら？　それでも聖パトリックの日に帰ってこないなんて、一度も言ったことはありませんよ」

モイラはため息をついた。「ママ、ちゃんとこうして帰ってきたじゃない。そればかりかアイルランド人でない人たちまで連れてくるのよ。ママに改宗してもらいたくて」

「ああ、もうたくさん」ケイティが言う。「すぐにお茶を出してあげるわ。ちょうどジョーンおばあちゃんがいれたばかりの――」

「すごく濃いやつでしょう？　飲んだとたんにおめめぱっちりで、朝まで眠れないくらいの」モイラは祖母のなまりをまねて冗談を言った。

「そんなことありませんよ」ジョーンが答えた。「わたしがいれるのはおいしい本物のお茶なんだから。薄くて味も香りもないようなのとはわけが違う。おや、誰か来たようだ」

住まいの玄関を入ってすぐのところにある部屋にはキッチンが――たいそう広く、オーブンの熱で冬でもあたたかい――ついていて、そこから続く廊下沿いにベッドルームと書斎があり、突きあたりがオフィスだった。モイラにはなにも聞こえなかったけれど、ジョーンの後ろを見ると、小さな頭が三つ、ひょこひょこ動いているのに気づいた。

パトリックとその妻のシボーンは、モイラの両親とほぼ同じように子供をもうけた。長男のブライアンは九歳、長女と次女のシャノンとモリーはそれぞれ六歳と四歳になる。

「みんな、こんばんは！」モイラは明るく呼びかけてしゃがみこみ、子供たちのほうへ両腕を差しのべた。子供たちは歓声をあげながら駆けてくると、モイラに抱きついてキスした。

「モーおばちゃん」ブライアンが言った。赤ん坊のころ、ブライアンはモイラの名前をうまく言えなかった。それ以来、彼女は子供たちに〝モーおばちゃん〟と呼ばれている。「ぼくたちテリーに出るってほんと？」

「テリー？　ああ、テレビね。おばあちゃんたちの言葉がうつっちゃってる！」モイラはからかった。「ええ、そうよ。出たいんだったら出してあげる」

「すてき《クール》！」シャノンが喜びの声をあげた。

「クール！」モリーも目を見開いてまねをした。

「そうでしょう。幼稚園のお友達みんなにうらやましがられるわよ！」モイラはそう言いながら甥《おい》や姪たちの髪をくしゃくしゃにした。ブライアンははしばみ色の目と赤褐色の髪をしていて、パトリックにうりふたつだ。女の子たちは母親の美しい金髪と大きな青い目を受け継いでいる。

三人ともすばらしい子だ。お行儀はいいし、人なつっこいし、個性的で思いやりにあふれている。これもすべてシボーンのおかげだわ、とモイラは思った。義理の姉は気持のいい女性だ。パトリックはといえば……そう、ジョーンの言葉を借りるなら、たとえ肥だめに落っこちても、薔薇《ばら》の香りを漂わせて這《は》いあがってくるような人だ。もちろんモイラは兄を愛している。ただ、いつも自分勝手なふるまいをしながら無邪気な子供のような顔をしているところが腹立たしかった。パトリックは政治家になればいいのだ。いつか本当になるかもしれない。法学修士の学位をとり、今はマサチューセッツ州西部の小さな町で法律事務所を開いている。またそこに土地を所有し、馬をはじめとする家畜を何匹か飼っていたが、住まいは『アーキテクチュラル・ダイジェスト』誌から抜けだしてきたかのようにしゃれていた。パトリックは仕事でしばしばボストンへ出てくるたびに、当然ながら実家へ寄って両親に顔を見せている。

兄は結婚相手に恵まれた、とモイラは思う。シボーンは旧姓をオマリーといった。彼女がパトリックと一緒になったのは、彼が高校のころ問題児だったのを知っていただけに、大きな賭だったに違いない。しかしその賭に勝ったのだ。ふたりは幸せそうだし、結婚して十年になるのに、今も深く愛しあっているようだ。

「クール、クール、クール、モーおばちゃん！」モリーが繰り返した。

「クールか。好きな言葉だわ。いかにもアメリカらしいスラングよね」モイラはまじめな口調で言った。

ケイティが舌打ちをした。「まあ、モイラ、伝統を守れないようでは……」

「ママ！　伝統は尊重しているわ」

「それと、ちっちゃなレプラコーンたち！」ケイティは子供たちをしかった。「もうじき九時よ。ほんとなら寝てる時間じゃないの。モーおばちゃんに会ったんだから、さっさとベッドへ行きなさい」

「そんな、ケイおばあちゃん！」ブライアンが抗議する。

「おまえたちのお母さんに、年寄りは子供を甘やかすなんて言われたくないからね」ケイティが言った。「すぐにベッドへ入るのよ。さあ行った」

「待って！　わたしが責任を持つわ！　もう一回ずつ抱きしめたいの」モイラは言った。女の子ふたりはくすくす笑ったが、ブライアンは真剣な顔をしていた。モイラはひとりひとりの頬にキスしてしっかり抱きしめてやった。

「モーおばちゃんは下へ行って、おまえたちのお父さんに会わなくてはならないのよ、おじいちゃんにもね」ケイティが言った。「それにモーおばちゃんは、みんなと同じようにここに一週間はいるんだから。テレビにも出してくれると約束してくれたでしょう。だからもう寝なさい」

　ブライアンはまじめな顔でうなずいた。

「みんなの目の下に袋ができちゃったら困るでしょう」モイラはからかってウインクした。ブライアンは笑みを浮かべてから、恨めしそうに祖母を見やった。「それから」モイラは続けた。「みんなにプレゼントがあるの。今すぐベッドへ行ったら、明日の朝いちばんに渡してあげるわ」

「プレゼント？」シャノンがうれしそうに問い返す。

「ひとりに一個ずつよ！」モイラは笑って答えた。「さあ、ケイティおばあちゃんの言うとおり、今すぐベッドへ行きなさい！　ぐっすり眠るのよ。モーおばちゃんには、みんながちゃんと眠っていたかどうかわかるんだから。サンタさんや乳歯の代わりにプレゼントをくれる妖精たちみたいにね。もし起きていたら、朝になってもティーカップのそばにプレゼントはないわよ！」

ケイティは娘をまじまじと見て、くるりと目をまわした。モイラは顔をしかめてから、笑い返した。

「おやすみなさい、モーおばちゃん」ブライアンが言った。「さあ、ふたりともおいで」彼は妹たちを促してベッドルームへ向かった。

シャノンが兄の手をつかんで引きとめた。「ねえ、ジョーンおばあちゃん」彼女は真剣な声で言った。「今夜はバンシーはひとりもいないわよね？」

「ああ、ひとりもいないよ」ジョーンが請けあう。

「怪物だって一匹もいないよ！」ブライアンがきっぱりと言った。

「この家にはいないのさ！　わたしが見張っているからね。おばあちゃんは、どんな長生きのバンシーも追い払えるくらい強いんだよ」ジョーンは目を輝かせて言った。

子供たちはもう一度おやすみなさいを言い、だらだらと廊下を歩いていった。モイラは立ちあがって厳しい目で祖母を見た。「また例のつくり話を聞かせたのね？」

「まさか！　あの子たちは昼間『四つの願い』を見たのさ。わたしは無実だよ」ジョーンは笑いながら言い訳をした。「それよりもおまえ、さっさと下のパブへ行っておあげよ。娘がとっくに着いていながら挨拶に来なかったと知ったら、父親が悲しむだろう」

「パトリックやシボーンやコリーンは下にいるの？」モイラはきいた。

「シボーンはご両親に会いに行っているの。でも、パトリックとコリーンは下にいるわ」ケイティが答えた。「おまえも行ってあげなさい」

「ちょっと、ちょっと、お茶をひと口飲ませておあげ。下へ行ったらお酒を飲まされるに決まっているんだから」ジョーンがそう言って紅茶を運んできた。モイラはにっこり笑って礼を言った。ジョーンのいれてくれる紅茶は格別だ。冷めていることはなく、熱すぎて舌を火傷《やけど》することもない。ちょっと砂糖の味がする。シロップは使わず、渋みもない。

「おいしいわ、ジョーンおばあちゃん」モイラは言った。

「早く飲んで下へお行き」ケイティが言う。

モイラはごくごくと飲んだ。熱すぎないのはありがたかった。

「かばんを部屋へ入れておいてあげる。なかの階段をおりていきなさいね。コートもよこしなさい、モイラ・キャスリーン」ケイティが言った。「お父さんはカウンターのなかにいると思うわ」

「ティーカップはわたしが片づけておくよ」ジョーンがそっけなく言った。

モイラはおとなしくコートを脱いで母親に渡した。「かばんは自分で運ぶわ、ママ。重たいの」

「さっさと行きなさい。かばんのひとつやふたつ運べるから」

「わかった、わかった、行くわよ。会えてうれしいって言ったくせに、追い払おうとするなんて」モイラはふざけて言った。

「お父さんに顔を見せてあげてほしいのよ」ケイティが言い返した。

「パパの具合はどう?」モイラは心配そうに尋ねた。

母親の笑顔が最高の答えだった。「検査の結果はよかったわ。でも半年に一度は必ず健康診断を受けるように言われたの」

「働きすぎなんだわ」モイラはつぶやいた。

「ええ、わたしもそう思うけど、医者に言わせると、仕事をするのはいいことなんですって。運動もしないでじっとしてるのはかえっていけないそうよ。医者のお墨つきがもらえたから、お父さんはますますパブの仕事に精出しているわ」

「それじゃあパパのところへ行ってこようっと」

母親はうれしそうにうなずいた。

モイラは母親と祖母にもう一度キスしてから玄関を左手へ向かった。左手にはリビングルームがあり、螺旋《らせん》階段が下へ続いている。階段をおりると開いたドアの向こうがオフィス兼貯蔵室だ。奥にはぴかぴかに磨かれたオーク材の大きなカウンターが見える。そこで残りの家族と顔を合わせ、帰省によって引き起こされるさまざまな感情を味わうことになるだろう。

3

モイラがドアを開けたとたん、店内の喧騒《けんそう》とバンドの音楽が耳に飛びこんできた。彼女は胸の内でうめき声をあげた。〝ブラックバード〟はブレンダン・ビーアン作の舞台『人質』のなかの曲を速いテンポで演奏していた。

「すごい盛りあがりね」モイラは声に出してつぶやいた。「もうみんなでアイルランド共和国に乾杯してるんだわ」

オフィスのなかへ入り、歩いてスイングドアを抜けると、父親の背中が見えた。エイモン・ケリーは背が高くて肩幅が広い。かつては漆黒だった豊かな髪が今は灰色に変わっている。エイモンは生ビールを注《つ》いでいたが、モイラはかまわず背後へ忍び寄って父親の腰に両腕をまわした。

「ただいま、パパ」彼女はそっと言った。

「モイラ・キャスリーン！」エイモンは大声をあげた。そしてビールをぽたぽたこぼしながらグラスを置くと、くるりと振り返って娘の腰を抱いた。高々と持ちあげられたので、モイラは父親の頬にキスし、すぐにおろしてと頼んだ。父親の心臓が心配だったのだ。

「パパ、おろしてちょうだい！」モイラは笑って言った。

エイモンは美しい青い目で娘を見て首を振った。「自分の娘を抱きあげられんようになったら、それこそわが人生でいちばん悲しい日だ!」

「おろしてよ」モイラはいまだ笑いながら繰り返した。「パブにいる人全員に見られているわ!」

「いいじゃないか。わが家の娘が帰ってきたんだぞ!」

「この家にはもうひとり娘がいるじゃない」

「もうコリーンには盛大に歓迎の挨拶《あいさつ》をしてやったさ。今度はおまえの番だ!」

どうにか床に足を着けたモイラは、再びぎゅっと父親を抱きしめた。

「カウンターに座っている連中はみんな知ってるな、モイラ? シェイマスにリアム、ここにいるイタリア人はサル・コスタンツァ、そっちはサンディ・オコナー、その奥さんのスーに——」

「こんばんは!」モイラは全員に呼びかけた。

「やあ、お久しぶり。抱きしめてキスしてくれんかね」シェイマスが言った。

「わたしが最初だからな!」リアムが抗議する。

「もう一度父を抱きしめたら、そちらへ行くわ」モイラはもう一度父親をしっかり抱きしめた。

「こんなに働いて大丈夫なの?」彼女は優しく尋ねた。

「なに言ってる。ビールを注ぐのなんか仕事のうちに入らんよ」エイモンは言い、体を離して顔をしかめた。「それよりおまえ、ひとりで飛行機に乗ってきたのかい?」

モイラはほほえんだ。「パパ、わたしはニューヨークで生活しているのよ。国じゅうを飛びまわっているし」

「だが、たいてい誰か一緒なんだろう?」

モイラは困惑して首を振った。「タクシーで空港まで行って飛行機に乗って、ローガン空港からまたタクシーに乗ってここまで来たわ」

「近ごろのボストンはそこそこ物騒だからな」リアムが口を出した。モイラは、シェイマスとリアムのあいだのカウンターに新聞が広げられているのに気づいた。

「ボストンが犯罪と無縁だとは思っていないわ」モイラはこともなげに言った。「大都市で犯罪のないところなんてないもの。だからわたしたちを、賢くて自分の身を守ることのできる子に育てたんでしょう、パパ？」

「エイモンは例の若い女のことが気になっているんだよ」リアムが口を挟んだ。

モイラは眉を寄せた。「若い女って？」

「川で見つかった売春婦のことさ」シェイマスが答えた。

「死体でな」リアムが悲しそうにつけ加えた。

「首を絞められて殺されたんだよ」シェイマスが悲惨なドラマの結末を告げた。

モイラは父親を見つめた。なるほど痛ましい出来事ではある。しかし、売春婦がひとり殺されたからといって、どうして父親が急に娘の心配をしだしたのだろう。「パパ、はっきり言っておくけど、わたし、人類最古の職業を副業にしたことは一度もないわ」

エイモンは肩をすくめた。「しかしモイラ――」

「エイモンは、この街に連続殺人犯がいるんじゃないかと心配してるのさ」リアムが頭を振りながら言った。「その女はホテルを仕事場にして、金持の男どもを引っぱりこんでいたんだ。それで、ほら、きれいな娘は誰でも狙《ねら》われる可能性があるんだよ。だが、われわれがここにいるのは、きみを脅かすためじゃないぞ、モイラ。いいことだってあるんだ。うれしい知らせを聞いてくれ！　聖パトリックの日のパレードに参加するために、北アイルランドで最も重要な政治家がやってくるのさ。ミスター・ジェイコブ・ブローリンがこのボストンに来るなんて、信じられるかい？」

「まあ」モイラはつぶやいた。それ以上なにか言うのが怖かった。最南部地方出身のジョシュによると、今でも男たちは丸テーブルを囲んで南北戦争について真剣な、そしてときには激しい議論を闘わせるらしく、彼もそれに加わったことがあるのだそうだ。ジョシュはアメリカ史に熱中しているのだ。〈ケリーズ・パブ〉でも男たちはしばしば戦争――アイルランド自由国、さらにはアイルランド共和国になるための戦い――を追体験する。彼らは復活祭蜂起《ほうき》をたたえて神妙に酒を飲み、投降後に処刑された独立運動の闘士の運命を嘆く。そして指導者たちの戦術について論じ、英雄マイケル・コリンズをほめあげ、最初のアイルランド共和国大統領であるアメリカ生まれのイーモン・デ・ヴァレラをこきおろす。当然ながら彼らの結論はいつも同じだ――最初からあの島がアイルランドというひとつの国として認められていたなら、その後の紛争は起こらなかっただろう。モイラ個人はマイケル・コリンズを気の毒に思っていた。彼は命を危険にさらし、大儀のためにすべてを捧《ささ》げて民族の真の解放を果たしながら、最後には島全土を一度にとり返せなかったという理由で謀反者に殺されてしまった。

「そうとも、立派な男さ、ジェイコブ・ブローリンは」エイモンが顔を輝かせて言った。「正面の入口に旗が飾ってあっただろう、モイラ。実に光栄なことだ。おまえならすでに知っていて当然なのに」

　モイラは口をつぐんでいようとしたができず、首を振った。「パパ、わたしが誰に対してであれ暴力はよくないと思っていることを責めないでちょうだい。それに、アメリカ国外でアイルランド統一に向けてなにが起こっているのか一から十まで知らないこともね。みんなが統一国家を夢見るのはかまわないけど、罪もない人々に攻撃を加えるのは卑劣な行為だわ。わたしにはイギリス人の友人が大勢いるの。そのなかに、アイルランド人を傷つけたいと思っている人なんてひとりも――」

「ちょっと待て、モイラ・キャスリーン・ケリー！　この店にはいつだって善良なイギリス人がやってくるんだ」父親が憤然として言った。「イングランド人にスコットランド人、オーストラリア人、コーンウォール人、ウェールズ人、それからお隣さんのカナダ人、さらにはメキシコ人にフランス人、スペイン人――」

「口を挟んで申し訳ないが、ボストンでいちばんの親友を忘れていませんか？　そう、イタリア人です。イタリア人に乾杯《サルーテ》！」サルは笑みを浮かべて言うと、モイラを見てウインクした。険悪になりそうな雰囲気を和らげようとしたのだ。

「ええ、そうよね、イタリア人にサルーテ！」彼女は応じた。

「イタリア人に乾杯！」

　カウンターにいる男たちは、誰に対してであれ、なにに対してであれ、いつも大喜びで乾杯した。

しかし、依然として話題は変わらなかった。

「モイラ、きみもジェイコブ・ブローリンをすばらしいと思うだろう」シェイマスが熱心に言った。「彼は平和主義者で、北アイルランドの人間ひとりひとりの権利のために奮闘してくれている。ブローリンの行う社会行事には誰もが参加するんだ。彼は虐げられた者や貧しい者のために尽力しているし、新教徒からも旧教徒からも愛されているからな。あんなにすばらしい、公正な人間が権力の座につくのはめったにないことだ」

モイラは少しばかばかしくなって、長いため息をついた。彼女の望みはみんなにこの話をやめさせることだ。それなのに、自ら議論をあおってしまった。

「そうね、とてもうれしいわ。そういう人がわが国へ、しかもこのボストンへ来るなんて――」

「きみの番組に出てもらったらどうだね」シェイマスが言った。

「そうなれば、われわれも彼に会えるかもしれん」リアムが同意する。

「考えておくわ」モイラは小声で言った。「予定では、母に伝統的なアイルランド料理をつくってもらったり、レプラコーンの物語をしてもらったりすることになっているの」

「だが、番組のなかでパレードの様子も流したいだろう」父親が主張する。

「モイラ?」

自分の名前を呼ばれてこれほどほっとしたことはなかった。モイラはくるりと振り返り、顔を輝かせた。妹のコリーンが客で混雑する店内を縫うように近づいてきた。

子供のころ、ふたりは犬と猫みたいに喧嘩《けんか》をしたが、今やコリーンはモイラにとってかわいい妹だ。コリーンは美人で、背丈はモイラと同じくらい。髪も同じく赤毛だが、姉が濃い赤褐色なのに対してもっと柔らかな色あいをしている。目は祖母と同じはしばみ色で、顔はつやつやとしていた。彼女は二年前ロサンゼルスに移り住み、両親を大いに落胆させた。しかしコリーンは急成長を遂げている新しい化粧品会社の専属モデルとして雇われており、両親はほとんど会えないことで気落ちしてはいるものの、彼女をこのうえなく誇りに思っているのだった。コリーンの顔は全国誌にも載っている。

コリーンがモイラを抱きしめた。「いつ着いたの？」

「三十分前。あなたは？」

「午後早くに。もうパトリックに会った？」

「いいえ。でも、ここにいるんでしょう？」

「バンドと一緒。ダニーもいるわよ」

モイラは周囲を見まわした。店へおりてきたときからバンドが演奏しているのは聞こえていたが、歌っているのはジェフ・ドーランだった――モイラは少なくとも人生の三分の一は、ジェフの歌と演奏を聴いて過ごしていたので、彼の声はちょっと耳にしただけでわかった。そしてバンドと一緒にステージの上にいて、ベースギターを演奏している兄に気づいた。

ダニーもそこにいた。今回はドラマーとして座っている。彼女がダニーに目を向ける瞬間を知っていたかのように、彼は部屋の反対側からこちらを見た。ふたりの目が合った。

ダニーがゆっくりほほえんだ。といっても唇の端をわずかに持ちあげただけだ。ドラムのテンポを間違えることはなかった。〝ああ、そうだよ、モイラ、ぼくはここにいる〟あれが彼の魅力なのだろうか。胸に染み入ってくるゆったりとした笑みや、いつもちょっぴり人をばかにしているような、そしてどこか悲しそうな琥珀《こはく》色の目が。モイラはダニーを観察してみた。彼は背が高い。不思議なことにドラムの後ろに座っていてもそれは明らかだ。赤みがかった砂色の髪はきちんとかしつけられていたためしがなく、額へ垂れてくるのをうるさそうにかきあげている。しかし、女性にとってはなぜかそれが粋《いき》でセクシーに見えるのだ。

肩幅はマイケルほど広くない、とモイラは思った。マイケルはすごく背が高く、髪は濃い茶色で、ハンサムな顔立ちをしている。そのうえ礼儀正しく、親切で愉快で思いやりがあり、まわりの人を気持よくさせるすべを心得ている。クリスマス休暇のあとではじめて会ったとき、モイラはマイケルを魅力的でセクシーだと思った。そのうちに恋愛感情を抱くようになった。けれどもダニーは……。

ダニーは気づけばそばにいた。つむじ風のようにやってきたと思ったら、去っていってしまう。若いころは伯父に連れられてモイラの両親を訪ねてきたたし、十八歳になってからはひとりでやってきた。年齢は彼女より三つ上のパトリックと同じだ。最初に来たのはダニーが十三歳、モイラが十歳のときで、そのときから彼女はダニーにあこがれていた。彼が二度目に来たのはモイラが十四歳のときで、十五歳、十六歳のときにも来た。そして彼女が十八歳のとき、自分は誰よりもダニエル・オハラを求めていると気づいたのだった。彼のほうは最初、モイラを避けていたのかもしれない。ダニーは大学の新聞学科を卒業したところで、書くことに、世界を変えることに、情熱を燃やしていた。それにモイラはまだうぶだったし、彼にとってはアメリカの親しい友人の娘でもあった。そこでモイラのほうから欲しいものを手に入れようとした。彼女はすっかりダニーにのぼせあがっていて、彼に畏敬《いけい》の念を抱き、彼と一緒にいる時間はなにものにも代えがたかった。しかしダニーの気持を動かすことはできなかった。彼はモイラにこう言った。ぼくはきみにふさわしくない。きみはまだ若いから世界を見て、世界を知る必要がある。それでもモイラは来る年も来る年も待ちつづけた。学校へ通い、勉強に励み、絶えずいろいろなものを見ながら。世界のどこかにいるダニーを忘れさせてくれる男性が出現すればいいのにと思いながら。情熱的で、いつもエネルギーに満ちあふれていたダニー。彼が大切に思ってくれているのは知っていた。おそらくダニーなりにモイラを愛していたのだろう。ただ彼女への愛よりも、世界への——あるいは大切なアイルランドへの愛のほうが勝っていたのだ。成長するに従って、モイラも彼をある程度理解できるようになった。モイラはアメリカ人であり、アメリカ人であることに誇りを持っている。彼女には夢や野心もあった。ふたりは結ばれる運命にはなかったが、彼を求める気持は消えなかった。

でも、やっと運命の人を見つけたのだ。マイケルを。モイラは深く息を吸うと、さりげない笑みをつくった。あら、いたのね、ダニー。久しぶり、会えてうれしいわ。ところで断っておくけれど、わたしはとても充実した生活を送っているの……。

モイラは顔をそむけようとした。だがそのとき曲が終わり、ダニーの笑みが大きくなった。彼女が見ていると、拍手喝采《かっさい》のなか、ダニーが身をかがめてジェフ・ドーランとパトリックになにかささやいた。

「あら、やだ」コリーンがため息をついた。「一緒にいるのを見られちゃったわ」

「それがどうしたの?」モイラは小声できいた。

「姉さんが姿を現したら、ふたりで歌ってもいいって言っちゃったの」

「コリーン!」モイラは抗議した。

「さて、みなさん、今晩のためにとっておきの演奏があります」ジェフがマイクに向かって言った。「聖パトリックの日のために、放蕩《ほうとう》娘たちがご帰還あそばしました。ふたりにステージへあがっていただき、アメリカにいるすべてのアイルランド人のために特別の曲を歌ってもらいましょう――なにしろ聖パトリックの日には、すべてのアメリカ人がほんの少しアイルランド人になるのですから!」

「おまえたち、頼むよ」エイモンが誇らしげに言った。

「さあ、こちらへ、ケリー家のお嬢さん方」ジェフが有無を言わせぬ語調で促す。「みなさん、本物の歌をお聞かせしましょう。歌うはケリー家のお嬢さん方。美しいアイルランド民謡《ダニー・ボーイ》をこれほどうまく歌いこなすのは、彼女たちをおいてほかにはいません」

「どうする?」コリーンがささやいた。「本気で歌わせるなんて信じられない。《ダニー・ボーイ》なんてここ何年も聞いたことすらないのに」

「そうね、最後に聞いたのはこの前家に帰ってきたときだわ」モイラはそっけなく言った。「行ったほうがよさそうね。パパを落ちこませたくないもの」

ダニーがけしかけたのだ。モイラにはわかっていた。彼女はジェフのほうへ歩いていくと、ダニーを無視しようとしながら、なにげなさを装ってマイクを受けとった。「アメリカで発売された美しいアイルランド民謡です」モイラはそう言ってジェフにほほえみかけ、店の客に言い訳をした。「うまく歌えるかどうかはわかりませんが、一生懸命歌います」

バイオリンがイントロを奏でると、人々からため息がもれた。モイラはちらりと思った。この観客なら、わたしとコリーンがにわとりみたいに歌ったとしても、感傷に浸って割れんばかりの拍手を送ってくれるかもしれない。しかしモイラはこの曲が大好きだし、小学生のころから教会で聖パトリックの日の催しがあるたびにコリーンと一緒に歌ってきた。妹の声はモイラの声にぴったり合っていた。最高の出来だったとは言えないけれど、歌っているあいだ、ふたりは誇らしさでいっぱいだった。この曲、わが家にいること、コリーンと歌うこと……そして、後ろにいるダニエル・オハラがゆったりと刻むドラムのビートさえも魔法のような効果をもたらしていた。

演奏が終わると、自然と大きな拍手がわき起こった。もちろんだわ、ここで、わたしたちを誇りに思ってくれている人たちの前で歌ったんですもの。モイラはコリーンと一緒に笑みを浮かべ、大声でほめそやす人たちに礼を述べた。そのとき腰に腕がまわされるのを感じた。体をこわばらせるまでもなく兄だと気づいた。

「パトリック」モイラは兄を抱きしめた。

「おれを忘れないでくれよ」ジェフが横から口を出した。

ジェフ・ドーランはうらぶれたヒッピーのように見えた。モイラは彼を抱いてキスした。ジェフはさまざまな試練を乗り越えてきた人だ。麻薬に溺《おぼ》れ、立ちなおり、政治運動に熱中し、有害廃棄物から財政支出に至るまであらゆるものに抗議した。その結果今ではまっとうな生き方をしている。すべてから足を洗ったのだ。いまだに活動家ではあるが、節度と展望は持っている。少なくともモイラはそう思っていた。彼女はジェフをあたたかく抱擁したあとで、バンドのほかのメンバーであるショーンにピーター、それからどことなく雰囲気の違うイスラエル人のアイラとも同じように挨拶を交わした。

「ぼくがここにいるのに気づいたかい?」ダニーが尋ねた。「それとも後ろへ並んで順番待ちしなきゃいけないのかな?」

「ダニー」モイラは、あなたがいたのに気づかなかったわと言わんばかりにつぶやいた。そして彼の頬におざなりのキスをした。「あなたを忘れるはずがないでしょう」

ダニーはにっこり笑ってキスを受けたあと、モイラをぎゅっと抱きしめて唇へ強引にキスしてきた。彼女はできるだけ早く彼の腕から逃れた。ダニーを見くびってはいけない。素早く抱きしめられ、彼はひょろりとしているけれど力は強いのだと思い知らされた。ダニーは常にエネルギーが放出しているように見える。ほんの一瞬、モイラは肌を焼かれた気がした。

「会えてうれしいわ、ダニー」モイラはぼそぼそと言った。

「みんな、なにか軽い曲をやろう」ジェフがバンドのメンバーに声をかけた。

「《スイート・ロージー・オグラディ》にしよう」アイラが提案した。

ステージをおりたモイラはカウンターのほうを見て凍りついた。店にジョシュとマイケルがいる。ふたりは樽《たる》の――父親がそこからビールを注いでいる――後ろに立っていた。

予想よりもずっと早く到着したのだ。

ジョシュはカメラをまわしていた。マイケルはまだ拍手をしていて、モイラと目が合うと瞳をきらきらさせた。なぜかモイラは不意を突かれた気がした。知らないうちに自分を撮影していたジョシュが腹立たしかった。けれどもマイケルがいて、しっかりと支えになってくれていると思うと心が和んだ。ドラムで新たなリズムを刻んでいるダニーは、ジョシュがもうひとりの男性を連れてきたことに気づいているだろうか。気づいたに違いない。ダニーは自分のまわりで起こっていることに絶えず気を配っているように見えた。それに彼はどうやらしばらく前にここへ着いたようだから、両親と話をして、モイラに新しい恋人がいることを聞かされたはずだ。

モイラはあまり人前で感情を表に出すほうではないのだが、このときばかりはマイケルににっこりほほえみかけ、急いで店内を横切ると、カウンターのスツール越しに熱烈な歓迎のキスをした。とても情熱的、と彼女は思った。父親は咳払《せきばら》いをしたが、あくまで自然な行為だ。マイケルとはしばらく会っていなかった。モイラが聖パトリックの日に合わせて帰省すると決めたとき、マイケルはあちこち飛びまわって仕事の手配をしてくれていたのだ。

「すばらしかったよ、モイラ」マイケルが優しく言った。

「ありがとう」

「とてもよかった」ジョシュが同意する。

モイラは歯ぎしりした。わたしが歌っているところを撮影したジョシュになぜこれほど腹が立つのだろう。彼はいつからカメラをまわしはじめたのだろう。どうしてわたしは怒っているの？アメリカにあるアイルランドのパブを撮影することは計画の目玉だった。わたしは表現者だ。毎日のようにテレビに出て批判や物笑いの種にされている。そんなものは仕事の一部だ。でもこれは……。

これはわたしのプライベートだ。ステージの上でダニーにキスされたりするのは。

彼は昔の友人、それだけだ。

そもそも今回の計画はわたしが持ちかけたものだった。

モイラはうなだれてしばらく数を数えた。

ジョシュを見たとき、彼女の顔にはまだ笑みが張りついたままだった。「ジョシュ、父を知っているわね。パパ、もうジョシュにマイケルを紹介してもらったかしら……ふたりがこんなに早く到着するとは思わなかったものだから」

「紹介はぼくがすませておいた」ジョシュが言った。

「よかった。いつ着いたの？」モイラは尋ねた。

ジョシュが眉をつりあげた。モイラをよく知っている彼は、ほかの者なら気づかないような彼女の声の調子を敏感に察知したのだ。「ちょっと前さ。歌は最初から撮影できたよ」

「さすが、おまえの共同経営者だ」エイモンがつとめて軽い口調で言った。モイラは心のなかで顔をしかめた。彼女が人前で愛情たっぷりに男に歓迎のキスをしたので、父親はいささか狼狽《ろうばい》したに違いない。その男に父親は今会ったばかりだった。

「最高だったよ」ジョシュが言った。モイラがいらだちをこらえているのが愉快でならないらしい。「まさにアメリカ文化の多様性を示すパフォーマンスだ。きみも気に入るだろう。保証するよ」

「なぜこんなに早く来られたの？」モイラはきいた。

マイケルがモイラに腕をまわしてにっこりした。彼はすばらしい笑顔の持ち主だ。笑うとえくぼができる。しっかりとした骨格と強い顎をうかがわせる角張った顔。背が高くてたくましく、ビジネススーツを着ていてもカジュアルな服装をしていても同じように颯爽《さっそう》としている。彼女は彼のアフターシェーブローションが好きだった。彼のなにもかもが完璧《かんぺき》――少なくともモイラにとっては完璧なのだ。彼女は自分の気持も、自分が誰と一緒にいるべきかもわかっていた。

マイケルがここにいる限りは。わたしのそばにいる限りは。

「ジョシュがホテルにいるぼくに電話をくれて、きみはすでに出発したと教えてくれたんだ。彼に手配してもらったおかげで、予定より早い便に乗れた」マイケルが言った。「ぼくは空港でジョシュと落ちあい、一緒にまっすぐここへ来たんだよ」

「よかったわね」モイラはつぶやいた。

「よかったと思ってるようには見えないが」ジョシュがからかう。

「わたしはいつから撮影されていたのか知りたいの」モイラは答えた。

「なあ、おい、ほんとに見事な歌いっぷりだった、そうだろう？」リアムが口を挟んだ。エイモンの仲間たちの頭には、割りこまないほうがいい会話もあるという考えはないと見える。「聖パトリックの日を祝うショーとして、最高の歌を聴かせてもらったよ、モイラ。きみと妹さんが家で《ダニー・ボーイ》を歌うところを見られる、これほどいいことはありゃしない。うっとりしたよ、モイラ、すごくよかった」

「ありがとう、リアム」

「鼻がてかてか光ってたなんてこともなかったよ、モイラ・キャスリーン」シェイマスがつけ加えた。

「ありがとう、みなさん、どうもありがとう」モイラは心をこめて言った。彼らはみな率直で、本気で彼女を応援してくれているのだ。「パパ、マイケルを上へ案内してママに紹介したいんだけど――」

「おいおい、モイラ、わたしをひとりにしないでくれよ！　これからますます忙しくなるんだからな。戻ってきて、この老いぼれを手伝ってくれ」

「コリーンが――」

「コリーンがどこにいるって？　どこかへ雲隠れしちまったぞ」

「ぼくがマイケルを上へ連れていって、お母さんとジョーンおばあちゃんに紹介しよう」ジョシュが愉快そうに申しでた。

モイラは視線でジョシュを焼き殺したかった。

マイケルが彼女に気の毒そうな笑みを向け、肩をすくめた。きみの立場はよくわかる、そんな顔つきだ。「ぼくならかまわない。ジョシュに案内してもらうよ」

「濃いお茶を出されるからそのつもりでね」モイラはカウンターをまわって父親のところへ行きながら警告した。

マイケルが彼女の手をとって低くささやいた。「ああいうキスはあとにとっておいてくれ。たぶんホテルで。パブが閉まったあと、いいだろう？　もっと慎重にふるまわないと」彼はふざけて目をくるりとまわした。「そうさ、お父さんとまだよく知りあわないうちに嫌われたくはないからね」

「あなたがアイルランド系だってことを父に言うわ。そうしたら、父はあなたを好きになるに決まってるもの」モイラはささやいた。

「さあ、マイケル」ジョシュが促す。「奥の階段で行こう」

モイラはわきを通り過ぎようとするジョシュの腕をつかみ、非難を浴びせた。「ちょっと待ちなさいよ！　いいこと？　困ったことがあっても、二度と助けてあげませんからね」

「きみはここに残るのが怖くて仕方がないんだろう、モイラ・キャスリーン？」ジョシュがからかった。「悪いが、モイラ、ひとりでライオンの群れを相手にするんだな。それともきみが怖がっているのは一頭のライオンかな？」

それだけ言うと、ジョシュはマイケルを従えてオフィス兼貯蔵室を抜け、奥の階段へ向かった。

「いけすかないやつ」モイラはぼやいた。

「ぼくのことではないんだろう、モイラ・キャスリーン？」

モイラはぱっと振り返った。知らないうちにダニエル・オハラがカウンターのなかにいた。愛用のアフターシェーブローションの香りがする。それなのに、彼がそばにいることに気づかなかった。ダニーは自分で注ぎ口からビールを注いでいた。

「あなたのことだとしたら、どうなの？」モイラは甘えるような口調で尋ねた。

ダニーは返事をしないでビールをあおり、モイラをじろじろ眺めた。「別にかまわないさ」彼はさりげなく肩をすくめてようやく答えた。「きみはすごく洗練された女性に見えるよ。すてきだ、相変わらずね」

「ありがとう」

「仕事はどう？」

「うまくいってるわ。あなたのほうは？　相変わらず争いや暴動をあおってるの？」

「まさか。ほら、ぼくに武器があるとしたら、ペンだからね。それとも最近はコンピュータと言うべきかな」

「どっちでもいいけど」

「きみはちっともぼくをわかってないね」

「充分理解しているつもりよ」

ダニーはカウンターに寄りかかった。もう少しでモイラに触れそうだ。「理解するにはぼくと一緒に過ごす必要があるよ、モイラ」

「そんなのできっこないわ。悪いけど、つきあってる人がいるの」

「ああ、わかってる、相手は完璧なマイケルだろう」

「彼って、ほんとにすばらしいの」

「あっちのほうもぼくと同じくらいうまいのかい？」

モイラは自分でも驚いたことにダニーににじり寄り、目を細めて答えた。「ずっと上手よ。嘘《うそ》じゃないわ。このカウンターの上でセックスしなかったのは、父の前だからよ」

ダニーが笑いだしたので、モイラはいらだった。

「あなたって、わたしがなにを言ってもおかしがるのね」

ダニーは頭を振ってまじめな顔に戻った。「すまない。ただ……その、彼がそんなにいいんだったら、ぼくに教える必要はないんじゃないかと思ってさ」

モイラは姿勢を正すと、できる限り落ちついているふうを装ってダニーを見つめた。「ねえ、いいこと、今回は違うのよ。たしかに男から男へ、恋から恋へ渡り歩いたこともあったわ。心のなかではあなたに恋い焦がれながらね。でも、物事は変わるの。わたしは今真剣に恋をしているのよ」

「たしかにそうだ。男から男へ渡り歩いたってのも間違ってない。男と食事に行く前には、そいつの身上調書を手に入れたほうがいいぞ」

モイラは背を向けて空のグラスを片づけはじめた。「物事は変わっていくけど、あなたのうぬぼれはちっとも変わらないのね。わたしを満足させて幸せにできるのは自分しかいないって、本気で思ってたの？」

ダニーがまじめに答えたので、モイラは驚いた。「きみを幸せにできると思ったことなんて一度もない。だからこそ、ここにとどまらなかったんだ」それから彼の口調が急に変わった。今ダニーが奇妙なまでに熱っぽく答えた気がしたのは自分の思いすごしだろうか、と彼女は思った。

「それと、満足させるという意味においては……試してみたらどうだい。きみが好きでたまらない男というのも、ぼくと同様しょっちゅう旅行に行くんだろう。もちろん、きみの仕事ではあるが……。ぼくは数日間ここに滞在する。いつもの客室にね。ほんとはぼくと寝たいんだという自分の気持を認めることができたら、ぼくのところへ来るといい」

ダニーはモイラに向かってかぶってもいない帽子をとるふりをし、カウンターをまわった。

「そんな日が来たら、地獄も凍るわ、ダニー・ボーイ」モイラはダニーの背中に向かって穏やかに言った。

去っていく彼の顔は見えなかったけれど、肩が小刻みに震えているような気がした。

あの人、笑っているんだわ。

ダニーは急に足をとめると、戻ってきてカウンターに寄りかかった。「地獄も凍るって、自分の気持を認めたらということかい？　それとも、ぼくのところへ来たら？」彼はきいた。

モイラは即答できなかった。

「寒くなってきた」ダニーは小声で言い、背を向けて人込みのなかをステージへ戻っていった。

今度は引き返してこなかった。

モイラは彼の背中へグラスを投げつけてやりたかった。

〝きみが怖がっているのは一頭のライオンかな？〟

ジョシュの言葉がよみがえってきてモイラを悩ませた。わたしは怖がってなどいない、怒っているのよ。怒り狂っているの。なぜって……。

ライオンの群れが怖いからだ。あるいは少なくとも……。

一頭のライオンが。

だが、そのライオンのほうを振り返ってみると、向こうはモイラを見ていなかった。ダニーは再びドラムをたたいていた。バンドと一緒に演奏するのを楽しんでいるようだ。彼の意識はすべてリズムを刻むことに注がれている。

しかしダニーが視線をあげたとき、モイラは彼が店内をうかがっている気がした。なにげなくとは言いがたい。まるで特別ななにかを、誰かを捜しているかのようだ。

モイラは周囲を見まわした。店内はますますこみあっている。数組のカップル、仕事の疲れを癒《いや》しているサラリーマンたち、カウンターに陣どっている老人たち、ひとりでテーブルに着いている二、三人の客。男がひとり、カジュアルなスーツ姿で隅のテーブルに座っていた。おそらく出張中の客だろう。

みな変わったところは少しもない。

だとすると、ダニーは誰を捜しているのだろう。

ジョシュの言葉がまたもやモイラの頭をよぎった。

ライオンの群れ。

そうなのだ。ダニーはまるでライオンのように店内を見張っている。太陽の下に寝そべって尻《しっ》尾《ぽ》を振り、頭で作戦を練りながら見張っている……。

いつでも飛びかかる用意ができているかのように。いったいダニーはどんな獲物を狙っているのだろう、とモイラは思わずにいられなかった。

奇妙なことに彼女は恐怖を感じた。身近で大切ななにかが、なぜか脅かされている気がした。カウンターに座っている客に声をかけられ、モイラは恐怖感を振り払ってそちらを向いた。わたしをこんな気持にさせたのはダニーだ。

ダニーに違いない。

4

意外にも、とてもすてきな夜になった。

マイケルとジョシュはモイラの母や祖母と一緒にお茶を飲んだあと、パブへ戻ってきた。ジョシュは上機嫌だった。妻のジーナと電話で話したところ、明日には双子を連れてこちらへ来ると言われたからだ。マイケルはモイラの甥《おい》と姪《めい》の寝顔をのぞき、とても愛らしい子供たちだと、わざわざ彼女に教えに来た。モイラはそれくらいとっくに知っているというのに。でもうれしかった。わたしを愛するなら、わたしの犬も愛してほしいもの、とモイラは思った。犬は飼っていないが、同じことだ。モイラは自分の家族を少しばかり厄介だと思っていたけれど、彼らをとても誇りに思っており、マイケルがみんなにうまく溶けこんでいる様子なのがうれしくてならなかった。

実際、マイケルはたいしたものだった。しばらくカウンターのなかに入って仕事を手伝っていると思ったら、エイモンの友人たちと旧知の仲のようにしゃべっていた。パトリックとはアイルランド人孤児を支援するために発足するアメリカの団体について語りあった。その団体は、プロテスタントやカトリックに関係なく、病気や事故で両親を亡くしたり、親に捨てられたり虐待されたりした子供たちに大学進学のための奨学金を支給するのだという。

マイケルはすばらしい。

　モイラは折りを見てカウンター越しにほほえみかけた。わたしが考えていることを感じとってくれますようにと願いながら。

　とうとう閉店時間になった。バンドは演奏をやめ、最後まで残っていた老人たちも帰っていった。カウンターをふいていたモイラは、背後にダニーがいるのを感じた。今度は話しかけられる前に彼の存在に気づいた。「新しい恋人に紹介してくれなかったじゃないか、モイラ」ダニーがささやいた。

「あら、そうだった？　いやねえ……ずっと顔を突きあわせていたっていうのに」

「ぼくはずっと一生懸命に演奏していたんだ。それもひとえに大義のために」ダニーが穏やかな口調で言った。

「わたしのそばで〝大義〟なんて言葉は口にしないでちょうだい、ダニエル・オハラ」モイラは声を低くして言った。

「モイラ、なんの害もない言葉だよ」ダニーがおかしそうに応じた。

　マイケルがこちらへ歩いてきた。彼ならわたしを苦しめているものから守ってくれる。

「あの人が来たから、紹介してあげるわ」モイラは穏やかに言った。「こちらがマイケル」なにげなく言ってカウンターに台ふきを置くと、マイケルに歩み寄って腕をまわした。彼が抱き返した。モイラはマイケルをうっとりと見つめてから、古い友人のダニーがそこにいるのにやっと気づいたかのようなふりをした。「ダニエル・オハラ、こちらはマイケル・マクレインよ。マイケルはわが社のアシスタント・プロデューサー兼ロケーション・マネージャーなの」

マイケルは笑みを浮かべて右手を差しだし、ダニーと握手した。左手はモイラの肩にかけたままだ。「それ以上の存在だと思っているんだが」マイケルが哀れっぽく言った。「ダニエル・オハラ、会えてうれしいよ。家族ぐるみでつきあっている古くからの友人だとか」

「ああ、それ以上さ」ダニーが軽い調子で応じた。「こちらこそ会えて光栄だ、マイケル・マクレイン。ボストンにいるあいだ、ぼくでなにか役に立てることがあれば、遠慮せずに言ってくれ」

「アイルランド人なのにボストンに詳しいのかい？」マイケルが尋ねた。

「ここは第二の故郷みたいなものだから」ダニーが答えた。

「ダニーは世界じゅうを飛びまわっているんだ」モイラの父親が会話に加わり、ダニーに腕をまわした。「店を閉めるぞ、モイラ・キャスリーン。明日は仕事で忙しいなら、おまえのお友達はホテルに引きあげたほうがいいんじゃないのか」

「モイラ、少しのあいだ、ぼくたちと一緒に来ないか？　スケジュールを立てたから、見てもらいたいんだ」マイケルがきいた。他意のない口調だった。もっとも、モイラの父親がそこにいたからだが。

モイラはダニーの厳しい視線を意識しながらも、ええ、と答えるつもりだった。それも熱意をこめて。ところが彼女が口を開く前に父親がしゃべりだした。

「ああ、モイラ、今夜はいけない。頼むから、今夜は外出しないでくれ」

「パパ、遠くへ行くわけじゃないわ。〈コプリー・プラザ・ホテル〉へ行くだけよ」

「もう遅い」

「パパ……」

「あの気の毒な女の子の死体が見つかったばかりなんだ」

「パパ、わたしだって殺人事件のことを思うと心穏やかではいられないけど、わたしは客を誘いに行くんじゃ――」

「モイラ・キャスリーン！　もうこんな時間だ。それに、罪深い人間は被害に遭っても、罪のない人間は被害に遭わないなどと、どうして思えるんだ？」

「その女の子は罪深い人間じゃなかったかもしれないわ。たまたま通りかかっただけなのかも」

モイラは父親にそう言ってから、なぜこんなことで議論しているのだろうと思った。

「モイラ、たぶんお父さんが正しいよ。かなり遅い時間だし、今夜は家で過ごす最初の夜だ」マイケルが言った。その目には残念そうな表情が浮かんでいたが、彼がまたしてもモイラの家族とうまくやろうとしてくれているので、彼女はうれしくなった。これから長くつきあっていくなら、そういう姿勢は大切だ。

「わかったわ、もう遅いものね。朝になったら会いましょう」モイラはマイケルにそう言うと、爪先立っておやすみのキスをした。彼はいいにおいがする、と彼女は思った。彼のジャケットの手ざわりもよかった。わたしはこの人が心から好きだ。ハンサムで、セクシーなだけではない。しっかりしていて、品があって、自信にあふれ、わたしをどきどきさせる。

「モイラ、ひと晩の別れじゃないか。千年の別れじゃないんぞ」父親が小さくため息をつきながら言った。

モイラは笑ってマイケルを放した。そしてジョシュの頬にキスをした。「ふたりとも気をつけてホテルへ帰ってね」

「ぼくたちなら大丈夫さ」ジョシュが請けあった。

男たちふたりはモイラの父親とダニーにおやすみの挨拶《あいさつ》をした。モイラはふたりをパブの入口まで送っていき、男たちがコートを着おわったあと、マイケルのスカーフをつかんで引きとめ、最後にもう一度キスをした。

「さてと、もうお開きだ」ドアが閉まると、父親が言った。「モイラ・キャスリーン、ベッドに入るんだ。ここはダニーとわたしで片づける」

「いいえ、パパ、今夜はわたしがいるんですもの。パパこそベッドに入って休んでちょうだい。もっと休みをとらなきゃいけないんでしょう」

「人間、仕事をやめると動かなくなってしまう。そうなったらおしまいだ」エイモンが頭を振りながら言った。

「パパ、わたしがやるわ。家のなかにいるんだから、安心だし、安全でしょう。今夜今からベッドに入ったくらいで体がなまったりしないわよ」モイラは言い張った。そして、あとで母親とじっくり話しあおうと肝に銘じた。〈ケリーズ・パブ〉は平日は毎日開ける。いい従業員を雇っているのだが、エイモンはなにからなにまで自分でやらないと気がすまない性質なのだ。仕事が父親にとってかなりの負担になっていると、モイラは確信していた。

「そうか、よし、わかった。今夜は老いぼれの代わりにおまえとダニーにあとはやってもらおう」エイモンはそう言ってウインクした。そして彼女を抱き寄せると、もう一度力強く抱擁し、頭のてっぺんにキスした。「おまえを愛してる、モイラ。心から」かすれた声で言った。

「わたしもよ、パパ。さあ、もうベッドに入って。今夜はこの家に大勢いるんだから」

「ああ。だがうちには、文句も言わずすべてこなし、建築現場の辣腕《らつわん》な現場監督よろしく家を切り盛りしてくれる高徳の母がいるからな」エイモンが言った。「おやすみ、モイラ。それからダニー、この子をなるべく早くベッドへ行かせてくれよ」

「わかりました、エイモン」ダニーが請けあった。

父親が奥の階段へ向かうと、モイラはカウンターへ歩いていった。あとはグラスを一、二個洗って、美しい古いカウンターをふけばいいだけだ。ここは植民地時代に居酒屋だった場所で、カウンターは数百年も前のものだ。モイラは幼いころからこのカウンターが大好きだった。ふいているときに感じる歴史のにおいが好きなのだ。

ダニーは入口のドアに鍵《かぎ》がかかっているかどうか確かめてから、掃除をしているモイラのところへ戻ってきた。そしてカウンターにもたれ、きらめく目で彼女を見つめた。

「一緒に働いてくれるものとばかり思っていたわ」モイラは作業から目をあげずに言った。

ダニーは肩をすくめた。「彼とはつきあわないほうがいい」

モイラは磨きあげられた木のカウンターをふくのをやめなかった。ダニーの肘を無理やりどかせる。

「聞いているんだろう、モイラ。きみだってわかってるはずだ」ダニーは再びカウンターにもたれかかった。「彼とつきあわないほうがいい」

「あら」モイラはダニーをじっと見つめ、彼の目からおもしろがるような色が消えていることに気づいて驚いた。「どうして？　あなたがもったいなくもわたしたち家族を訪ねることにしたから？」

「いいや、ぼくのためではない」

「だったら、どうして？」

「彼はぎらぎらした目をしている」

「ぎらぎらした目？」

「危険な目ってことさ」

「危険な目ですって？　まあ、なんてすてきなのかしら。最高に魅力的――それにセクシーだわ。マイケルがそんな目をしていたなんて今の今まで知らなかった」

「きみはジョシュと結婚するべきだったんだ。あいつはいいやつだし、安全だ」

モイラはすっかりきれいになったカウンターをまたこすりだした。「ジョシュの自尊心はさぞ満足するでしょうね――あなたに安全だなんて言われて」

「なぜだい？　男ってのは頼もしくて安全なら言うことはないだろう？」

彼女は深々とため息をついた。「どうかしら。ダニー、その質問にはあなたが答えるべきよ。

あなたが今まで一度でも頼もしかったことが、あるいは安全だったことがあった？」

「岩みたいに頼もしいじゃないか」

「あらゆる場所に転がっていっちゃう岩ね」

ダニーは肩をすくめた。「ぼくはアメリカが好きだ。そして生まれたのはアイルランドだ。だから心が引き裂かれてしまうんだ。わかるだろう」

「この前なにかで読んだけど、アイルランドにいるアイルランド人よりもアメリカにいるアイルランド人のほうがはるかに多いんですって」

「ぼくにアメリカへ移住しろと言ってるのか？」ダニーが問いただした。

「あなたはアメリカにこっそり何度も来ているみたいだから、移住を検討したいのかと思って教えてあげただけよ」

「ぼくがアメリカに移住したら、きみはぎらぎらした目の男とつきあうのをやめるかい？」

「いいえ。さあ、働いてよ。そこのグラスをとって洗ってちょうだい。わたしは一刻も早くベッドに入りたいんだから」

「おやおや、誘ってるのかい？　きみのお父さんの家なんだぞ、モイラ・ケリー！」

「断じて誘ってなんかいないわ。それより、あなたはここでなにをしているの？　祖国で聖パトリックの日を祝うべきなんじゃない？」

「旧友を訪問してるのさ」ダニーが言った。

「アイルランドには訪問する必要のある友達がひとりもいないわけ？」

「アイルランドじゅうにいるよ。だけどここにいたいんだ」

「どうして？　またアメリカ人にお説教しようっていうの？　新しい本が出版されるのかしら？　イギリス人の帝国主義についてとか、世界はほかのなにをさておいてもアイルランド統一を押し進めなければならないとかいう内容の」

ダニーは眉をつりあげた。「それはものごとに対する——そしてぼくに対する偏見だ」

「ええ、たしかに。でも、あなたには偏見がないとでも？」

「そうじゃない。きみは論理的判断と多少の個人的憤りを一緒くたにしていると思う。ぼくは扇動者であったことは一度もない。解決策があるなどと主張したこともないし、これからも主張するつもりはない。きみはアメリカ人だろう？　誰でもそんなことくらい最初からわかっていたと、きみたちは言い張るのさ」

「わたしはあくまでアメリカ人よ。ここで生まれたんですもの」

「そうさ、だからきみは移民後最初の世代だ。北アイルランドにいる〝イギリス人〟は、きみたちよりずっと長くそこに住んでいる。なかには数世紀にわたって住んでいる一族だっている。問題ははっきりしているんだよ。何世紀ものあいだ、アイルランド人は祖国において二級市民と見なされてきた。そしてイギリス人、つまりプロテスタントが富と権力を独占したので、人々のあいだに激しい憎悪が生まれた。しかし、今なにをすべきかというのは……そう、きわめて難しい質問だ。ぼくが思うに、当事者同士が進んで和解しなければならない。それではじめて、アイルランドを統一できるんだ」

モイラは手をとめてダニーを見つめた。「ある朝、北アイルランドの全住民が目を覚ましてこう言うとでも思ってるの？〝なあ、すべてを水に流して、お互い仲よくやっていこう〟って」

「この十年余りのあいだに状況はだいぶよくなっているんだ」ダニーが言った。

「ダニー、処女作が出版されたあと、あなたの講演を聞いたわ。テーマは古代史とアイルランド人が戦った戦争についてだった」

「当時ぼくは若かったが、容易な解決策があるとか、みんな武器をとって戦えなんてほのめかしはしなかったはずだ。そう、ぼくはアイルランド史を学んでいた。アイルランドの祖である神々《トゥアハ・デ・ダナーン》から復活祭蜂起《ほうき》、それ以後についてね。そして両国間の紛糾した状況を読み解こうとするうちに、自分は書くことも話すこともどちらも好きだということに気づいたんだ。今は若いころみたいにど素人じゃないつもりだが、今でも講演をするのは好きだ。特にアイルランド系アメリカ人相手にするのが。でも、武器をとれなんて口が裂けても言わない。その点はわかってくれなくちゃ」

「ダニー、あなたはなにをわかっているっていうの？　わたしにはあなたのことがわからないし、あなたについてなにも知らないの。たぶんずっとわかっていなかったんだわ。だけど、わたしはあくまでアメリカ人なの。そして、なにがあろうと暴力には反対よ」

「ぼくの話を聞いていなかったんだな。ぼくがなにをするつもりだと考えてるんだ？　ウージー・サブマシンガンを持って通りを歩くとでも？」

「今言ったでしょう、わからないって。それに、どうだっていいわ。わたしは根っからのアメリカ人だし、この国も充分すぎるほど問題を抱えているのよ。もう寝るわ。おやすみなさい。グラスを片づけておいてね。父に手伝うって言ったんだから」

　モイラは住まいへ続く螺旋《らせん》階段へ向かった。

「モイラ」

「なに？」モイラは足をとめた。すぐには振り返らず、肩をこわばらせてじっとしている。それからやっとダニーのほうを向いた。「なに？」彼女は繰り返した。

「ぼくのこと、よくわかってるじゃないか。心の底ではわかっているんだ」

「それはすごいわね。おやすみなさい」

「ぼくは今でもきみの友人だ。きみがわかっていようといまいと。だから友人として警告する。ぎらぎらした目の男たちに気をつけろ」

「マイケルはきれいな目をしているわ」

「きれいだって？　きみが言うのならそうなんだろう。ぼくにはわからないが。ああ、きれいだとも、きみがそう言うなら。だが、やっぱりぎらぎらしている」

　モイラはいらいらしてため息をついた。「おやすみなさい、ダニー」

「おやすみ、モイラ」

　階段をあがっていくモイラの耳にグラスが触れあう音が聞こえた。彼女は急いでパブの上の住まいへあがると、階段のてっぺんにあるドアに素早く鍵をかけた。

　住まいはとても静かだった。廊下に面したベッドルームのドアはすべて閉まっている。両親は昔パトリックが使っていた部屋へ移り、パトリックとシボーンにマスターベッドルームを明け渡していた。マスターベッドルームには狭い子供部屋がついていて、エアマットレスを占領したブライアンは大喜びだった。モイラはコリーンと一緒に寝るか、撮影クルーと一緒に〈コプリー・プラザ・ホテル〉の部屋に泊まると申しでた。そうすれば子供たちがモイラの部屋を使い、エイモンとケイティは自分たちのマスターベッドルームに寝られる。けれども両親は耳を貸さなかった。ただ家族全員が一緒にいることがうれしくて仕方がないのだ。子供たちに孫たち、そしてシボーン。両親はシボーンを実の娘のようにかわいがっていた。

まだ義理の姉と顔を合わせていない、とモイラは思った。珍しいことだ。シボーンは実家の両親に会いに行ったというが、子供たちを連れていかず、戻ってきてパブに顔を出さないなんて奇妙だ。

モイラはマスターベッドルームを通り過ぎて自分の部屋へ向かった。自分の部屋の近くまで来たとき、話し声を耳にして驚いた。くぐもった、低い、怒っている声。一方は男の声で、もう一方は女の声だ。兄と義理の姉の声に間違いない。

「おい、冗談じゃない、シボーン、よしてくれよ！」

続いてシボーンの声がした。低くて、なんと言っているのか聞きとれない。

「ぼくはなににもかかわっちゃいないさ」

再びシボーンの声がしたが、やはり低くて聞きとれなかった。

「違う、ほかになんにもありゃしない。子供たちのためなんだ、誓ってもいい！」

シボーンがなにかを言ったに違いないが、その声すら聞こえなかった。

「なあ、シボーン、お願いだ、信じてくれ。ぼくを信じて……」

兄の声が小さくなって消えた。数秒後、両親の古いベッドがきしむ音が聞こえてきた。

廊下にひとり立ちつくしたモイラは、顔がほてって赤らむのを感じた。たいしたものね。最初は兄と義理の姉の話を立ち聞きし、今はふたりのセックスを盗み聞きしているなんて。

「少なくとも、どちらかが折れたみたいね」

モイラははっとして飛びあがり、危うく大声を出すところだった。妹に小声でささやきかけられたのだ。

「コリーン」やっとのことでモイラは言った。

コリーンが忍び笑いをこらえながらモイラを引っぱって廊下を進んだ。

「ドアを開ける音なんてしなかったわ」モイラは言った。

「自分の部屋にいたんじゃないの。電話をしていたのよ」

「電話？」

「カリフォルニアでは十一時はまだ早い時間よ」

「夜の十一時に仕事をしてるの？」モイラは尋ねた。

コリーンは手を振った。

「男よ。新しい男。まだそれほど深い仲じゃないけど。つまり、今夜の姉さんとマイケルみたいに、パパの店で、パパの前でいちゃいちゃするところまではいってないってこと」

「自分ならパパがいないところでいちゃつくと言いたいの？」

コリーンは笑った。「急にどうしちゃったの？　家族に対して良心の痛みを感じてるわけ？」彼女はいたずらっぽく言った。

「立ち聞きするつもりはなかったのよ。ただ……自分の部屋へ行く途中で声が聞こえたから」

「声が、ええ、そうね」

「コリーン、まじめな話、ふたりは言い争っていたわ。それに、ほんとに盗み聞きするつもりはなかったんだから」

「でも聞いてしまったからには、ふたりのあいだになにかあったのか知っているかって、わたしにきくつもりでしょう？」

「どうなの？」

「知らないわ。だって、わたしも今日着いたばかりだもの。そのことについて話すなら、お茶でもいれようか？　いえいえ、もう遅すぎるわね。それに姉さんはここへ仕事をしに来たんでしょう？　話は明日にしたほうがいいわ。ああ、早く聞きたいな。彼ってハンサムよね——姉さんのマイケルのこと。背は高いし、肩幅は広いし、足は大きい。大きな足の男性がなんて言われてるか知っているでしょう」

「そんなの、昔の人のでっちあげよ」

「そういうこと言うのね、つまんない」

「まったくコリーンったら。番組はどうなの、とか、次はなにをやるの、とかきいたらどうなの——」

「テレビは見てるわ。番組はうまくいってるじゃない。姉さんに話してあげられるようないいことがあれば、わたしならおもしろおかしくたっぷり聞かせてあげるんだけどな」

「わたしが聞きたくないことまでね」モイラは同意した。

「気になっていたんだけど、ダニーとは……」

「ダニーとはなんの関係もないわ」

「まあ、嘘《うそ》つきね」

「彼は古い友人よ」

「やめてよ、姉さん、鼻がのびるわよ」コリーンが脅した。「ふたりはいつも熱々だったじゃない。今夜だって……静電気がぱちぱちいってるみたいだった。うわー、考えてみると、うらやましいとは言えないわね。長身で濃い茶色の髪のハンサムな恋人がいる一方、エールの反逆児とつきあっていたという情熱的で奔放な過去があるなんて」

「口を慎んでよ、コリーン。パパもママも知らない――」

「姉さん、パパもママもカトリックだけど、ばかではないわ。それに、たとえ目も見えず耳も聞こえない女だって、ミスター・ダニエル・オハラに無関心ではいられないわよ。身長だって、姉さんの新しい恋人と同じくらい、いえ、もっとあるんじゃないかしら。うーん、引きしまった筋肉、形のいいヒップ。ああ、どっちにするか迷っちゃうわね」

「ダニーは過去の人よ、コリーン」

「そうでしょうとも」コリーンが疑わしげに言った。

「あなたはたった今マイケルのことを――」

「ええ、彼は申し分のない人だわ。すてきな声をしてるし。でもそれを言うなら、ダニーにはほんの少しなまりがあって……」

モイラはうめき声をあげた。「家へ帰ってくるとろくなことがないんだから。パパとママに煩わされるのは覚悟してたけど、あなたはもっとひどいわ」

「妹だからよ、たったひとりの。妹を与えてくれた両親に、日々感謝すべきよ」コリーンは言った。

「その言葉、そっくりお返しするわ。わたしの話はもうおしまい。さっきのカリフォルニアの男のほうはどうなの？　なんて名前？　背は高い？　足は大きい？　そういうことは自分で調べられるわよね」

「名前はチャド・ストーム。そうね、背は高いわ」

「チャド・ストームですって？」モイラは目を白黒させた。「俳優なの？　もう少しましな芸名はつけられなかったのかしら」

「グラフィックデザイナーよ。それに芸名じゃなくて、親からもらった名前よ」コリーンは憤慨して言った。

「しーっ！　家じゅうの人を起こしちゃうじゃないの」

「わかった、わかった。天使みたいなおちびちゃんたちを起こしたくはないものね。パトリックとシボーンに殺されちゃうわ。つまり……その、あのふたり、ほんとにわたしたちを殺すわ！

もう寝るわね。今夜は姉さんをゆっくり寝かせてあげる。でも、明日なにもかも話すのよ。隠しだてしないで、洗いざらい――」

「ベッドへ行きなさい、コリーン」

「すっかり白状するのよ、いいわね」

「おやすみ、コリーン」

「わかったわよ、おやすみなさい」ふたりは愛情をこめて素早く抱きあうと、長い廊下を自分たちの部屋へ向かって歩きだした。姉妹の部屋は廊下のいちばん端に向かいあって位置している。ふたりがマスターベッドルームを通り過ぎるとき、まだベッドのきしむ音がしていた。姉妹は目を見交わしてぷっと吹きだし、素早くそれぞれの部屋へ入った。


ダニーは考えにふけりながら最後のグラスをふき、カウンターの内側にかけられている十九世紀の時計を見やった。

まもなく二時だ。ダニーは混乱し傷ついた思いで店内をゆっくりと見まわした。緊張に満ちた晩だ。当然だ。彼はここで聖パトリックの日を迎えようとしているのだから。

市内のパブをいくつもまわった。可能な限りのことを頭にたたきこみ、とにかく目を光らせていた。

おそらく彼自身も監視されていたに違いない。

こちらも監視を続けるつもりだ。今夜、店の隅のテーブルにひとりきりで座っていた男を以前に見たことがある。その男の仕事ぶりはたいしたことはなかった。パブへ入ってきて、さも人目につきたくないというそぶりを見せていたくらいだ。今でもなおダニーは、自分が捜している相手はこれまで会ったことのない人間だと確信していた。向こうもこちらを知らないはずだ。

もちろん、そいつがパトリックだったら話は別だが。

「おい、なにちんたらやってるんだ」ダニーは自分をしかりつけ、最後のグラスをカウンターの後ろの木製の棚にしまった。それほど時間はかかっていないだろう。今夜パブは遅くまで開いていた。

〈ケリーズ・パブ〉が一時まで開いていることはめったにない。もっとも土曜の夜などはしばしば二時までやっている。ひいきの客次第、状況次第だ。調理場は十時に閉まるが、そのあとに腹をすかせた客がぶらりと入ってきたりすると、たいてい誰かがなにかをつくってやる。〈ケリーズ・パブ〉はずっと変わらない。ダニーはほんの子供のころからここに来ていた。エイモンはいい人だ。働き者で、人間を愛している。エイモンに、そして彼の家族に、害が及ぶようなことがあってはならない。

電話が鳴った。ダニーは受話器をとった。「〈ケリーズ・パブ〉です」反射的に言った。受話器を握っている指がこわばった。「〈ケリーズ・パブ〉ですが」と繰り返す。そしてためらったあと言い添えた。「〝ブラックバード〟が演奏している店です」

「ブラックバード?」深みのあるハスキーな声が問い返した。男だろうか? 女だろうか?

「ええ、〝ブラックバード〟です」ダニーはきっぱりと言った。

「えーと……」相手は言いかけてやめ、ぶっきらぼうにつぶやいた。「間違えました」それきりだった。

電話が切れた。間違えたわけではないのだろう、とダニーは怒鳴りたかった。

そのとき、かちゃりというかすかな音が聞こえた。

二階の誰かがやはり電話に出ていたのだ。電話をかけてきた相手は、ふたりが同時に電話に出たので切ったのだろうか？　ダニーは＊六九とボタンを押した。発信者番号は非通知だった。

かっときたダニーは、使っていた布巾《ふきん》をカウンターの向こうへ投げつけた。頭を振り、歯ぎしりして、寝る前にウイスキーを一杯やることにした。そしてひと口で飲み干した。くそ、喉が焼けるようだ。

オフィス兼貯蔵室を抜けて、二階の住まいへ通じる階段をあがった。上まで来てドアを確かめる。鍵はかかっていた。

ダニーは店に戻ると、突然入口から飛びだして建物の側面へまわり、階段を二段ずつ駆けあがった。住まいへ通じる外のドアにもしっかり鍵がかかっていた。もっとも本気で押し入ろうと思えば、かなてこでボルトを外すくらいわけないだろう。

ダニーは階段をおりてパブに入り、あてがわれた部屋へ行った。

そして熱いシャワーを浴び、ベッドにもぐりこんだ。テレビをつけてチャンネルをＣＮＮに合わせた。世界は悲惨な状態にある。中東では戦争が勃発《ぼっぱつ》した。東ヨーロッパでは転轍機《ポイント》の老朽が原因で痛ましい列車事故があった。南アメリカは天候のせいで甚大な被害が出ている。

ベネズエラで洪水が起こったという暗いニュースを伝えていた女性アナウンサーが、にこやかな顔で聖パトリックの日の話を始めた。浮き立っているダブリンの様子やニューヨークの群衆が映しだされた。そのあとに世界じゅうで支持されているベルファストの政治家のインタビューが流れた。彼はアイルランド系の人々と聖パトリックの日を祝うためにボストンを訪問することになっている。

ニュースは続いていた。ダニーは画面を見てはいたが、もはやなにも聞いてはいなかった。眠りに落ちるまで長いことかかった。

5

翌朝モイラがベッドルームを出たとき、家のなかは静まり返っているようだった。すぐ前にコリーンがいて、廊下をキッチンのほうへ歩いていくのが見えた。

モイラは妹のあとをついていった。「おはよう」小声で言い、一緒にキッチンに入った。母親はとっくに起きていたと見え、コーヒーメーカーにはコーヒーができており、大きなキッチンテーブルの上のポットには紅茶が入っていた。兄のパトリックも起きていて、テーブルに着いてコーヒーをすすりながら新聞を読んでいた。

「おはよう」コリーンは挨拶《あいさつ》を返してから、パトリックのほうを向いて目をくるりとまわしてみせた。「兄さんも、おはよう。ぐっすり眠ったみたいな顔をしてるじゃない。ゆうべは夜中まで――」

「バンドと演奏してたのに」モイラは慌てて遮った。昨夜ふたりでマスターベッドルームのドアの外にいたことを、コリーンがばらしてしまうのではないかとぎょっとしたのだ。モイラは自分の席である古い椅子に座ると、警告するように妹をにらみつけた。

「バンドと演奏してたのに」コリーンが繰り返した。「まさにそう言おうとしたの」コリーンもモイラをにらみ返すと、無邪気を装って目を大きく見開き、憤慨したような顔をした。

モイラの気分は最悪だった。三時か四時くらいまで寝つけなかったのだ。そしていつもの癖だろうか、気づけばすっかり目が覚めていて、今朝は早く起きなくてもいいのだとわかっていても寝ていられなかった。もちろん、すべきことはある。マイケルとジョシュはよくやってくれた。街のあちこちで行われるパレードやイベントの撮影許可をとってくれたのだ。しかしモイラには行動計画が必要だった。母親との話でボストンへ帰ると決めて電話を切った瞬間から、すべて計画どおりいっているというふりをしなければならない。

パトリックがいささか困惑した様子で妹たちを見た。「おかげさまで気分はいいよ。コリーン、おまえも調子がよさそうじゃないか。モイラは……うーん。安心しろ、思っていたほどひどい顔はしていない。そんなにひどかったら困るだろう？　目の下に顎まで届くほどの袋をこしらえてカメラの前に立つわけにもいかないもんな」

「よく言うわね。コリーンは調子がよさそうで、わたしは思っていたほどひどくないって、どういう意味よ？」モイラは兄につめ寄った。

パトリックがにやりとした。「おまえはここへ着いたときから落ちつかないみたいだから」

「そうなの？」コーヒーを注いでいたコリーンが振り向いてモイラをまじまじと見つめた。

「コーヒー一杯注ぐのにそんなにもたもたするなら、わたしに先に注がせてよ」モイラは言った。

「モイラにコーヒーを注いでやれよ――コーヒーが必要なんだから」パトリックが口を出す。

モイラは兄をにらみつけた。「どうしてそんなことがわかるの？」

「寝返りを打つ音がひと晩じゅう聞こえていたからさ」

「嘘《うそ》！」モイラは抗議した。そして妹と目を見交わし、ふいにこらえきれなくなって吹きだした。コリーンもつられて笑った。

「なにがおかしいんだ？」パトリックが目を細めてふたりの妹を交互に見ながら尋ねた。

「だって、わたしたちは黙っててあげようと思ったのに……」コリーンが言いかけた。

「まったくそのとおりよ。あの古いベッドがあんなに大きな音をたててきしんだのは……そうね、たぶんコリーンが仕込まれたとき以来じゃないかしら」モイラがあとを引きとった。

パトリックの頬がみるみる赤く染まった。そういうところは両親そっくりだ。

「おまえたち、いい加減にしろよ」彼は早口でまくしたてた。「なんて下品なんだ。だいいち、ここは両親の家で……」

「まあまあ、責めてるんじゃないんだから」コリーンがモイラからコーヒーポットを受けとりながら言った。

「そうよ、わたしたちはただ喜んでるの――」

「もちろん、兄さんたち夫婦のことをよ」コリーンが遮った。

「結婚して何年にもなるのにね」モイラが続ける。

「兄さんだっていい年なのにね」コリーンがつけ加えた。

「つまり、兄さんは精力旺盛《おうせい》だってことよ」モイラが締めくくった。

パトリックはカップを置くと、頭を振って目を伏せた。それからテーブル越しに妹たちをにらみつけた。「ふん、よく言うよ。おまえだってゆうべカウンターのなかで知らない男に迫っていたくせに」

「マイケルは知らない男じゃないわ」モイラは反論した。

「おい、ぼくは一度も話したことがないぜ」

「わたしはあの人をよく知ってるの」

「らしいな。まったく、クリスマス休暇のあとに出会っただと？　そんなんじゃ婚約指輪をもらうのはまだ早いぞ」

「ほっといてよ」モイラはパトリックに言った。

「ねえ、姉さんはただダニーに見せつけるためにその人に迫ったのかも」コリーンがあくびをしながら言った。

モイラは妹をにらみつけた。「ちょっと、どっちの味方なの？」

たちまちコリーンはばつが悪そうにした。「ごめん」

「そもそも、ぼくの味方なんかするとは思ってないさ」パトリックが抗議する。

「あらまあ、また妹たちにいじめられているの、パトリック？」廊下からキッチンに足早に入ってきた母親がきいた。「ふたりとも恥を知りなさい。もう、何度も言わせないでちょうだい――」

「わたしたち三人とも、ママがわたしたちそれぞれに与えてくれた最高の贈り物だって」三人は声をそろえて言うと、テーブルのまわりでいっせいに大声で笑いだした。

ケイティは頭を振った。「いつかおまえたちにもその本当の意味がわかるでしょう。誰からも認められず、友達に裏切られても、おまえたちにはいつだって家族がついているのよ」

「ああ、ママ」モイラは立ちあがって兄のところへ歩いていき、その肩を抱いた――そして彼の腕をつねった。「兄さんを敬愛してるわ。本当よ」

「もちろん、わたしだって」コリーンが言った。

「おまえはどうなの、パトリック？」ケイティが強い語調で促した。

「ぼく？」パトリックはきき返し、モイラに向かってにやりとした。「そりゃあ妹たちはぼくの人生の光だよ。妹たちだけじゃないけどね。妻のシボーン。ああ、それとやんちゃな子供たちも。ぼくの人生には明るい光が燦々《さんさん》と降り注いでいるんだ」

「それで充分」ケイティがにっこり笑って言った。「モイラ、ちょっとどいて。パトリックは席をつめて。子供たちが目を覚ましたの――すぐに朝食を食べにやってくるはずよ。卵料理をこしらえてやるわ。女の子たちは手伝ってくれるんでしょう？」

「女の子ですって？」コリーンがきき返した。

「なに？」ケイティが困惑して尋ねた。

モイラは母親に腕をまわした。「ママ、コリーンはママを性差別主義者だって言ってるのよ。パトリックだってわたしたちと同じようにお手伝いできるわ」

「そもそも、ママは兄さんの子供たちのために料理をするんだから」

「ああ、でもパトリックにはお手伝いなんてできないわよ」ケイティは言った。

「どうして？」コリーンが尋ねる。

「だって、パトリックほどキッチンで役に立たない人なんて見たことがないんだもの。ジョーンおばあちゃんいわく、今まで会ったなかでお湯もわかせなかったのはパトリックただひとりだそうよ」

「兄さんは料理ができないふりをしてるだけよ」モイラは言った。

「働かなくてすむようにね」コリーンが説明する。

「もうたくさん！」ケイティが憤然として言った。

「ちょっとふざけただけよ、ママ」モイラは言った。「ベーコンを出すわね」

「いちばん下に入ってるのにしてちょうだい。上にある〈マクドネルズ〉で買った脂の少ないやつは今夜のベーコン・キャベツ用なの」

「ベーコン・キャベツね」モイラはつぶやいた。

「野菜とじゃがいもの煮込み《コルカノン》もお願い」ケイティが言った。「ブロッコリーとほうれん草も。お父さんの心臓にいいから。モイラ・キャスリーン、オートミールも。お父さんは毎朝それになにも入れないで食べるようになったの。コレステロールを減らすためにね」

モイラは指示されたものを冷蔵庫からとりだし、戸棚からオートミールを出した。そして母親を見た。「これでよし。わたしたちがつくるわ。番組を撮影するときには、ママと交代して、聖パトリックの日の食事を用意するところを撮らせてもらうから」

「聖パトリックの日にはベーコン・キャベツじゃなくてローストビーフを食べるのよ」ケイティが言った。

「ママ」モイラはうめくように言った。「実際に聖パトリックの日になにを食べようとかまわないのよ。ベーコン・キャベツは伝統的なアイルランド料理だわ。番組にはうってつけでしょう」

「ああ、どうしよう、モイラ、カメラの前じゃうまくお料理できないわ」

「兄さんにエプロンを着けさせたらどう？」コリーンが期待をこめて尋ねた。

「絶対にそんなことするもんか」パトリックが反論した。

「そう、ならいいわ。兄さんには、ビールを飲んだりバンドと一緒に演奏したりする典型的なアイルランド人になってもらいましょう」コリーンがからかった。

「おいおい、そればっかりがぼくじゃないぞ」パトリックが言った。「スーツをびしっと着こなすこともできる。弁護士にとっては重要なことだ。帽子だってけっこう似合う。エプロンとなると……なにしろこの体格だから無理だな」

「兄さんのエプロン姿は撮らないわ」モイラは言った。「料理ができないんだから、後片づけぐらいはやってよね」

「午前中は約束があるんだ」パトリックが抗議した。

「きっと、たった今考えついたのよ」とコリーン。

「本当に約束があるの？」ケイティが兄に尋ねた。

パトリックが答えるより先に、奥のドアをノックする音がした。そのとたん、なぜかモイラは体じゅうに緊張が走り、筋肉がこわばるのを感じた。

母親と妹が音のしたほうを振り返った。パトリックだけがモイラを見ていた。

「ほうら、ダニーだ」パトリックが小声で言った。

「からかわないで」モイラはぶつぶつ言った。「確かめたほうがいい？」母親に尋ねた。

「いいわよ、こんな時間だもの、ダニーに決まってるわ」ケイティが言った。「どうぞ、ダニー」と呼びかけた。

「ゆうべあがってきたときに鍵《かぎ》をかけておいたの」モイラは言った。

「当然、ダニーは鍵を持っているわ」母親がじれったそうに応じる。

母親の言葉が終わらないうちに鍵をまわす音がした。

ダニーが鍵を持っていることが、どうしてこんなに気になるのだろう、とモイラは思った。わたしの家の鍵。いいえ、わたしの家ではなく両親の家だ。

そしてここではいつもダニーを歓迎してきた。

ダニーが入ってきた。とかしつけられた髪が湿っていて、剃《そ》りたての頬がつるりとしていることから、シャワーを浴びてさっぱりしてきたところだとわかる。ジーンズに山吹色のセーターというでたちで、カジュアルな革のジャケットをはおっていた。彼が颯爽《さっそう》として見えることを、モイラは認めざるをえなかった。いくつか年を重ねた分、生まれ持った屈託のなさに少しは大人らしい雰囲気と威厳が加わっている。ダニーはマイケルほどハンサムではない、とモイラは少しだけ弁解の気持をこめて分析した。マイケルは典型的な美男だ。髪は黒に近い茶色で、目は真っ青、顔は彫りが深い。ダニーはもっといかつい顔をしている。顎は角張っていて、頬はこけ、粗野な感じだ。けれども目はすばらしい。変わった色あいのはしばみ色で、ときに琥珀《こはく》色に、ときに金色に見える。ダニーは自分を観察しているモイラを見たが、ほほえんだだけで母親に向かって話しかけた。

「一階のベッドルームにいてもケイティ・ケリーのいれるコーヒーの香りがしましたよ」ダニーは優しくケイティの腰に両腕をまわし、頬にキスをした。

「店のカウンターのなかにコーヒーポットがあるわ」モイラがかなり鋭い口調で言った。パトリックが彼女を見た。モイラは目を丸くしてみせた。「アイリッシュコーヒーなんて、誰がいれても同じでしょう」

「カウンターのなかにコーヒーポットがあることぐらい誰だって知っているんじゃないか」兄が言った。

「わたしはこう言いたかっただけなの――」モイラは言いかけた。

「わかってる。でも、ぼくのいれるコーヒーはケイティのいれてくれるコーヒーほどおいしくないんだ」ダニーが遮った。

「それに、ひとりで飲むなんていやよね」ケイティがきっぱりと言う。「あなたは毎朝ここへあがってきていたし、今は女の子たちもいるんですもの。一緒に過ごしたいと思うのは当然だわ」なにげないことこのうえないが、心のこもった口調だった。

「もちろん、わたしたちだってダニーと一緒に過ごしたいわ。もうひとりの兄さんみたいなものだもの。思いやりのある兄さんみたいな」コリーンがからかった。

パトリックは聞こえるようにうめき声をあげた。

「ほんと、兄さんよね」モイラも甘い声で言った。

ダニーはコーヒーを注ぐと、パトリックの隣に腰をおろした。「今朝は妹たちにずっといじめられていたんだろう」

「どうかしてるぜ。自分の妹が全国ネットのテレビで恥をかかせようとしているっていうのに、エプロンを着けたりするか？」パトリックがきいた。

「たかがケーブルテレビの番組じゃない」モイラはぶつぶつ言った。

「ケーブルテレビの高視聴率番組だ」パトリックが言った。「そうだろう？」

ダニーがモイラを見つめた。彼女は一瞬、彼の顔がなぜか怒りで険しくなったような気がした。

「ぼくには妹がいないからな」ダニーが言った。

「しかしきみは、ぼくより思いやりのある兄みたいなものなんだから」パトリックが思いださせた。

「ああ、そうだった。それで、どんなエプロンなんだい？」そう尋ねるダニーの声にいつもの陽気さが戻っていた。

「たしかママが、レプラコーンがついたエプロンをどこかにしまっているはずよ」コリーンが言った。

「誰もエプロンなんてしなくていいの！」モイラは抗議した。

「わかった。みんな手際よく料理しよう」ダニーが言った。

「ママ以外の人に番組に出てくれなんて言ってないわよ」モイラは断言した。

「そのとおりだ。忍耐強いぼくたちきょうだいは、テレビに映っていないところで皿洗いさ」パトリックが言った。

「ちょっと」コリーンが抗議の声をあげる。「わたしはトロイのヘレン並みの美女なのに」

「もちろん、あなたにはわたしたちと一緒に映っているところで料理をしてもらうわ」モイラは妹に請けあった。

「ありがとう。エージェントに確認をとるわ」

「コリーンったら！」ケイティが怒って言った。

「ただの冗談よ、ママ」

「まさにトロイのヘレン並みの美女だね――妹よ」ダニーがコリーンに言った。「おめでとう。今やその顔を日に何度も目にするよ」

「本当、ダニー？」コリーンが少し不安そうにきいた。そのときモイラは、妹はまだ無邪気な子供にすぎないのだと思った。コリーンは並外れた才能を発揮しているにもかかわらず、彼女の容姿は注目に値すると人々が実際に思っていることがいまだに信じられないのだ。彼女は苦労して前進するための自信を身につけ、地に足を着けているだけの謙虚さを保っていた。

「本当だ。それと、パトリックやご両親から聞いたけど、西のほうでロマンスが芽生えているそうだね」

「まだ芽生えただけなの」ケイティがきっぱり言った。「娘の話ではね」

「まだ芽生えたばかりよ」コリーンが笑いながら言った。「ママ、本気になる前に、必ずその哀れな男性を家に連れてきて、親密な関係になるだけの体力があるかどうか確かめるから」

パトリックはにこりともせずに妹を見つめた。「へーえ、体力ね」

「いいやつなのかい？」ダニーが尋ねた。「それがいちばん重要だからね、ぼくの、その、妹には」

「すごくいい人よ。ねえ、たまにはカリフォルニアへ来てよ。すぐに来られるでしょう。彼に会ってもらいたいの」

「ダニーならおまえにふさわしい相手かどうか見極められるからな」パトリックが妹に言った。

「コリーンは分別を持ちあわせている。相手はきっといいやつだよ」ダニーが言った。「ところでモイラのほうは……」

「モイラとマイケルのことね」ケイティが言った。

「彼はすばらしい人よ、ママ、わかってるでしょう」モイラは言った。

「たしかに礼儀正しい男みたいだな」パトリックが認めた。

「彼ってたくましいわよね」コリーンは力説した。

「ぎらぎらした目をしている」ダニーは頭を振りながら言った。

「もう、またそんなこと言って」モイラはいらだたしげな声を出した。

「あら、彼の目はすてきだと思うけど」ケイティはダニーの言葉を文字どおりとって、考えこむように言った。

「もう一度見てみるんだ――ぎらぎらしているから」ダニーはモイラを見据えて言った。

「わかったわ、今度彼をじっくり見てみるわね、ダニー」ケイティはそう言いながら、信じられないくらいの精確さで大きなフライパンにベーコンをほうりこんだ。モイラには多すぎると思われる量のベーコンを。「でも実際、彼は礼儀正しいし、とてもハンサムだわ。それにモイラを心から愛してる」

「ええ、そう思います」ダニーがしぶしぶ認めた。

「とうとう賛成票を投じる気になった？」モイラは尋ねた。

「最終判断は保留しとくよ」

「彼はあなたについていろいろと言ってたわ」

「ほんとかい？」ダニーがきいた。

「ううん、嘘。あなたのことはひとことも口にしなかったわ」

「まあ、ぼくはきみの家族の古い友人にすぎないからな。本当の家族でもないぼくに、彼がいい印象を与える必要はないんだ」

「だけど、あなたの名前は結婚式の招待客名簿のいちばん上にしておくわ」モイラはコーヒーカップ越しに言った。

母親が息をのんだ。「モイラ・キャスリーン！」

「嘘、嘘、嘘よ、ママ」モイラは慌てて否定し、ため息をついた。両親の前でダニーと議論するときは気をつけなくては。「計画なんてなにもないわ――今のところ」

「きみには最高に幸せになってもらいたいと心から願っているんだ」ダニーが視線をじっとモイラに据えて言った。声は真剣そのものだ。

なぜかそれがモイラをいっそういらだたせた。

きっと、彼にわたしの幸せを願ってほしくないからだろう。そうだ、そうなのだ。それ以外にない。わたしはダニーに、彼が自分の手ですべてをふいにしたことを悔やんでほしいのだ。

「ありがとう」モイラはつとめて平静な声を出した。「ちょっと失礼するわ。電話をして今日の予定の確認をしなくてはならないの。ママ、夕食の支度をしているところを撮影してもほんとにかまわない？　すごくいやなら……」

「いいえ、大丈夫よ。ただ、ほら……間抜けに見られたくないだけ。撮影のあいだずっとついていてくれるんでしょう？」

「もちろんよ。それにコリーンやシボーンや子供たちにも出てもらうつもりなの。みんなさえよければだけど。楽しくなるわ。本当よ、ママ」

「たぶんね」

「絶対よ」コリーンが請けあった。

ケイティは再びうなずいた。モイラが電話をしようと自分の部屋へ行きかけたとき、マスターベッドルームから子供たちが駆けだしてきた。

「モーおばちゃん！」ブライアンが呼びかけた。

「おはよう、ハンサムくん」モイラは甥《おい》に言った。

モリーがブライアンのすぐ後ろにいる。「モーおばちゃん、モーおばちゃん！　プレゼント！」

モリーは叫びながらモイラの腕のなかへ飛びこんだ。

「モリー」六歳にしてはとても大人びているシャノンが妹の後ろに来て言った。「プレゼントをおねだりしちゃだめよ」

「いいのよ」モイラは急いで姪《めい》たちを安心させた。「おばちゃん以外の人におねだりするのはだめだけど」モリーにそう言い聞かせた。「でも、わたしはあなたたちの叔母さんで、プレゼントをあげると約束したんだから、いいの。電話をしなくてはならないから、終わったらプレゼントを持ってきてあげるわ」

「ありがとう、モーおばちゃん」ブライアンが言った。

「あなたたちのママはどこ？　まだ顔を見てないわ」

「支度してるところ」シャノンが答えた。「ゆうべあんまり眠れなかったんだって。それとね、年をとってくると、しわを洗い流すのが大変になるんだって」

モイラは笑い声をあげた。「しわなんて全然ないわよってママに言ってあげて」そして急に顔をほころばせ、思わず言い添えた。「それと、よく眠れなかったなんてかわいそうにって」

モイラはブライアンと姪たちの傍らを通って自分の部屋へ入ると、〈コプリー・プラザ・ホテル〉に電話をかけてマイケルを呼びだした。彼は出なかった。ジョシュを呼びだすと、すぐに出てくれた。ジョシュによると、マイケルが雇った四人組の撮影クルーと今話したところ、彼らはあと三十分で出発できるとのことだった。

「で、どうするんだい？　勘を頼りに準備を進めてしまったが……」

「今日はわたしの家で撮影をするわ。伝統的なアイルランド料理をつくるところを。みんなの準備が整ったら来てちょうだい。そうだ、マイケルと連絡がとれないんだけど」

「彼とは少し前に話したよ。携帯にかけて、きみの家に行くように伝えよう」

電話を切ったモイラは、プレゼントを抱えて廊下をキッチンへ向かった。モイラがキッチンに来ると、義理の姉がすでにいてシンクのところで母親と話していた。モイラが入っていくと、義理の姉は満面の笑みをたたえて振り返り、足早に歩み寄ってきた。

シボーンは長い金髪と濃い青の瞳を持つ美しい女性だ。彼女はとてもすてきだったが、ひどく疲れているようにも見えた。ほっそりした顔がいつもよりやせている。上手にメイクしているものの、顔色が悪く、目の下にうっすらと隈《くま》が浮かんでいた。

「モイラ、こんにちは！」

「シボーン、元気そうね」モイラは義理の姉をしっかり抱きしめながら、今の言葉は嘘っぽく聞こえるのではないかと思った。

「ありがとう。でも、今朝は最悪の気分なの」シボーンが笑いながら応じた。「ねえ、あなたの番組のために、わたしたちは模範的に、あくまで普段どおり自然にお料理をするんですって？」

「あくまで自然にね」モイラは笑って同意した。「もっとも、あらゆるアングルの映像が欲しいから、ドアを開けるところを五回はやってもらうけど。本当よ、あくまで自然に」

「冗談よ。わたしも出たほうがいい？」

「もちろんよ、楽しくなるわ。まずスコーンをつくりましょう。そうすれば子供たちはダイニングルームでそれを食べていられる。そのあいだキッチンで、わたしとあなたとママとコリーンが食事の支度をするの。家族の風景ってわけ」

「家族の風景？　男性陣は？」

「彼らがソファに座って、ビールを飲んだり体をぼりぼりかいたりしながらフットボールの試合を見ているところを撮影するつもり」

シボーンが笑い声をあげた。その会話を耳にしたエイモン・ケリーが即座に抗議する。「モイラ、よくもそんなことが言えるな」

「エイモン、文句を言っちゃいけませんよ」キッチンテーブルに座っているダニーがのんびりと言った。彼はモリーを相手にトランプで戦争ゲームをしていた。少女はうれしそうにくすくす笑いながらテーブルの上のカードを小さな手でたたいている。「ソファに座ってビールを飲みながら試合を観戦する——ときどきかゆいところをぼりぼりやる——一日の過ごし方としては悪くない」ダニーが言った。

「パパ、みんなパパが馬車馬のごとく働いていることは知ってるわ」モイラはダニーを無視して言った。「ソファに座ってくつろいでちょうだい」

「下へ行って店の準備をするよ、モイラ、わかってるだろう」エイモンが言った。

「エイモン、あなたの代わりにぼくが店を開けますよ」ダニーが申しでた。「そうすれば、娘の仕事ぶりを観察できる」

「ぼくは一時に大事な約束があるんだ」パトリックが残念そうに言った。

「パトリック、今は家族で過ごす休暇のはずよ」シボーンが不満をもらした。

「シボーン、一時間ほど大切な客との打ちあわせがあるんだ」パトリックが言った。

「モーおばちゃん！」モリーが突然大声をあげた。「プレゼント！」

「モリー！」今度はシボーンがたしなめた。

「そうそう、十分も前に約束したんだったわね。十分といえば四歳の子にとっては永遠みたいなものだわ」モイラは言った。「モリー、受けとって」

モイラはラッピングされたフラシ天のレプラコーンをほうった。モリーはとり損なった。ダニーがプレゼントを床から拾いあげてモリーに渡した。そのあいだにモイラはブライアンとシャノンにプレゼントを配った。それがすむと母親のところへ歩み寄り、オルゴールを傍らへ置いた。

ケイティが物問いたげにモイラを見る。

「これを見たとき、ママの名前を呼ぶ声が聞こえたの」モイラは説明した。

「モイラったら、クリスマスでも誕生日でもないのに――」

「ママ」コリーンが軽い調子で言う。「黙ってプレゼントを開けてわたしたちに、わーって言わせればいいのよ。それから姉さんにありがとうって言うの」

ケイティはおずおずと笑みを浮かべると、子供たちと同じくらい素早く包みを開けた。モリーがぬいぐるみを見て歓声をあげた。パトリックも同調して言った。「おお、かわいいな」

しかしモイラは母親のほうばかり見ていた。ケイティは包みのなかから小さくて繊細な妖精《ようせい》が現れると、喜びに目を見開いた。

「モイラ、息をのむほど美しいわ」

「オルゴールなのよ」

「なんの曲?」

モイラは妖精を持ちあげてねじを巻きはじめた。

「《ダニー・ボーイ》だろう」曲が始まる前にダニーが小声で言った。

モイラは振り返ってダニーを凝視した。ほかのみんなは小さな妖精が踊るさまを眺めている。ダニーはおかしな目でわたしを見つめている、とモイラは思った。彼の目は部屋の明かりが反射して金色に見えるが、奇妙なことに陰りがあった。

「どうしてわかったの?」モイラはダニーに尋ねた。

「たまたまさ」彼が肩をすくめて答えた。「おい——ベーコンがぱちぱちいってるぞ」

「まあ、大変、どうしましょう」ケイティは煙をあげているフライパンをのぞきこんで息をのんだ。

「わたしがやるわ、ママ。マントルピースでもどこでも、ママの好きなところにオルゴールを置いて」モイラはそう言うと、朝食用のベーコンを素早く動かした。

「卵を持ってくるわ」コリーンが言った。

「ダニー、パトリック、ジュースでも飲んでて」モイラが勧めた。

「ジュース?」とモリー。

「あれ、ジョーンおばあちゃんはどこだ?」パトリックがきいた。

「起きているかどうか見てこよう」ダニーが申しでてキッチンを出ていった。

ケイティは小さな宝物を手にして出ていったが、すぐに戻ってきた。混乱しているようにしか見えない手際のよさで、テーブルに朝食が並べられた。ダニーがジョーンを連れてきた。ジョーンは寝坊したことを謝っている。

「すっかり準備が整ってるわよ、ママ」ケイティがジョーンに言った。

「お茶は?」ジョーンが尋ねた。

「飲んだとたんにおめめぱっちりの濃いお茶よ」モイラは家族全員と声をそろえて言った。

誰もが笑い声をあげたが、ジョーンだけは憤慨したように鼻を鳴らし、みんながキッチンテーブルに着くのを待っていた。テーブルは大きかったが、十一人もいるのでぎゅうづめだった。しばらくのあいだ、「お塩をとってくれる?」とか「ジュースは誰が持ってるんだ?」とか「ああ、だめよ、モリー、コップにいっぱい入ってるんだから」といった会話が続いた。

モイラが姪からコップをとりあげようとしていると、呼び鈴が鳴った。「わたしが出るわ」モイラはぱっと立ちあがった。「きっと撮影クルーよ」

モイラはモリーのプラスチックのコップから自分のグラスへジュースをいくらか移してテーブルに置き、玄関へ向かった。ドアを開けると、マイケルが立っていた。外の空気は身を切るように冷たく、彼女は寒気を覚えて身を震わせた。そのことに、マイケルは気づかなかったようだ。ウールのロングコートに身を包み、黒のスカーフを巻いた彼は、アルマーニの広告モデルさながらだった。

「おはよう」マイケルはハスキーでいい声をしている。

「おはよう。入って。外は寒いわね」

「寒いのはどうってことないが、ゆうべは寂しくてたまらなかったよ」彼が言った。

「ごめんなさい」モイラはつぶやいた。「父は、ほら……」

「ちゃんとわかってる」マイケルは穏やかに言った。「ただほんの少し……わかるだろう、寂しくて」マイケルはモイラの肩越しに視線を向けている。モイラはダニーが彼女のあとを追って玄関まで来ていたのを知った。

「マイケル、会えてうれしいよ。そんなふうにポーチに突っ立ってるなんて、寒さに慣れているんだね。コーヒーと紅茶、どちらがいいかな？」

「コーヒーを」マイケルがそう言いながらなかへ入ると、モイラはドアを閉めた。マイケルが脱いだコートを、モイラが十八世紀のコート掛けにかけた。マイケルは手袋を外してダニーの目を見た。「コーヒーを頼むよ。今朝はもう六杯も飲んだんだが、まだ足りないようだ」

「いいとも。コーヒーをいれてこよう」

ダニーはマイケルにコーヒーを持ってこようと歩み去った。その態度はこれ以上ないほど丁重で親しげだった。

「彼を信用してはだめよ」モイラはマイケルにささやいた。

「そうなのかい？」

モイラは首を振ると、マイケルをキッチンへ案内した。

「おはよう、マイケル。ベーコン・エッグがいいかい？　それともオートミール？」エイモンが立ちあがってマイケルと握手をしながら尋ねた。

「ありがとうございます。でも、けっこうです。もう朝食はすませました」

「マイケル、まだ義理の姉のシボーンに会ってなかったわね」モイラはそう言ってふたりを引きあわせた。

「はじめまして、シボーン。お会いできてうれしいです」

「こちらこそ光栄だわ」シボーンはそう言って屈託のない笑顔でマイケルをじっと見つめた。

「ベーコン・エッグをつくることにしたのはおまえかい？」ケイティがきいた。

「彼がベーコン・エッグを食べると言ったような気がしたの、ママ」モイラは答えた。

「きみが食べさえすれば、みんな満足するし、きみを好きになるだろう」ダニーがマイケルに警告した。

「じゃあ、ベーコン・エッグをいただこう」マイケルは言った。

「ちょっと、ダニエル・オハラ、そんなことは絶対にないわよ」ケイティが反論した。「たしかにここにあるのは、どれもあなたのホテルで出されるものよりおいしいでしょうけど」

「ええ、まったく賛成です」マイケルが言った。「でもケイティ、この料理すべて……片づけてから、撮影のためにまたつくりはじめるんでしょう？」

「またつくるわよ。夕食を食べるつもりだから」ケイティが答えた。「手伝ってくれる人が大勢いるわ」

「ぼくは無理だけど」パトリックが言った。「約束があるから」と説明する。「それにヨットの具合を見に行きたいんだ」

妻子は別として、パトリックが唯一愛情を注いでいるのがヨットだった。彼はヨットをボストンの埠頭《ふとう》に係留させている。外海に出るのが好きだからだ。とはいえ、海がひどく荒れる冬に出ることはめったになかった。そのヨットは全長十四メートルで見た目も美しく、八人が寝泊まりできる設備が整っている。

パトリックはちらりと腕時計に目をやった。「さあ、もう行かないと。モイラ、戻ってきて自分の役目はたっぷり果たすから。ソファに座ってかゆいところをかきながらビールを飲む——そして皿洗いをするっていう。それじゃあ」彼はシボーンの椅子のところで立ちどまり、妻の頬にキスをした。

シボーンはじっと座ったままでいた。

「じゃあな、おちびちゃんたち」パトリックは子供たちに声をかけ、ひとりひとりにおざなりなキスをした。「いい子にしてるんだぞ、わかったな?」

「この子たちはいつだっていい子さ」エイモンが言った。モイラは父親の口調が気にかかった。父親は兄が出かけることが少し気に入らないのだろうか。

「じゃあ行ってくる」パトリックはそう言うと、コート掛けからコートをとった。そしてみんなの視線を感じたのだろう、ドアのところで振り返った。「本当に、帰ってきたらビールをたっぷり飲んで、体じゅうをぼりぼりかいてやるよ」彼は言った。モイラは兄に向かってわずかに苦笑いを浮かべてみせた。彼の視線は妻に注がれていた。

しかしシボーンは夫を見ていなかった。わざと目を伏せて、モリーのトーストにバターを塗ってやっていた。

パトリックが出ていくと、ダニーが咳払《せきばら》いした。「さてと、パトリックひとりを悪者にはできないな。ぼくも外で煙草《たばこ》を吸ってこよう。よくない習慣だよな。いつも外で吸うことにしてるんだが。ケイティ、なにか買ってくるものはありますか？　伝統的なアイルランド料理をつくるのに、足りないものは？」

「いいえ、ダニー、うちはパブをやっているでしょう。だから必要なものを切らすことはめったにないの」

「たしか、バターが残り少なくなってたんじゃないかしら」コリーンがぼそりと言った。「マーガリンじゃなくて本物のバターが」

「コリーン、お客様を買い物に行かせるわけにはいかないわ」ケイティがとがめた。

「いいじゃない」コリーンが即座に言った。「ダニーはお客様じゃないわ。兄さんよ、そうでしょう？」

「ケイティ、バターはどのくらい買ってきましょうか？」ダニーはパブへ通じる階段のほうへ歩きながら尋ねた。

「一キロお願いするわ。大人数だから」ケイティが答えた。

「わかりました」ダニーが言った。「すぐ戻ります。楽しみを逃したくないんで」

「パブを開けるって父に言ってたわよね」モイラは念押しした。

「やるさ。パトリック同様、体をかいたり、ビールをがぶ飲みしたりっていう役目も果たさなきゃな」

そう言い残すと、ダニーは出ていった。けれどもモイラには彼の外出が奇妙に感じられた。

マイケルだけがまだ食べつづけていた。シボーンが立ちあがってテーブルの皿を片づけだした。

「わたし、洗うわ」彼女は言った。

「じゃあ、わたしはふくわね」コリーンが申しでた。

「わたしはテーブルを片づける」モイラはそう言うと、せかせかと皿や調味料を集めた。

「おい、マイケルにゆっくり食事させてやれ」エイモンがモイラに注意した。

「そうね、パパ」祖母の皿をとったとき、モイラはジョーンが興味深げに床を見ているのに気づいた。しかしジョーンはなんでもないというようにモイラにちらりと目をやった。「子供たちがなにか落としたの？」モイラは下を見ながら尋ねた。

だが、子供たちはなにも落としていなかった。

ジョーンが見ていたのは、ダニーが座っていた椅子の下に落ちている真新しい煙草の箱だった。


パトリックはスカーフをしっかり首に巻き、コートの襟を立てて、通りを急ぎ足で歩いていた。マサチューセッツ州で人生の大半を過ごしてきたので、春になっても厳しい寒さの続く気候には慣れている。信号で立ちどまった彼は、足踏みをしながらひとりごとを言った。「最初の入植者《ピルグリム・ファーザーズ》がみんな死んでしまったというのもうなずけるな」彼は空を見あげた。少なくとも今は雪は降っていない。青い空を白い雲が吹き流されていくだけだ。

信号が変わった。パトリックはいきなり後ろを振り返った。つけられているような不気味な感覚に襲われたのだ。

子供がひとりスケートボードをしている以外、通りには誰もいない。夜になったら氷が張るからな、小僧、それまでせいぜい楽しむといい、とパトリックは思った。今は土曜日の朝で、まだかなり早い。ボストン市民は土曜日はなかなか活動を始めない。とはいえ、通りに人がまったくいないのは、人であふれ返っているのと同じくらい奇妙な感じがする。

なぜ誰かにつけられているような気がしたのだろう？　神経が過敏になっているから？　それとも罪の意識から？　たぶん天候のせいだ。

パトリックは急ぎ足で歩を進め、再び振り返った。誰もいない。

それでもつけられている気がする。気持がくじけた。頭のなかで静かな足音が鳴り響いているかのようだ。

誰かの息づかいが聞こえ、うなじのあたりにささやきかけられる。

いいさ。レプラコーン、緑の服を着た小人たちがあとをつけてきているのかもしれない。

長いこと家にいて、両親や祖母が子供を喜ばせるためにするお話を聞きすぎたせいだろう。

妖精やいたずら好きなレプラコーンの物語を……。

それと、もちろんバンシーたちがいる。黒い影となって人のあとをつけ、夜になると泣き叫び、人の死を予言する者たちが。

パトリックはもう一度振り返ってその場にたたずみ、通りを見渡した。妖精もレプラコーンもバンシーもいない。この世のいいものも悪いものも人間が生みだすのだ。彼は意を決して歩きだした。心を決めて、進んでいく。自分が正しいと思うことをするつもりだ。

6

母親がカメラの前で自然にふるまうのを見て、モイラは喜んだ。最初の数分はカメラと、照明と、見ず知らずの人間の持っている棒の先についた頭上のマイクとに少し緊張していたが、すぐに平気になった。ケイティ・ケリーは料理が大好きなのだ。彼女は娘たちに指図したり、ダブリンでの少女時代について語って時代がどれほど変わったか、または全然変わらないかという話をしたりしながら、作業に夢中になっていった。ケイティは、コリーンにはキャベツに気をつけているように、モイラには肉を見ているように、シボーンにはコルカノン用に刻んだキャベツとたまねぎを炒《いた》めるように言いながら料理をしているあいだ、どういうわけか、アイルランド人気質について語りはじめた。ケイティいわく、多くの人がアイルランドを分断された島と考えているが、誰もが長い年月のあいだにアイルランド人になったのだということをみんな忘れているのだそうだ。北アイルランドは法律上はイギリスの一部かもしれないけれど、エールは祖国を愛する人々の魂にその精神が根づいているすばらしい国だ。やってきて略奪を働き、大変な被害をもたらしたバイキングも、アイルランドに定住するようになった。十二世紀にはイギリス人が征服しに来たが、今日のアイルランドでよくある姓のいくつかは、彼ら昔の侵略者たちに由来する。アイルランド人であるということは、その島で生まれたとか祖先がアイルランド人だということだけではなく、思いやりの精神、物語や特別な魔法を信じる心を持っていることでもあり、今はそういう人々がアメリカ人のなかにもたくさんいる。

たまたまジョシュと目が合ったモイラは、母親の自然な語り口にびっくりすると同時に満足していることを身ぶりで示した。ジョシュが親指を立てて満面の笑みをたたえた。すばらしい番組になりそうだ。わたしの家族は魅力的だし、なにもかもうまくいくだろう。

エイモン・ケリーが誇らしげに妻を見つめている。モイラは両親を眺めながら、自分はあらゆる点で恵まれていると思った。友達の多くは両親が離婚しており、父親も母親もいる家庭で成長するのがどんなものかを知らない。それに、モイラの両親は、子供たちのため、あるいはそのほかの実利的な理由のためだけに一緒にいるわけではない。結婚して長い年月がたつのに、ふたりは今も愛しあっているのだ。

マイケルとジョシュはモイラの家族ととてもうまくやっているし、撮影クルーはみんないい人だ。再生したテープを見てみたところ、申し分のない出来だった。家族や撮影クルーからすばらしかったと言われ、ケイティはうれしさに顔を赤らめた。料理の手順を細かいところまで撮影するため、ジョシュに言われたとおり同じ作業を何度も繰り返すケイティは、まるで熟練したプロのようだった。

子供たちはテーブルに座っているところを撮影されたが、そのあと、まもなくいなくなってしまった。ジョシュがテープをどのように編集するか熱心に説明しているあいだに、モイラはリビングルームへ行ってみた。そこでは、当然ながらみんなの前でおいしい紅茶の効用について話すことになっているジョーンが、待っているあいだ編み物にいそしんでいた。ジョーンはモイラに、子供たちはパブにいると教えてくれた。彼らはじっとしていられなくなり、帰ってきたダニーに相手をしてもらっているのだという。

「ダニーが帰ってきたところを見なかったわ」モイラはつぶやいた。

「ダニーは撮影の邪魔をしないようにしたんだよ。でも、おまえのお父さんに約束したとおり、パブを開けてくれたよ。子供たちを下へ連れていって手伝わせてね」ジョーンが言った。

「下へ行って様子を見てくるわ」モイラは言った。

一階へおりたモイラは、かなり遅い時間になっていることに気づいた。ランチの混雑はもう終わっている。ダニーはカウンターのなかにいて、クリシー・ディングルとラリー・ドノバン、そしてモイラがはじめて見る新顔の若いウエイトレス、マーティがフロアで働いていた。ジョーイ・サリバンとハリー・ダーシーが調理場担当だ。ブライアンとシャノンとモリーは隅のテーブルに座っていた。モイラがそばへ行くと、ダニーが子供たちにアイルランドの塗り絵帳を持ってきてやったことがわかった。モリーのレプラコーンは緑でなく明るい紫に塗られている。モイラはそのほうがずっといいと思った。

「ぼくだったらこんな色は塗らないよ」ブライアンが真剣な口調でモイラに言った。「ダニーおじさんに妹たちから目を離すなって頼まれたんだ。だからふたりを見てるのさ」

「偉いじゃない」そう言ったあとで、モイラは辟易《へきえき》した。またしても母やジョーンにそっくりな言い方になってしまった。

「お昼にアイスクリームを食べたの」シャノンが教えた。

「まあ、寒そう」モイラは言った。「上手に塗れたわね。あなたたちはちっちゃな天使だわ。パトリックにはもったいないくらい」

ブライアンが大好きな父親を悪く言うなとばかりに、モイラに向かって顔をしかめた。

モイラは慌てて少年を抱きしめた。「あなたのパパはわたしの兄さんなのよ。心から愛してるわ。だけど、ほら、あなたもときどき妹たちをからかったりするでしょう？　わたしもそういうふうにパトリックをからかうのが好きなの」

ブライアンの顔に明るい笑みが戻った。

「また戻ってくるわね」モイラは約束した。

モイラは撮影のあいだ父の手伝いをしてくれたダニーにしぶしぶながら礼を言う決心をし、カウンターへ歩いていった。しかしカウンターまで来てみると、ビールの注ぎ口のところにいるのはクリシーだった。クリシーは三十歳の魅力的な女性で、礼儀をわきまえ、てきぱきと仕事をこなす。

「ダニーはどこ？」

「たった今子供たちを見に行ったわ」クリシーが答えた。

振り返ったモイラは、子供たちのテーブルに座るダニーと、下におりてきていたマイケルを目にした。ふたりは、ともにビールのジョッキを手にしていた。

「モイラ、きみのお父さんも一緒に一杯やることになってるんだ」マイケルが立ちあがって言った。「店で出すアイリッシュビールとアイリッシュウイスキーについて、お父さんが話をしてくれるそうだ」

「いいじゃない」モイラは言った。「政治の話にならなくてすむわ」

「なにがそんなに心配なんだい、モイラ?」ダニーが彼女に視線を据えて尋ねた。

ダニーの声にはなにかが感じられる。わたしはここからすぐに立ち去るべきだったのだ。

「心配なんてしてないわ、ダニー」

「なぜそこまで〝公平な政治観〟を示そうとするんだい?」

「なぜって、わたしはみんなに好かれる旅行番組をやってるからよ」モイラは怒りのこもった声で答えた。

「それにぼくたちは、アイルランド人がみんな善良に見えるようにしているのさ」マイケルが軽い調子でつけ加えた。

「アイルランド人みんながね。へえ、ご立派なことだ」ダニーも同じように軽い調子で応じた。「なにもかも常に完璧《かんぺき》だというふりをするわけだ。ヘンリー二世が権力を握ってアイルランドの領主たちを服従させたとき以来、アイルランド人は虐げられなかった。ヘンリー八世が権力を握ったこともなければ、離婚したくて自分の教会をつくったことも、彼が新しい妻が欲しくなったときに、宗教を変えることに納得しなかったアイルランドの聖職者たちと争って彼らをさんざん痛めつけたこともなく、自分に逆らった者たちの土地を没収したこともなかった。そしてオレンジ公ウィリアムのことも、ボイン川の戦いのことも、正当な王を支持した人々が抑圧されたことも忘れたふりをしようってわけだ」

「ダニー、何百年も前の話じゃないか」マイケルが言った。

「復活祭蜂起《ほうき》もなかったことにするのか。あのとき、アイルランド共和国建設を望んだ指導者たちが撃ち殺され、投降した者も処刑されたのに」ダニーはマイケルの言葉が聞こえなかったかのように話しつづけた。

モイラが口を開こうとしたとき、マイケルがダニーに鋭い口調で反論した。「アイルランドにいたイギリス人の公務員を冷酷にも進んで虐殺した指導者たちのことは忘れないでくれよ。子供を含む罪もない人々を大勢殺した爆弾のこともな」

モリーとシャノンは両側にいる大人たちのやりとりを無視してなおも塗り絵をしていたが、ブライアンだけはダニーとマイケルをじっと見つめていることにモイラは気づいた。

「アイルランドでは今も戦争してるの？」少年がきいた。

「いいえ」モイラは答えた。

「してるさ」マイケルがダニーに目を据えたまま腹立たしげに訂正した。「戦争をしたくてたまらないやつらがいるからな」

ふいにダニーが肩をすくめ、唇の両端をゆっくりと持ちあげた。モイラは、ダニーがわざとマイケルを挑発したのだとわかった。彼女は緊張をほぐそうとして言った。「買い物をしてこなくちゃ。この子たちをクインシー・マーケットへ連れていくわ。それからリトル・イタリーでランチにパスタを食べるの。それとも中華レストランがいいかしら」

「この子たちは食事をしたばかりだよ」ダニーが穏やかに言った。

「子供だもの、またおなかがすくわ」モイラは鋭い口調で応じた。

ダニーが肩をすくめた。

マイケルがため息をついて立ちあがった。「ぼくはジョシュのところへ戻らなくてはならない。ランチの客がいなくなって店がすいているうちに、お父さんをここへお連れしよう」彼はモイラの指に指を絡めた。「あとで。あとでふたりで話そう」

「いいわ」モイラは言った。

マイケルは彼女のわきに来て腕をまわし、頬にキスをした。「ごめんよ」優しくささやいた。

「あなたが悪いんじゃないわ」モイラはわざとダニーに聞こえるように言った。

マイケルは顔をしかめ、彼女の手を握りしめてから歩み去った。

「あなたったら、いったいどうしたの？」モイラは子供たちに声が届かないところへダニーを引っぱっていきながら、怒りのこもった声で問いただした。

ダニーは考えこむように目を細めてモイラを見た。照明のせいか、その目が金色にきらりと光った気がした。彼は肩をすくめた。「探りを入れてみただけさ」

「どうして？　あの人にかまわないで」

「彼はアイルランド人だろう？　きみのお母さんがそう言ってた」

モイラはいらだたしげに手を振った。「ここに移住してくる人は何百年も前からいるわ。たいていの人がアメリカへ来てアメリカ人になるの。彼はアイルランド系よ——でもアイルランド人ではないわ。そうだと言い張る人もいるけど」

「モイラ、悪かった。しかし、ぼくはアイルランド人なんだ」

「かまわないわよ。でも、ここはアメリカなの」

「そうだな」

「モーおばちゃん」ブライアンが突然呼んだ。「マイケルと結婚するの？」

「いいや」ダニーが否定した。

「ええ、結婚しようかなって思ってるわ」モイラが答えた。

「きみたちのモーおばちゃんは、ぼくを心配させるためならどんなことだってするんだよ」ダニーが言った。

「あなたを心配させるためですって？」モイラは信じられない思いで言った。「まさか。彼は頭がよくてハンサムで魅力的で、なにを言われてもわたしのために我慢してくれるのよ。そんな男性と結婚するのが、どうしてそんなにいけないの？」

　驚いたことに、ダニーは穏やかに答えた。「わからない。そこが問題なんだ。ぼくにはわからないのさ」彼がモイラを見ていないことに彼女は気づいた。カウンターの上のテレビがついている。立ちあがったダニーは気もそぞろに言った。「失礼」彼はテレビの前へ行くと、ポケットに手を突っこんで画面に見入った。モイラは興味を引かれて彼のそばへ歩み寄った。「クリシー、テレビのボリュームをあげてくれないか？」ダニーが頼むと、カウンターのなかにいたクリシーがさっと笑みを浮かべて言われたとおりにした。

ニューヨークの〈プラザ・ホテル〉に入るところらしい背が高くて肩幅の広い白髪の男性が、階段のところでレポーターの質問に答えていた。

「ミスター・ブローリン、アメリカはいかがですか?」長身で濃い茶色の髪をしたレポーターが尋ねた。

「最高ですよ」呼びかけられた男性が答えた。「アメリカへ来ると、いつもすばらしい気分になります」彼は深みのある朗々とした声をしており、アイルランド人とわかるわずかななまりがある。顔の前にいくつもマイクを突きつけられていても、落ちつき払っていた。

「こちらへは外交の目的で来られたんでしょうか?」続いて女性のレポーターが尋ねた。

「まあ、そうですね。イギリスの一部である北アイルランドはアメリカと友好関係にあります。われわれ北アイルランドに住むアイルランド人は、アメリカのみなさんが南の共和国を訪れた際に、ぜひ北も訪ねていただきたいと願っています。北には、アイルランド人全員にとって伝説となっている有名な場所がいくつもあります。アーマーやタラの美しい光景に、みなさんは息をのまれることでしょう。それらはわれわれのものであると同時に、アメリカに住むアイルランド系の人々のものなのです」

「ミスター・ブローリン、アイルランド島再統一に向けてひとことお願いできますか?」

「なによりもまず北と南の人々がもう一度ひとつになってほしい、それだけです」ブローリンが言った。

「そのようなことが可能でしょうか?」

「今や二十一世紀に入りました。ものごとをはっきりと見極めれば、問題の本質が明らかになるとわたしは信じています。数十年に及ぶ苦しみが一夜にしてぬぐい去られると言っているのではありません。しかし、この十年のあいだに飛躍的な前進がありました。北ではみなともに働いています。アメリカのみなさん、ぜひ訪ねてきてください。ご存じのようにわれわれは観光収入を必要としています。北アイルランドですべての人々が働けるようになることが目標なのです」

ブローリンが立ち去ろうとして向きを変えた。ほんの一瞬、その顔に疲労の色が見えた。

「ミスター・ブローリン、ミスター・ブローリン、もうひとつきかせてください」小柄な女性レポーターが政治家になんとかマイクを差しだして呼びかけた。ブローリンがためらっていると、女性レポーターが続けた。「ここニューヨークには何千という善良なアイルランド系アメリカ人がいます。なぜ聖パトリックの日にはボストンへ行かれることにしたのですか？」

ブローリンは目を輝かせてゆっくりとほほえんだ。「ニューヨークはとてもすばらしい街で、たしかに非常に多くのアイルランド系アメリカ人が暮らしています。ボストンもまたすばらしい街ですが、わたしがボストンへ行くことを選んだわけではありません。招待されたのです。来年はニューヨークへ招待してください。喜んでうかがいます」

そう言うと、ブローリンは手を振りながらホテルの階段をあがっていった。モイラは警察が護衛についているのに目をとめた。

「魅力的な人ね」モイラは小声で言った。「冷静で穏やかだわ。いったいどうしてあんなに大勢の警官がついているのかしら？」

ダニーが不思議そうにモイラを見た。「穏やかにしてられない連中もいるからさ」彼は言った。「ほら、お父さんが来たぞ。きみは仕事に戻るんだろう。エイモンがアイルランドの——それともちろんボストンの——酒を宣伝できる機会だ」ダニーはくるりと向きを変え、パブの正面の入口へ歩いていった。そしてコート掛けからコートをとって、一度も振り返らずに出ていった。

父親やマイケルやジョシュやそのほかの人たちがパブにおりてくる音が聞こえたが、興味を覚えたモイラはダニーのあとをついていき、テーブルをまわりこんで窓から外を見た。ダニーはひどく急いで出ていったものの、どこへも行っていなかった。パブの前に立って煙草《たばこ》に火をつけている。そして彼はモイラがそこにいることを知っているかのように振り返ったので、彼女は窓から離れた。ダニーはしばらく〈ケリーズ・パブ〉の看板を見つめていた。やがて煙草を踏み消し、通りへ向かった。

「気分屋なんだから」モイラは口のなかでつぶやくと、みんなのいるほうへ戻った。

撮影が始まった。照明と音響の準備は整っている。エイモンがビールの注ぎ口のところに立ち、モイラは父親の真向かいのカウンターのスツールに座った。ラガービールとエールと黒ビールの違いを説明するエイモンは、とても堂に入っていた。しだいに客が入りはじめ、撮影には好都合だった。最初は恥ずかしがっていたクリシーも自然にふるまうようになった。シェイマスとリアムがやってきて、この店はわが家であり、友人と来る隠れ家だと、パブへの愛情を語った。「ビールは……ビールはどこでだって買える」リアムがカメラに向かって言った。「だが、男が自分の居場所だと思え、喧嘩《けんか》をしたりうなずきあったりする仲間がいて、客がなにを飲むか心得ているバーテンがいる店はなかなか見つかるもんじゃない」

店のなかを歩きまわって客に話しかけるうちに、モイラは自分が浮き浮きしていることに気づいて驚いた。そして塗り絵をしている子供たちを再びカメラにおさめた。ジェフ・ドーランが今夜のために早くから姿を見せていた。モイラは、ジェフにからかわれた子供たちが笑いながら彼にまつわりつくところを撮影した。今度はジェフがカメラに向かって言う。「パブはバーよりずっといいものなんだ。パブでは家族で食事ができる。子供向けの食べ物があるし、エールだけじゃなくて熱々のうまい料理が楽しめるんだ。ええと、それから、たしかについ最近までアイルランドには男たちにとって、ええと、同様に女性たちにとっても、居心地のいいパブがたくさんあった。居心地がいいと感じる理由は男と女で違うんだが。祖国にはまだそういう店が一軒や二軒は残っているはずだ。でも今じゃ、ここへひとりで来ればいいとわかっている――もちろん、仕事がないときにだが――そして、子供や親戚《しんせき》やそのほかの人を連れてきたっていいと。店の奥にダーツボードがあるから、先週、甥《おい》にダーツのやり方を教えてやったよ。テレビではいつもアメフトの試合がやっているし――おれは〝パトリオッツ〟の大ファンなんだ。要するに、ここではうまいビールが飲めるだけでなく、もっといいことがたくさんあるのさ。本物のアイリッシュパブは、近所の人たちの心のよりどころなんだ。〈ケリーズ・パブ〉はこのアメリカにあってさえ、みんなの心のよりどころになっているってわけさ」

カメラを持ってモイラにつき従っていたジョシュがテープをとめた。モイラはうれしさに顔をほころばせ、ジェフの頬にキスした。「とてもよかったわ」

ジェフが顔を赤らめた。「そう言ってもらえるとうれしいよ。前もって言われてなかったのがよかったんだ。聞いてたらぼろぼろだったよ」

「言っておかなくてよかったよ」ジョシュも言った。「これまでつくったなかでも最高の番組になるだろう。モイラ、マイケルと音響担当者と打ちあわせをしてくる。今まで撮影したものがちゃんと撮れているかどうか確かめたいんだ」モイラがうなずくと、ジョシュは歩み去った。

ジェフは本当にうれしそうだった。「十時間の番組ができそうなほど撮影してるんじゃないのか」彼はモイラに言った。

彼女は首を振った。「撮影したものを編集してCMを入れるのよ。テレビを見ていると、びっくりするくらいCMの時間って長いでしょう。場面をカットしたり、切り刻んだりして……いずれわかるわ」

「つまり、まだここでの撮影は続くのかい？」ジェフが尋ねた。

「そうよ、どうして？　ゆうべコリーンと一緒にステージに立っていたとき、ジョシュが店に来てカメラをまわしているなんて思っていなかったわ。でも、おかげでいいものが撮れたかもしれない。まだ見てはいないんだけど。あなたが見ているいい番組の多くは、たいていそんなふうにしてできるものなのよ。ほら、出演者が自然なの」

「あまりいい考えとは思えないな」ジェフが言った。

「どうして？」

ジェフは口ごもって設置しかけの機材を見つめた。「撮られたくないと思っているやつを撮ったときはどうなるんだ？」彼は尋ねた。

「ジェフ、そういう点はディズニーみたいな大会社もうちも同じよ。カメラがまわっているということを、映っている人たちに合図で教えるの」

「その合図に誰もが気づくと思ってるのか？」

「撮らせてもらった人には許可をとるわ」モイラはそう言って眉根を寄せた。「ジェフ、なにがそんなに気になるの？　これまで数えきれないほど多くの一般人を撮影したけど、みんなカメラに撮られるのをいやがったりしなかったわ」

「ああ、だが……」

モイラは頭を振ってほほえんだ。「ジェフ、あなたはまさか……その、父の店で麻薬が取り引きされているなんてことはないでしょうね？」

「モイラ、おれはもう五年以上もきれいな体なんだぜ。きみの父さんに聞いてみろよ。ビールだってたまに一杯か二杯やる程度なんだ」

「あなたを追及してるんじゃないのよ、ジェフ……」

「モイラ、きみのことがちょっと心配なんだ。わかるだろう？　撮るものに気をつけろ。きみの兄さんだって、ここで起こることをなにからなにまで撮られるのはいやなんじゃないかな」

「兄が！」驚いた声を出したものの、シボーンとの会話を立ち聞きして以来、モイラ自身、兄の行動に疑いを抱き、不安を感じていた。

「ああ、そうだ。ほら、彼は弁護士だから。用心しなきゃいけない」

「ジェフ、これはただの気楽な旅行番組なのよ！」

「そうだ。わかってる。ただ、撮影する対象に気をつけろと言ってるんだ。おれのためにも、いいな？　ここはおれにとって大切な場所だ。たしかにおれはどうしようもないやつだった。なあ、きみだってここに住んでたんだから、知ってるだろう。麻薬に溺《おぼ》れ、立ちなおり、外国に武器を送る金を稼ぐために通りで恐喝をやった時期もあった。留置所でひと晩かふた晩を過ごしたこともある。両親に縁を切られそうになったときでも、きみの父さんはおれを信じつづけてくれた。気をつけてくれよ。気をつけてくれさえすればいいんだ」

ジェフはぼさぼさの濃い茶色の髪をかきあげると、モイラの返事も待たずにバンドの機材のほうへ歩いていった。

モイラはもっといろいろ尋ねたかったけれど、できなかった。マイケルが彼女の後ろに来て、腰に両手をまわしてきたのだ。アフターシェーブローションのいいにおいがする。彼が身をかがめて頬をすり寄せた。その感触の心地よさにモイラはうっとりとなった。そしてその瞬間、ほてりと喜びを感じた。

「ここを抜けだしてどこかへ行きたくないかい？」マイケルがかすれた声できいた。

「行きたいわ」

「本気で言ってるんだよ。聖パトリックの日に誰と誰がくっついた、なんてことをジョシュが撮影する気になったら困るから」

モイラは笑い声をあげてマイケルのほうを向いた。「ジョシュがそこまで考えるわけないわ」

「こっそり抜けだしてホテルへ行こう」

「ええ」

父親に出かけることを告げようと、モイラはフロアを歩いていった。今は忙しい時間帯ではない。クリシーがカウンターで三人の女性客の相手をしていて、エイモンは新聞を読みふけっている。

モイラは父親に近づきながら、悪いことをしようとしている子供になった気が少しして驚いた。どう切りだせばいいだろう？　もう二十一歳をとっくに過ぎているけれど、買ってくるものがあるとか、地元の人間をスカウトしに行くとか、なんらかの理由をでっちあげなければいけないことはわかっていた。女というのはいくつになっても新しい恋人とほんの……短い時間ふたりきりになるために家族と離れることを望んでいると、父親には認めたくないものなのだ。

「パパ……」モイラは声をかけた。

「まだなんの手がかりも見つかっておらん」エイモンが目をあげて言った。

「なんのこと？」

「例のかわいそうな女の子のことさ、この前殺された。警察が街じゅうできききこみをしているが、なにもつかめていない。彼女は殺された晩、かなり高級なバーにいたんだ。最近じゃエスコートと呼ばれる高級コールガールだったんじゃないかな。カウンターにひとりで座っていたところを目撃されている。だが、一緒に出ていった人間を覚えている者はいないんだ。住民のなかから容疑者がただのひとりも浮かびあがってこないし」

「パパ、残念だけど警察が犯人を捕まえるのに、数カ月、ときには数年かかることも珍しくないのよ」モイラは言った。「それにほら、犯人が逃げおおせる場合だってある」

「納得いかんよ」エイモンが強い語調で言う。

「もちろんいかないわ、パパ、恐ろしいことね」

マイケルがモイラの後ろにいた。「エイモン、あなたが娘さんたちのことを心配なさっているのはわかります。さしでがましいことを言うつもりはありませんが、コールガールというのは危険を覚悟で商売をしているんです。娘さんたちの身が同じような危険にさらされることはありませんよ」

「それでもやっぱり心配でならない」父親が言った。

「わたしは街にいても安全よ。マイケルかジョシュがいつも一緒だもの、パパ」モイラは言った。

いよいよ切りだすときだ。「それでね――」

ちょうどそのとき、コリーンがカウンターの後ろのオフィスから出てきて、父親の背後に立った。「みんな、ディナーの時間よ」彼女は言った。

「ディナー？」モイラはぽかんとしてきき返した。

「ディナーよ。姉さんの番組のために、一日じゅう料理をしていたでしょう？　それでママが考えついたの、みんなで一緒にそれを食べようって。いいでしょう、ディナーよ」

「今から？」モイラはきいた。

「六時っていうのはディナーを始めるにはちょうどいい時間だと思うよ」モイラの後ろで声がし

た。

　モイラは振り返った。ダニーが戻ってきていた。金色の目で考えこむようにモイラを見つめている。彼女が出かけようとしていたのを知っているかのようだ。マイケルと一緒に出かけようとしていたのを。ダニーは明らかにモイラの陥っている状況をおもしろがっていた。

　コリーンがカウンターから身を乗りだしてモイラにささやきかけた。「ママが姉さんの番組のためにあんなに頑張ったのに、ディナーを外に食べに行くつもりじゃないでしょうね？」

「ママに殺されちゃうかしら」

「わたしに殺されるわよ」コリーンが言いきった。

　マイケルに説明しなければ、とモイラは思った。だが、その必要はなかった。腰に彼の手が添えられるのを感じた。「ディナーも悪くないね」マイケルが穏やかに言った。

　モイラは振り返って彼にもたれかかり、目を見つめた。「あなたって、いい人すぎるわ」彼女は言った。

　マイケルは首を振った。「きみはいくらでも待つに値するよ、モイラ」

　彼女はマイケルの頬に触れた。そして、相変わらず自分に注がれているダニーの視線を感じ、マイケルの手を握ってそっと言った。「じゃあ二階へ行きましょう」

　二階へあがると、ケイティのアイルランド風ベーコン・キャベツのおいしそうなにおいがあたりに満ちていた。子供たちはすでに席に着いていて、シボーンがアイルランドのソーダブレッドにバターを塗ってやっていた。すばらしい光景だ。モイラはとっさにまたカメラをまわさなくてはと思った。

「ディナーのあいだは撮影厳禁よ」まるでモイラの考えを読んだかのように、母親がぴしゃりと言った。

「撮影厳禁ね」モイラは慌てて同意した。

撮影厳禁。

ふいにモイラは、彼女がパブでの撮影を続けることをジェフがひどく不安がっていたことを思いだした。

なぜだろう?

彼はなにがカメラに映るのを恐れているのだろう?

アメリカは驚くべき国だ。ジェイコブ・ブローリンはニューヨーク市を見おろす高層ホテルの部屋から、街の中心部を眺めていた。窓からはすぐ下の通りとセントラル・パークが見え、人々が行き交っている。離れているので顔は区別できないが、ある者は景色を眺め、またある者は用事をすませて家路を急いでいるようだ。観光客が足をとめて馬車の御者と交渉している。昼間見たとき、どの馬も元気そうだったので、ブローリンはうれしくなった。通りや公園で馬車を引いている馬に、栄養が悪くてやせこけているのは一頭もいなかった。三月半ばの寒さをしのぐための毛布をかけている馬がたくさんいて、綱状の花で飾られている馬もいた。真下にいる馬は帽子をかぶっているらしい。御者の多くはアイルランド人で、ホテルへ入ろうとするブローリンに気づいて歓声をあげた。そう、馬がきちんと世話をされているのを見るのは喜ばしい。不思議だ。いや、それほど不思議ではないのかもしれない。彼のように人間に対する残虐行為を何度も目撃してきた者でも、動物の虐待に胸が痛む。しかし、馬たちはきちんと飼われている。それはいいことだ。

「ミスター・ブローリン？」

ブローリンは窓から振り返った。側近のひとりであるピーター・オマリーが応接間へと続くベッドルームのドアをノックしていた。オマリーは非常に大柄で、身長は二メートル近くあり、筋肉質な体は百三十キロ以上ある。彼はスーツを着ており、よく似合っていた。オマリーが上着の下に防弾チョッキをつけているので実際よりほんの少しだけ大きく見えるということに、ほとんどの人は気づかないだろうとブローリンは思った。

「なんだ、ピーター？」

「電話が入っています」

「ありがとう。ここでとるよ」

ブローリンは受話器をとって名前を告げた。相手はゲール語でしゃべった。彼は深刻な表情で耳を傾けてから、穏やかながらも決然と言った。

「キャンセルはしない。明日の午後にはそちらへ行く」

短いやりとりのあと受話器を置き、窓際へ歩いていった。だが今回は目をつぶった。

一九七三年。ブローリンは今と違う道を歩んでいた。それ以外選択肢はないように思えた。彼はジェナ・マクレアリーと一緒に逃げていて、事態はどうしようもなく悪化していた。街でも闘争が起こるようになり、逃げるふたりにも弾丸が飛んできた。

「別れたほうがいいわ」ジェナが言った。

彼はうなずいた。別れて、どこかに紛れこんですっかり姿を消そう。ふたりでは身を隠すのが難しい。それで、彼は同意した。

ブローリンは最初に目についたパブへ入ってエールを注文した。ジェナがどの方向へ逃げたのかもわからなかった。彼にわかっているのは、その晩遅くに彼女が捕まったことだけだ。彼はそのことを人づてに聞いた。ジェナがどんなふうに尋問されたかを。担当の警官がどのように彼女を同僚を殺されたばかりの兵士たちに引き渡したかを。その兵士は逃げているときに通りで銃弾に倒れたのだ。そのときジェナが引き金を引いたのかもしれない。ブローリンが引いたのかもしれない。ジェナは報復された。彼女が若く、美しく、幼いころから復讐《ふくしゅう》心を植えつけられていたせいだ。

兵士たちに強姦《ごうかん》されたジェナは、もはや美しくなかった。もちろん彼女を救いだす計画はあった。簡単に仲間を見捨てたわけではない。しかしジェナを留置所から刑務所へ移送する護送車をブローリンたちが襲ったとき、彼女のなかですでになにかが死んでいたのだ。車の前で爆弾が破裂し、彼らがジェナを解放しに駆けつけたときも、彼女は逃げようとしなかった。再び銃撃戦が始まることを知りつつも、その場を動かなかった。

ブローリンはジェナが倒れるところを目撃した。銃弾があたり、がくりと体の力が抜け、回転しながら地面にばったり崩れ落ちるところを。絶望を、彼女の目が光を失う前に浮かべた死を、目にしたのだ。彼は通りに立ちつくしていた。撃たれなかったのはまったく奇跡だ。その瞬間に突如として、自分たち全員が彼女を殺したのだと悟った。自分たち自身がジェナを殺したにほかならない。自らの手で彼女に弾を撃ちこんだも同然だった。

再びドアにノックの音がした。オマリーが戻ってきたのだ。

「ミスター・ブローリン？」

「ピーター、予定どおり、テレビに出演したあと一時の飛行機に乗る」

「しかし、わかっていることからしても、それに、わかっていないことからしても――」

「予定どおりだ、ピーター」

オマリーは首をかしげてから、静かにドアを閉めて歩み去った。

ブローリンは通りを眺めた。

ああ、馬があんなふうに元気そうなのはいいことだ。

7

ディナーは楽しかった。モイラはマイケルの隣に座り、ダニーはテーブルの反対側のブライアンとモリーのあいだに座っていた。午後に子供たちの前であんな会話をしたあとだけに、モイラはダニーが子供たちになにを言うかと少し心配だった。それで食事のあいだ、飲み物だのなんだのをとりに行き、テーブルのダニーの側を通って彼の話に聞き耳を立てるのを忘れなかった。心配する必要はなかった。ダニーは聖パトリックの話をしているだけだった。例によってダニーはすばらしい語り手だった。

「パトリックの人生は謎《なぞ》に包まれているんだ」ダニーは説明した。「父親はカルプルニウスという名のとても裕福なローマ人で、イギリスに住んでいた。ほら、ローマ人はどこへでも行っていたが、アイルランドだけは避けていたんだ。当時アイルランドは未開の地で、野蛮な人たちが部族ごとに暮らしていた。もちろん、そのころだって彼らは美しい顔をしていたんだけど、魔術や、風、空、大地の力を信じていた。彼らは優れた船乗りでもあった。パトリックはイギリスのウェールズで育ったと言われている。ある晩遅く、彼は外へ出た。そんなことはしちゃいけなかったのに——きみたち三人も、パパやママや家族と一緒でなきゃ外に出てはいけないよ。パトリックは異教徒の海賊に捕まって、アイリッシュ海を渡り、奴隷として売られたんだ。彼を買った男はいけ好かないやつだったらしい。パトリックは羊飼いとして羊の面倒をとてもよく見たが、逃げださなければならないと思っていた。でもそれはすごく危険なことだったんだ。なぜなら逃亡しようとした奴隷は、主人が殺そうと思えば殺してもよかったんだからね。だけどパトリックは勇敢だったから、逃げることにした。やがて彼は主人を快く思っていない人たちに頼んで、再び海の向こうへ逃がしてもらい、故郷へ帰ってきたのさ。もちろん両親はパトリックを見て大喜びしたが、彼は、神様が現れてアイルランドに戻って人々を助けなければならないと告げられたと信じていた。パトリックはそれが自分の天職だと悟った。父親は息子に実業家《ビジネスマン》になってもらいたかったんだが——」

「パパみたいに」シャノンが言った。

「パパみたいにね。ビジネスマンになることは、生きていくうえで大切なんだよ」ダニーは力をこめて言った。「だがパトリックには両親の望みをかなえてあげられないとわかっていた。そしてついにはやるべきことをやり遂げなければならないと言って両親を説得し、聖職者になったんだ。数年後、アイルランドへ戻ったパトリックは、まだ奇怪な教義を実践していた異教徒たちに平和を説いた。あの意地悪な主人に捕まって殺されるかもしれないのに、彼は戻ってきたんだよ。異教徒たちに奇跡を見せるために、神様がパトリックに力を貸したと言う人もいる。パトリックの機知と精神力によって奇跡が起きたのだという人もいれば、彼の言葉や態度が人々に対して影響力を持っていたのだという人もいた」

「いずれにしても、神様が与えてくれた才能だったんだよ」ジョーンがつけ加えた。

ダニーはテーブル越しにジョーンにほほえみかけた。「そのとおり。さて、われらがパトリックは人々のなかに入っていった。彼はアイルランドを北から南までくまなく歩いた。というのも、そのころのアイルランドはひとつの国で、それぞれの地域をおさめる王が何人もいたんだ。ある時期、タラは至高王《アルドリー》、またの名を上王《ハイ・キング》が支配していた。伝説によれば、パトリックがやってきたとき、タラのハイ・キングは強大な権力を持ち、異教の司祭を深く信じていたそうだ。その異教の司祭はパトリックをだまして火のなかへ誘いこもうとした。パトリックが焼け死ねば、自分は最も権力のある司祭のままでいられるからね。しかしハイ・キングは真実を知りたかったので、自分の司祭とパトリックの両方に火のなかを歩かせた。パトリックは簡単に火のなかを通り抜け、信仰心こそこの世における偉大なる奇跡であることを証明した。パトリックを殺そうとした異教の司祭は炎のなかで焼け死んでしまった。ああ、でもそれでパトリックの試練が終わったわけではなかった。アイルランドでのパトリックの成功をねたんだほかの聖職者たちが、彼を陥れようとしたんだ。しかし結局パトリックは、アイルランドとアイルランド人への愛を信じ、神様を信じてやるべきことをやり、すべての試練を乗り越え、アイルランドを永遠に変え、それでどうなったと思う?」

「どうなったの?」ブライアンが尋ねた。

「パトリックはとても長生きして、亡くなるまでアイルランドで過ごしたんだ。だからぼくたちは、毎年彼のために特別の日をお祝いするんだよ、このアメリカでもね」

「聖パトリックの日は、アイルランドでは国民の祝日なのよ、モイラ、わかっていると思うけど」ケイティが言った。

　モイラはほほえんだ。「ええ、ママ。アイルランドではね」

「ほんとに火のなかを通り抜けたの？」ブライアンが真剣な口調でダニーに尋ねた。

「うーん、どうかな、ぼくはその場にいなかったから。本当なのか、伝説なのか」ダニーは言った。「信じるかどうかの問題だよ」

「聖パトリックがレプラコーンたちをアイルランドへ連れてきたの？」モリーがきく。

「いいや、小人たちは最初からそこにいたんだよ。心の魔力のなかで暮らしていたんだ」ダニーはそう答えてウインクした。

　モイラはテーブルの向かい側の端に座っている子供たちの前にソーダのボトルを置いて、自分の席へ戻った。

　マイケルが身を寄せてモイラにささやきかけた。「彼はお話がすごく上手だね」

「ええ、そうなの。いろいろな話を知っているのよ」

「きみは家族の古い友人をあまり好きではないんだよね？」マイケルが興味深げに尋ねた。

　モイラはためらった。ここに来るまで、マイケルにダニーの話をしたことはなかった。話す理由がなかったからだ。モイラもマイケルも相手に過去を打ち明けたことがない。彼女は彼にかつての恋愛について尋ねなかったし、自分の恋愛についても話さなかった。今モイラは後ろめたさを感じていた。

　それでもなお、真実を打ち明ける気には少しもなれなかった。

「彼はとても魅力的だったり、とても不愉快だったりするの」それだけ答えて、モイラはダニーのほうを見た。「兄みたいなものね」ダニーに聞こえるように大きな声で言った。

ダニーの口もとにかすかな笑みが浮かんだ。彼はタルーラという名のレプラコーンの少女についてモリーに話している。モイラは幼いころにアイルランドのおとぎ話をたくさん聞いたが、タルーラの話は耳にしたことがなかった。きっとダニーは話しながら子供たちが喜びそうなストーリーを考えているのだ、と彼女は思った。

それでいい。アイルランドの人々が長いあいだ迫害されてきたなどと話しださないでくれるなら。

テーブルの向かい側に視線をやったモイラは、祖母に深刻な面持ちで見つめられているのに気づいた。モイラは眉をつりあげた。「モイラ、コルカノンをとってくれるかい？」ジョーンが言った。

モイラは言われたとおりコルカノンの皿を渡し、なぜ祖母はあんな顔でわたしを見ていたのだろうと首をひねった。

ディナーが終わると、モイラとコリーンとシボーンはケイティとジョーンをリビングルームへと連れていった。ふたりのために紅茶をいれ、苦労して最も座り心地のいい椅子に座らせると、足置き《フットレスト》を引きだし、休む以外のことはさせなかった。ジョーンはとまどっていて、ケイティは落ちつかない様子だった。紅茶をいれてしまうと、若い三人は年輩のふたりにそのまま座っているように言い、ダイニングルームとキッチンを片づけに行った。三人だけだと気味が悪いほどがらんとしていた。

「子供たちはどこにいるの?」モイラは尋ねた。「またパブへ連れていったんじゃないでしょうね?」

「パトリックが寝かしつけているわ」

「いいとこあるじゃない」モイラは義理の姉に言った。

「ええ、まあ、普段はいい父親よ」

モイラは皿の汚れを落として食器洗い機へ入れながら、もっとなにか言うべきか、口を閉じるべきか考えあぐねた。

「兄さんはこのところ忙しいの?」モイラは尋ねた。

「ええ」シボーンが答えてモイラに皿を渡した。なにか言おうとしてためらっているらしく、肩をすくめた。「最近扱っているのがどんな仕事なのかは、実のところ知らないの。パトリックは北アイルランドの慈善団体の関係者と会っているのよ。その人たちはアイルランドの孤児たちの教育を支援するためにアメリカで資金を集めるらしいわ」

「ちゃんとした理由じゃない」コリーンが言った。

「ええ、そう、そうよね」シボーンが言う。

「だとすると、わからないわ」モイラはつぶやいた。「なにが問題なの?」

シボーンは頭を振った。「最近パトリックはしょっちゅうボストンへ来てるの。ご両親に会わないこともしばしばみたい」

「へーえ」モイラは小声で言い、驚いたことに、気づくと兄の弁護をしていた。「急ぎの仕事で来ただけだったら、両親の顔を見に立ち寄らないのかもしれないわ。立ち寄ったら、あなたのところへ帰ることができなくなると思って」

「ええ、わかってる」シボーンが言った。

シボーンの言葉はモイラに同意しているという意味かもしれなかったし、モイラの言ったことを信じていないという意味かもしれなかった。はっきりしているのは、シボーンがそれ以上この話をしたくないと思っていることだ。そしてモイラにわかっているのは、兄の行動に不審な点があるということだけだった。

「ねえ」コリーンが気まずい雰囲気を打ち破った。「あなたに言わなくちゃ、シボーン。あなたのおちびちゃんたちに会うたびに、叔母であることがますます誇らしくなるわ」

「たしかに」モイラは心から同意した。「みんなとてもかわいいし、まだあんなに幼いのに、とてもお行儀がいいもの」

「ありがとう」シボーンはにっこり笑って言った。「子供ってなにものにも代えがたいと思わない？　あなたもいつか立派な親になるわよ。おっと、ごめんなさい、あなたたちふたりとも立派な親になるわ。わたしがモイラに言ったのは単に彼女のほうが年上だからよ」シボーンがコリーンに言い訳した。

「わざわざ思いださせてくれてありがとう」モイラは言った。

「そうよ、あなた、三十の大台に乗る日も近いのよね」シボーンが言う。

「そのとおり。姉さん、わたしがいくら年をとっても、姉さんには追いつけないのよね」

「ふたりともほんとに思いやりがあるわね」モイラは言った。

シボーンが笑った。「ところで、マイケルとは真剣につきあってるの?」

「彼ってすごいハンサムよね」コリーンが言った。

「外見がすべてじゃないわ」シボーンがたしなめた。

「でも、黙って見つめあうとき、少なくとも絵になるじゃない」コリーンが反論した。

「彼って気難しい人ではないんでしょう?」シボーンがきいた。

「ええ、ちっとも」モイラは答えた。

「事実上あらゆる意味で完璧《かんぺき》なのね」コリーンが言った。

「マイケルはこれ以上ないくらいうまくやっていると思うわ」シボーンが強調した。「つまり、この家に入りこむのは容易じゃないのに、彼はよく頑張っているってこと」

「ええ、そうね」

「それで、真剣なの?」シボーンがしつこく尋ねた。

「かもね」

「ふたりが結婚したら、きっとすごく端整な顔立ちの子が生まれるわ」コリーンがつぶやく。

「自分の顔があちこちの雑誌の表紙を飾っているからって、容貌《ようぼう》のことばかり気にするんじゃないの」モイラは戒めた。

「わかった。どんな醜男《ぶおとこ》とでもつきあえばいいわ」

モイラはため息をつき、シボーンは笑った。後片づけは続き、次の質問の矛先はコリーンの性生活に向かった。モイラはシボーンに質問するのを避けていた。義理の姉が答えたがらないのは明らかだったからだ。けれども後片づけがすみ、シボーンが子供たちの様子を見に行くと言ったときも、モイラの不安はおさまらなかった。

シボーンが廊下を歩いていき、ふたりきりになると、コリーンがモイラにきいた。「兄さんが浮気してると思っているんじゃないでしょうね？」

「そんなの想像もできないわ」モイラは答えた。「もしそうだとしたら、パトリックは大ばか者よ」

「兄さんにそう言ってやるべきかな？」

「うーん……かまわないでおいたほうがいいわ。ふたりのどちらかが相談してこない限り」モイラは言った。

「姉さんの言うとおりね。もっとも……」

「まさか……」モイラは言いかけた。

「なに？」

「パトリックがなにか……違法なことにかかわっているとか？」

「兄さんは弁護士よ！　なに言いだすの？」

「そうよね、気にしないで。自分でもなにを話してるかわからないの」

「パブへ行ってパパを手伝ったほうがいいかどうか見てくるわ」コリーンは使っていた布巾《ふきん》をカ

ウンターに置いた。「わたしたちが店にいると、パパは喜ぶでしょう」

「ええ。ママとジョーンおばあちゃんの様子を見たら、わたしもすぐにおりていくわ」モイラは言った。

ふたりは別々の方向へ行った。モイラがリビングルームへ入ると、母親はベッドルームへ引きあげていた。祖母がモイラにほほえみかけ、自分が座っている大きな安楽椅子の横のソファのほうへうなずいてみせた。

「片づけはすんだのかい？」

「ええ、全部すんだわ。なにかしてもらいたいことがあるかと思って来たの」

「ねえ、モイラ、神様に感謝しなきゃね。わたしはまだ動けるんだから」

「いつも感謝してるわ」モイラは真剣に言った。「おばあちゃんはわたしたちにとって大切な人だもの」

ジョーンが笑顔でうなずいた。「ありがとう。孫たちが家にいてくれてほんとにうれしいよ。自分で自分の面倒が見られるのはありがたいことだけど、世話を焼いてくれる愛すべき家族がいるというのもいいものだね」

「わたしたちは幸運だわ」

「そうかい？」

モイラは手を振った。「両親が離婚してしまった友達はたくさんいて、彼らには実際帰る家がないわ。そして人生で重要な局面を迎えるたびに、なんとか進むべき道を模索しなきゃならない。

わたしは恵まれてるわ」

ジョーンがまじめな顔でうなずいた。「よかった。人間は自分がどれほど恵まれているかになかなか気づかないものだよ」彼女は間を置いた。「祖国を懐かしがっているからといって、両親につらくあたってはいけないよ、モイラ」

「わたし……そんなつもりないわ」

ジョーンはしばらく黙っていたあと、口を開いた。「知ってのとおり、わたしはそうとうな年寄りだ」

「年齢は相対的なものだわ」モイラは言った。

「ああ、でも思いだしてしまうことがたくさんあるんだよ。復活祭蜂起《ほうき》があったころ、わたしは子供で、ダブリンに住んでいた。通りが炎に包まれているのを見たんだ。友達のなかには――それも幼い子供さ――一斉砲火で殺された子もいた」

「痛ましいわね」モイラは言った。「これまでそんな話をしたことなかったじゃない」

ジョーンは肩をすくめた。「今のダブリンはすばらしい街だ。アイルランド人もすばらしい人人だよ。わたしがこんなことを言うのは……その、生まれたときから暴力にさらされている人間は、死ぬまで傷が消えないこともあるのさ。過去を知っている者は、かつてあったことを……そして自分たちが未来に望んでいることを、ときどき口にせずにはいられないんだよ」

「ジョーンおばあちゃん、わたしにはどうしても信じられないの、爆弾や銃弾が――」

「爆弾を仕掛けたり、銃を撃つのはいけないことだ。罪もない人間を殺すのもいけない。それが正しいなんて口が裂けても言えないんだよ。おまえにわかってほしいのは、人がときとしてなにを感じるかということなんだ」

「よくわかってるわ。ジョーンおばあちゃん、実際、わたしはアイルランドの歴史を知っているの。おばあちゃんやパパやママのもとで育ったんだもの、知らずにいられるわけがないわ」

「おまえの父さんはここへ来たがった。このアメリカへね。どの国にも闘わなければならない不正があることを、エイモンが知らなかったわけではない。でも、わたしたちには北に家族がいたのさ」

「わかってる」

「ほんとにわかってるとは思えないね。この数年のあいだに本当の和平に向けて大きな進展があった。一九九七年にはIRAが停戦を宣言し、一九九八年には聖金曜日の合意が調印された。クリントン大統領が北アイルランドで、紛争解決に力をつくしてくれたんだ。だがおまえも知ってのとおり、信念のために自分の命を捧《ささ》げ、人の命を犠牲にすることをなんとも思わない人間がいまだにいる。モイラ、よく覚えておき、わたしたちはアイルランド人で、それを誇りに思っている、そしておまえもまたアイルランド人だということを」

モイラは立ちあがって祖母の傍らにひざまずき、腕をまわした。「わたしが家族みんなを心から誇りに思っていることをおばあちゃんに少しでも疑わせたなら、申し訳ないわ」優しく言った。

ジョーンは身を引き、にっこり笑ってモイラの髪を撫《な》でた。「アイルランドに問題がないとは言わない。だけどいいかい、世界のなかでも最もすばらしい国かもしれないアメリカにだって、やはり問題はたくさんあるんだ」

「おばあちゃんはすばらしい人だってずっとわかっていたけど」モイラは言った。「信じられないくらい聡明《そうめい》な人だなんて知らなかった」

ジョーンはにやりとした。「ときどき……そう、自分でも怖くなるくらいさ。さあ、店へお行き。おまえの父さんのために《ダニー・ボーイ》を歌っておあげ」

「ゆうべ歌ったわ」

「もう一度歌うんだよ。そうすればエイモンが喜ぶ」

「なにか欲しいものは……」

「もしあったら、とっくに頼んでるよ」

モイラはほほえみながら、部屋を出ていこうとした。

「モイラ？」

彼女は戸口で立ちどまった。「なに？」

「覚えておおき、わたしたちの故国は美しいところだということを。アイルランド人は昔から文学に秀でていた。暗黒時代でも、アイルランドの学僧たちは古典を書き継ぐことをやめなかった。世界有数の職人の何人かはアイルランド人だ。あの国の風や海、険しい岩場や石塚には精霊が宿っているのさ。伝説や物語や美術や演劇、そういうものを全部覚えておくんだよ、モイラ」

「ええ、きっと覚えておくわ、ジョーンおばあちゃん。必ず」

ジョーンがうなずいた。「もう行きなさい。家族と一緒に楽しむといい。今日の撮影はよかっ

「ありがとう。そうだ、明日、おばあちゃんが子供たちにお話を聞かせているところを撮ってもいい？」

「本気でこんな老いぼれをテレビに出したいと思っているならね」

「出したいわ、信じられないほど聡明ですばらしい女性をね」

ジョーンがうれしそうに顔をほころばせた。「さあ、下へ行きなさい」

「いいの？　テレビを見ているわけでもないし、なにかを読んでいるわけでもない。そんなおばあちゃんをひとりぼっちにしたくないわ」

「わたしは考えごとをしているんだよ、モイラ。いろいろと思いをめぐらしているのさ。年をとると、それが楽しくなるもんでね」

モイラはうなずくと、祖母を残してパブへおりていった。

下へおりてきてマイケル・マクレインとともにカウンターのなかに足を踏み入れたとき、ダニーは隅のテーブルにいる濃紺のセーターを着た男に目をとめた。

マクレインは明らかにダニーを警戒していたが、ケリー家に溶けこもうとあらゆる努力をしていた。マクレインがモイラにぞっこんなのは明白で、それを進んで示そうとしている。しかし、いかなる場合も、おべっかを使ったりはしない。マクレインは落ちついていて、決断力も積極性もあり、自分の意見ははっきり言い、その際に相手への配慮を怠らない。実際ほかの状況で会っていたら、マクレインを好きになっていたかもしれない、とダニーは思った。

ダニーとマイケルがともにカウンターに入って、エイモン・ケリーにしばらく古い仲間たちと肩を並べて座り、世の中がどうなるのか語りあうひとときを過ごさせてあげた。カウンターの仕事は簡単だ――注文はたいていい生ビールだった。店は忙しかったが、それでもフロアを見まわしたり常連客と話したりする余裕はあった。バンドが演奏しており、テレビもついていたが、ボリュームをさげてあった。いつもと変わらぬ晩のようだ。あちこちでなにかしら起こっている。

隅のテーブルにいる男はひとりだった。ふたりがけのテーブルで一杯のビールをちびちびやっていた。ずっとそんな調子だ。特徴のない男で、茶色の髪を短くし、アイビーリーグ出身といった感じだ。会計士か、銀行員か、弁護士か、あるいはどこかの会社員かもしれない。ホワイトカラーであることは間違いない。

「またあの話か」マイケルはそう言ってから、急いでつけ加えた。「すまない」

ダニーは眉をつりあげた。

マイケル・マクレインは肩をすくめた。「きみたちみんなにとってどれほど重要かを忘れていた――アイルランドの歴史上の出来事すべてがだ」

ダニーはうなずいて老人たちの会話に耳を傾けた。いつもと同じ内容だった。

「なあ、もう一度聞くが」シェイマスが言った。「あんたはアメリカ人かね？」

「ばかなことをきくな」エイモン・ケリーが頭を振って答えた。「そうだ、アメリカ人だ。この国でしばらく暮らしたあと、市民権を申請した。そのときには息子は生まれていて、モイラは腹のなかだった。申請することについては、ケイティとさんざん話しあったさ。そして、子供たちをボストンで育てようと決めた。そういうわけだ」

「しかし、あんたは今だってアイルランド人だ」

　エイモンがうめいた。「アイルランド人として生まれたんだからな」

「それじゃ、もしもアメリカがアイルランドと戦争を始めたら、どうするんだ？」シェイマスが強い語調できく。

「アメリカは絶対にアイルランドと戦争をしたりしないよ」

「しかし、万一したらどうする？」

「シェイマス、もう一度言うぞ、ばかなことをきくな、まったく」

「あんたはわたしの言わんとするところがわかっておらん」

「わかってるさ。アイルランド人はあくまでアイルランド人だって言いたいんだろう。それ以外にはなれないって。アイルランド系アメリカ人も北アイルランド人も同じだって」

「だが、あんたは島は統一されるべきだと思っている」

「島が統一されるべきだと思っているのは、あんただ」

「そうだ、だが、どうしたらそれが実現するのかはわからん」

「だから、ジェイコブ・ブローリンみたいな人間が必要なんだ。彼は一九二〇年に起こったアイルランドの内乱も、一九六九年に始まった北アイルランドのプロテスタントとカトリックの対立も知っている。宗教上の分断は経済の分断であること、過去の法律がさまざまな問題を引き起こしたこと、問題を解決するのは国民でなければならないことをわかっているんだ。人々がひとつにまとまれば、最終的にアイルランドは統一されるだろう」

「イギリスとの経済的な結びつきをよしとする者たちはどうなんだ？」

「なんでこんな議論をしてるんだ、シェイマス？　わたしもあんたも同じように考えているのに」エイモンはいらだたしげに言った。ふたりの男は今にも殴りあいを始めそうな剣幕だった。

ダニーは、ふたりがしばしばこういうことになるのを知っていた。

シェイマスは悲しそうに頭を振った。「厄介なことが起ころうとしている」

「うちの店で？」エイモンがせせら笑うように言った。

シェイマスが急に声をひそめた。「覚えているかい、七二年のあの兵士のことを？」

「わたしはダブリンの人間だぞ、シェイマス」

「しかし、あんたは覚えている。なぜって彼を知っていたからだ。家族の絆《きずな》だよ、エイモン、深い絆だ。その気の毒な若者は二十一歳のイギリスの兵士だった。ベルファストの通りで喧嘩《けんか》騒ぎがあったあと、ＩＲＡが彼を誘拐した。彼はパディ・マクナリーの家に二週間暮らしていて、会った者はみんな彼を好いていた。だが、イギリスが逮捕したＩＲＡのメンバー数人の釈放を拒んだので、ＩＲＡのやつらはその若者と心を通わせていたにもかかわらず、通りへ引きずりだして撃ち殺したんだ」

「そして世界は、そんなことをしたＩＲＡをテロリスト集団と非難した」エイモンが憤然と言った。「シェイマス、なにが言いたいんだ？　断っておくが、わたしは問題を解決できないし、そのことは承知している。わたしはボストンでパブをやっているアメリカ人なんだから。ほかの国と同じようにアイルランドに平和が訪れることを、どこにいても祈っているがな。北の政府も南の政府も、戦争や革命の時代は終わったことを、そして今われわれが住むこの狭い世界がとるべき道は話しあいであることを知っている。ちくしょう、シェイマス、あんたはどうなんだ。われわれはわかっているじゃないか。子供たちはよちよち歩きを始めたときから石の投げ方を教わり、銃を持てる年齢になると、石が銃弾になった。われわれは言葉で戦う方法も学んで——」

「ああ、そうだよ。そして合意が調印されるたびに、どこかで必ず爆弾が爆発する」

「悪いがシェイマス、わたしは一年半ほど前にベルファストを訪れた以外、あそこには行ったことがない。それに言わせてもらうが、北アイルランド人はほかの国々と同じように、観光客の落とす金を欲しがっている。彼らは変化への道を歩みはじめているんだよ」

「たいていの北アイルランド人はな」シェイマスがつぶやく。

「シェイマス、なにが言いたいんだ?」

突然、シェイマスはダニーをまっすぐ見つめた。「北アイルランドにはいまだにテロリストがいるってことさ」

「で、わたしになにをしろと?」

シェイマスは即座に首を振り、ビールのジョッキをのぞきこんだ。「ささやき声だ」彼はつぶやいた。「ゲール語のな。この店で何度か聞こえたんだ。なにかが起こっている。まだなにもつかんじゃいないが、聞いたんだ……ゲール語を」

「わたしだって今でも古い言葉を話せるぞ、シェイマス。いったいぜんたい、それがなんの関係があるんだ?」

シェイマスが目をあげると、自分を見つめているダニーと視線が合った。

シェイマスはビールを持ちあげた。「ゲール語はいい言葉だ」

トレイを手にカウンターの端に来たコリーンが、注文を告げた。「ねえ、誰かブラックバードをつくってくれない?」

「ブラックバードはバンドの名前かと思っていたよ」マイケルがカウンターの端にいる頭の薄い客の前にギネスを置きながら言った。

「ブラックバードというのは、この店で昔から出している特別の飲み物さ」シェイマスが教える。

「コーヒーにアイリッシュクリーム二、アイリッシュウイスキー一の割合で加えたものだ。上にホイップクリームを載せる。注文する人間にお目にかかったのは久しぶりだ

「その飲み物なら知っている」ダニーが言った。「ぼくがつくろう」

「誰が注文したんだい?」

「あそこにいる人よ」コリーンが部屋の奥のほうを曖昧《あいまい》に示して答えた。

「ぼくがつくって持っていくよ」ダニーが申しでた。

「つくってくれるだけでいいわ。わたしが持っていくから」コリーンが目をくるりとまわして言った。「パパに、また自分がカウンターに入らなきゃならないなんて思わせたくないの。せっかくシェイマスと楽しくやってるんですもの」

ダニーは飲み物をつくった。カウンターはますます混雑し、客たちがスツールの後ろに立って注文を叫んでいたが、ダニーは飲み物を運んでいくコリーンを見守っていた。

予想どおり、飲み物が運ばれた先は、隅のテーブルに座っている濃紺のセーターの男のところだった。

パブはまるで動物園だった。さすがに聖パトリックの日を翌週に控えた土曜の夜だ。店に入ったモイラは、おりてきてよかったと思った。父親は商売上手だ。混雑は予想していただろう。とはいえ、大変な忙しさだ。

モイラは、マイケルがダニーと一緒にカウンターのなかにいるのを見て驚いた。マイケルは少し疲れているようだったけれど、てきぱきとビールを注《つ》いだり、飲み物をまぜあわせたりしている。彼女はマイケルの後ろに歩み寄った。

「大丈夫？」

「ああ、たぶんね。とにかく一生懸命やってるよ」マイケルは声を落としてささやいた。「ほら、点数稼ぎのためにね。ぼくは家族の輪のなかに入れると思うかい？」

モイラは、彼が懸命に努力してくれているのがうれしくて笑った。「あなたの経歴は申し分ないし、姓はアイルランド名だわ。うまく溶けこめるわよ。とてもよくやってるわ。でも、今夜は抜けだしたかったんでしょう」

「モイラ、もっと早くそれを言ってくれていたら、チャンスがあったかもしれないのに」

マイケルは哀れっぽい笑みを浮かべてモイラを見つめた。彼の言うとおりだと、彼女にはわかっていた。まわりがてんてこ舞いしているときに、出ていくことなどできない。今はまさにそんなときで、猫の手も借りたい状況なのだ。モイラはマイケルに両腕をまわした。「あなたって、信じられないくらいすてきね」

「そんなにぴったりくっつかないでくれよ。ただでさえ苦しみを味わっているんだから」

「あとで抜けだせるわよ」モイラはため息をついた。「もちろんかなり遅くなってからだけど」

「まったく魅力的な可能性だ」

「本気で言ってるのよ、マイケル。あなたってほんとにすばらしいわ」

「覚えているかい、ぼくのすばらしいところはひとつだけじゃないって」

「なんとなく」モイラはからかった。「もう一度思いださせてほしいわ」

「そのうちに」マイケルは口もとに笑みを浮かべた。「きみは本当にお父さんの家を抜けだすつもりかい？」

「ねえ！」クリシーが呼んだ。「そこの人、ちゃんと仕事しているの？」

「ごめんなさい、クリシー」モイラは慌てて答えた。そして急ぎ足で持ち場へ行った。

「ギブソンをオニオン多めで、ギネスふたつ、マーフィーズ・ビール、白ワインふたつ、それとブルゴーニュワインをひとつお願い」

「わかった」モイラは言った。

「知ってたかい？　こういう仕事はきみのほうがうまいが、ぼくだってオーダーをとってくることはできる」マイケルはそう言い、カウンターの向こうへ視線を投げた。「ここはきみときみの旧友ダニー・ボーイに任せて、ぼくはほかの人たちとフロアで働くよ」

モイラはうなずいた。マイケルの言うとおりだ。彼女のほうが彼よりずっと素早く飲み物をつくることができる。

注文に応《こた》えはじめてから数分後、耳もとでダニーのささやく声が聞こえたので、モイラはびっくりした。

「彼は今夜は多少得点を稼いだな」

モイラはつくりかけの飲み物に注意を払いつつ、半ば振り返った。

「なんのこと?」

「背が高くて、濃い茶色の髪をしたハンサムのことだよ。例の目がぎらぎらした。うまく溶けこんでるじゃないか」

「彼は手伝ってくれているのよ。それに、たとえ父に気に入られるためにやっているんだとしても、その努力を買うわ」

「目がぎらぎらしているんだぞ、モイラ」

「ダニー、誰かが呼んでるわよ」

「馴れ馴れしくするなってことかい?　本気なのか?　あれがどれほどすばらしかったかっていう記憶が、きみの血液のなかにすりこまれているんじゃないのか?　胸がどきどきしてるんじゃないのか?　きみの代わりに答えてやろう。きみはほてりを感じている。ビールの注ぎ口に置かれたぼくの手を見て、肌を触られたときの心地よい感触を思いだしているんだ」

「まあ、ええ、ほてってるわ、ダニー。バーナーで焼かれているみたいに」モイラは彼に身を寄せた。「わたしがなにを考えているかわかる?」

「ぼくのことをすてきだと考えているんだろう?」

「あなたは思い違いをしているって考えてるの」

ダニーはにやりとした。「かもしれないね、モイラ。思い出に浸って、きみに手を触れたときのすばらしい感触を思いだしているのはぼくのほうなんだろう。ぼくたちは相性がよかったじゃないか」

「昔は昔、今は今よ」モイラはそっけなく応じた。「クリシー!」カウンターにたまっている客たちの頭越しに叫んだ。「マティーニはこのまま? それともオンザロック?」

「オンザロックよ!」クリシーが叫び返す。

「きみを愛してるよ、モイラ・ケリー」ダニーがそっと言った。

ダニーのささやきをうなじに感じた。まるで指で撫でられたようだった。ふいにモイラの胸は思い出でいっぱいになった。そして気づくと、ビールの注ぎ口に置かれたダニーの手を見ていた。熱い血潮が体を駆けめぐる。わたしはひどい女だ。でも、事実なのだ。ダニーはベッドのなかで最高だった。

それはマイケルも同じだ。わたしはかつてダニーに恋をした。おそらく人生の半分はダニーのことが好きだった。何年もほかのなにかが現れるのを待ちつづけた。なにか現実的なものが。それがマイケルだった。わたしだってばかではない。この年になれば、いいと感じるものが必ずしも正しいものとは限らないことはわかっている。

とはいえ、やはり……。

ダニーの目、ゆがんだ唇、ユーモアのセンス、一緒に笑いころげたり、自嘲《じちょう》気味に笑みを浮かべたりするときの顔。彼は腕をまわしてわたしを抱きしめ、そうしてほしいときに思いやりと理解を示してくれる。そして急に荒々しくみだらになり、わたしにあえぎ声をあげさせ……。

「シェイマスにもう一杯ビールを」モイラはそう言って危険な妄想を振り払った。

「シェイマスは飲みすぎだ」

「パトリックが帰ってきてるわ。ほら、あそこにいる。兄がシェイマスを家まで送るわ――ほんの数ブロック行ったところだから。もう一杯あげて。パパと楽しくやってるんだもの」

「きみのほうこそビールを一杯やったらどうだ」

「ええ、あとで」

「あとで浴びるほど飲ませてやるよ」

「浴びるほど飲ませてどうしようっていうの？　ベッドへ誘いこむつもり？　ここに来て死ぬほど退屈してるってわけ、ダニー？　わたしを落としたくなったのは、マイケルがここにいるから？　結局、わたしが最近はあなた以外の人を愛しているから？」

「本気できみを愛しているからさ」

「ダニー、あなたはその言葉の意味がわかってないわ」

「いつだってわかってるよ、モイラ」

「モイラ、フォスターズはある？」コリーンが大声できいた。

「出せるわよ」

「よかった。フォスターズひとつ、バドワイザーふたつ、クアーズは瓶のまま、ライムの代わりにレモンを添えて」

「ダニー、クアーズをとって」モイラは言った。ダニーがあまりにもそばにいる。彼女はずっと彼のアフターシェーブローションの香りが好きだった。そのほのかな香りは……。

それはモイラを思い出でいっぱいにした。

ビールを一杯飲もう。いいえ、ウイスキーをストレートで飲んで、自分の頬を引っぱたこう。

モイラがクリシーに頼まれた飲み物をつくっていると、電話の鳴る音が聞こえた。「わたしが出るわ」モイラはトレイにクアーズを載せているダニーに言った。

「もうとった」ダニーが言った。

モイラの耳に、受話器に向かって〈ケリーズ・パブ〉です、とだけ言うダニーの声が聞こえた。

「モイラ、バドワイザーをあとふたつ！」コリーンが叫んだ。「瓶でね」

モイラが冷蔵庫のところへ歩いていくと、ダニーの話し声が聞こえた。彼は声を極端に低くしている。

彼女はなにを話しているのか聞きとろうとしたが、聞こえなかった。

そのうちに、ダニーの話が聞こえてはいるのだと気づいた。ただ、なにを話しているのかは理解できなかった。彼はゲール語で話しているのだ。

ダニーの声はとても低く、緊張している。

モイラに見つめられているのに気づくと、ダニーはにっこりして肩をすくめた。だが、いつもの笑い方ではなかった。しばらくして彼は電話を切った。

「誰だったの？」モイラは尋ねた。

「ああ、どこかの老人さ。ここが本物のアイリッシュパブかどうか知りたがったんだ。それであやって納得させようと思いついたわけだよ」

モイラはゲール語を話せない。単語をいくつか知ってはいるものの、実際に勉強したことはない。学校ではフランス語とスペイン語のクラスをとった。アメリカではゲール語よりはるかに役立つからだ。

彼女は嘘《うそ》をつくことにした。「ねえ、わたし、ゲール語のクラスをとっていたのよ、ダニー」

ダニーは俳優になればよかったのに、とモイラは思った。たしかに彼は緊張していたが、心配ごとがある様子は見せなかった。さもなければ、ダニーはモイラのはったりを見抜いているのだ。

「そろそろ時間だ、モイラ・ケリー」ダニーは言った。「ここは落ちついてきた。カウンターはきみに任せるよ」そう言い残して、戸口へ向かった。

しかしダニーは立ちどまって引き返してくると、突然モイラの肩をつかんだ。彼女を見つめる目に愉快そうな色は微塵《みじん》も浮かんでいない。

「モイラ、さっき言ったことが本当なら、誰にも知られないようにするんだ、いいね？」

「ダニー――」

「一度でいいからぼくの言うことを聞いてくれ、モイラ。きみがゲール語をひとことでも理解できることを、誰にも知られないようにしろ」

「ダニー、いったいなにを――」

「本気で言ってるんだ、モイラ」

ダニーの指が肩に深く食いこんで痛かった。彼があまりに真剣な顔をしているので、モイラは不気味な恐怖のささやきが心のなかまで染み通るのを感じた。

「ダニーったら――」

「頼むよ、モイラ、お願いだ」

モイラはふいに、実のところ、この男性のことをわかっていたことなど一度もないのだと思いあたった。

彼女は思わずうなずいた。「わかったわ。もう、ダニー、やめてよ。痛いじゃない」

「すまない」ダニーが手を離した。「モイラ、用心しなくちゃいけないよ」

「用心するって、なにに？」

「激しやすい人間にさ」

「誰のこと？　あなた？　マイケル？　あそこにいるシェイマス？」

「みんなのことだ。わかったね？」

「いいえ、ちっとも」

「モイラ、かかわらないでいるんだ。ほうっておけばいい」

　ふいに彼女はマイケルがフロアからこちらを見ているのに気づいた。ダニーに離れてもらいたかった。

「ほうっておけですって？　なにを？　わたしのことをほうっておいてよ」モイラは後ずさりしようとした。

「モイラ――」

「正直言って、ゲール語なんて話すことも理解することもできないのよ、ダニー。知ってるのはせいぜい、おはよう、おやすみなさい、お願いします、ありがとう、アイルランドよ永遠なれ《エリン・ゴウ・ブラ》、くらい」

「だったら話せるふりなどするんじゃない」

　ダニーはきびすを返してカウンターから離れた。モイラはフロアを歩いていく彼を見つめた。クリシーからなにかを頼まれ、うわの空で応じた。

　マイケルがカウンターにやってきた。「大丈夫かい？」彼は尋ねた。

「もちろんよ」

「ずいぶんとぴりぴりした雰囲気だったようだけど」

「飲み物の調合について意見が合わなかったの」モイラは嘘をついた。

「きみは……疲れているみたいだね」

「今夜はすごく忙しかったから」

「そうだね。ぼくもくたくただ」

「この埋めあわせはするから」

「期待してるよ」

「あなたの部屋番号は?」

マイケルはほほえんで番号を教えてから、つけ加えた。「おっと、生ビールを三つ頼むよ」

「種類は?」

「バドワイザー。それと、なんとかバードをもう一杯」

「ブラックバードね?」

「ああ、それだ」

モイラは笑って飲み物を用意した。そしてマイケルがビールを運んだあと、隅のテーブルにいる男性客にブラックバードを持っていくのを見守った。その客はバンドの演奏を聞いたり、酒をちびちびやりながら何時間もひとりで座っている。

マイケルは今回、本人が思っている以上によくやっている。ビールを注文した三人の客とおしゃべりをし、濃紺のセーターを着た男性客のところでは、足をとめてかなり長く話しこんでいた。

モイラはカウンターの誰かに名前を呼ばれたので、ビールの注ぎ口に注意を向けた。

彼女が目をあげると、ダニーがフロアを横切っていくのが見えた。彼が向かっている先は、隅のテーブルの男性客のところだった。濃紺のセーターを着た男性で、ブラックバードを注文した客だ。

数分後、ダニーはカウンターわきのコート掛けからコートをとってパブから出ていった。

それから五分もしないうちに、濃紺のセーターの男性客も店を出ていった。その男性は店の誰かの知りあいだろうか、とモイラは思った。そして兄に知っているかどうかきいてみることにした。

だが、まわりを見まわしてみると、パトリックの姿はどこにもなかった。そういえば、マイケルもフロアのどこにも見あたらない。実際この数分のあいだに、パブはがらんとしてしまった。今夜ずっといた人たちがみんな消えてしまったかのようだ。

「みんな、どうしちゃったのよ」モイラはひとりごちた。父親の姿さえどこにもないのだ。モイラはひどい不安感に襲われた。まったく、これもみんなダニーのせいだ。ゲール語を学んだことがあると嘘をつかれただけでいきりたつなんて、どうかしている。

明日そう言ってやろう、とモイラは心を決めた。

「モイラ、この老いぼれにギネスをもう一杯くれんか」シェイマスが声をかけてきた。老人はひとりで座っている。そのときになってモイラは、父親がステージのそばにいるジェフと話をしに行ったのだとわかった。

モイラはビールを注いでシェイマスのところへ持っていった。そして、とがめるように顔をしかめてグラスを置いた。「これっきりよ、いいわね、シェイマス」

シェイマスがうなずいた。「きみがそう言うならね、モイラ」モイラは立ち去りかけた。「モイラ・ケリー」彼に呼ばれたので、彼女はとまって振り返った。「モイラ、いい子にしてろよ。ほら、えらく静かになっちまった。不吉だ」シェイマスがぼそぼそとつぶやいた。「近ごろボストンの通りは物騒だから、用心するんだよ」

「シェイマス、なんのことを言ってるの？」

「死体で発見された若い女のことだ」

モイラはため息をついてシェイマスに近づき、カウンター越しに身を乗りだして老人の頭のてっぺんにキスをした。「シェイマス、約束するわ、客を求めて外に行かないって。ましてやゲール語で客を誘ったりはしないから。これでどう？」

「家から離れたところに行っちゃいかん」老人の口調は真剣だ。

「シェイマス……」

「いつだって厄介なことが起こる」シェイマスがぼそりと言った。

みんな頭がどうかしてしまったんだわ、とモイラは思った。

彼女はウイスキーをグラスに注いだ。ダニーと話して以来、飲もうかどうしようか迷っていたのだ。そしてひと息に飲み干した。

とても熱い――バーナーで焼かれたかのようだ。

家へ帰ってきたのに、ちっともくつろげない。

「知らないやつに気をつけろ」シェイマスが言った。「知らないやつに声をかけちゃいかん」

「シェイマス、ここは誰でも入れるパブなのよ。いつだって知らない人にサービスしてるわ」

「たとえ友達でもだ」シェイマスは悲しそうに言った。「ときとして友達は他人以上に……他人になっちまう」

「シェイマス、ほんとにこれ以上飲んじゃだめよ」

「わたしは酔ってなどおらんぞ、モイラ・ケリー」老人は弁解するように言った。

「だって、言ってることが支離滅裂よ」

シェイマスが身を乗りだして彼女に顔を近づけた。「ひそひそ話が聞こえたんだよ、モイラ」

「どんな話、シェイマス？」

彼はスツールに座りなおし、不安そうに周囲を見まわした。しゃべりすぎたと思っているかのようだ。「気をつけるんだよ」また繰り返す。そして飲み物を半分残したまま立ちあがった。「じゃあな、おやすみ」

「待って、シェイマス、誰かに家まで送らせるわ」

「送らせるだって？　モイラ、わたしはしらふだ、誓ってね。それにきみが生まれる前から、このパブと家を行ったり来たりしているんだから」

「シェイマス、あなたは酔ってないけど、少し飲んだでしょう。今夜はひとりで帰らせるわけにはいかないわ。足もとがおぼつかないんじゃないかしら」

老人は手をあげて別れの挨拶《あいさつ》をした。

「シェイマス！」

だが、シェイマスは早くもフロアを横切ってドアに向かっていた。モイラは心配しないわけにいかなかった。

「クリシー！」モイラは大声で呼んだ。「カウンターを代わってもらえる？」

彼女は返事も待たずにカウンターを抜けだしてシェイマスのあとを追った。老人はすでにドアにたどりついていた。コートが近くになかったけれど、モイラはかまわず追いかけた。

外へ出てみると、驚いたことに彼の姿はもう消えていた。通りは人影もなく寒々としている。ものすごい寒さだ。冷気が肌を刺す。

暗い夜だ。雲が月を隠している。通りの、パブからもれる明かりが届かないところは暗闇《くらやみ》に覆われていた。

「シェイマス?」モイラは心配そうに呼びかけた。

そして通りを歩きだした。シェイマスの帰り道はわかっている。一ブロック進んだところで左へ折れた。そこは真っ暗だった。

寒さが彼女を包みこむ。

モイラは歩を進めながら、コートなしで出てきた愚かさを呪《のろ》った。それから夜のこんな時間に暗闇へ飛びだしてきた自分を呪った。薄く氷の張った歩道は滑りやすい。そのうえ……。

こんな気持になるのは、自分をとり巻くボストンの冬の夜が寒くて暗いせいばかりではない、とモイラは気づいた。凍えているのは体だけでなく、心もだ。人生のほとんどの時間、この近所の通りを行き来していたし、家族はみな近所の人と知りあいだ。この寒さも、暗さも知っている。今までこういう不安を感じたことはなかった。心に居座っているかのような寒気を感じたことはなかった。

モイラは角を左へ曲がった。前方に古い建物のひさしが張りだしていて、歩道に漆黒の闇を投げかけている。モイラは建物に沿って進んだ。本能的に不安になり、暗闇での安全策を見いだしたのだ。

すぐそばに来るまで、そこにふたりの人間がいるのに気づかなかった。思わず低い話し声に耳を傾ける。ささやき声で話す言葉が、夜のしじまのなかでどうにか聞きとれた。

「だったら確実だ。ブラックバードを飛ばそう」

「ぶつはどれだ？」

「あとで受けとるだろう」

突然の静寂。それは永遠に続くかと思われたが、おそらくほんの一秒ほどだったのだろう。モイラはいつのまにか足をとめていた。

ブラックバード……。

突然、巨大な黒い鳥《ブラックバード》が闇から現れ、翼をはためかせながら、モイラをかすめて通りを飛び立ったかのようだった。風に巻きあげられて、くるくるまわったかのようだ。気がつくと、ものすごい勢いで前へ進んでいた。氷に足をとられて滑ってしまい、必死にバランスを保とうとした。ふいに背後から迫ってくる黒い存在、底知れぬエネルギーとともに出現した闇におびえた。なにかがモイラを激しく打った。倒れていくのがわかる。周囲に闇が立ちはだかった。さっきまで暗雲に覆われていた空に星が光っていた。

8

立ちあがろうとしたモイラは再び滑って転んだ。空を見あげると、雲に覆われた闇夜《やみよ》に顔が現れた。

「モイラ・ケリー！　こんなところに寝転んで、いったいなにをしてるんだ？」ダニーだった。彼は身をかがめてモイラの手をとった。だが引っぱって立ちあがらせることはせず、まず傍らへしゃがみこんで彼女の目をじっとのぞきこんだ。「おい、けがをしたのか？」

「してないと思う」

「大丈夫かい？　氷で滑って転んだのか？　コートはどこだ？　外は凍えるほど寒いじゃないか」

「凍えるほど寒いことぐらいわかってるわ、ありがとう」

「ここでなにをしてるんだ？」

「凍えそうなの、ダニー。質問するのはやめて、立たせてちょうだい」

「氷の上を歩くにはおあつらえ向きの靴だな」ダニーが言った。「ほんとにけがをしてないのかい？　それで、どうしたんだ？　痴話喧嘩《げんか》か？　ぎらぎらした目のマイケルを追いかけていったのか？」

「いいえ」モイラは憤慨して言った。「マイケルと喧嘩したりしないし、どこもけがをしていないと思うわ。わたしは……」

ダニーに助け起こされながら、モイラは急に口を閉ざした。押されたの。彼女は押されたと言おうとしたのだった。しかし本能が真実を話すのはやめろと告げていた。ここにはダニー以外誰もいない。ゲール語を話せる、または理解できると人に思わせるなと警告したダニー以外は。

ダニーが暗闇から出てきてわたしを押し、助けに戻ったのだろうか？

「きみがどうしたんだ？」ダニーはモイラをまじまじと見て促した。

「なんでもないわ。わたし……わたし、シェイマスのことが心配だったの。あの人、そうとう飲んでいたでしょう。それであとを追ってきて、転んじゃったの」

モイラがしゃべっているあいだに、ダニーがコートを脱いでかけてくれた。あたたかくて気持がいい。少し気分が落ちついてきたとき、体じゅうがずきずきするのに気づいた。「あなたのほうこそ、ここでなにをしているの？」彼女は尋ねた。

「昔なじみの連中におやすみの挨拶《あいさつ》をしていたんだ」

「兄はどこ？　あなたと一緒にいたの？」

「パトリックはしばらく見てない」ダニーはそう答えて眉をつりあげた。「最近は誰もがきみに自分の行動を報告することになっているのかい？」

「シェイマスを送っていってくれる人が見つけられなかったの、それだけよ」モイラは嘘《うそ》をついた。わたしはなぜダニーに本当のことを言わないのだろう？　外へ出て、ふたりの男がブラックバードが飛ぶことについて話していたのを聞いてしまい、地面へ押し倒されたということを。理由ははっきりしている。通りには自分とダニーしかいないからだ。こんなことは考えたくないけれど、わたしを押したのはダニーかもしれないのだ。

「戻りましょう」モイラは言った。「外は寒いわ」

ダニーはうなずいて彼女の腕をとり、パブのほうへ歩きだした。

「ここで誰かを見かけたかい?」彼が尋ねた。

「いいえ」

「どうして嘘をつくんだ?」

「ついてないわ」嘘はついていない。実際に誰も見なかったのだ。見たのは影だけ。暗闇のなかの人影だけだ。

モイラはまっすぐ前を向いていたが、ダニーが疑わしそうに自分を見つめているのがわかった。

「そうか、ならいいよ」

モイラを信じていないという口ぶりだ。ふいに彼女は一刻も早くパブに駆けこみたくなった。ありがたいことに、ダニーは早足で歩いている。モイラはまた滑って転びそうになった。とっさにダニーが支えてくれたので、彼女は転ばずにすんだ。パブの入口に近づくと、モイラはいっそう足を速めた。

氷に足をとられた瞬間、モイラは倒れるのがわかった。今度はダニーも支えきれなかった。モイラがスローモーションのように倒れていくときでさえ、ダニーは必死で持ちこたえようとしたが、彼女と同じようにバランスを崩した。ふたりが倒れる際、ダニーはなんとかモイラの下になった。ダニーの上へ折り重なったモイラは、彼の琥珀《こはく》色の目をのぞきこんだ。しばらくのあいだ、ふたりは横たわったまま息を殺して見つめあっていた。ダニーが彼女の額から優しく髪を払いのけた。

「なあ、これも悪くないね」彼は言った。

すぐにモイラは立ちあがろうとしてもがき、滑ってもう一度ダニーの上へ勢いよく倒れこんだ。彼は息ができなくなったが、笑い声をあげた。

「笑わないでよ！」

「おいおい、ひどい目に遭ったのはこっちだ。騎士道精神を発揮してわが身を犠牲にしたのに、その見返りがこれか？　股間《こかん》に膝蹴《ひざげ》りが入ったぞ」

「そんなことしなかったわ」

「わざととは思わないが」

モイラはいらだたしげに舌打ちをして、彼の上から転がりおりた。ダニーはすでに立ちあがっていて、手を差しのべた。彼女はその手をとった。モイラがパブの入口を見やると、そこにコリーンが立っていて、やはり笑っていた。「ふたりとも、雪のなかでじゃれあうのはおしまいにしたら？　なかはあたたかいわよ」コリーンは言った。

ダニーのコートが氷の上に落ちている。モイラは身をかがめて拾おうとしたが、ダニーが先に拾いあげた。「さあ、なかへ入ろう。そのほうがいい。ぼくはとても楽しかったけどね」にやりとして言った。モイラはなかに入った。続いて入ったダニーがコリーンに腕をまわした。「きみはなにをしようとしていたんだい？　氷と雪のなかへ出ていくつもりだったのかい？」

「雪は降っていないじゃない」

「言葉のあやだよ」

「パブが急に閑散としちゃったから、どうしたんだろうと思ったの」コリーンは明るく言った。

「今夜はバンドも演奏をやめて、ジェフはどこかへ行ってしまったわ。そうだ、姉さん」

「なに？」

「少し前にマイケルが姉さんを捜してたわよ。ホテルへ戻ると伝えてくれって言ってた」

「ありがとう」

モイラはここを抜けだしてホテルで会おうと約束したも同然だった。その約束を守らなければならないのはわかっている。けれどもくたくたで体じゅうがずきずきし、父親のパブにいた人々、とりわけ兄のパトリックが奇妙な行動をとったということをしゃべってしまいそうで怖かった。

それとダニー。

モイラは、カウンターのなかでグラスを片づけているクリシーを見た。疲れきった様子だ。モイラはカウンターのトレイをとってフロアへ行き、テーブルを片づけはじめた。それにならってコリーンとダニーも手伝った。

「モイラ・キャスリーン！」突然、父親が叫んだ。

モイラはグラスでいっぱいのトレイを落としそうになった。「なあに？」

「なにがあったんだ?」

「なにも。どうして?」

「血が出てるじゃないか!」

モイラが下を見ると、ストッキングが破れていて、細い血の筋が膝から脛にかけて垂れている。

「歩道で転んだだけよ、パパ。外に行っていたの」モイラは言った。「ダニーが起こしてくれたわ」

「すぐに手あてをしなくちゃだめだ」

「二階へあがるわ」

「オフィスに救急箱がある」エイモンは言った。

「二階へ行けば――」

「だめだめ」ダニーが口を出した。「縫わなきゃならないかもしれないよ。見てみないと」

ダニーはすぐにモイラの傍らに来た。目がいたずらっぽく金色に光っている。

「ダニー、膝をすりむいただけよ」

「ああ、だけどきみはあのモイラ・ケリーだ。膝にけがをしたままカメラの前に立つわけにいかない。今すぐ手あてしよう」

ダニーはモイラを促してカウンターをまわり、奥へ連れていった。

「救急箱は――」エイモンが言いかけた。

「いちばん上の引きだし」ダニーがあとを引きとった。

一分後、モイラはデスクの上に座っていて、その前にひざまずいたダニーが引きだしのなかをかきまわしていた。

「なにをしているの？」モイラはきいた。

「きみともっと親密になれる機会を狙《ねら》っているのさ」

モイラは立ちあがろうとしたが、すでにダニーに靴を脱がされていた。彼女は降参した。

「このストッキングも脱いだほうがいい」ダニーが言った。

「ストッキングじゃないの。パンティストッキングなのよ」

「それならなおいい」

「ダニーったら……」

「用心しなくちゃいけないよ、モイラ。人を追いかけてパブから駆けだしたりしてはだめだ」

ダニーの口調にふざけている感じはもうなかった。目にもからかっているような色はない。彼は突然ひどくまじめになった。

「わかったわ、ダニー。もう人を追いかけてパブから駆けだしたりはしない」モイラはうなだれてそっと言った。「あなたがそばにいたら、シェイマスを追いかけてくれるように頼めたんだけど」

「たしかに。だがシェイマスは子供じゃないんだ」

「今夜のシェイマスはとても変だったのよ」

「へえ。なにか言ったのかい？」

「覚えてないわ」嘘をついた。「ただ、しゃべってることが……変だったの」

「彼はおびえていたのかい？」

「彼はおびえてなくちゃならないの？」

「ぼくはただ、なぜきみがシェイマスのあとを追ったのか突きとめようとしているだけさ。モイラ、パンティストッキングを脱いでくれ。目をつぶってるから。約束する、絶対に……」

「ダニー、やっぱり二階へ行って自分で手あてするわ」

「ぼくに脚を触られるのが怖いのかい？」

「あなたに脚を触られるのなんてちっとも怖くないわ。それを証明するために、パンティストッキングを脱いでみろって言うんでしょう？」

「うーん、まあね」ダニーは陰のある笑みを浮かべて言った。

　ふいにモイラは手をのばしてダニーの髪に触れたいという衝動を覚えた。相変わらずくしは入れられておらず、乱れていて、彼に合っていた。しばしば浮かべる薄笑いと同じくらい。

「あなたはわたしの人生をめちゃくちゃにしようとしているわ」モイラは言った。

「まさか」

「わたしにはちゃんとした仕事があるし、すてきな恋人がいるの」

「あいつはぎらぎらした目をしている」

「彼はほんとに慎み深い人よ」

「そうは思えない。それに、それがきみの望んでいるものなのか？　慎み深さが？」

「わたしはジョシュと結婚すべきだったって、あなた言ったわよね」

「本気で言ったんじゃない」

モイラはいきなり立ちあがり、デスクの後ろへおりてパンティストッキングを脱いだ。そして椅子に腰をおろした。ダニーが優しい手つきで膝の傷の程度を調べた。

「これで痛くなかったのか？」

「頭のてっぺんから爪先まで氷のように冷えきってたんだもの。それ以外の感覚なんてあるわけないでしょう。なにをつけようとしているの？　まさか――」

「過酸化水素だ。しみないよ」

しみなかった。過酸化水素は泡を出しただけだ。ダニーが脱脂綿で傷口をふいている。モイラは彼の手と、さげられた頭を見ていた。すばらしい手。ダニーは相変わらずすばらしい手をしている。指が長く、爪は短く切ってあった。

力強い手だ。ダニーは男性でも容易に開けられない瓶の蓋《ふた》をいつも開けることができた。

「今度はなに？」モイラは注意深く尋ねた。

「ネオスポリンだ。痛くないよ。いつからそんな子供みたいになったんだ？」

「すごく疲れて、いらいらしているからよ。あなたは外でなにをしてたの？」

「言っただろう、友達にさよならをしていたんだ。今度はぼくの番だ――きみはあそこでなにをしていたんだ？」

「シェイマスを追いかけていったのよ。ねえ、ダニー、いったいここでなにが起こってるの？」

「なにも。当然なにも起こってやしない」彼はモイラの膝に絆創膏《ばんそうこう》を張った。「ぼくがなにか言えるようなことはなにも」ぼそぼそとつぶやいた。

モイラはダニーの顎を持ちあげ、目を合わせた。「なにが言いたいの？」

「なにも。ぼくが言いたいのは、きみの家族の誰かになにかが起こるようなことは絶対にないようにしてみせるってだけだ」

「どうしてわたしの家族の誰かになにかが起きなきゃいけないの？」

ダニーはじれったそうにため息をついた。「仮定の話をしているだけだ、モイラ、わかったかい？」

彼女はぱっと立ちあがった。それ以上ダニーになにも言わせたくなかった。「ベッドルームに行くわ。応急処置をしてくれてありがとう」

「おい！」

モイラはぎょっとしてパブに続く廊下のほうを見た。パトリックがそこに立って、モイラとダニーを見つめている。立っているモイラの傍らで、ダニーは床に膝を突いたままだった。

「どうかしちゃったのか？　テレビのまねかい？　妹の前にひざまずかされたりして」パトリックが言った。

「わたしの応急手あてをしてくれたのよ」モイラが言った。

「彼女は自分の男たちをひざまずかせるのが好きだと聞いたもんで」ダニーがあてこすりを言った。

「気をつけろよ。ぼくはモイラの兄貴なんだからな」

「ところで、兄さんはどこへ行っていたの？」彼女は尋ねた。

パトリックが片方の眉をつりあげた。「慈善団体の人が今夜ここへ来てたんだ。だから一緒に通りを歩いていって、ホテルまでの近道を教えたのさ。なぜだ？　知ってるだろう、ぼくには厳しく問いつめてくる妻がもういるんだ。なにがいけないんだよ？」

「誰かにシェイマスを家まで送ってほしかったの」

「彼はここからほんの数ブロック行ったところに住んでいるんだぞ」

「そうとう酔っていたのよ」モイラは言った。

「ぼくもきみもいなくて――彼女の大事なマイケルさえどこにも姿がなかった」ダニーが言った。

「それで気の毒なこのお嬢さんは自分で送っていこうとして、氷に足を滑らせて転んだんだ」

「大事なマイケルはどこだ？」パトリックがきいた。

「大事なマイケルは……」モイラは言いかけて、いらだたしげにため息をついた。「マイケルはここの従業員じゃないのよ」

「ぼくだってそうだ」

「うちのパブだわ」

「そうとも。次からは期待を裏切らないように努力するよ。すりむいたのが尻でなくてよかったな、モイラ、え？」パトリックは言った。

「ふざけないで、兄さん、まったくばかにしてるわ」

「尻だったらおもしろかったのに」ダニーがぼそりと言った。

「いい加減にして、ふたりとも」モイラは優しく言った。

そして向きを変えて階段をあがっていった。

去っていく自分を、ダニーが見つめているのが感じとれた。


もう遅い時間だ。夜はすっかり更けている。

人によっては早朝と言うかもしれない。

夜の――もしくは朝の――この時間、男は別の名前を使っていた。男はいくつもの名前に合う身分証明書を持っている。

当然ながら、普通に見えるように身を隠すのがごまかしのテクニックだ。人間の目は見えているものを信じるとは限らない。なぜなら、頭が情報に従って判断を下すからだ。眼鏡をかければ、人は変わる。髪形や髪の色を変えたり、髭《ひげ》を剃《そ》ったり生やしたりしても別人に見える。たいていの場合、人間はほとんどなにかを気にとめることなく、毎日を送っているのだ。

牛乳パックに顔が印刷された行方不明の子供が、いつも気の毒になる。牛乳をコーヒーに入れたりシリアルにかけたりするときに、その小さな顔に注目する者などほとんどいない。世の中なんてそんなものだ。

おれにとっては都合がいい。

人目についてはならない。今は待機期間なのだ。待機して、事態の進展を見守る以外することはない。

待つ……。

昼間は耐えられるが、夜はつらい。

男はせかせかと通りを歩いていった。寝酒を飲みにいつもと違うバーに入った。いつのまにか時間がたってしまったかのようなうらぶれた一画にある店で、酒は薄いが安価だった。実際のところ一杯やるだけのつもりだった。だが、カウンターの端に座っている若い女に惹《ひ》かれるものがあった。彼女の豊かな長い髪は赤みがかっている。

染めているのだ。

そんなことはどうでもいい。カウンターは薄暗く、みすぼらしかった。

女のスカートはかなり短く、ストッキングが伝線している。脚がスツールに小意気に巻きつけられ、履いているのはピンヒールのブーツだ。お嬢さん、きみは〝淫売《いんばい》〟と書かれた看板を首からぶらさげておくべきだ、と男は思い、愉快になった。だが女の顔には絶望が浮かんでいる。ここから見ると、美しくさえあった。道を踏み外した迷える少女なのだ。今やこの生活から抜けだすすべもない……。

女は目をあげ、男に見つめられているのに気づいた。彼は笑みを浮かべた。「やあ」

彼女はほほえみ返し、生き生きとした表情になって男の身なりを値踏みするように見た。彼は今夜のためにカジュアルな格好をしている。それでもこんな場所では盛装に見えた。

「一杯おごらせてくれるかい？」男はきいた。

女の笑みが大きくなった。彼女はスツールをおりて急いで男の隣へやってきた。「すてき」女は言った。そのひとことになまりを聞きとり、男は顔をしかめた。「ケアリーよ。はじめまして、どうもありがとう。あなたは……?」

「リチャード。リチャード・ジョーダン」男は偽名を使った。

「イギリスの方?」女はどこのなまりか言いあてようと、眉を寄せて尋ねた。「そんな感じがしたんだけど」

「オーストラリアの出なんだ」男は言った。「もっとも、あちこちの国で暮らしてきたが」

「すてきな話し方だわ、本当に」

「きみもだ」

女は顔をしかめた。「いつまでもコークなまりが抜けないの」

「なまりがいやなのか?」

「ええ、そう。故郷のなにもかもがほんとにいや」

「美しいところだ」

「あたしのパパやママに会ったら、そんなこと言ってられないわ」女は言った。「パパはくだらない喧嘩や浮気をしてばかりで家に寄りつかないの。ママは下宿人をとってるわ。自分の男をそう呼んでるんだけどね。あたしだったら、なにをやろうと、それをはっきり言うってママに言ってやったら、ぶたれて家からほうりだされちゃった。故郷のことなんてどうでもいいのよ。でも……」彼女は口をつぐんで悲しそうに男を見た。「ごめんなさい、こんな話、聞きたくないわよね。ちょっと疲れてて。この街には自分をアイルランド人だと思ってるアメリカ人が大勢いるわ。ばかばっかり!」

「ああ、わかるよ」男はつぶやいた。

「寒いの?」女がきいた。

「え?」

「手袋をしてるから——店のなかで」

「うん。ちょっと寒気がしてね」

「あたしならあたためてあげられる。わかってるでしょう」女は言って、肩をすくめた。「さっきも言ったけど、あたしははっきりものを言うたちなの。もうくたくたよ。あんまりばかが多くて。でもあなたは……違う。ただでいいって言ってるわけじゃないのよ、こっちも商売なんだから。だけど相手があなたなら……余計にサービスしてあげるわ、追加料金なしで」

女の顔にはあの表情が浮かんでいる。無邪気さはつまらないごみに変わり、楽天主義は疲労によってすり減ってしまったのだ。女は男を魅了し、逆上させ、興奮させた。この女はくずだ。どぶのくずだ。

だが、男は落ちつかなかった。どぶのなかを転げまわりたい気分だった。

「わかった。コートをとってくるといい。勘定は払っておくよ」

日曜日の朝、ケリー家はなにはさておき教会へ行く。モイラは電話でマイケルに、あなたは当然行く必要はないと言った。

「必ず行くよ」彼は断言した。「ぼくはきみのお父さんに気に入られようと涙ぐましい努力をしているじゃないか」

「ええ、認めるわ。ミサに出席してくれたら、父は大喜びするでしょうね」

「ゆうべはどうしたんだ？」マイケルは尋ねた。「真夜中過ぎから、日曜の活動を始めてしまったのかい？」

「どうしたんだですって？　あなたこそどこへ行ったの？　さよならも言わずに出ていっちゃったじゃない」

　モイラの耳に小さなため息が聞こえた。「話すのはばつが悪いんだ」

「いいから話して」

「代金をもらい損なったんだ。客はそのまま出ていってしまった。頭にきたから、そいつらのあとを追って外に出たのさ」

「お客さんが代金を払わずに出ていったですって？　父の店で？」

「ぼくはウエイター失格だよ」

「いいえ、あなたはすばらしいウエイターに決まってるじゃない。店に来るのはほとんど常連客なんだけど、どんな人でも入れるわけだから。あなたはただ運が悪くて、たまたまよくない客にあたっちゃったんだわ」

「そういうことだ。まったくすばらしいね。心からきみを愛してるよ」

「わたしも愛してるわ」

「ともかく、そいつらが見つからなかったんで、店へ戻ってぼくが払っておいた。そうすれば、誰にも話さなくてすむから。それからおやすみを言おうときみを捜したんだが、見あたらなかった。それでホテルへ帰ったんだ。でも、ずっと待っていたんだよ」

「ごめんなさい。いろいろとあって、わたし……」

「家族の問題は単純じゃないんだろう？」

「マイケル、実は……」

「いいよ、わかってる。もうすぐ聖パトリックの日なんだから。それと、行くよ。教会で会おう」

「うちに来て――」

「そっちはきみが気をつかわなきゃならない人間がすでにたくさんいる。ぼくはジョシュと彼の奥さんと双子と一緒に行く。向こうで会おう」


ケリー家が出かけるとなると、たしかに大変なのだ。わたしなんか千年かかっても母のケイティ・ケリーのようにはなれない、とモイラは思った。誰もが慌てているにもかかわらず、朝食を用意し、聖体拝領の一時間前にはすべて食べおわっているようにしなければならない。シボーンがふたりの娘をお風呂に入れているので、パトリックはモイラのバスルームのドアをたたき、自分もシャワーを浴びなくてはならないと叫んだ。

「だめよ、入ったばかりなの！」モイラは兄に叫び返した。

「体なんてさっと洗えばいいんだ。洗濯物じゃないんだから、つけおきする必要はないぞ」

「あら、そう？　洗濯の仕方を知ってるみたいな言い方ね」

「モイラ、おまえはそんなに汚いのか？」

「コリーンのところへ行ってバスルームから出るように怒鳴ってよ」

「あいつ、バスルームのなかで眠りこんでいるようなんだ。おまえは母さんの手伝いをしてなくちゃいけないんじゃないのか？」

「兄さんが手伝ってあげればいいじゃない、この性差別主義者」

「ぼくは性差別主義者じゃない。しかるべきほめ言葉を言ったまでだ。おまえはトーストを焼く名人だ、モイラ・ケリー、だからおまえが手伝え」

「パパとママのバスルームを使いなさいよ」

「ブライアンが使ってる。ほら、あいつも大きくなったのさ。妹たちと一緒に風呂に入ったりはしない」

「だったら、次からは子供たちより早く起きることね、兄さん」

「もう終わってもいいはずだ。モイラ、ぼくを困らせようとしているんだろう」

「ごちゃごちゃ言うのはやめてよ。下へ行って、ダニーを客用のバスルームから引きずりだせばいいじゃない」

「失礼だろう。客に対してそんなことをしろっていうのか？」

「ダニーは客じゃないわ」

「それに男だ。シャワーを浴びるのに並外れて時間がかかるはずはないな」

非常にありがたいことに、パトリックは立ち去ってくれた。モイラがキッチンへ来てみると、すでにシボーンと子供たちはシャワーを終えており、少女たちはきれいなベルベットのワンピースを着ていた。少女たちはテーブルに着き、祖母を手伝ってクッキーをたくさんもらおうと、トーストにバターをべっとり塗っている。「待って、わたしにやらせて」モイラはそう言って少女たちの隣に座った。

「ありがとう」シボーンがそっと言った。彼女はベーコンを引っ繰り返しているところだった。義理の姉が振り返ったとき、昨日よりもさらに青白い顔をしているのにモイラは気づいた。美しい目のまわりに隈《くま》ができている。

「バターは薄く塗るだけでいいのよ」モイラはシャノンに教えた。

「わかった、モーおばちゃん」シャノンがまじめな顔で言った。「モリーがいけないの。モリーはバターをそのまま食べるのが好きだから」

「ねえ、モリー、今日は薄いトーストにバターを塗って食べましょう」モイラは諭した。姪《めい》はくすくす笑って、大好きというようにモイラを見た。モイラは柔らかな髪に覆われた天使の小さな頭を軽くたたいた。「今日はとってもいい子にしてるのよ、いい？　そうしたら、あとでいいものを買ってあげる。あなたたちのママは少し疲れているみたいだから、とってもとってもいい子にしててね、わかった？」

モリーは真剣にうなずいた。「バターを塗ったトースト」

「そうよ」モイラはガス台の前にいるシボーンのところへ歩み寄った。「大丈夫？」

「もちろん」シボーンは即座に答えた。

「あなたには息抜きが必要よ。子供たちを置いて、パトリックと出かけてくるといいわ」

「少なくとも、パトリックはいつだって子供たちを置いて出かけるわ」シボーンはつぶやいた。そしてモイラのほうへ素早く視線を走らせた。「ほら、あの人、忙しいから」

「あなただって忙しいじゃない」

「忙しさが違うのよ、たぶん。彼は大黒柱だもの。愚痴をこぼしてるんじゃないのよ。あなたのお兄さんを愛してるわ」

「わたしだってそうよ。でもそうはいっても、お尻を蹴飛ばしてやったほうがいいと思うの。ゆうべ兄に頼みたいことがあったんだけど、どこにも見あたらないんだもの」

「あら、そうだったの？」シボーンは小声で言い、引っ繰り返したベーコンを見つめた。「なにかあったわけ？」

「誰かがシェイマスを家まで送っていったほうがいいと思ったの。不思議はないけど、男の人はひとりもいなかったわ」

「男なんて！」大声を出したのはコリーンだった。キッチンに入ってきながら、最初から会話に加わっていたかのように言った。「そんなものなのよ」彼女はまわりを見渡して、近くに母親がいないことを確かめた。「男って、自分がなにかしてほしいとき、特にセックスをしてほしいときなんか蛭《ひる》みたいにくっついてくるのに、こちらが用事があるときにはどこかへ雲隠れしてしまうんだから」

「おい、コリーン、そんなのでたらめもいいとこだ」ダニーがリビングルームから出てきた。どうやらしばらく前から二階にいたようだ。モイラはそう考えるとなぜ落ちつかなくなるのだろうと思った。「ぼくはここに、この場にいるんだ。料理をするよ。シボーン・ケリー、座っててくれ。あとはぼくに任せて」

「ママはどこ?」モイラは、シボーンを椅子へと促しているダニーに尋ねた。

「やっとシャワーを浴びているところだ」ダニーは答えた。「コリーン、美しい人、座っていたまえ」

「ありがとう。わたしも座ってあなたのお手並みを拝見させてもらうわ――じっくりと」モイラは言った。

「おおっと、まったく、ベーコンが飛びはねてる。モイラ、ぼくが卵をかきまぜるあいだ、ベーコンを見ていてくれ」

知らないうちにモイラはフォークを手にしていた。ダニーは卵をかきまぜるのに忙しい。コリーンも座ってはいなかった。ジュースやコーヒーや紅茶を用意していた。

モイラは脂をとるためにペーパータオルを敷いた皿にベーコンを移しながら、ダニーを眺めた。彼は慣れた手つきで料理をしていた。教会へ行くためのジャケットにパンツという格好のダニーは決まっていた。髭を剃ったばかりらしく、そそられるいいにおいがした。

「恋人はどこにいるんだ?」ダニーはきいた。

「教会で会うことになってるわ」

「へえ、彼は敬虔《けいけん》なカトリックなんだ。それとも、きみのお父さんにごまをすろうとしているだけかな?」

「当然、敬虔なカトリックよ」モイラは甘い声で言った。「それにもちろん知ってるでしょうけど、わたしはこの家の娘だから、もしマイケルと結婚するとしたら、ボストンの家族で通っている教会で式をあげることになるわ。だから、彼がそこのミサに参列するのはいいことなのよ」

「もし、か」ダニーが言った。

「なんなの?」

「きみは結婚するときは、と言わずに、もし結婚するとしたら、と言った。心に迷いがあるのさ」

「少しもないわ」モイラはすらすらと言った。

「まあ、ありがとう。支度をしてくれてたのね」ケイティが廊下から入ってきて言った。「ダニー、助かったわ」

「ダニーですって?　シボーンが全部やってくれたのよ」モイラは言った。

「いいえ、実のところダニーはずっと前からここにいたの。ちょっと電話をかけに行かなくちゃならなかっただけ」シボーンが言った。

「電話?　ベーコンを炒《いた》めている最中に?　よっぽど重要な用件だったんでしょうね」

「ぼくの電話はどれも重要なんだ」ダニーは断言した。「卵もできあがったし、エイモンのオートミールも用意できてる。ケイティ・ケリー、座ってください。ぼくが給仕しますよ」

長い廊下からエイモンが入ってきて、みんなにおはようと挨拶した。モリーがトーストを手に祖父のところへ駆け寄った。「おじいちゃん！　おじいちゃんのためにつくったの」

「ああ、モリー、おじいちゃんはトーストは食べられないのよ。食べると間違いなく心臓発作を起こして入院しなくちゃならなくなるから」ケイティは言った。

「ケイティ、ほんとに食べはしないから」エイモンは妻を安心させた。「モリー・ケリー、そのトーストをおくれ。こいつは特別うまそうだ」

パトリックが階下からあがってきて、ジョーンも入ってきたので、全員が席に着いた。エイモンがお祈りをしたが、アーメンを唱える前に中断し、テーブルを見まわした。「神よ、家族が全員ここにそろったことを感謝します。つまらないことで喧嘩をするどうしようもない子供たちが、聖パトリックの日のために帰省し、老いた父親を誇らしい気持にさせてくれたことを感謝します。親戚《しんせき》のような古い友人たちに、この幸せな機会にダニーがここにいることに感謝します」

「アーメン、さあ食べよう」パトリックが言った。

「パトリック、お父さんがお祈りをしているのよ」ケイティがうめくように言った。

「そうだった。アイルランドに祝福あれ。さあ食べよう！」パトリックは言った。

「まだ終わっておらんぞ」エイモンは厳しい声で言った。「神に感謝しなければならないことが残っているんだ。身も心も美しいシボーンのような女性を息子の嫁としてお与えくださったことを、彼女が誰もが望むような三人のすばらしい孫を産んでくれたことを感謝します。ブライアンとシャノン、それから世にもおいしいトーストをつくってくれたモリーにも感謝します」

「そうよ、そうよ」モイラは兄を見つめて言った。「シボーンに――それともちろん子供たちに」

モリーがくすくす笑った。ジョーンがいつもつけているペンダントになった古い銀製の時計をちらりと見た。「シボーンに。パトリックの言うとおりだよ、さあ、いただこう。ぐずぐずしていると聖体拝領に間に合わなくなってしまう」

「これがほんとの最後です」ダニーはそう断って、コーヒーカップを持ちあげた。「エイモン・ケリーと、その美しい妻キャスリーンに。それにベーコンとトーストに」

「よし、終わった。さあ、どんどん食べて出かけよう」パトリックは言った。

「今日は忙しいの？」シボーンが穏やかに尋ねた。

パトリックは妻を見た。「教会へ行くんじゃないか」シボーンに劣らず穏やかに答えた。

「ミサは待ってくれないからな」ダニーはつぶやいた。

マイケルとジョシュ、そしてジョシュの家族はすでに教会に来ていた。ミサに向かう車中、モイラは後部座席のシボーンとダニーのあいだに座り、大聖堂に入った瞬間にマイケルに抱きつきたいと切望していた。しかし、家族の教会ということもあり、マイケルには即座に愛情はこもっているが控えめな挨拶をするにとどめた。ジョシュの妻ジーナにはもっとおおっぴらに愛情を示した。抱きしめてから、会うたびに大きくなる双子に感嘆した。モイラはすぐに双子の片方を抱きあげ、ミサのあいだそのままでいた。どちらも天使みたいなかわいい男の子で、早くもジョシュに似ている。モイラが抱いているのは双子の兄のほうのグレゴリーで、腕のなかですやすや眠っていた。

説教のあいだモイラは、司祭よりも腕のなかのあたたかい赤ん坊に注意を向けていた。やがて司祭が聖パトリックの日について話しはじめたのが耳に入った。司祭は、ボストンの街にジェイコブ・ブローリンが来ることになっていると言い、ブローリンと、北アイルランドだけでなく、すべてのアイルランド人、すべてのアイルランド系の人々、さらには全世界の人々に彼が届けた平和のメッセージのために祈りましょうと会衆に呼びかけた。司祭の説教は感動的で、あちこちで暴力のために調達される武器は、アメリカの融資によってつくられたものであることや、アメリカの事業や観光客が繁栄や平和への願いをもたらすのにひと役買っていることを、会衆に思いださせた。いい説教だったので、司祭が最後に「祈りましょう」と言ったにもかかわらず、拍手がわき起こった。

その拍手でグレゴリーが目を覚まし、大声で泣きだした。モイラがなだめようとしていると、ダニーが赤ん坊を抱きとって、高い高いをしたり、ひとことふたことささやきかけたりした。するとたちまち——癪《しゃく》にさわることに——赤ん坊は小さく喉を鳴らして笑った。「返して」モイラはささやいた。

「また泣かせてしまうよ」

「そんなことないわ」

「きみは気が立ってる。それがこの子に伝わるんだ」

「気が立ってなんかいないわよ」

「きみは敵意を発している。ぼくが赤ん坊をあやすことができるんで、悔しいのさ」

「まさか」

「口論はやめよう、モイラ、聖体拝領の神聖な祈りの最中だぞ」

「くたばって。赤ん坊を抱いてればいいわ」

「モイラ・キャスリーン・ケリー！　ここは教会のなかだぞ」

「じゃあ、いまいましい。赤ん坊を抱いてなさいよ。今度はわたしになにをするつもり？」

「ぼくはきみが困ってるのを見て、わざわざコリーンの前を通って来てやったんだ」

「困ってなんかいないわ」

「ほら、隣で敬虔なマイケルがひざまずいてるぞ。並んでひざまずきたいんじゃないのか？　彼は祈っている。なにを祈ってると思う？　アイルランドの平和か？　それともきみが約束を守って夜中にホテルの部屋に来ることか？　あるいはひょっとして……もっとよこしまなことか？」

「ダニー……」

「自分がなにを祈っているかはわかっている」

「世界の平和？」

「ああ、もちろんそれもだ」

「今すぐ殴ってやるから。教会のなかだろうがかまわないわ」

「きみの声はだんだん大きくなってきたぞ」

「わたしの声は、ですって？」

「ひざまずかなきゃいけないよ、モイラ。それが恋人との絆《きずな》ってものだ。きみのマイケルのお祈りが聞こえればいいのに」

「あなたもひざまずくべきよ」

「ぼくは赤ん坊を抱いているんだ。忘れたのかい？」

モイラはダニーを無視してマイケルの傍らにひざまずき、その手をとった。マイケルが握り返してきた。主の祈りのために立ちあがったとき、モイラはダニーからなんとか赤ん坊をとり返した。そして家族や近くにいる人たちとキスをしたり握手をしたりしたあと、ダニーから離れた席へ移った。

外に出ると、ケリー家の子供たちは両親の古い友人たちに礼儀正しく挨拶し、モイラはマイケルを紹介してまわった。

ダニーにはダニーの友人が大勢いた。

マイケルと並んで立ち、両親がミサのあとのコーヒーを飲みおえるのを待っていると、モイラは大都会における狭い地域の結びつきの強さにあたたかみを感じた。一瞬、目を閉じた。ニューヨークも好きだが、ボストンも好きだ。家族や友人たちが備えているアイルランド人特有の変わった性質さえ好きだ。みんなジェイコブ・ブローリンの来訪に熱狂している。まるでキリストの再臨についてでも語るように彼について語っていた。

「彼はベルファストの出身なんだろう？」マイケルは言った。

「なんですって？」

「きみの旧友、ダニーさ。彼はベルファスト出身だろう」

「ええ、そこの生まれよ。彼の幼少時代についてはあまり知らないの。あちこち旅行してまわっていた伯父さんに育てられたのよ。ここへもよく来たし、子供のころにダブリンで過ごしたこともあったはずよ」

「若いころは過激だったそうだね。ＩＲＡだったのかい？」

「ダニーがＩＲＡのメンバーだったかですって？　違うと思うわ」モイラは話題の人物が近づいてくるのを意識しながら答えた。

「やあ、マイケル、教会での家族の日をよく耐え抜いたじゃないか」ダニーは陽気に言った。

「けっこう楽しかったよ」マイケルが答えた。

「そうだな、誰もがジェイコブ・ブローリンのために祈っていたし」

「大物なんだな。モイラ、きみが電話して、番組のインタビューを申し入れたらどうかな？」

「きみがロケーション・マネージャーなんだろう？」ダニーは言った。「自分で彼と接触してみなかったのかい？」

マイケルは肩をすくめて、質問に含まれる非難めいた響きを無視した。

「ぼくはモイラ・ケリーではない。そういう依頼は彼女がしたほうがいいと思うんだ。ぼくは場所を手配し、彼女は人間を手配する。彼に出てもらえたら、きっと番組は大あたりするよ。そうだろう、モイラ?」

モイラはマイケルの話を聞いていたが、ほど近いところの一団にいるシェイマスが気になっていた。「ちょっとごめんなさい。あそこにシェイマスがいるわ。文句を言ってやらなきゃ」

「ぼくたちも挨拶しておこう」ダニーはそう言って、シェイマスのほうへ向かうモイラのあとを追った。

周囲の人々がシェイマスにさよならを言っていた。けれどもシェイマスはそれに気づいていないようだった。彼は自分のほうへやってくる三人にじっと視線を据えていた。

「シェイマス、ここにいたのね」モイラは声をかけた。「ゆうべはどうしてあんなふうにいなくなってしまったの?」

シェイマスはモイラを見てはいなかった。老人が見ているのはダニーとマイケルだった。

「シェイマス?」

老人ははっとして彼女に注意を向けた。「ああ、モイラ、ひとりで家に帰っただけだよ」

「あなた、とてもおかしかったわ」

「アイルランド人だからだろう。われわれは誰でもおとぎ話をする。またあとで会おう、モイラ・ケリー、パブでな。エールを飲みに行くだけだ。じゃ、さよなら」

シェイマスは向きを変えて去っていった。

「どうしちゃったのかしら」モイラはつぶやいた。ダニーやマイケルにというより、自分自身に言ったのだった。

「自分でも言っていたように、彼はアイルランド人なのさ。お父さんの友人全員のことを心配するわけにはいかないだろう。あの年寄りはかなり変わっている。ほうっておけよ、モイラ」マイケルは言った。

モイラは腕にダニーの手が添えられたのを感じ、彼がそっとささやくのを聞いた。「今度ばかりはきみの恋人の言うとおりだ。ほうっておいたほうがいいよ、モイラ。ほうっておくんだ」

「ぎらぎらした目をしてるからでしょう?」モイラはダニーにささやいた。

彼を動揺させるのは不可能なようだ。

9

午後はボストンの街なかで撮影をすることにしていた。モイラはやはり祖母が昔話をする場面が欲しかったけれど、ジョシュやマイケルと話しあって、ボストン市内のもっと日常的な場面も必要だということになり、両方を組みあわせることにしたのだ。すでにマイケルがクインシー・マーケットとファニュエル・ホールの撮影許可をとってあったので、彼らは出演者と撮影クルーをその歴史のある地区へ連れていった。今ではそこにも現代的なデザインの店がたくさんある。

万事抜かりのない母親が、友人たちに子供を連れてくるよう頼んであった。モイラは祖母をベンチに座らせ、その周囲に子供たちを配した。

よく言われることだが、事実そのとおりだ——動物と子供を撮るのはいつも容易ではない。モイラには動物を撮る気などなかったのに、犬好きのボストン市民が通りかかるたびに、子供たちは犬に気をとられて大はしゃぎした。

マイケルは誰もが認めるほど事態の収拾に努力してくれた。子供たちを決められた場所へと誘導し、犬の飼い主たちには、放映に同意する署名さえしてくれれば見物人として映ってもかまわないと請けあった。ようやくカメラのアングルが決まると、アイルランドの伝説には怪物が出てくるからおもしろいよと言って、子供たちをおとなしくさせた。子供をひとり残らず座らせると、マイケルはモイラの頭にそっと手を置いてから立ち去った。モイラは甥《おい》と姪《めい》をほかの子供たちと分けないつもりだったのだが、それでよかったと思った。パトリックとシボーンが連れだって自分の子供たちが撮影されている様子を見に来ていたからだ。

「ふーん、彼は子供や犬の扱いがうまいね」ダニーはそう言って、家族のことを考えていたモイラの注意を引いた。「覚えておくんだ、ヘンゼルとグレーテルはかまどに押しこまれそうになるまで、森の魔女を親切なおばあさんだと思っていたことを」

「いいことを言うじゃない、ダニー。覚えておくわ」

「きみのおばあさんは頑張っているね」ダニーは言った。

そのとおりだ。ジョーンは幼い聴衆を魅了していた。「バンシーは死を告げる妖精《ようせい》なんだよ。この世を去ろうとしている魂のためにやってきて、夜、大声で泣き叫ぶんだ。アメリカにはたくさんの怪物がいるけど……ほとんどは映画に出てくるやつだろう？　でも、わたしがまだ小さな女の子で、アイルランドに住んでいたころには、バンシーがいた。彼女が恐ろしい叫び声を出すのは知っていたし、いつそれが聞こえるのかも知っていた。大人たちはよく子供に言ったものだった。いい子にしなさい、さもないと、どんなことが起こると思う？」

子供たちはみんな期待のこもったまなざしでジョーンを見つめていた。

「なにが起こるの？」八つか九つぐらいの少年が小声で尋ねた。

「屋外便所《アウトハウス》へ行ったり、そこから帰ってきたりする途中でバンシーに捕まってしまうのさ」

「アウトハウスってなあに？」小さな女の子がきいた。

「ああ、そうか、やってしまったよ、わたしがどんなに年寄りかわかってしまうね」ジョーンは言った。「わたしがまだ小さくて、ダブリンに住んでいたころには、家のなかにトイレなんてなかったんだ。タイル張りで石鹸《せっけん》のいい香りがするすてきな小部屋なんてなかったんだよ。わたしたちの便所……」彼女は言葉を切ると、子供たちを見て笑った。「ごめんよ、わたしたちのトイレは母屋の裏の小さな小屋のなかにあった。そしてときどき、真っ暗で嵐《あらし》が近づいていたりする夜に外に出ると、つまずいたり、木々のあいだを吹き渡る風のうなりが聞こえたりするんだ。枝が揺れて大きな影ができている。その影のなかに、夜の闇《やみ》に紛れてやってきたバンシーの悲しそうな黒いシルエットが見えるんだ」

「バンシーに捕まっちゃったの？」ひとりの少年が心配そうに尋ねた。

「いいや、もちろん捕まらなかった。捕まっていたら、ここでお話をしているわけはないよ」

子供たちがどっと笑った。

「今のが撮れていますように」モイラはつぶやいた。

「大丈夫だよ」ダニーはカメラマンを指さして答えた。

「子供にまつわる話はほかにもあるんだよ」ジョーンが続けた。「レアという名前の王様がいた。彼には四人の心から愛する子供がいた。レアは妻を亡くし、のちに新しい妻をめとる。けれど、やっぱりいちばん愛しているのは子供たちだった。新しい王妃には魔力があり、子供たちをたいそうねたましく思っていた。そこで子供たちを湖へ連れだし、魔法をかけて九百年のあいだ白鳥の姿でいるようにしてしまったんだ。でも、王妃は本当は悪い魔女ではなかったので、すぐに後悔して白鳥にすばらしい歌声を与えた。白鳥たちはナイチンゲールみたいに歌うことができたんだ。白鳥たちはアイルランドじゅうで評判になった。それはずっとずっと昔のことで、それから九百年のあいだに、聖パトリックという人がアイルランドにキリスト教をもたらしたんだ。そして九百年が過ぎ去り、子供たちは再び人間の姿に戻った。だけど白鳥だったあいだにすっかり弱ってしまったので、長くは生きられそうになかった。でも死ぬ前に洗礼を受けて、神の子になったんだ。彼らの父親はたいそう悲しみ、子供たちのために、一羽たりとも白鳥を殺してはならないというおふれを出した。今でもアイルランドには、白鳥を保護する法律があるんだよ」

「王様はまだ生きてたの？」亜麻色の髪の少女がびっくりして尋ねた。「あたしのパパよりずっと年をとってたのに！」

「ああ、そうさ、王様はものすごく年をとっていたんだ」ジョーンはそう答えてウインクした。「でも、だから昔話や伝説や神話が残っているんだよ。ほとんどの伝説にはね、本当の部分と嘘《うそ》の部分がまざっているのさ。まったく嘘の話だってあるけどね。でもアイルランドの物語は、ほかの国の物語と同じように、人生にはどんなことが起こるかを説明するために話すものなんだ。楽しみのためだけにつくられた話もあるだろうが」

「レプラコーンの話みたいに？」少年がきいた。

「いいや、違うよ」ジョーンは答えた。「レプラコーンは本当にいるんだよ。伝説にあるようにね」

撮影は滞りなく進んだ。近くを通りかかった子供たちが近づいてきて輪に加わった。パトリックとシボーンは腕を組んでうれしそうに自分たちの子供を眺めていた。彼らの子供たちは、話がすでに知っているところへ差しかかると合いの手を入れるので、ほかの子供たちの羨望《せんぼう》の的になった。

撮影が終わると、ボストンの撮影クルーはマイケルやジョシュと明日の予定を決めたあと、さっさと解散した。ジョーンは疲れたらしく、家へ帰りたがった。ダニーが即座に彼女を送っていくと申しでた。また、子供たちも帰りたいのではないか、それでも心配はいらない、シボーンが疲れているならベビーシッターを引き受ける、とパトリック夫妻に告げた。シボーンはありがたくその申し出を受け入れた。

ジョシュがこのあたりで夕食をとろうと提案した。

「リトル・イタリーに行けば最高にうまい店がある」パトリックは言った。

「もちろん〈ケリーズ・パブ〉ほどじゃないだろうが」マイケルが言う。

「サルの家族がそこにお店を出していて、とてもおいしいわよ」モイラは言った。「気分を変えてイタリア料理もいいんじゃないかしら」

「母さんには聞かせられないせりふだな」パトリックが彼女に言った。

「ママだってイタリア料理は大好きよ」モイラは言い返した。「でも、どっちみち遅くはなれないわね。日曜とはいえ、アイルランド人がパブへ行かないわけはないもの。それに、もうすぐ聖パトリックの日だし。パパに店を任せっぱなしにはしたくないわ」

「コリーンが家にいるよ」パトリックは思いださせた。

「ええ、だけど、もっと人手が必要かもしれない」

「まったくだ」パトリックが言った。「なるべく店にいて、手伝わなきゃな」

「そうよ」シボーンはつぶやいた。「なんだかんだ言って、最近あなたのところには友人や知りあいが大勢訪ねてくるんだから」

シボーンの口調には苦々しさがこめられているとモイラは思ったが、そう感じたのは彼女だけのようだった。

「遅くはなれないが」ジョシュは言った。「イタリア料理というのはまったくそそられる」

「ジョシュ、きみはパブで働かなくてもいいじゃないか」パトリックが言う。「どうして時間を気にするんだ?」

「ホテルにいるジーナにひと晩じゅう子供たちを押しつけておくわけにはいかないよ」

「彼女に電話をして来るように言えばいいわ」モイラが提案した。

「いや、もう夕食をすませて双子を寝かしつけているだろう。ぼくはみんなと一緒にさっさと食事をすませてホテルへ帰る。それほど時間はかからないさ」

「ええ、ディナーの混雑にはまだ早いもの。歩いていかれるわ。リトル・イタリーは道路を渡ったところなの」シボーンは言った。

歩きながらパトリックが、ボストンではいつも道路工事をしていると言った。シボーンは、ここは街の中心で、増えつづけている人口に対処しようとしている、だから工事は必要だと指摘した。

「この街はどうかしている」パトリックが言った。

「わたしはボストンが大好きよ」モイラは抗議した。「誰にとっても親しめるものがある――建国当時の古い建物もあれば、近代的な建物もあるという具合にね」

「暮らしている人種もさまざまだし――アイルランド人もいれば、イタリア人もいる」シボーンがつけ加えた。

「今はそれだけじゃないわ。アジア系の人が増えているし、ヒスパニック系、ヨーロッパ人、あらゆる人種がいる」

「ボストン風ベークドビーンズを忘れちゃ困るよ」パトリックがそっけなく言った。

「子供たちがここにいたら、きっとこう言うわ――ボストン風ベークドビーンズを食べると、澄ました人でもおならをしてしまうから、澄ましてなんかいられなくなるって」シボーンは言った。

「そうさ、ここはなんでもある街なんだ。文化もあれば、くさいおならもある」パトリックが応じた。

パトリックは妻に腕をまわした。歩いていくうちに、モイラは一団の後ろでマイケルとほとんどふたりきりになっているのに気づいた。彼らは、表に〝メイン州産活ロブスター、二人前十九ドル九十五セント〟という看板の出ているレストランを通り過ぎた。

「生きてるやつを食べなくちゃいけないのかな?」マイケルが軽い調子できいた。

「考えただけでぞっとするわ。食べようとしたら、はさみに挟まれたりして」モイラは答えた。

「これっていいね」マイケルは言った。

「なに？」

「きみの家族や知りあいから離れて、きみとぼくのふたりきりでいるのがさ。きみの幼なじみのダニエル・オハラもいない」

「マイケル、ダニーは家族の長年の友人なのよ。それはどうしようもないわ」

「彼がディナーについてこなくてよかった」

「そうね」

マイケルはモイラの肩に腕をまわしてしっかり抱き寄せた。「でも、彼はひとつだけ正しいことを言った」

「どんなこと？」

「ぼくはジェイコブ・ブローリンの側近に連絡をとるべきだった」

「きっと彼は、全国ネットのテレビ局やメジャーなケーブルテレビからの取材で手いっぱいよ」

「しかし、きみには強みがある。美人だし、アイルランド人だ」

「わたしはアメリカ人よ。でも、美人だなんてありがとう」

「きみはアイルランド系二世だし、お世辞抜きに美人だ。きみには決定的な強みがあると思うよ。たぶん……たぶんぼくは、あのとき、あれ以上なにか言うのが怖かったんだ。ミスター・オハラとタフガイ気どりでやりあって、負けを認めることにでもなったら絶対にいやだと思ったんだ。

しかし正直な話、きみは自分で連絡をとりたいと考えているんじゃないかな。きみはアイルランド系アメリカ人だし、女性だし、お父さんはこの街でいちばん高級なアイリッシュパブをやっているんだから」

「うーん」

「どうかした？」

「別に。うちのパブが高級だなんて考えたこともなかったから。あたたかみがあって、楽しくて、すてきな場所よ。父は店をとてもいい雰囲気にしているわ。でも、うちは高級レストランでもなんでもないのよ」

「ジェイコブ・ブローリンがボストンについてなにかしら知識があるなら、〈ケリーズ・パブ〉のことも知っているに違いない」

「ここにはパブが何百軒とあるわ」

「だがきみのお父さんの店は素朴な本物のパブだ」

「わかったわ、ブローリンに電話する。というか、彼の側近に。そのほうが接触しやすいだろうから」

「それがいい。突破口を開くのにきみほどうってつけのやつ――いや、女性はいない」

「そういうことにしておきましょう」モイラは通り沿いの店を指さした。「あそこで最高においしいカンノーリが買えるわ。サルの叔母さんがやってる店なの。年配の人たちは外に座ってイタリア語で口論したり、チェッカーをしたりするの――もちろん、天気がよければだけど。オールドー――」

「オールドノース教会はこのすぐそばだ」マイケルがあとを引きとった。「いいかい、ぼくはきみの会社のロケーション・マネージャーだよ。場所を探すのが仕事だ」

　モイラは笑って彼を抱きしめた。

「ねえ、ちょっとキスしよう。お兄さんは見ていない」

「兄はあなたのことを全部お見通しよ」

「きみはお兄さんになんでも話してしまうのかい？」

「いいえ。でも、わたしたちの関係がどこまで行ってるのかは知っているはずよ」

　ふたりは通りで足をとめた。マイケルがモイラの唇にそっとキスした。彼女はまわした腕に彼のがっしりとした肩を感じ、抱きしめられながら彼の大きくてたくましい体を感じた。モイラはマイケルの胸に顔をうずめた。そうよ、わたしはこの人を愛している。

「あのさ」マイケルはささやいた。

「なに？」

「彼に気をつけたほうがいい」

「誰のこと？」

「きみの友達のダニーだよ」

　モイラは身を引いた。「ダニーに気をつけろって、どうして？」

　マイケルは頭を振った。「ゆうべ、代金を踏み倒した連中を捕まえようとしていたとき、ダニーが外にいたんだ。暗がりに。すごく怪しげだった。あの男はベルファスト出身だ。なにをしでかすかわかったものではない。ひょっとしたら……ぼくはきみの家族同然に思われている彼に嫉《しっ》妬《と》しているだけなのかもしれない。でも……ぼくのために、気をつけてほしい。彼にはぼくを不安にさせるものがあるんだ。ダニーが親友だということはわかっているし、これはぼくの思いすごしかもしれないが、彼とは距離を置いたほうがいい。ぼくを安心させるためにも」

モイラを見つめるマイケルの濃い青の目は怖いくらい真剣だった。

「おーい、ふたりとも来ないのか？」パトリックが呼んだ。

モイラは、自分たちがポール・リビアの家の前に立っていることに気づいた。日はすっかり暮れ、最後の観光客が去ろうとしていた。

レストランは角を曲がったところだ。

「今行くわ」モイラは叫び返した。

マイケルはモイラが自分に同意したものと思ってほほえんだ。そして彼女の手をとってパトリックのもとへ急いだ。パトリックは、何年もたつので妹はサル一家のレストランの場所を忘れてしまったのだろうかとばかりに、角のところでいらいらしながら待っていた。

「きみたち、それとジョーンおばあちゃん、もしかまわなければ、寄りたい店があるんだ。ケイティの大好きなカンノーリを買いたいんだけど」ダニーは言った。彼はエイモン・ケリーのミニバンを運転している。子供たちはシートベルトを着用していた。きっちりしつけられているのだ。

幼いモリーでさえ、車に乗りこむやいなやシートベルトをした。

　助手席のジョーンがうなずいた。「イタリアンクッキーも少し買ってきておくれ、ダニー。アニスでなくて、バニラのを」

「わかりました。きみたちは？」

「チョコレート！」シャノンは言った。そして大人びたため息をついて言い添えた。「モリーにはバターのスティックを買ってあげるだけでいいわ」

「バタークッキーだよ」ブライアンが訂正した。

「チョコレートをかけたバタークッキー」モリーはくすくす笑って言った。「キャンデーも」

「キャンデーはないよ、イタリア人のパン屋だからね、おばかさん」ダニーはからかった。

　最初に見つけた空きのある駐車場は、例のレストランから一ブロックのところだった。完璧《かんぺき》だ。ダニーはエンジンをかけたままにし、ヒーターもつけたままにした。

「ハンドルに触っちゃいけないよ」ダニーはブライアンに言った。

　ブライアンはにっこりした。

「急いで行ってくるからね」ダニーは言った。

「心配しなくていいよ。子供たちを楽しませておくから」ジョーンは言った。

　ダニーはうなずいて運転席側のドアを閉め、すたすたと通りを歩いていった。目的の店へ来ると、さっとなかへ入った。カウンターの向こうにいる濃い茶色の髪をした若い女性にほほえみかける。彼女はエレナだ。彼は前にここで焼き菓子を買ったことがあった。

「カンノーリをひと箱に、シュガークッキー……アニスでなくてバニラのビスコッティを。それから……なにかチョコレートのついてるものはあるかい？」

「砂糖をまぶしたバタークッキーはどうかしら？」エレナは勧めた。

「いいね。電話をかけてくるよ」

電話は入口のすぐわきにあった。ダニーは硬貨を入れて番号を押した。柔らかな女性の声が、もしもし、と応じた。

「リズ、ダニーだ」

「どこなの？」

「公衆電話からだ。なにかわかったかい？」

「ええ、あなたの言っていた男のことを調べてみたわ」

「それで？」

「オハイオ州の生まれで、両親は本当にアイルランド系アメリカ人よ。いい学校を出て、いい仕事をしているわ。ＵＣＬＡの映画学科を卒業後、演出助手、カメラマン、音響技師など、映像制作に携わるあらゆる仕事をやってる。出演経験はなし。映像学科では、演出家や監督としていくつか賞をとってるわ。カリフォルニアを出たあと、フロリダやバンクーバーで働いていたけど、去年ニューヨークへ移ってきている」

ぼんやりと窓の外を眺めていたダニーは緊張した。パトリック・ケリーとシボーン・ケリーが店の前をゆっくりと通り過ぎたのだ。ひとりで歩いてきたジョシュが夫妻に追いついた。ダニーは後ろへさがって支柱に寄りかかった。そこからだと外は眺められるが、通行人に見られずにすむ。

「すると彼はニューヨークへ来て、最初に就いた仕事が、モイラ・ケリーの番組制作だったんだな？」

「わかったのはそれだけ。わたしが身上調査のやり方くらい心得てるって知ってるでしょう」

「たしかなのか？　やつにはおかしな点がひとつもないのか？　政治活動も、動物虐待抗議運動も、なんの経歴もなし？　アメリカの軍事行動に対する抗議も？」

「ダニー、彼は自分のホームページすら持っていないのよ。昔の不良仲間と写っているセピア色の不鮮明な写真を手に入れることもできなかったわ。でも調べた限りでは、彼に後ろ暗いところはない。逮捕歴もないし、政治団体にも加入していない。選挙人登録は無党派となっているわ。ここ最近、駐車違反で切符を切られたことさえないのよ、わかった範囲では」

「とにかく、あいつは怪しいと思う。それに、街ではなにかが起こっているという噂《うわさ》がある」

「彼が不正にかかわっているとしたら、うまく隠しているわね。わたしに言えるのはそれだけ」

ダニーは腹立たしい気持で窓の外を眺めていた。彼の捜査対象が通り過ぎた。しっかりとモイラの肩を抱いていた。浅ましいやつめ。モイラは男にほほえみかけたり、笑ったりしている。ああ、そうとも、やつは文句なくハンサムだ。ダニーは目をすがめた。長身で、引きしまった肉体。おそらくウエイトトレーニングかキックボクシングをやっているのだろう。空手で黒帯くらい持っているかもしれない。

ますますもって……。

いまいましいハンサム野郎だ。

しかも、少なくとも書類上は新雪のようにまっさらな経歴をしているのだ。

「今に見てろ」ダニーはつぶやいた。ふたりはポール・リビアの家の前で立ちどまっていた。傍らを通り過ぎる観光客には気づいていないようだ。

ふたりが並んで立っているところは絵に描《か》いたように美しい。モイラが端整な顔を上に向けて優しいキスに応《こた》えたとき、目をみはるほどすばらしい赤毛が背中に流れた。彼女も背は高いほうだが、たくましい体で覆いかぶさるようにしているマクレインはさらに長身だ。

「ダニー、そこにいるの？」

「見張ってるんだ」ダニーは答えた。

「なにを？」リズが尋ねた。

「わからない。だが、なにかがおかしい」

「気にしすぎよ、ダニエル・オハラ」

「用心するのが仕事なんでね」

「ほかにもやるべきことがたくさんあるでしょう」リズは思いださせた。

「彼はアイルランドへ行ったことがあるのかい？」

「ええ……大学一年の前期に」

「なるほど、やっぱりな。なにかある」

「そりゃ、まあ、あるわよ。お金のある大学生なら誰でもやるようなことがね。彼はアイルランド、イングランド、スコットランド、それにヨーロッパをまわったの。いちばん長く滞在したのはフィレンツェとローマよ。ダニー、わたしは彼のことを徹底的に調べあげたの」

「調べを続けてくれ」ダニーは言い張った。ふたりが通りを歩きだした。モイラはまだマイケルの腕のなかだ。

「ダニー――」

「調べを続けるんだ」

「あなたが興味を覚えそうなことがあるわ」リズがそっけなく言った。「パトリック・ケリーがアイルランド児童支援協会という団体と深くかかわっているの」

「合法的な慈善団体だろう?」

「新しいけど、そうみたいね。でも、創設者のなかにアメリカに亡命した元ＩＲＡのメンバーが何人かいるわ。パトリック・ケリーはあなたの行動を見張っているんじゃないかしら」

「そうだろう」

「それから、ジェフ・ドーランも」

「ドーランにはスラム街の悪童も真っ青になるほどの前科がある」ダニーはいらだたしげに言った。「だが、すっかり更生したんだ」

「そうはいっても、あなたを監視している可能性はあるわ。彼が問題の人物かもしれない」

「リジー、言っただろう、ぼくは用心深い。生まれつきね。ぼくが相手を見張っているんだ。向こうもぼくを監視しているに違いないが。ところで、あの人とは話したかい？」

「もちろんよ。絶えず連絡をとってるわ」

「じゃあ、計画どおりなんだな？　たしかかい？」

「ええ」

「くそ」

「どうしたの？　あなたはいい子にしてなくちゃいけないのよ」

「ああ、リジー」ダニーも応戦した。「ぼくがどんなにいい子にしてるか、きみは知らないんだ。危険が迫っていると思うと、背筋がぞっとするのさ」

「しっかり目を開けていなさい。あの人を動揺させないで。それと、あの人は自分のやり方で、自分の都合のいいときにあなたに連絡するわ」

「わかった。きみはマイケル・マクレインの調査を続けてくれ」

「感情に——というより欲望に——従って行動しないようにね」リズはぶっきらぼうに言った。

「ぼくのことをわかってるだろう、リジー」ダニーは軽く応じた。「私情に流されたりは決してしない。決して」

ダニーは電話を切った。エレナが品物をそろえておいてくれた。彼は代金を払い、急いで店を出ると車へ向かった。

ディナーは楽しく進んだ。やがてダニーが到着した。

「ねえ、子供たちは？」ドアから入ってくるダニーを見て、シボーンはきいた。彼は人目につく。このレストランはボストンの、とりわけリトル・イタリーの多くのレストランと同様、こぢんまりしていて居心地がいい。そこへ背の高い彼が入ってきたのだ。

ダニーは大股で歩いてきながらウールのコートを脱いでコート掛けにかけた。モイラは座っている席のことを気にしていなかった。彼女は半円形のテーブルの端に座り、隣にマイケル、その向こうにシボーンとパトリックがいて、ジョシュはテーブルの反対端に椅子を引き寄せて座っていた。

まずい席に座ってしまった、とモイラは悟った。ダニーが隣に滑りこんだのだ。「子供たち？ああ、往来の真ん中へおろしてきたよ、当然」

「まじめな話……」シボーンは言いかけた。

パトリックはいらだたしげに鼻を鳴らした。「まじめな話、彼は往来の真ん中へおろしてきたのさ」

「まじめな話」ダニーはシボーンに笑いかけて言った。「きみのお母さんが喜んで子供たちの相手を引き受けてくれた。どれがいいかな？　全部、だろう？　おや、サルご本人が気晴らしのために働いているじゃないか」

「おすすめメニューをとったんだ」パトリックは言った。「パスタの盛りあわせだ。ジーティ、ラザーニャ、スパゲッティ。それと前菜」

「なにかはわからないけど、おいしいわよ」シボーンは、テーブルの中央にある料理が盛られた大皿を見て言い添えた。

サルがテーブルへやってきてダニーの手をとり、握手した。「やあ、わがイタリア人の友達《アミーゴ》」サルは言った。「ようこそ」

「ありがとう《グラッツィエ》、サルバトーレ《ベンヴェヌート》」ダニーは応じた。「あれは見るからにうまそうだ。なにが入っているんだい？」

「教えたくないね、シボーンの前では」

「ああ、だが一、二年前にケイティがスコットランド料理の大会のためにつくったハギスを、シボーンは食べたんだよ」ダニーはシボーンに笑いかけながら言った。そして顔をしかめた。「羊の胃袋や膀胱《ぼうこう》なんかに臓物をつめた料理をね。それを考えだしたのがスコットランド人でよかったよ。さもなければ、われわれアイルランド人がまた責められていたところだ」

「しかし、そのトレイの上の蛸《たこ》ほどおぞましいものはないからね」サルが言った。「じゃあ、さしあたってイタリア人も責められなくてすむわけだ」

「どうだか、サル。きみたちは烏賊《いか》の墨を平気でいじくるじゃないか」ダニーが警戒するように言った。

「烏賊墨でうまいパスタができるんだ」サルは反論した。「ちょっと失礼、きみたちのために特別メニューを追加してこよう」

サルが立ち去ると、ダニーはテーブルの上にすでに置かれていたボトルから自分でワインを注《つ》いだ。「それで、なんの話をしていたんだい？」

「すごく重要なことよ」モイラは鋭い口調で答えた。

「とても楽しかったわ」シボーンが言った。「マイケルにいろいろきいていたの。彼ってものまねが上手なのよ。ねえ、マイケル、あなた、テレビに出るべきだわ。見栄えがするし、才能があるんですもの」

「見せてくれよ」ダニーはモイラ越しにマイケルを見て言った。

「あなたのなまりをそっくりまねできるんだから」シボーンが言った。その悪気のない発言をした義理の姉を、モイラは蹴飛《けと》ばしてやりたかった。マイケルはものまねがうまく、モイラさえもが驚かされる。彼はボストンなまりも、ブロンクスのイントネーションも、深南部の母音を引きのばす話し方も、完璧に模写できた。そしてついさっきは、ダニーの軽いアイルランドなまりをまねていたのだ。

「ぼくは映画学科出身なんだ」マイケルは肩をすくめて言った。「カメラの前に立ちたいと思ったことはないが……ありがとう」シボーンに言った。「大学では、スピーチと方言のクラスをとらなければならなかったんだ」

「ぼくのものまねをぜひとも聞きたいな」ダニーはマイケルに言った。

「本人に頼まれたら、とてもできないよ」マイケルは応じた。

「だったら、ジョーンおばあちゃんをちょっとやって」シボーンがせがんだ。

モイラはダニーと距離をとってマイケルに身を寄せた。マイケルはため息をついた。「きっとがっかりさせてしまうよ」彼は言った。「わかった。〝お茶は濃くないとだめなんだよ、飲んだとたんにおめぱっちりっていうくらいにね〟」強いなまりをまねしたものの、なにかが足りないようで、さっきほどうまくなかった。「どうしてカメラの前に立てないかわかっただろう？」彼はシボーンに言った。「プレッシャーに弱いんだ」

「いやいや」ダニーは言った。「たいしたもんだ。きみもぼくと同じくアイルランド生まれかと思ってしまうところだったよ」

マイケルはみんなと一緒に笑ったが、モイラには彼がそれほど愉快がっているようには思えなかった。

「おっ、ディナーのご到着だ」パトリックがそう言って緊張を破った。

サルがウエイターとともに手際よくテーブルに料理を並べた。「うまい」ダニーはひと口食べて言った。「安心してくれ。皿に黒いパスタは載っていないよ、シボーン」

「黒いパスタですって？」

「烏賊墨のパスタのことだよ」サルがシボーンに教えてウインクした。「大丈夫、すべて大丈夫だ。菜食主義者になったというなら話は別だが」

「いいえ、残念ながら、いまだに牛肉を食べてるの」

「牛の目玉は大きくて茶色なんだ」パトリックはシボーンをからかった。「気味の悪い風体の烏賊を食べるよりも、牛を食べるほうがどれほどましか」

シボーンは夫にほほえみかけてから、サルを見た。「なんであろうと、おいしそうね。うちの人、いつもみたいに仕事仲間に挨拶《あいさつ》しに席を立つことが一度もなかったわ。わたし、アイルランド人をやめてイタリア人になろうかしら、サル」

　サルはシボーンの手をとった。「奥様《カーラ・ミーア》、いつだってイタリア人になれますよ」

「サル、妻の手を放すんだ。行儀よくしていないと、イタリア人の奥さんが調理場から出てきて、きみをフライパンで殴るぞ」

　サルはにやりとした。「わかった、ぼくはモルモン教徒になるとしよう。きみはどうする、ダニー？」

「残念ながら、サル、アイルランド人でいるしかない人間もいるんだ」ダニーは答えた。「しかしありがたいことに、アイルランドにもイタリアンレストランはたくさんある」彼はほほえんでマイケルを見つめた。「ものまね、うまいじゃないか、マイキー。見事だ。きみ自身が思ってる以上にね」

「ああ、うまくやれるものならわかっている」マイケルが答えた。

「それならものすごくうまくやれるっていうんだな？」ダニーはきいた。

「ものすごくうまくな」マイケルが冷静に答えた。

「ぼくもだ」ダニーは言った。「ぼくもだよ」

　なぜかモイラは、殴りあいをしたくてうずうずしているボクサーに挟まれているような気がした。

　しかも奇妙なことに、ふたりの争いの目的が自分だという気はまったくしなかった。

　ジョシュが話題を変えて、今日の撮影に満足していると言い、ジェイコブ・ブローリンにインタビューを申しこむつもりだというモイラに賛成した。「ほんとはダニーが言いだして、あとでマイケルがわたしにダニーの言うとおりだって」モイラは和やかな雰囲気をつくろうとして言った。

「まあ、やるだけやってみよう」ジョシュは言った。「撮影クルーも優秀だし。彼らとは十八日まで契約したんだ。そうすれば、次の番組のためになにか取材できる。うちではよく、取材した場所や行事の続報をやるんだ」みんなに向かって言い、腕時計に目をやった。「もう行かないと。部屋でいやらしいビデオを見たり、夜遊びをしたりしたいという気持は日ごと薄らぐよ。双子に手がかかるから。近ごろは帰宅が九時を過ぎると、ジーナに遅いと言われるんだよ」

「でも双子ってかわいいでしょう?」モイラは言った。

「ああ。きみがいよいよ子供を産む気になったら、今の言葉を思いださせてあげよう。もっとも、きみには三つ子のほうがいいかも。じゃ、おやすみ」

ジョシュは出ていった。サルが来てコーヒーを勧めた。ダニーはもうパブへ帰らなければならないからと言って断った。

「子供たちはケイティが見ててくれてると言ったじゃない」シボーンは言った。

「でも、店に立っているエイモンが心配だから。クリシーが今夜は具合が悪いから休むと電話してきた。ランチに傷んだタコスかなんかを食べたらしい」ダニーは言った。

「それなら、わたしも帰らなくっちゃ」モイラは言った。

「きみはマイケルやシボーンやパトリックと一緒にゆっくりしていけばいい。お兄さん夫婦とダブルデートだ、いいね」ダニーは言った。「ぼくはきみのお父さんの車で来た。みんなにはパトリックの車がある」彼はポケットを揺すって鍵《かぎ》の音をさせると、出口へ向かった。

「わたしたちも帰ったほうがいいわ」モイラはパトリックに言った。

「少しだけゆっくりしていくだけさ。アイルランド人でごった返す店に戻る前に、ゆっくりコーヒーを楽しみたいんだ」パトリックは答えた。

「カプチーノがいいわ」シボーンが賛成した。

「ぼくはエスプレッソにする」マイケルはそう言ってモイラにほほえみかけた。

モイラはうなずいた。「わたしもエスプレッソにするわ、もちろん」


その晩、パブへ入っていったモイラが最初に目をとめたのは、例の客だった。前夜もそこにいてブラックバードを注文した男性だ。

モイラはまっすぐその男性客のところへ行きたかったが、カウンターに人がたまっていたので、父親を手伝おうと駆け寄ってハンドバッグを棚の空いているところへほうりこんだ。

「おお、モイラか、ディナーはどうだった?」父親は陽気に声をかけてきた。

「楽しかったわ、パパ。もっと早く戻ってこなくちゃいけなかったわね」

「ありがとうよ。しかしこの店は、おまえやパトリックやコリーンが――本来そうあるべきとおり――それぞれ自分たちの生活をしているときだって、なんとかやっているんだ」父親は急いでつけ加えた。

モイラは父親の頬に素早くキスをしてから、注文をとったりグラスに飲み物を注いだりしはじめた。シェイマスがリアムと並んでカウンターに座っているのが目に入った。ひと息つく余裕ができたので、シェイマスのスツールへ歩み寄った。「大丈夫？」彼女は尋ねた。

「これ以上ないくらいにね、モイラ・キャスリーン」シェイマスはきっぱりと言った。「わたしのビアマグをじろじろ見ないでくれ。ビールを一杯やったあとは、ソフトドリンクにしたよ」

「それがいいわ、シェイマス」

「今夜は自分で気をつけるよ、モイラ。当然、一杯一杯、ゆっくりやるから。わたしのことは心配するな。ダニーが言っていたが、きみはわたしを追ってきて転んだそうじゃないか」

「どうってことないわ。ダニーったら、そんなこと言わなければよかったのに」

「彼はいいやつだ。われわれふたりのことが心配なんだよ」

モイラはどうにかシェイマスにほほえみかけ、父親がカウンターの仕事を無理なくこなしているのを見た。そこでコリーンがブラックバードの注文をとってきたとき、モイラは妹に、自分がそれをつくって持っていくと申しでた。「隣にいるお客さんでしょう？」

「ええ、どうしてわかったの？」

「あの人、ゆうべもブラックバードを頼んだの」

運んでいくのはそれひとつだったので、モイラはトレイを使わなかった。テーブルのあいだを縫うようにして男性のところへ来た。今夜は焦げ茶色のセーターを着ている。中肉中背で、年齢は三十から三十五くらい。茶色の目をしており、濃い茶色の髪をきちんと刈りそろえていた。

「こんばんは、〈ケリーズ・パブ〉へようこそ。ここ幾晩かいらっしゃっていただいていますね」

「いいバンドだ」男は言った。にこりともせず、モイラを真剣なまなざしで見据えていた。

「ブラックバードの注文を受けたのは、しばらくぶりなんですよ」

「友人から聞いたんだ」さりげない口調だ。「あなたがモイラ・ケリー？」

「ええ」

「あなたの番組を見たことがある」彼は気に入ったとも気に入らないとも言わなかった。そしてこう言われたとき、モイラはびっくりした。「少し座ってもらえるかい？」

モイラは周囲を見まわした。ダニーは父親と一緒にカウンターのなかにいて、コリーンはフロアで働いていた。客が少なくなったので、パトリックとマイケルはカウンターの端に座って話しこんでいた。

「かまいませんよ」モイラは小声で答え、壁際のボックス席の男の向かい側に腰をおろした。

「ここは楽しい店だ」男が言った。

彼はほほえんだが、うわべだけの笑みに見えた。

「大勢の人が出入りしている」男は続けた。

「パブですもの」モイラはそっけなく答えた。

「とてもアイルランド的だ」

「アイリッシュパブですから」

「ここでトラブルが起きたことは？」

「トラブル？」モイラはきき返した。「うーん、そうですね。一度、飲みすぎた客に父がお酒を出すのを断ったところ、相手の男性が怒って暴れだしたことがあります。警察を呼んで連れていってもらいました」

「ここのバンドマンのジェフ・ドーランは何度か逮捕されたことがあるんじゃないのかい？」

「若いころはそうとう悪かったけど、今はすっかり更生しています」

「表面的なことだけで、その人間を信用できるとは限らないよ」

「失礼ですけど、お名前は？」

「カイル。カイル・ブラウン」男はにっこりしてテーブル越しに手を差しだした。モイラはおざなりに握手した。

「知ってるだろう、世界で起こっているトラブルの半分はアメリカが資金源になっているんだ」

「北アイルランドのことかしら」

カイル・ブラウンは肩をすくめた。「きみのお父さんはきわめて政治的な人間だ」

「とんでもありません！」

「だったらお兄さんはそうだ」

「兄は弁護士で、ボストンに住んでさえいません」

「きみはすべての常連客のことを知っているわけではないよね」

「父の店がＩＲＡやその支持者たちの根城になっているとおっしゃりたいの？」モイラは怒りをこらえて尋ねた。

「そういうわけじゃない。家族の友人はどうかな？　あの作家さ。彼のことを、きみはどの程度知っているんだい？　彼がなにかたくらんでいると思うかい？」

「あなた、警察の人？」モイラはぶっきらぼうにきいた。

「きみたちの味方で、悪いことが起こらないよう目を光らせているだけだと言っておこう」

「ありがたいわね。せいぜい目を光らせていてちょうだい。なんなら父のことを話してあげましょうか。父ほど善良な人間はいないわ。父がアメリカへ来たのは、家族が両方の血を受け継いでいたからよ。アイルランドの敬虔《けいけん》なカトリック教徒に、プロテスタントのオレンジ党員の血が少しだけ入っていたの。ほら……結婚とか、姻戚《いんせき》関係とか、そういうことで。父は争いごとを嫌ってアメリカに渡ることにしたの。信仰が違うからといって人を殺すなんて、父には信じられなかった。もちろん今日では、宗教問題が実際に政治や経済の問題になってしまう。たしかにアイルランドが統一されるのはすばらしいことよ。でも父は、アイルランドで生まれ、家族が何世紀にもわたってアイルランドで暮らしてきた何千もの人々が、並ばされて撃ち殺されるのが信じられなかったの。何百年も昔に残虐な王がしたことでイギリスを憎んでいるわけでもないし、北アイルランドのプロテスタントたちが、自分たちの国がイギリスから離脱したらどうなるのだろうと不安に思っていることも理解しているわ。父はアメリカ国民で、カトリックで、アイルランド共和国の人間だけど、時間をかけて交渉が行われ、善良で正直な人たちに平和がもたらされることを願う穏健派よ。このパブに関するあなたの疑問への答えになったかしら？」

モイラは憤然と立ちあがって去りかけたが、またテーブルへ引き返した。そのときもまだ怒っていた。

「カウンターの端に座っているカップルを見て。あの夫婦はイギリス人で、二年前にこの近くへ越してきたの。彼らはここへ来るのが好きだし、ここでは歓迎されるわ。友人のダニーはベルファスト生まれよ。ピーター・レイシーもそう。ほら、今父と話している背が高くてやせている男性。彼はプロテスタントなの。いえ、だったの。若くて美しいユダヤ人女性と結婚して改宗したから。彼も歓迎される。今入ってきたのはサルといって半分イタリア人。わたしたちは彼の店の料理が好きで、彼はうちのビールが好きなの。で、あなたについては、どこの生まれで、どの宗教を信じているのかもわからない。信じてるとしてだけど。いいのよ、父はここに来る無神論者にも飲ませてあげるんだから。アフリカン・アメリカンの収穫祭《クワンザ》の飾りつけもするわ。だから、あなたもみんなと同じように歓迎される。好きなときに来て、飲んだり食べたりすればいい。だけどここの料理はおいしいわよ。そこに座って、好きなだけ聞き耳をたて、監視すればいい――覚えておいて、ここで陰謀がくわだてられていると考えてるなら、あなたはどうかしている」

モイラが再び立ち去ろうとすると、カイル・ブラウンが彼女の手をとってほほえんだ。

「その、すまなかった」彼は穏やかに言った。

「いいわ。気にしてないから」

「いや、つまり、きみを怒らせて本当に悪かったと思っているんだ。きみは美人だし、ここはすてきな店だ。だから、ここでよくないことが起こるのを見たくないんだよ」

「起こりっこないわ」

「カウンターにいる、あのじいさんはどうかな?」

「シェイマス?」モイラは信じられない思いで問い返した。「あの人は害のない人間よ。これっぽっちも。そのうちに妹のことまで怪しいと言いだすつもりなんじゃない? それとも母かしらね?」

「誰のこともあれこれ言ったりはしない。見張っているだけだ」

「よかった。さっきも言ったように、ここはいろいろな人が出入りする店なんですからね」

「飲み物はすばらしい」

「ええ。店のおごりにしておくわ」

モイラは手を振りほどいて歩み去り、震えていることに気づいて愕然《がくぜん》とした。そしてカウンターのなかへ入った。イギリス人のロアルド・ミラーがグラスを掲げた。「やっと美人バーテンダーが戻ってきた。やあ、モイラ、どうして向こうに行って話しこんでいたんだい? こっちは寂しくて仕方がなかったのに」

「ありがとう、ロアルド。グラスの中身はなんだったのかしら?」

「サラとわたしはフォスターズをやっているんだ」

ビールを出した直後、背後でダニーの声がしたので、モイラは驚いた。「あの男にずいぶんとずけずけものを言っていたじゃないか」

彼女は顔を赤らめた。「聞いてたの?」

「大部分はね。忙しいふりをして、そばにいるのを気づかれないようにしていたんだ」

「腹の立つ男なの！　遠まわしに父のことを――」

ダニーはため息をついてモイラを遮った。「彼が怪しんでいるのがお父さんだとは限らないよ。このパブには大勢の人間が出入りしているんだ」

モイラはぱっと彼のほうを見て、低い声できいた。「なにが起こっているの、ダニー？」

彼は首を振った。「さあ、それがわかればいいんだが。しかしきみはあの男をやりこめてしまったんだから、もう近づかないほうがいい」

「あの人、警官じゃないかしら」

「そうかもしれないし、そうでないかもしれない。だが、やっとデートするのだけはやめておけ、いいな？」

「するはずないでしょう――」

「きみは恋愛中だったね。例のぎらぎらした目の男と。彼にも近づかないほうがいい」

「あの隅に座っている人の話を聞いたら、間違いなくあなたには近づかないでしょうね」

「しかし、きみは本能に従って行動してしまう、違うかい、モイラ？　そしてきみはぼくが断じてきみを傷つけはしないとわかっている」

「なにもわかってないのね。あなたは何度も何度もわたしを傷つけたのよ」

「そのことは謝るよ。傷つけようとして傷つけたんじゃないんだ。それについては、今償おうとしているところだ」

「悪いけど、もう遅いわ」

「なんだって？　本気かい、モイラ？」

モイラはカウンターの端を見やった。そこではまだマイケルがパトリックと話をしていた。ふたりの会話にリアムとシェイマスが加わっている。

モイラに必要とされていることを感じとったかのように、マイケルは目をあげた。彼はほほえんでグラスを持ちあげた。きみの家族や友人に溶けこもうと努力している、そう言わんばかりだ。

モイラはほほえみ返して、ダニーに視線を戻した。

「ええ、もう遅いのよ」穏やかに言って、顔をそむけた。

そのとき、隅に座っている男と目が合った。カイル・ブラウン。彼は顔をしかめていた。まるで……。

モイラに警告するかのように。

なにを警告しようというのだろう。あるいは……。

誰のことを？

10

モイラはなぜか、やはりシェイマスが心配だった。今夜のシェイマスは普段よりも酒を控えていたにもかかわらず。やっと今夜の客がほとんどいなくなったとき、カウンターのなかのモイラの横には兄がいた。リアムもほかの客たち同様にとっくに帰ってしまっていたが、シェイマスはまだ残っていた。

「兄さん」

「うん？」

「お願いがあるの」

「なんだ？」

「シェイマスを家まで送ってあげて」

「どうして？彼の家はここからほんの数ブロック行ったところなのに」

「お願い。わたしのために」

「ああ、もちろん、おまえのためなら、真夜中に寒風の吹きすさぶなかへ出ていきますとも」

「いいわ、ほかの人に頼むから」

「待て、モイラ。まったく、送っていくよ。ふざけただけじゃないか。そんなこともわからないのか？　それにしても、なんであの年寄りのことを心配するんだ？」

「なんでかしら」モイラは兄の横をすり抜けてカウンターの端へ歩いていき、シェイマスの前に立った。「今夜はパトリックが家まで送っていくわ」

「なあ、モイラ、今夜はずっとアルコールとソフトドリンクを交互にやっていたんだ」

「それで、全部でどれくらい飲んだの？」

「ほんの数杯さ」

「十杯はいってるわね」コリーンがフロアのほうから大声を出した。彼女はテーブルの上のボトルやグラスを集めていた。

「十杯も？　よく肝臓がどうにかなってしまわないわね、シェイマス」モイラは言った。

「アイルランド人の肝臓だからな。頑丈にできてるんだ」シェイマスは応じた。

「交互に飲んだのは感心よ。この次はもう少し量を減らしてね。わたしだったら、そんなに何杯も出さなかったのに」

「ああ、だがうまいやり方があるんだよ、お嬢さん。アルコールが欲しいときは、毎回違うバーテンダーに頼むのさ」

「あきれた、シェイマス」彼女はきっぱりと言った。

「まあ、運転するわけじゃないんだから、モイラ」

「運転するなら、最初の一杯で切りあげなくちゃ」

「わかったよ、モイラ。さて、帰るとするか」

「パトリックが一緒に行くわ」

「悪いね、パトリック」シェイマスはすまなそうに言った。

「ちっとも」パトリックは明るく答えて、シェイマスの頭越しにモイラにしかめっ面をしてみせた。「じゃ、行こうか」

カイル・ブラウンは一時ごろ出ていった。今はもう二時近い。

聖パトリックの日がある一週間は長く感じられる。

「父さんを二階へあがらせろよ」パトリックはモイラにそうささやくと、シェイマスについていった。

「わかったわ」モイラは答えたが、すでにコリーンが父親を追い立てて階段をのぼらせていた。

「ぼくも帰ったほうがよさそうだ。家族水入らずで過ごしたいだろうから」マイケルはそっとモイラに言った。その目に優しく気づかうような表情が浮かんでいた。

「明日かあさっての夜にはホテルへ行くわ」

「待ってるよ」

「父は上に行ったわ。おやすみのキスをして」モイラはマイケルをドアまで送っていって言った。

マイケルはモイラに両腕をまわし、親指と人さし指で彼女の顎を持ちあげた。そして唇に軽くキスをした。だがモイラは彼にしがみついて唇を押しつけた。そして口を開け、長いあいだ彼をむさぼった。体にわずかでもエネルギーが残っていたなら、欲望を覚えていただろう。

マイケルは身を離した。コリーンが咳払《せきばら》いをして、こうきいたからだ。「わたしたちみんな、店から出ていったほうがいいかしら？」

　マイケルは真剣で興味深げなまなざしをモイラに注いだ。「今のはキス？」彼はささやいた。「それとも演技？」

　モイラは体に震えが走るのを感じた。「キスよ」きっぱりと言った。「演技もあったかもしれないけど。ちょっと確かめようとしたの。そういうの……かまわなかった？」

「ああ、もちろん」マイケルはモイラの唇に軽いキスをした。「もう二時過ぎだ。朝には元気になっていないとね」

「ありがとう」モイラはささやいた。

　マイケルはにっこりした。「おやすみ。もう行くよ」

　彼が出ていくと、冷たい風が吹きこんだ。モイラはドアを閉めて鍵《かぎ》をかけ、振り返った。コリーンとダニーが彼女を見つめていた。

　ダニーはゆっくりとした調子で拍手した。

「一緒に行けばよかったのに。後片づけはダニーとわたしとでできるわ」コリーンは言った。

「でも――そうね。ふたりに任せるわ。わたしは寝かせてもらう」

　カウンターをまわってオフィスを通り抜けようとしたとき、モイラは棚に置いたハンドバッグのことを思いだした。引き返したが、ほうった場所には見あたらなかった。

「ねえ、コリーン、わたしのハンドバッグを動かした？」

「いいえ。見てないわ」

「レストランに忘れてきたんじゃないのか？」ダニーは尋ねた。

「いいえ、そんなはずないわ。ここへ入ってきたら、みんなてんてこ舞いしていたから、カウンターへ入って、その棚へハンドバッグをほうりこんだの」

「パパが持っていったのかも。それかパトリックが」コリーンは言った。

「かもしれないわね」モイラは眉をひそめ、どこか別の場所に置かれていないかどうか手あたり次第にボトルを動かした。「困ったわ、見つからない」

「どこかにあるはずだよ」ダニーは言った。「カウンターのなかに入りこんで、バッグを持ちだすような客はいなかったし」

「姉さん、落ちついて。今押しのけたのって、パパが大切にしている年代物のウイスキーじゃない。ハンドバッグにはなにが――」

「身分証明書でしょう、免許証でしょう、なにもかもよ！」モイラは答えた。

「明日までに必要なものが入っていたのかってきこうとしたのよ」コリーンが言った。「きっと誰かがちょっと動かしただけよ」

モイラはため息をついた。「ええ、たぶんあなたの言うとおりだわ」

ダニーがモイラの肩をつかんだ。「ほら、ベッドへ行くんだ。ほんとに疲れきっているみたいだ。二階へあがって寝るといい」

「そうね」

「それから夜中に出歩いたりするなよ」

　モイラは眉根を寄せてダニーを見た。

「絶対にだ、頼むよ」ダニーの口調は優しかった。

「今夜はもう外へ出ないわ」

「それでいい」

「だからって、彼と寝ないってわけじゃないわよ、ダニー」

「そういう話をするなら、わたしは必要ないわね」コリーンはそう言い、鼻歌まじりにわざと大きな音をたててテーブルの片づけにかかった。

「たぶんきみは彼と寝たいのかどうか自分でもよくわからないのさ」ダニーはモイラの腕に手を置いた。「だから、戸口でアカデミー賞ものの演技をしてみせたんだろう」

「そしてたぶん、単にすごく疲れているのよ」

「もし本当に彼を愛しているなら、こんなふうにずっと家族と一緒に過ごしているのに、すごく疲れているなんてありえないね」

「わたしがどんなふうに過ごしているか、どうしてあなたにわかるの？」モイラはつめ寄った。

「信じてほしい。ぼくにはわかるんだ」

「たいしたものね。わたしをスパイしてるの？　監視してるわけ？」

「そういうめぐりあわせなんだよ、モイラ、それだけだ」

　コリーンが《アイルランドの洗濯女》を大声で歌いだした。

「いいかい、当分のあいだ、夜ひとりで外へ出てはいけない、わかったね？　とにかく、分別のある女性なら真夜中過ぎのこんな時刻にひとりでぶらついたりしないものだ。そうだろう?」

「催涙《メース》スプレーを持ち歩いているわ」

「見つからないハンドバッグのなかにだろう。それに相手に銃を突きつけられたら、メースなどなんの役にも立ちはしない」

「どうしてわたしが銃を突きつけられるわけ?」

ダニーはじれったそうにため息をついた。「モイラ、ボストンは大都市だ。殺された売春婦を覚えているだろう? ここ一年に数えきれないほどの殺人事件がそこここで起きている。そういう世の中なんだ。頼むよ、夜遅くひとりで外出しないでくれ」

「どこへも行かないわ、ダニー、ベッドへ行くだけ」

やっとダニーが手を離した。黄褐色の目がモイラの目を見つめている。この人の顔がこんなに好きでなければよかったのに、とモイラは思った。この顔に惹《ひ》かれている。彼が聖パトリックの日の特別講演にティンブクトゥに呼ばれていたのなら、どんなによかっただろう。

「おやすみなさい。おやすみ、コリーン」モイラはそう呼びかけると、背を向けて二階へ向かった。


「なあ、パトリック」通りを歩きながら、シェイマスがおずおずと言った。

「なんだい、シェイマス?」

「送ってもらう必要はないんだよ。きみの妹がなんでこんなことを頼んだのかわからないが、わたしはエールを飲んだくらいでどうにかなる人間じゃない」

「シェイマス、誰かと一緒に家まで帰るのも悪くないじゃないか。それに」パトリックは肩をすくめて笑みを浮かべると言った。「ぼくにとっては家を抜けだす口実になった」

「抜けだしてなにをするんだね？　夜のこんな時間に」シェイマスがきいた。

「その、実はちょっと用があるんだ。ここ数日間、思うように出歩けなかったから。ダウンタウンへ行きたいんだよ。ヨットを見にね」

「真夜中にかね？」

「変かな？」

「なにかほかのことをやるための口実に聞こえるがな」シェイマスは言った。

「えっ、そうかい？」パトリックは足をとめてじっとシェイマスを見つめた。

「いや、なに」シェイマスは慌てて言った。「きみはさっきまでずっとしてたんだった。〝なにかほかのこと〟をさ。誰もがわかってるじゃないか、パブには何時間でもいられるって。たとえ飲まずに話をしているだけだとしてもな。話している。そこが肝心なんだ」急に小声になった。

「あんなに話すべきじゃなかった。いや、もっと話すべきだったのかもしれない」

「なんのことだい、シェイマス？」

「なんでもない、なんでもない」シェイマスは道連れを横目で見た。パトリック・ケリーは背が高く、やせてはいるが引きしまった体つきをしている。顔立ちもいい。エイモン・ケリーの子供がみなきれいな顔をしているのは、おそらくケイティ・ケリーのおかげだろう。いや、そうとも言いきれない。わたしとエイモンはともに年をとり、しわを刻み、白髪を増やしてきたが、エイモン・ケリーは若いころハンサムだったのだ。

「大丈夫かい？」パトリックはきいた。

「ああ、もちろん。いい年だから。わたしが昔ボクシングをやっていたことは知ってるかな？」

「ハードパンチャーだったんだろうね」

「ああ、そうとも。わずかばかりのエールのおかげで、腹が出ちまったがな」

「あなたは今でもあこがれの的だよ、シェイマス、本当だ」

「疲れきって、心配ばかりしている、それがわたしだよ」シェイマスはつぶやいた。

「心配だって？　なにが心配なんだい？」

シェイマスは頭を振りながら、洗いざらいぶちまけるべきか、口を閉ざすべきか思案した。

「きみがかかわっている孤児たちのことだが、パトリック、どういうものなんだ？　金が必要なのか？　少しなら寄付できるぞ。知ってのとおり、慈善行為をするような柄じゃないが。昔はアメリカへ入国するのに保証人と仕事が必要だった。わたしは叔父に保証人になってもらい、二十年以上必死に造船所で働いてきたんだ。有利な投資もしてきたしな」

「シェイマス、ぼくはまだこの件にかかわって間がないんだ。もう少し事情を把握したら、真っ先にあなたに頼むよ。それでどうだい？」

シェイマスは、自分を見つめるパトリックの目つきがどことなくおかしい気がした。「いいとも、いいとも」彼は急いで言った。「ほら、そこがわたしの家だ。この先さ。一階にコワルスキーという老人が住んでいる。ポーランド人だ。いいやつだよ。しょっちゅう子供たちが来ていて、いつも大勢に囲まれているんだ。なかまで送ってもらう必要はないよ、パトリック」

シェイマスは上唇に汗がにじんでいるのに気づいた。

「上まであがっていかなくていいのかい？」パトリックは疑わしげに尋ねた。

「ああ、いい。二階まであがれんようになった日にゃあ……そうだな、どこか一階の部屋へ引っ越すよ、本当だとも」

シェイマスは鍵を差しこんでドアを開け、パトリックに手を振った。パトリックが手を振り返して立ち去ろうと向きを変えた。

シェイマスは階段を二段ずつあがっていった。「ほらな」とつぶやく。「いざとなれば、今だって若い雄鳥《おんどり》みたいにすばしこいのさ」

階段のてっぺんまで来て、下のドアに鍵をかけなかったことに気づいた。連れの男を追い払い、ひとりになって安堵《あんど》したいと気がせいていたからだ。不安になりつつ、階段をおりはじめた。

そのとき、下のドアが開いた。ぎーっという音が聞こえたのだ。シェイマスは目を細めて下を見た。街灯の明かりに照らされているせいで、訪問者は真っ黒な影にしか見えなかった。帽子をかぶり、コートを着ている。わかったのはそれだけだ。

「シェイマス、シェイマス、シェイマス。恥を知れ、シェイマス」声が言った。低く、朗々としていて、かすれた声が威嚇する。かすかにアイルランドなまりがあった。

シェイマスは本能的にわかっていた。そうだ、自分は多くを知りすぎている。多くをしゃべりすぎた。

シェイマスは向きを変えた。心臓が激しく打っていた。自分の部屋はすぐそこだ。わたしはすばしこい。若い雄鳥みたいにすばしこい。

階段をあがろうとして、最初の段を踏み外した。一瞬ぐらりと揺れ、倒れた。

がつんと頭を打った。老いた体の骨という骨が痛んだ。

「悪いな、じいさん、悪い」アイルランドなまりの声が言った。シェイマスは階段をのぼる軽い足音が近づいてくるのを、ぼんやりと意識した。「ほんとに悪いな、じいさん。だが、おまえに正体をばらされるわけにはいかないんだ。わかるだろう、誰にもおれの邪魔はさせないのさ」

シェイマスは叫びたかった。あの話は嘘《うそ》だった。コワルスキー老人はまったく耳が聞こえない。結婚したこともなく、ましてや子供などひとりもいない。シェイマスは大声で叫びたかった。

叫べなかった。体をむんずとつかまれる。次いで落下するのを感じた。はじめ宙を舞い、落ちて、落ちて、落ちていった。

床に激突した瞬間、苦痛に襲われた。

なにかが折れる音がした。

そして苦痛はなくなった。まったくなくなった。

住まいのなかを通ってベッドルームへ行く途中、モイラはキッチンテーブルの端に小さな箱が載っているのに目をとめた。手にとってみると、ビデオテープだった。薄暗いなかで目を凝らしてタイトルを読む。誰かがテレビを録画したものだ。側面に兄の筆跡で〝アイルランド紛争の結果〟と書かれていた。モイラはテープを置こうとしてためらった。わたしたちきょうだいは幼いころから、さまざまなものを共有してきた。しかもパトリックは誰の目にも触れる場所にテープを置いている。彼女はそれをベッドルームへ持っていった。

なかを見るの？　よくないわ。でも、パトリックがなににかかわっているのか知りたい。

モイラはテープをビデオデッキに入れてしばらく見てみたが、単なる紀行番組のようだった。彼女はあくびをしながらバスルームへ行き、顔を洗ったり歯を磨いたりするあいだ、ビデオの音だけを聞いていた。ＢＧＭとともに伝統的なアイルランド音楽とダンスについて語るナレーションが流れた。

ここまでは別にどうということはない。

ビデオをかけっぱなしにして、モイラは素早くシャワーを浴びた。タオルを巻いてバスルームからベッドルームへ行くと、胸の部分にあくびをしている猫の絵がプリントされたぼろぼろのＴシャツを着てつぶやいた。「コーヒーはあるかしら？」

アイルランド音楽とダンスは終わっていた。ナレーターが、二十世紀後半に北アイルランドで三十年間続いた紛争について語りはじめている。当時の大統領クリントンは画面のなかでこう言った。「時代をさかのぼることはできない」モイラはテープを巻き戻した。ナレーターが、クリントンがアイルランドを訪れ、首相のバーティ・アハーンやシン・フェイン党のゲリー・アダムズ並びにマーティン・マクギネスと会談したと語った。そしてナレーションはさらに続いた。クリントンは国境のちょうど南にある町ダンドークを訪れた。そこは、長らく過激派の〝リアルIRA〟の拠点として知られている。〝リアルIRA〟は、一九九八年にオマーで二十九人もの死者を出した、乗用車に積んだ爆弾を爆発させたテロ事件の犯行声明を出し、危ぶまれていた聖金曜日の合意――カトリックおよびプロテスタント合同の政府樹立を目指して九八年四月に調印された平和合意――をおびやかしたのだ。クリントンが再び画面に現れ、過去の暴力が殺された者だけでなく生き残った者の生活も破壊したと指摘し、観光とアメリカの企業がもたらす金の重要性について述べた。別の語り手が画面に登場し、ユニオニスト――引き続きイギリスと連合国関係にあるべきだと主張する主にプロテスタント――と、ナショナリスト――アイルランドとの統合を願う主にカトリック――の両方に向かって、理性を持ち、人の命を大切に思うことを懇願した。続いてクリントンが、プロテスタントで北アイルランド新議会の首席大臣であるデイビッド・トリンブルと、カトリックで同議会の次席大臣であるシェイマス・マロンを訪問する場面が映しだされた。さらに、紛争によって両親を亡くした孤児や、片親を失った子供たちへのインタビューが続く。子供たちはみな将来について話し、アイルランドは変わる、裕福で、歓待を誓う古くからの諺《ことわざ》のように、誰もが歓迎される国にするのだと言った。両親の死後、尼僧に育てられたというティーンエイジャーの魅力的な少女が、古代の王たちによって開拓された美しい土地、アーマーやタラを、カメラマンと一緒に歩いてまわった。北アイルランドは紛争のせいで観光客からしばしば敬遠されるが、貴重な遺跡や、印象的なノルマン人の要塞《ようさい》、幽霊の出る城、美しい景色など、見どころがたくさんある。そのかわいらしく率直な少女は最後に、自分たちの世代がアイルランドに平和をもたらすための教育を受けたいと語った。そして次のように締めくくった。「現在、アメリカにはアイルランドにいるよりも多くのアイルランド人がいます。それでもなお、アイルランドはみなさんの故郷なのです。わたしたちを、あなたの心のふるさとを、どうか助けてください」

音声が消え、ざーっという耳ざわりな音が部屋じゅうに響いた。モイラはぱっと立ちあがって巻き戻しボタンを押した。そのとき、どさっという奇妙な音が聞こえた気がした。彼女はテープをとめて耳を澄ました。なにも聞こえなかったが、さっきの音は下のパブから聞こえたと確信した。

「ダニーだわ」声に出してつぶやいた。彼に違いない。でも、なにをしているのだろう？

モイラは部屋を出て、後ろ手でそっとドアを閉めた。スリッパも履かずローブも着ず、聞き耳を立てながら、爪先で廊下を歩いていった。再び階下で物音がしたように思った。ダニーがビールを飲みに行ったのだろうか？　午前三時半近くだというのに。

兄が帰ってきて、ダニーと話しているのかもしれない。

なんであれ、実際のところを確かめたい。

モイラは螺旋《らせん》階段のてっぺんにあるドアを開け、後ろ手で静かに閉めた。しばらくそこに立ったまま耳を澄ましていた。声がする。くぐもった声だ。誰かが話しているのだろうか？　それともテレビかラジオがつけっぱなしになっているのだろうか？

モイラは音をたてずにゆっくりと螺旋階段をおりていった。いまいましいことにオフィスの常夜灯はついているが、その向こうのカウンターのあたりは真っ暗だ。それでも彼女は、なんの音がどこから聞こえてくるのか突きとめようと一段一段おりていった。下に着くと、息を殺してじっとした。なにを言っているのかはわからなかった。きっとテレビかラジオだろう。しばらくして慎重に歩を進めた。そのときになってはじめて、コンクリートに木の板を張った床がとても冷たいことに気づいた。足が凍ってしまいそうだ。腕に鳥肌も立っていた。

オフィスを通り過ぎ、忍び足でカウンターのなかに入った。音は店の奥から聞こえるらしい。おそらくダニーの部屋からだ。店内はがらんとしている。少なくともダニーとパトリックが陰謀かなにかの相談をしているのではなかった。

モイラは暗闇《くらやみ》のなか、用心しながらテーブルのあいだを縫って客室へ向かった。なにかにぶつかったりしてはいけない。聞こえてくるのがテレビの音であることを祈った。

店の中ほどまで来ると、冷たい隙間《すきま》風を感じた。足をとめて周囲を見まわす。なかも外も真っ暗で、ドアがどこかもわからない。わかるはずなのに。店を出たところには街灯があるのだから。けれども今夜はその明かりが暗い気がした。やっと目が暗闇に慣れてきて、ドアを見つけられた。閉まっているように見えるが、少し開いているのかもしれない。きっとそうだ。冷たい風が吹きこんでいるのだから。骨まで凍るような冷たい風が。どうしてドアが開いているのだろう？　パトリックは帰ってきてドアに鍵をかけ忘れるような不注意な人間ではない。

モイラは両腕でわが身を抱きしめ、テーブルをよけながら店内を進んだ。店の奥まで来たとき、相変わらず入口に視線を据えたままだった。ふいに今まで味わったことがないような感覚に襲われた。まるで幽霊が彼女のうなじに向かって、立ちどまって振り返れとささやきかけたかのようだった。モイラはそのとおりにした。ぴたりと足をとめて、後ろを向いたのだ。

ダニーの部屋のドアはわずかに開いているようだ。かすかな明かりがもれている。さっきまで開いていなかったはずだ。たしかに。開いていたら、明かりに気づいただろう。突然、どうしても店の入口まで行って、鍵がかかっているかどうか確かめずにはいられなくなった。

モイラは向きを変えた。部屋のなかに靄《もや》が立ちこめたかのように、目の前の闇が濃さを増したように思われた。やみくもに手探りしながら足を前に出した。行く手になにかがあった。彼女はつまずいてよろめいた。両手をのばす。なにかにつかまらないと倒れてしまう。服……体？　なにかが……誰かが……明かりを遮っていた。

だが、つかめるものはなかった。モイラはむなしく腕を振りまわしてバランスを崩した。両足がなにかに絡まる。彼女は倒れるまいと両腕を前に出したが、すさまじい音とともに床にぶつかった。

顔面を打ちつけ、額がカウンターのなかの緑色のリノリウムの床についていた。ふいに頭に痛みが走った。おかしい。痛みは額のほうではなく、後頭部から伝わった気がした。鋭い痛み……それはやがて薄れていった。室内がいっそう暗くなった。

モイラは目をつぶった。

「モイラ、いったいなにをしているんだ？」

モイラはまばたきした。ほんの一瞬とはいえ気を失っていたらしい。カウンターのなかの明かりがついていて、彼女は誰かの腕に抱かれていた。ダニーの腕だ。モイラはまだ床に横たわっていたが、彼に抱き起こされ、顔をまじまじと見つめられた。

「ダニー」モイラは息をついた。そしてダニーを見つめ返し、彼に抱きつくべきか、それとも恐怖のあまり力を振り絞って飛びのくべきか決めかねていた。

「一階にぼく以外の人間がいるとでも思ったのかい？」

「外出してたの？」

ダニーは目を細めた。「ちょっとね。なぜだい？　きみのほうこそ、下でなにをしていたんだ？　その格好からして、ぼくを誘惑するためにわざわざ階段をおりてきたとも思えないが」

「ダニーったら、ばか言わないで。あなた、わたしの頭を殴った？」

「どうかしてるんじゃないのか」

「あなたの部屋にいたのは誰？」

「ぼくの知る限り誰もいないよ」彼は緊張しているように見えた。「なぜだ？」

「聞こえたのよ。誰かの声が」

「ぼくの部屋から？」

「ええ」

「テレビかな？」

モイラはためらってダニーの目をのぞきこんだ。薄明かりのなかで、その目は純金のように輝いていた。顔は陰になっていて、こけた頬やいかつい骨格を際立たせている。彼女はひどくおびえていた。ここで、家族がやっているパブのなかで。人生の半分を過ごした部屋で。今まで恐怖など抱いたことのない場所で。

モイラは声を聞き、人影を見て、触ったのだ……なにかに。そして危険を感じていた。うなじに。心の奥ではわかっていたのだ……。

彼だったかもしれないと。

だが、恐怖心は薄れつつあった。ちょうどカウンターの周囲の闇が薄らいだように。

「モイラ、なにがあったんだ？　声を聞いたと言っていたが」

彼女はため息をついて姿勢を正し、後頭部をさすった。こぶはできていないようだった。

「テレビだったのかも」モイラは認めた。「店の入口が開いているような気がしたの……それと、あなたの部屋のドアも開いているみたいだった。寒かったのよ。パトリックが帰ってきて、きちんとドアを閉めなかったのかなって……」声が途切れた。

「恋人の泊まっているホテルへ行こうとしたんじゃないよな？」ダニーがからかった。

「靴も履かず、Tシャツ姿で？」モイラは言い返した。

「ああ、裸足《はだし》にTシャツは、ぼくのためにとっておいてくれたんだね。うれしいな」

モイラは顔をしかめた。「ほんとに頭を打ったのよ。気絶してたみたい」

ダニーは身を乗りだした。「額を打ったんだ。かわいそうに。ちょっと待っててくれ」彼は立ちあがってカウンターのなかへ歩いていき、きれいなタオルを見つけてそれに氷をくるんだ。戻ってくると、モイラが立ちあがろうとしていた。「だめだめ、めまいがするかもしれないから、立ちあがらないほうがいい。なあ、今夜はそうとう飲んだのか?」

「いいえ!」モイラは憤慨して答えた。「ディナーのときにワインを二杯飲んだだけ。ダニー、誓ってもいいわ、倒れたときに前に誰かいたのよ。あなた――あなた、ずっとそこにいた?」

「いや、いなかった。それにぼくが入ってきたときは、入口に鍵がかかっていたよ」彼はモイラの傍らにしゃがみこんで、彼女のこめかみに氷を押しあてた。モイラは身震いした。「床が冷たいだろう。氷を持っててくれ」

モイラは無意識に言われたとおりにした。寒かった。頭は冷たくて気持よかったものの、氷のせいで体じゅうに寒気が走った。

ダニーが氷を持っているように命じたのは、モイラを抱えあげるためだとわかった。「ダニー」彼女はささやいた。片方の手には氷を持ったままだったが、落ちないように空いているほうの腕を首にまわした。

「氷みたいに冷たくなってるぞ」ダニーはかすれた声で言った。そしてモイラを腕に抱えて奥のほうへ大股で歩いていった。テーブルのあいだを縫っていく足どりが、さっきのモイラよりもずっとなめらかだった。当然だ、行く手を照らしてくれる明かりがついているのだから。

ダニーはドアを開けるためにモイラの体重を反対側の腕に移した。彼の部屋のドアはやはり閉まっていたが、鍵はかかっていなかった。

「ちょっと!」モイラは抗議した。

「きみを襲ったりはしないよ。あたためてやるだけだ」彼が請けあった。

ダニーはモイラを抱いたまま戸口で立ちどまった。彼はいいにおいがする。彼女がずっと前から知っていて、とても好きなアフターシェーブローションのほのかなにおいだ。

モイラは、ダニーが自分の部屋に——父親は客用スイートルームと呼んでいるのだが——視線をめぐらせているのに気づいた。実際はスイートルームなどというものではない。父親はいつもこう想像しているのだ。この部屋はその昔、アメリカの建国の父たちが母国からの独立問題を考えるために集まった秘密の隠れ家ではないかと。サミュエル・アダムズがここで感動的な演説文句を書いたのかもしれないと。今はクイーンサイズのベッド、ふたつのドレッサー、テレビを置くマホガニーのラック、そして近代的なバスルームが備わっていた。

ラックの扉が開いていた。テレビがついている。ＣＮＮだ。ニュースの主な項目が紹介されていた。

「変わったところはないな」ダニーはつぶやいた。

「たぶんテレビの音だったんだわ」モイラは言った。

なおもダニーは室内を見まわしていた。モイラの重さを少しも感じていないかのようだ。彼はやせているように見えるが、実は岩みたいにがっしりしているのだということを改めて感じた。贅肉《ぜいにく》のない体、非常にしなやかな筋肉。彼は向きを変えた。相変わらずモイラを抱いていることを忘れているようだった。

「ダニー、おろして」

「ああ。シーツの上におろすから」

たいした苦労もなさそうに片腕でモイラを抱いたまま、ダニーはベッドのカバーと上掛けをまくると、彼女の頭を枕《まくら》に横たえて素早くカバーと上掛けで覆った。

「ダニー――」

「あたたかい？」

「少し。二階へ行かないと。声がしたと思ったのはきっと錯覚だったのよ」

「ちょっと様子を見てくる。額に氷をあててるんだよ」

ダニーはモイラをベッドへ残して出ていった。彼女はテレビを見つめた。ボリュームをさげてあるが、言葉ははっきり聞きとれる。なぜさっきはよくわからない奇妙な音に聞こえたのだろう。閉まっているドア越しだったからだろうか？

ダニーはしばらく戻ってこなかった。モイラがふとテレビから視線を移すと、彼が戸口に立っているのが目に入った。手になにか持っている。彼女の黒いニットのハンドバッグだ。

「わたしのハンドバッグ」モイラは枕から頭をあげた。「どこにあったの？」

「カウンターの隅だ。きみはこれにつまずいたんだろう」

彼がバッグを持ってくると、モイラは眉をひそめた。「ダニー、わたしは絶対にそんなところに置いていないわ。それに、もしそこにあったのなら、あなたやコリーンが後片づけをしているときに、なぜ気づかなかったの？」

ダニーは肩をすくめた。「カウンターの下にでも挟まっていたんじゃないか」彼はコートを脱いでドアのわきのコート掛けにかけると、頭からセーターを脱いでベッドのそばの椅子に腰をおろした。「なかを調べてごらん」彼は言った。「なくなっているものがないかどうか確認するんだ」

「誰かがハンドバッグを盗んで、また返しておいたと思ってるの？」モイラはきいた。

ダニーはハンドバッグに目を据えたまま頭を振った。顔にゆっくりと悲しげな笑みが浮かんだ。

「たぶん誰かがきみに渡そうと思って棚からとり、歩きまわっているうちにカウンターのわきへ置いて忘れてしまったのだろう。しかしきみには覚えのない場所にあったようだから、中身を確認しておいたほうがいい。それと、額にこぶができていないかも確かめたい」彼は手をのばしてモイラが支えているタオルでくるんだ氷をどけ、真剣なまなざしで頭を調べた。「こぶはできていないな。すり傷もない」

「よかった」モイラはぼそりと言った。

「頭痛はするかい？」

「少し」

「アスピリンはいる？」

「けがをしたと思いこんでいるだけなのに？」

「きみはけがをしたと思いこんでいるだけだなんて言った覚えはない」ダニーは立ちあがってバスルームへ行き、アスピリンを二錠と水の入った紙コップを持って戻ってきた。

モイラは錠剤を受けとった。「たいしたことはないのよ」小声で言った。「もっとひどくてもおかしくないのに。ほんとに気絶したんだもの」

ダニーは聞いていなかった。テレビを見ていたのだ。レポーターが聖パトリックの日にパレードが通るルートを説明していた。

突然、ダニーは視線をモイラへ移した。そして手をのばし、もつれた髪をすいた。

ダニーがすぐそばにいる。あたたかい。彼の指先は魔法のようだ。「ところで、きみは本当にきれいだ」

「わたしを襲ったりしないはずよね」モイラはつぶやいた。

「襲ってはいない。髪を撫《な》でつけてあげているんだ」

「ロマンティックだこと」

「襲ってはいけないというのは、ロマンティックにもなっちゃだめだってことかい？　もちろん、その野暮ったいネグリジェには実にそそられる。きみこそ、ぼくを襲うつもりで下へおりてきたのではないと断言できるのか？」

「あなたを襲うですって？」

「ぼくを誘惑するつもりだったのかい？」

「ダニーったら……」

「いいかい、愛らしいヒロインが気を失って床に倒れていたんだよ。そして強くて寡黙なヒーローが彼女を抱き起こした。あとはどうなるかわかるだろう？」

「あなた、いったいいつから寡黙になったの？」

「そう言われると、返す言葉がないな」

ダニーの指はまだモイラの髪をすいていた。やがて彼はモイラの傍らに身を横たえた。彼女は目を閉じてダニーのにおいを吸いこんだ。彼の肉体の記憶が怒濤《どとう》のように押し寄せてくる。姿形、手触り、ハスキーな声、かすかなアイルランドなまり。ダニーとキスをしたり、彼の体にそっと唇を押しあてたときの味や、そのほかのことまでもが思いだされた。あれからどのくらいたったのだろう？　ここでダニーの隣に横たわり、手をのばして彼に触れ、彼を味わい、彼のにおいを吸いこみたいと思っていることが、どうしてこれほどまでに自然に感じられるのだろう？

「あのさ、そんな格好をしていてさえ、きみは文句なく美しいよ」ダニーは優しく言った。

「陳腐なせりふね」

「本気で言ったのに」

「あなたはひいき目で見てるんだわ。家族の古い友人だから」

「古い友人じゃなくて長年の友人だ。きみには彼と結婚する気などないんだ」

「マイケルのこと？」

「わかってるはずだ」

「たぶんするわ」

彼は首を振った。「きみはこうしてぼくと一緒にいる。夜中に抜けだして彼と一緒に過ごそうとはしなかった」

「ダニー、実際、あの人と結婚しなかったら、わたしはばかよ。マイケルはわたしの家族と親しくなろうと懸命に努力してくれているわ。わたしにとってなにが大切か知っているから。そしてそれを気にかけてくれる。マイケルは世界を救おうともしていないし、破壊しようともしていないわ。たとえあなたがそのどちらかをもくろんでいるとしてもね。結婚するかどうかはわからない。でもマイケルはアメリカ人だし」ダニーの指は相変わらずモイラの髪を撫でている。居心地よさそうに傍らに横たわっている彼から、驚くほどの熱が放射されていた。「地に足が着いているし」モイラは、自分の話に必死で集中しようとしていることを悟られませんようにと思いながら続けた。ダニーが彼女にほほえみかける。耳を傾けてくれているのだ。彼の顔がすぐ近くにある。ダニーのにおいとぬくもりがモイラのなかに染み入ってきて、体を駆けめぐった。アイルランドの魔法だ。「ハンサムだわ」彼女はどうにか言った。「すごくハンサム。頼もしいし、信頼できるし」

彼はモイラの髪を指に巻きつけて楽しんでいた。「頼もしいし、信頼できるか。情熱的な関係を語るのに、なんて言葉をつかうんだろう」

「離婚経験のあるわたしの友人たちから話を聞くといいわ。みんな次の機会には、情熱より信頼をとるでしょうね」

ダニーは頭を振った。「きみの友人のなかには頼もしさや信頼を必要とする人もいるだろう。しかし、きみは頼もしさと信頼と……そして情熱を必要としているんだ」

「マイケルは——」モイラは言いかけた。

ダニーの唇がそっと彼女の唇に触れた。それから彼はほんの数センチ顔を離した。「今のは友情のキスで、襲ったわけじゃないからね」ダニーがきっぱりと言った。ささやきがモイラの頬を撫でた。「マイケルがどうした……？」

「その……情熱的で頼りになるわ……」

今度はさっきよりも強く唇が押しつけられた。ダニーのキスで唇を開けられ、湿った舌を差し入れられると、モイラはわれを忘れた。彼女はTシャツと上掛けもろともダニーの腕に抱かれていた。濃密で荒々しいキスはいつまでも続き、押し入ってきた舌が奥深く子宮にまで達する気がした。そして感じやすい部分をくまなく愛撫《あいぶ》されているような気がした。モイラは抵抗しなかった。驚くべきことに、彼女は抵抗しなかったのだ。倫理観や理性がすべて消えうせてしまったかのようだ。モイラは指先でダニーの顔をなぞり、髪をすいた。彼の唇がモイラの唇から離れた。

「これが本物のキスだ」彼はささやいた。

「なんですって？　うーん……ちっとも変わりはないわ、あの人の……」

「マイケルのキスと」ダニーは補った。

いつのまにかダニーがモイラの上になっていた。彼女はウエストのあたりでTシャツが丸まるのを感じた。

「マイケルのキスと」モイラは認めた。

「いいや、違う。あいつとのキスは演技だ。ぼくとのキスが本物だ。任せてくれ。その違いをもう一度教えてやる」

「わたしを襲ったりしないはずでしょう」モイラは思いださせた。

「襲うんじゃない」ダニーはささやいた。「きみは出ていこうと思えばそうできたじゃないか」

「あなたが覆いかぶさってるのに？」

「その、本当はきみをあっさり出ていかせたくないんだ」

モイラはダニーを押しのけることもできたが、彼に逃げ道をふさがれていると自分を納得させるほうが楽だった。彼女は身じろぎもせずダニーの目を見つめていた。再びキスをされたとき、ふたりのあいだに両手を入れたけれど、押しのけはしなかった。ふたりは唇を重ねたまま片側に転がった。気がつけば、モイラは指で彼のシャツのボタンを外していた。そして彼の素肌に触れた。懐かしい感触だ。指先をくすぐる黄褐色の胸毛と、その下の引きしまった筋肉。次の瞬間、ダニーは半分体を起こしてシャツを脱ぎ捨てた。それから彼女に触れ、Tシャツをはぎとって床に落とした。再び彼の両腕に抱かれたモイラは、即座にその背の高さを意識した。張りつめた筋肉、緊張、熱。彼女はダニーの胸が好きだった。唇を彼の喉や鎖骨にあてたときの感触が、後頭部に優しく手を添えて支えてもらうのが好きだった。ダニーは足を使って片方ずつブーツを脱いだ。モイラはふくらはぎに彼の足があたるのを感じた。腿を愛撫され、小さなパンティを指でもてあそばれている。彼は彼女の胸に唇を這《は》わせ、体を下へとずらしていった。彼の舌は邪魔なシルクとメッシュの扱い方を心得ていた。抵抗するとしたら今だ。モイラはダニーの名を呼んだが、ささやきにしかならなかった。彼のエロティックな舌の動きに、彼女は腰を動かし、体を弓なりにした。体の奥深くで煮えたぎっていた溶岩が噴火し、雪崩のように流れ落ちた気がした。のさなかに大声で叫びそうになり、唇を噛《か》んで、彼の腕のなかで身震いした。激しい快感が体内を駆けめぐった。

　モイラはダニーの動きをかすかに意識した。彼のジーンズが床の衣類の上へほうり投げられる。そしてダニーが覆いかぶさってなかに入ってくると、腿のあいだに体の重みを感じた。ダニーの背中で手を組み、両脚で彼の腰を締めつけた。わたしはこれを忘れていた。いいえ、忘れたことなど一度もなかった。ダニーの愛し方は彼の生き方に似ている。情熱的で激しく、わたしをどきどきさせる。彼は自らの肉体でモイラを満たし、彼女が愛撫によっておののき満足した部分を新たに刺激した。最初はゆっくりとした鼓動で、与えあい、奪いあう。やがて心臓が雷のように打っているのに気づいた。モイラのなかで欲望が甘いうずきとなり、彼女はこらえきれずに彼の肩を噛んだ。モイラがまたものぼりつめ、蜜《みつ》のような陶酔感が彼女を包みこんだのを、ダニーは感じた。彼はモイラの傍らに横たわった。素肌が汗で光っている。彼はセックスのあと、女性をどのように抱きしめれば熱情が冷めないか心得ていた。彼女の髪に指を差し入れ、湿った房をすく。満たされたモイラが呼吸を整えていると、思考の波が彼女の心に押し寄せてきた。ほんの少し前まで押しとどめていた思考の波が。わたしはなんて悪い女だろう。こんなことが起こる可能性がわずかでもあったなら、マイケルに正直に話しておくべきだった。でも、こんなことが起こる可能性などあってはならなかったのだ。わたしは大人で、成熟していて、そして……自分に思いこませようとしていたほど、あの人を愛してはいなかった。それでもわたしのしたことは間違っている。絶対に間違っている。

「もう行かないと」モイラはつぶやいた。

「それしか言うことはないのかい?」

「今すぐ行かなくてはならないわ」

ダニーは腕を引っこめた。琥珀《こはく》色の目が陰になっていた。

「なにを言ってほしいの?」モイラは小声で問いかけた。

「さあ、なんだろう。たとえば〝ここにダニーがいるのに、ほかの男に恋しているふりをするなんて、わたしはなにを考えてたのかしら。ダニー、すごくよかったわ〟とか」

「たしかにあなたはよかったわ」モイラはいくぶん苦々しさをこめて言った。「嘘じゃない」

「うん、わかってるじゃないか。ぼくは単にいいだけでなく、最高でありたいんだ」

モイラは、ほんとにあなたは最高だったわ、とは言わなかった。「わたしは、あなたが祖国にいることを選んで以来、こういう瞬間を待って人生を過ごせばよかったというの?」

「きみは正しい」ダニーは言った。「ぼくはフェアじゃないんだ」

行かなくてはと言ったものの、モイラは離れがたくて、いまだにダニーの傍らに横たわっていた。彼女は手の甲で彼の腹部を撫でた。

「きみは悪い女だ」ダニーは言った。「本気で出ていくつもりなら、それこそフェアじゃない」

彼の腹部は平らだった。「あなたって信じられないような体をしてるのね」モイラは言った。

「作家兼講演者にしては珍しいわ」

「ぼくがきみと同じ国にいるときに、きみを誘惑できるようにね」

「ふざけないで。わたしは実際の生活のことを言ってるのよ」

「きみはマイケルと結婚すべきじゃない」

「まさしく」モイラは小声で応じた。「マイケルがわたしと結婚すべきじゃないのよ」

「きみは誤った対象に罪の意識を感じている」

「ええ、そうね。マイケルはホテルの部屋にいるわ。わたしが行くと言ったから。でも、こうしてあなたのベッドのなかにいるからって、罪の意識を感じる必要なんてないわよね」

「彼はきみにふさわしくない」

「あなたのいるところに、マイケルも偶然いるから？」

ダニーは首を振って真剣な目でモイラを見つめた。「あいつがぎらぎらした目をしているからだ」

「もういい加減にして、ダニー、その話はやめてよ」その瞬間にモイラはなんとか立ちあがろうとしたが、ふたりの脚はまだ絡まったままだった。「ダニー、ほんとに行かなくちゃ」彼女は穏やかな声で言った。

彼は頑固に首を振った。「なんのために？　二階へ駆けあがって罪悪感にさいなまれ、償いのためにホテルへ駆けつけ、あいつの腕に抱かれるためか？　ぼくとのことを告白して——もしくは告白せずに——また別の演技で埋めあわせをしようっていうのかい？」

「違うわ！」モイラは怒って否定した。「そんなことは絶対にしない。わたしがそんな人間じゃないってこと、知っているでしょう」

「そうだった。きみは根っからのカトリックだもんな。熱いシャワーをゆっくり浴びて、罪をきれいさっぱり洗い流すといい」

「意地悪ね、ダニー。この数週間のあいだに、わたしたちが一緒に過ごす時間があったら――」

「へえ」ダニーはつぶやいた。

「へえって、なによ?」

「そんなのは愛じゃない」ダニーが言った。「つまり、彼と過ごす時間がないからぼくのもとへ来るなんて……すまない、だがきみは彼を愛してはいない」

「愛してるし、セックスだってするわ」モイラはとり澄まして言った。

「そうか、愛とセックスが同時にあるなら、そのほうがずっといい」

「あら、そう? いつかあなたが帰ってきて、本当はわたしを愛していると告白するなんて、この数年間一度も考えたことがなかったわ。気も狂わんばかりにきみが好きだとか、ほかの誰よりも愛してるとか、なんだとか、かんだとか」モイラはそっけなくつぶやいた。

「ぼくはきみに、四六時中愛に支配されていろとも、愛があるなら常軌を逸したふるまいをしろとも、愛がなにより大切だとも言った覚えはない。ほかにも大切なものはある。たとえば責任とか、人生とか、なんだとか、かんだとか」

「あなたの言ってることって、いつもわけがわからないわ、ダニー。なにが言いたいのかさっぱり理解できない。たぶんわたしたちの問題の半分はそれね」

「ほらな。きみはぼくたちに問題があると認めた。つまり、ぼくたちは一心同体ってことだ」

「ダニー、あなたが問題なのよ」

「きみがぼくの胸をそんなふうにくすぐってたら、もっと大きな問題に発展するぞ」

モイラは指を引っこめてこぶしを握りしめた。

「やめてくれという意味じゃないのに」

「ダニー、わたしはここにいちゃいけないわ。いるべきじゃないのよ。これ以上いるのは絶対にいけない」

「しかし、もう罪を犯してしまった」ダニーは体を起こしてモイラをマットレスに押しつけた。

「わかってるだろう、ぼくは本気できみを愛しているんだ」

「ダニー、あなたがわたしを好きなことは知ってるわ」

ダニーは小さくうめいて首を垂れた。髪がモイラの胸をくすぐった。たったこれだけのことが、どうしてこんなに官能的に感じられるのだろう。「もう罪を犯してしまった」ダニーは小声で繰り返した。

「罪を繰り返すことのほうが、もっと悪いと思うわ。ことに、最初のときにいけないとわかっていたならね」

「そこが問題なんだ。きみは最初のときにいけないとわかっていた。それでも罪を犯してしまったのだから、少なくとも心のなかでは、それを貫き通すべきだ。とことんまで。人生におけるすべてのことは、情熱を持って一心不乱に最後までやり遂げるべきなんだ」視線をあげたダニーと一瞬目が合った。彼の目は琥珀色に光っていた。

「ダニー」モイラは小声で言った。「わたしがしばらくここにいるからって、勘違いしては……」

「なにを?」

「つまり……」

「心配しなくていい、勘違いなんかしないから。外にいる男のところへ行くより、家のなかにいる男のところへ行くほうが、ずっと簡単だし、都合がいいってだけのことだ。ぼくだからってわけじゃない。きみにはセックスが必要なんだ、ただのセックスがね。いいとも、喜んで応じようじゃないか」ダニーは皮肉っぽい口調で言ったが、そこには苦痛が含まれている気がして、モイラは彼の言葉に対する怒りを和らげた。

「いいえ、ダニー、わたしは……」

モイラは喉に、続いて鎖骨に、唇を押しつけられるのを感じた。

「さっきのは失礼よ。余計なお世話だわ。あなたを……引っぱたいてやろうかしら」モイラはささやいた。

「暴力はいけないよ」ダニーはモイラの胸もとにつぶやいた。「それに、きみはぼくを引っぱたいたりできない。そんなことをしたら、ふたりのうちのどちらかが、この行為を……個人的なことと考えるだろう」

ダニーはモイラの体を隅から隅までなぞった。指が肌を愛撫する。狙《ねら》いを定め、精確に、繊細に、熟練した動きで。彼の熱い息づかいがすぐそばに感じられた。ダニーの意のままになるのはとてもたやすく、とても自然で、人生と同じくらいなじみ深く、どきどきする……。

「いけないわ、ダニー」モイラはささやいた。

「ぼくの名前……なんて個人的で親密なんだろう」ダニーは言った。「そんなふうに呼ばれたら、優しくしないと礼儀に反するね」

彼はモイラを頭のてっぺんから爪先まで愛撫した。

とても個人的で、とても親密だ。

「ダニー……」もう一度名前を呼んだが、長いうめき声にしか聞こえなかった。

「ぼくはいつも言葉より行為を信じるんだ」

11

何時間かたち、空が明けそめるころ、モイラは出ていこうとして起きあがった。ベッドわきの衣類の山からTシャツを拾いあげた。ダニーはまだ眠っている。モイラがそう思ったのは、振り返って彼を見るまでのことだった。ダニーははっきりと目を覚まして彼女を見ていた。今まで眠っていたのを、身動きしたせいで起こしてしまったのかもしれない。

出ていくのをダニーはまたとめようとするだろうか、とモイラは思った。けれど彼だって、もう朝が近く、まもなく家じゅうが起きだすことを知っているはずだ。

ダニーが片肘を突いて彼女を見つめた。「もう一度教えてくれ。正直なところ、どうしてゆうべ下へおりてきたんだ？」彼はきいた。

「なんですって？」

「ゆうべ、一階でなにをしてたんだ？　きみはぼくに外出していたのかと尋ねた。ぼくの部屋に誰かがいるような気がしたとも言った。そしてカウンター付近に誰かがいると考えた。それだけじゃない、頭を殴ったのはぼくではないかとほのめかした。そもそも、なんで一階にいたんだ？あの格好からして、マイケルに会いにホテルへ行こうとしていたとは思えない」

「物音を聞いたのよ」

「物音を？」

「ええ」

「そして、音は一階からしていると思ったのか？」

「そうよ」

「どんな音だった？」

「わからない。なにかがぶつかるような音。まるで……まるで誰かが物を移動させているような、あるいはなにかを落としたような。わからないわ。ただ音を聞いたのよ」

「たしかなんだね？」

「近ごろではたしかなものなどなにひとつないような気がするわ」モイラは答えた。

ダニーはベッドを出ると、裸のまま彼女に歩み寄って両肩をつかんだ。「いいか、モイラ、覚えておくんだ、始めたからには最後までやらなきゃいけない。自分の本能に従って突き進むんだ。情熱を持って一心不乱に。例のぎらぎらした目の男とは手を切るんだ、それも今日じゅうに」

「あの人にはひとことも話さないで。それから、わたしに代わって善悪の判断を下したり、わたしの将来を決めたりするのもやめて」

「そんなことをする必要はないさ。ぼくはきみという人間を知っている。きみはゆうべ心を決めた。あのぎらぎらした目の男のことは、モイラ、自分で決着をつければいい」

「たぶんわたしの心はまだ決まっていないんだわ。たぶんあなたは自分で考えているほどよくないのよ」モイラは顎をつんとあげ、ダニーの目を見つめ返した。

「モイラ、どう考えてもかまわないが、用心だけはするんだ。夜中に物音が聞こえたからといって、ひとりでかぎまわるようなまねをしてはいけない」

「ここはわたしの家族の家で、家族がやっているパブなのよ」モイラは言い放った。「わたしはここで大きくなった。幼いころからテーブルの後片づけをしてきたわ。いくら真夜中だからって、どうして父の店のなかで怖がらなくてはいけないの？」

ダニーはじっと彼女を見つめた。質問にどう答えようかと迷っているふうだ。

「世の中には悪がはびこっているからだ。小さいころに両親から、知らない人間には用心しろと教えられただろう。サムの息子や、ボストン絞殺魔、ゾディアック・キラー、切り裂きジャックのことを考えてみるんだ」

「そうね。だけど彼らはみんな父の店の鍵《かぎ》を持っていないわ」

「ああ、だがここ数日はきみのお兄さんがここに来ているし、ぼくもそうだ。きみの同僚たちだって。ドアが開けっぱなしになっているかもしれない」

「ダニー、なぜ本当のことを話してくれないの？」

「なんのことだ？」

「なにが起こっているのかってことよ」

「起こっているかもしれないことに、ぼくはなんら関与していない」

モイラはしばらくダニーをまじまじと見つめていた。その視線がゆっくりと下へおりていった。数時間前よりもはるかに分析的な視線だ。彼は実に均整のとれた体をしている。マーシャルアーツのパンフレットから抜けでてきたと言ってもいいくらいだ。彼女はまたもや、作家兼講演者のダニーがなぜこうも見事な肉体をしているのだろうと思った。

「もういいわ、ダニー」彼女は向きを変えてドアのほうへ歩きだした。

「モイラ」

「なに？」

「きみのほうこそぼくになにかを隠しているね」

「え？」

「たとえばおとといの夜に、氷の上で本当はなにがあったのかとか」

「滑って転んだのよ」

「信頼ってのは相互的なものだよ、モイラ」

「ええ、そうね」

「で？」

「わたしのほうへ向かってくる車は一台も見なかったわ、ダニー。途中で誰かと会いもしなかったし」

モイラは再び向きを変えた。ダニーが腕をつかんだ。「モイラ、聞いてくれ。もしなにかを耳にしたら、ほんの少しでも奇妙なことを耳にしたら、必ずぼくに教えてくれないと困る」

「覚えておくわ」彼女は腕をつかんでいるダニーの手に目をやった。するとかすかな不安が胸をよぎった。「もう二階へ行かなくちゃ、ダニー」

ダニーが腕を放した。モイラは部屋を出て静かにドアを閉めると、パブを通ってオフィスを抜け、螺旋《らせん》階段をあがった。そして住まいに入り、慎重に鍵をかけた。自分の部屋へ戻ってビデオデッキからテープを出し、それを置いてあったテーブルの上へ返した。まだ朝は早い。シャワーを浴びて服を着ると、椅子に座って電話を見つめながらためらっていた。リビングルームへ行くと、日曜日の新聞があった。ジェイコブ・ブローリンに関する記事が載っていて、ボストンへ来ることや、宿泊するホテルについて書かれている。

モイラがキッチンへ歩いていくと、タオル地のバスローブを着た母親が、ちょうど朝食の支度を始めたところだった。「ママ」モイラは声をかけて後ろへ歩み寄り、母親の腰に腕をまわした。

「おはよう、モイラ。ずいぶん早いのね」

「ええ」

「今日の予定はどうなってるの？」

「そうね、今夜は絶対にパブでパパを手伝うわ」

ケイティは向きを変えてモイラの顔を両手で挟んだ。「おまえたちには店を手伝わなくちゃならない義務はないのよ」

「だって楽しいんだもの。パパを手伝いたいのよ。それに、とてもすばらしい番組になりそうなの」

「だったらいいけど。なにしろ無理やり帰省させたのは、このわたしだから」

「パパの体調はよさそうね」モイラはにっこりして言った。

ケイティが肩をすくめた。「本当は、検査をいっぱい受けなくてはならなかったのよ」彼女はため息をついた。「あんなに仕事ばかりして、心配でならなかったわ。でも医者の話だと、なにもしないでいるより仕事をしてるほうがいいんですって。それから、一日にエールか黒ビールを一杯やるのは全然害にならないそうよ。多くの男性は引退するとたちまちカウチポテト族になってしまう。そうすると死期が早まるらしいの。医者の受け売りだけど」

「誰が働きすぎかはわかっているでしょう？」

「誰なの？」ケイティは尋ねた。

「ママよ」

「あら、違うわ、モイラ」

「お料理、お料理、またお料理」

「お父さんとわたしだけのときは朝食はオートミールよ。それに朝食の準備をするのはお父さんが暴君だからじゃない、わたしがしたいからなの。わたしは妻であり母親であるのが好きなのよ。娘たちが外へ出て立派にやってるのは、そりゃあうれしいわ。でもわたしは今の生活にすっかり満足している」

「ええ、わかってる、ママ。だけど今日は……」モイラはなんとなく後ろめたさを感じて口を閉ざした。母親は主婦でありたいという望みに嘘偽《うそいつわ》りのないことを主張し、モイラを言いくるめて帰省させたことを認めた。だが今度はモイラが母親を言いくるめようとしていた。「ママ、それでもやっぱりママの仕事ほどきついものはないと思うわ。コーヒーはできてるんだし、あとはなんとかなるんじゃないかしら。だから、さあ、そのバスローブを着替えてちょうだい。これからふたりで外へ朝食を食べに行きましょう」

「モイラ！　子供たちがいるのよ。おまえの兄さんや妹も――」

「侮辱するわけじゃないけど、ジョーンおばあちゃんだってお料理はできるわ。ダニーも二階へ来るでしょうし、シボーンやコリーンもいる。たまにはパトリックにお料理をさせるのもいいんじゃない。今日のわたし、どうしてもママをひとり占めしたい気分なの」

「でも、モイラ――」

「お願いよ」

「お父さんに断っておかないと」

「メモを残しておけばいいわ」

「そうなると、モイラ、ともかくこのローブを着替えなくっちゃ」

「やっとわかったのね。でも、お願い、急いでね」

ケイティは女生徒みたいに頬を染めて言われたとおりにした。モイラは自分の計画が母親をこんなにも幸福そうにさせたことに罪の意識を感じるべきか、それとも喜びを感じるべきかわからなかった。

ジェイコブ・ブローリンは、リトル・イタリーから少し離れたニューイングランド水族館のそばに宿泊していた。モイラは母親に罪のない嘘をついた。そこのホテルのレストランはとてもおいしいエッグズ・ベネディクトを出すことで知られているので、何日も前からぜひ一度食べてみたかったと。

「いやね、モイラ・キャスリーン」ケイティは腰をおろしながら言った。「エッグズ・ベネディクトぐらい、わたしがこしらえてあげるのに。食べたいって言ってくれればよかったのよ」

「わかってる。さっきも言ったように、ママを外へ連れだしたかったの」

モイラはブローリンとその一行が朝食をとりにここへおりてこないかと、レストラン内をぐるりと見まわした。だが、それはかなわぬ望みというものだ。彼はルームサービスを頼むだろう。

ふいにモイラは、母親がメニューを置いて自分を見つめているのに気づいた。ケイティは読書用の眼鏡を鼻先のほうへずらし、モイラを疑わしげに見ていた。

「モイラ・キャスリーン」

「なに、ママ？」

「メニューのどこにもエッグズ・ベネディクトなんて載ってないわ」

「冗談でしょう！」

「母親の前でそんな下手くそな演技をして。おまえはとても女優にはなれないわね」

「違うわ、ママ、たしかに――」

「ごまかさないで、モイラ。わたしたち、ここへなにをしに来たの？」

モイラは前に身を乗りだした。「わかったわ、ママ、白状する。実はここでジェイコブ・ブローリンとばったり会えるかもしれないと思ったの」

ケイティは再び手にしたメニューをまた置いた。「電話をすればいいじゃないの」

「うちの番組は全国ネットのテレビや、メジャーなケーブルテレビで放送されているわけじゃないのよ」モイラは言った。「それに……こういうことは自分ひとりでやりたかったの」

ケイティはうなずいた。「わかったわ。だったら、わたしにひとこと相談してくれたらよかったのに」

「だって、ママとふたりきりになる時間が全然なかったんだもの」モイラは全神経を母親に注ぎ、真剣な口調で言った。

ウエイターがやってきておはようございますと言い、注文はもう決まりましたかと尋ねた。

「ええ、お願いするわ」ケイティは言った。「ストロベリー・ワッフルにコーヒーとオレンジジュース。モイラは？」

「スクランブルエッグにチーズとハム、それからコーヒーとジュースをお願い」モイラは言った。ウエイターが行ってしまうと、母親のほうへ身を乗りだした。「わたし……本当にママと一緒にいたかったのよ」それは意外にも本心だった。昨夜の件で気持が混乱しているときに、ひとりでいたくなかったのだ。それにマイケルとジョシュが到着したときに、家にいたくなかった。きっと彼らは今日の撮影のために朝早くやってきて、モイラに次はなにをやりたいかと熱心に尋ねるだろう。テープはかなりまわした。たとえ聖パトリックの日の撮影をしなくても、一時間番組を制作するには充分すぎるほどだ。もちろん〈レジャー・チャンネル〉が期待しているのは聖パトリックの日の模様だが。

「大丈夫、モイラ？」母親はきいた。

モイラはテーブル越しに母親の手を握りしめた。「ちょっと気持が混乱してるの、ママ、それだけよ」

「ダニーのことで？」

「そんなふうに見える？」

「いいえ。ただ、おまえが彼に対してとてもぶしつけだから」

「ねえ、ママはマイケルが好きでしょう？」

「あの人、一生懸命に努力してるわね。それにとてもハンサムだわ。ダニーよりハンサムなんじゃないかしら。もっともわたしとしてはダニーのほうが好みだけど。おまえの話だと、マイケルは頼もしくて、仕事もよくするそうね。それから演劇や音楽や球技が好きだっていうじゃない」

「ええ。彼はなんでもかじってみたがるの。礼儀正しくて親切だし、同じ職場で働いているわ」

ウエイターがジュースとコーヒーを持ってきたので、モイラは黙った。ウエイターが去ると、ケイティは娘のほうへ身を乗りだした。

「なんだかコンピュータの結婚仲介プログラムに従って男性とつきあっているみたいに聞こえるわ」

「そんなんじゃないわ、ママ。彼といると楽しいの、本当よ。わたしだって演劇やなにかは好きだし。彼は一緒にいる相手として最高だわ」

「それだったらグレートデーンだっていいじゃない」

「違うわ。彼はいい人だし、楽しいし……一緒にいると本当に楽しいのよ」モイラは確信がないままに繰り返した。

「それと……」ケイティは言いかけてためらい、頭を振った。「おまえは予防線を張っている。いいわ、おまえがこの件を母親と話しあいたくないのなら、まずはわたしが言わせてもらうから。おまえのお父さんはすばらしい伴侶《はんりょ》よ。だけど正直に打ち明けると……わたしはあの人のことをすごく刺激的だとも思ってるの」

「なんですって？」モイラはびっくりして言った。

「いいこと、わたしだって昨日今日生まれたんじゃないのよ。そりゃ、子供たちを品行方正な人間に育てたことを誇らしく思うわ。でも、セックスの相性がいいのだって大切なことだと思ってるのよ」

「ちょっと、ママったら」モイラは笑い声をあげたが、料理が運ばれてきたのですぐに黙った。

「ここは感じのいいところね。お料理が運ばれてくるのも早いわ」ケイティは言った。

「気に入ってもらえてよかった」

「これまでのところはね」ケイティはワッフルにナイフを入れた。「話をするんだったら続けましょう。わたしがおまえのお父さんを好きだからって、そんなに驚かないで。わたしたちだってまだ枯れてはいないんだから。モイラ、正直なところ、おまえたちきょうだいがどこから生まれたと思ってるの？ たしかに子供というのは、親をそういう目で見るのをいやがるけど――」

「いいえ、わたしたちがどこから生まれたかぐらい、ちゃんと知ってるわ。ただ……」

「必要以上に細かいことまで話してくれなくていいのよ、モイラ。わたしはただおまえが陥っているジレンマを理解しようとしているだけなの」

「ふたりのどちらにも惹《ひ》かれているの」モイラは身を乗りだし、いっそう声を低めて続けた。

「わたし、悪い女かしら、ママ?」

「ああ、モイラ、わたしはおまえのお父さんを尊敬してるし、いい結婚をしたと思ってるわ。そりゃ、もう若いころのように情熱に身を焦がすことはないけど、一緒にいて気楽だし、今だってベッドで愛しあうのよ。人生は刺激的なことばかり起こるわけじゃなく、たいていは平凡な日々よ。でもわたしたちはベッドで愛しあうし、その時間を大切にしている。だからこそ、ときに意見が食い違ったり喧嘩《けんか》をしたりしても、一緒にやってこられたんだと思う。それが人間なんだわ。おまえがふたりの男性に惹かれているなら、そういうときこそ本当に相手と深くかかわってみないと。ほら、例の男性が来たわ」

「なんですって?」

「お目あての人よ。ブローリン。たった今入ってきたところ。プロボクサーみたいなのを四人も引き連れてる。あからさまに振り返って見てはだめよ」

　母親の警告にもかかわらず、モイラは即座に振り返った。

「そう大っぴらに見ちゃいけないと言ったでしょう」ケイティは文句を言った。

「ごめんなさい」モイラはジュースをとってすすり、さりげなさを装った。「ママ、これだったら失礼に見えない?」

「おまえはもう何年もテレビ番組の制作に携わってるじゃない。これまでどうやって有名人と接触してきたの？」

「つい最近まではジョシュが電話をしていたの。近ごろはマイケルの仕事よ。それにわたしたちがとりあげるのはたいていアメリカのたわいない話題で、相手にするのは――すばらしくはあるけれど――もっとずっと普通の人たちなの」

「怖いの？」

「どうやって彼に近づいたらいいのかわからないだけよ」

ケイティはグラスとナプキンを置いて立ちあがった。「ちょっと待ってて」

「ママ」モイラが言いかけたとき、母親はすでに先方のテーブルに向かって歩いていた。ケイティは誰が見ても無害な人間だが、ブローリンにつき従っている男たちが即座に立ちあがったのにモイラは気づいた。

すぐにモイラはケイティの後を追った。必要とあらば体を張って母親を守るつもりだった。

「あの、ちょっと」ケイティはきわめて慇懃《いんぎん》に声をかけた。「ジェイコブ、キャスリーン・ケリーです。覚えてらっしゃるかしら？」

ブローリンが満面に笑みをたたえて立ちあがった。大きな男だった。背が高いだけでなく横幅もあった。鉄灰色の髪に濃い青の目をしている。顔に高潔さがにじみでていた。ブラッドハウンドみたいにしわくちゃだが、好ましい顔だ。

「キャスリーン！」ブローリンはボディガードたちを押しのけて前へ出ると、ケイティの手をとった。

「覚えていてくださったのね？」

「もちろんだとも。どうして忘れられるというんだね？」

モイラは母親のすぐ後ろに石のように立ちつくしていた。

「当然ながら、きみがこの街に住んでいることは知っていた。〈ケリーズ・パブ〉に立ち寄るつもりだったんだ——聖パトリックの日のあとで」

「本当に？」

「もちろんだよ。きみがエイモン・ケリーと結婚してアメリカへ移住したことは聞いていた。〈ケリーズ・パブ〉は故国でも知られているんだよ、ケイティ。ああ、きみは少しも変わっていないね」

「あら、うれしいことおっしゃるのね。でも、あれからもう三十年もたつのよ」

「それでもきみは全然変わっていない」

「ジェイコブ、やめてちょうだい。わたしたちふたりとも、見るからに……くたびれてきてるわ」ケイティはそう言って笑った。モイラは仰天した。母親はふざけているのだろうか？　いいえ、そうではないけれど……。

「ケイティ、ここへ来たのはわたしに会うためかい？」ブローリンは尋ねた。

ケイティはかぶりを振った。「娘と一緒に朝食をいただいていたの。娘に会ってもらえるかしら。実を言うと、娘はあなたに電話をするつもりでいたのよ」

「ほう」ブローリンはケイティを通り越してモイラに視線を注いだ。そしてにこやかにほほえみかけた。「おお、娘さんはきみにそっくりじゃないか、ケイティ」彼はモイラに歩み寄って握手をし、両方の頬にキスをした。「さて、お嬢さん、なぜわたしに電話をするつもりだったんだい？」

「ええ、その、アメリカの旅行番組のために、インタビューを撮らせていただきたいと思って」モイラは言った。「アメリカにおける聖パトリックの日の不思議な力を紹介したいんです。実際、聖パトリックの日には誰もがアイルランド人になるという古い諺《ことわざ》に焦点をあてています」モイラは自分でもなにを言っているのかわからなくなって口をつぐんだ。まだ驚きから醒《さ》めていなかった。父親もブローリンと知りあいなのだろうか？　もしそうなら、シェイマスとリアムがブローリンのことを畏敬《いけい》の念をこめて語りあっていたとき、口を挟んだのではないだろうか？

ブローリンが傍らの大男のひとりを見やった。「なんとか都合をつけられるだろう？　そうしよう。明日、ホテルの部屋へ電話をくれないか。そのときに打ちあわせをしよう。それで、朝食をご一緒していただけるのかな？」

「せっかくだけど、もう帰らなければならないの」ケイティは言った。「でも、ジェイコブ、ここでのお仕事がすんだあとでお店へ寄っていただけたら、これほどうれしいことはないわ」

「〈ケリーズ・パブ〉の景気はどうだい？」ブローリンがきいた。

「とても忙しいの。聖パトリックの日のパブがどんなものか、あなたもご存じよね」ケイティは答えた。

ブローリンがうなずいた。モイラは彼にじっと見つめられているのに気づき、きまりが悪かった。「そうか、それはよかった。それから、必ず寄らせてもらうよ。エイモンをはじめ、ご家族のみなさんに会えるのを楽しみにしている」

「じゃあ、お待ちしてるわ、ジェイコブ」ケイティはボディガードたちにほほえみかけた。「お邪魔して申し訳ありませんでした」

ジェイコブ・ブローリンはケイティの頬にキスをした。ケイティはモイラの腕をつかんだ。

「そろそろ行かなくちゃね」ケイティは小声でささやき、出口へ向かって歩きだした。

「忘れずに電話をくれたまえ、モイラ」ブローリンが呼びかけた。

モイラは立ちどまって振り返った。「ありがとうございます」

「さあ、いらっしゃい」母親が促した。「ここ何年かで適切な退出の仕方を身につけたはずでしょう」

「まだ朝食がすんでないわ」

「エッグズ・ベネディクトぐらいわたしがつくってあげるから。もう出ましょう」

「ママ！　お金を払わないで出ていくのはまずいわよ！」

「あら、まあ、もちろんよ」ケイティはそう言うとテーブルの横に立ち、モイラがウエイターを呼んでお金を払うのを待った。

通りへ出ると、モイラは母親を見て言った。「ちっとも——ちっとも知らなかった、ママがあの人と知りあいだったなんて」

「知りあいと言えるほどではないのよ。会ったのは、はるか昔のことだもの」

「あの人……あの人……？」

「あの人がどうしたの？」

「わからない。ママがずっと昔に大恋愛した相手だったとか？」

ケイティはいらだたしげに首を振った。「からかってるのね、モイラ」

「違うわ、ママ――」

「若い世代の人間はいつだって、セックスと情熱を発見したのは自分たちが最初だと思いたがる。だけど、そんなのは何世紀も昔からあったものなのよ、モイラ」ケイティは地下鉄の駅に向かって歩きだした。

「ママ、わたしが言いたかったのは、とても感激したと――」

「感激なんてしなくていいの」

「ママ、彼は大変な重要人物なのよ」

「ほかの人となんら変わりはないわ。ただ両方が抱えている問題を知っているだけ」

「それにしても、どういういきさつで出会ったの？　わたしたち家族はダブリンから来たんでしょう？　それにママが政治にかかわったことはなかったはずよね」

ケイティはひどく立腹したように娘を見た。「おまえはボストンで生まれ、ニューヨークで暮らし、アメリカじゅうを旅してきた。南北戦争についてもある程度のことは知っている。父と子が戦い、兄弟同士が反目しあい、家族が離散した戦争のことを」

「ええ、でも彼らは大義のために戦ったのよ。どこで生まれたかなんてことより、もっと大切な、自分が信じることのために——」

「いいこと、自分の農場や収入のために戦った人間は、自分が生まれた土地を大切にしていたの。信じてちょうだい、どんな人間にだって大義はあるわ。人生とはそういうものなの。カトリックがプロテスタントと結婚もすれば、人々は住む土地を変える。リメリックの小さな町の人たちが活発な政治運動をしているかもしれないし、ベルファストで暮らしている男性が紛争に目をつぶり、日々の仕事にいそしんでいるかもしれない。自分がスペインで休暇を過ごせるなら、誰が権力の座にあろうと気にもしないで。モイラ、なぜわたしたちがアメリカへ来たのか知ってる？」

「パパがアメリカでパブをやりたかったからでしょう。故国の経済状態はひどかったし、パパは小さいころからアメリカに関する本を読んでいた。アメリカへの移住は夢であり、新たな出発だったんだわ」

「そのとおりよ。でも、わたしたちが結婚して移り住んだのは、わたしの父方のいとこが殺されたあとだったの。彼女は自分がなににかかわっていたのかを知っていたに違いないわ——彼女、過激派に属して活動していたの。他人に暴力を振るい、最後にその報いを受けた。おまえのお父さんにはそれが耐えられなかったのよ。子供のころから憎しみをたたきこまれていたわ。いとこは殺されたとき、まだとても若かった。たった二十一歳よ。わたしは復讐《ふくしゅう》したかったけど、エイモンがそんなことをしてはいけない、よそへ移ろうと言ったの。ある意味、それはすごく勇気のあることだった。彼はそうした勇気とともに人生の一日一日を歩んできたの。おまえたちに、肌の色や、人種や、宗教の違いなど問題ではないと教えてきたでしょう。ブローリンもまた、それと同じことを学んだのよ。彼がいつも清廉潔白だったとは言わないけど、つらい経験を通して教訓を得たの。わたしは遠くから彼の歩む道を見てきた。彼は、憎しみは植えつけられるもので、世代から世代へ伝えられていくものだと気づいた数少ない権力者のうちのひとりよ。何十年、何百年続いた両者間の流血沙汰《ざた》や、迫害や、残酷な殺しあいの歴史を消すことはできなくても、懸命に努力すれば、撃ちあいでなく話しあいによって新しい世界をつくることができるのだということもわかっている」

モイラは驚きのあまり口をあんぐり開けて母親を見つめていた。

ケイティは地下鉄の階段をあがって通りを歩きだした。モイラはあとを追った。「ママ、どこへ行くの?」

「ウォーキングよ。わたし──わたし、パトリックのヨットを見に行きたいわ」

モイラはついていった。「ママ?」

「なに?」ケイティはぶっきらぼうにきき返した。

「あの、兄さんのヨットを見たいなら、道路を渡って向こうへ行かないと」モイラは言った。

ケイティはくるっと振り返ると、モイラを見てほほえみ、やがて声をあげて笑いだした。「ごめんなさい」小声で言った。

モイラは母親に歩み寄って両腕で抱きしめた。「毎日朝食をつくってくれて、起きて学校に行きなさいと何度も言ってくれて、わたしたちが風邪を引いたときにウイスキー入りの紅茶を用意してくれて、羽根枕《まくら》と柔らかい上掛けを買ってくれて、世界一の母親でいてくれたママが大好きよ。ママは頭がいいということを一度だって疑ったことはないわ。だけど、これほど聡明《そうめい》で、すばらしい女性だったなんて知らなかった。本当のママを見ていなかったわたしを許してね」

ケイティは身を振りほどいて娘の頬を軽くたたいた。「人生は難しい選択を突きつけてくるものだわ、モイラ。いつでも、誰に対しても」

「ブローリンのことをもっと聞かせて」モイラは言った。「どうやって出会ったの?」

母親はためらったあとで口を開いた。「わたしのいとこは亡くなったでしょう。彼女は北アイルランドに住んでいたの。ブローリンとはじめて会ったのは彼女の葬儀のときだった。あのころのことは思いだすのもいや。さあ、行きましょう、ヨットを見たいわ。もう三月、あと少したてばヨットに乗って海に出られる。ときどき、移り住んだのがフロリダだったらよかったのにと思うことがあるわ。海や湖が好きだから。今年になってからパトリックは何度もヨットを見に来ていたみたい。あの子、そわそわしているようだわ。パトリックも本当に海が好きなのよね。うれしいわ。そのおかげでパトリックはしょっちゅうボストンへ出てくるんだもの」

ふたりはパトリックのヨットが係留してある埠頭《ふとう》に着いた。モイラが母親に対して昔から舌を巻いているのは、競歩選手も顔負けの健脚だということだ。モイラはすっかり息が切れていた。

「ゲートに鍵がかかってるわ」ケイティは落胆して言った。

「そんなはずないわ。このあたりの人たちはけっこうのんきだから」モイラが押すと、ゲートは開いた。「ほら……鍵をかけておくべきなのに、かかっていたためしがないのよ」

埠頭を歩いていくふたりに身を切るような風が吹きつけた。三月の気候は予測がつかない。

「ああ、あそこにあるわ」ケイティが小声で言った。

ヨットの名前は〝シボーン〟だ。とても優美な船で、最近ペンキを塗り替えたばかりだった。帆とエンジンがついている。天気がよくなると踏んで、パトリックが数週間前に乾ドックから出したのだ。

操舵《そうだ》装置にパトリックがかぶせた防水シートの下に箱がいくつも積んであるのが、モイラの目に入った。「兄さんが来てたのはここだったんだ。いろいろ準備していたのね」彼女はつぶやいた。

「ええ、もちろんパトリックはここへ来ていたのよ。あの子、そう言って出かけていたわ。どうしてそんなことを言うの？」

「さあ、どうしてかしら。パトリックはたびたび気にしていたからね、きっと。兄さんは孤児を支援する団体にかかわっているの。少なくとも、自分ではそう言ってる」

ケイティはさっと振り返った。「パトリックがそう言ってるなら、そうに決まってるでしょう。愛している人は信用してあげなくては」

「もちろんだわ」モイラはぼそりと言った。

「自分の兄さんのことを疑っているじゃない、モイラ」

「ねえ、心配しないで、兄さんを愛してるわ。ただ、兄さんとシボーンのあいだに問題が起こってほしくないと思っただけ」

「あのふたりなら乗り越えるでしょう。幸運に恵まれているもの。ふたりは若いときに出会った。でも、深く愛しあっているの。ときとして誰かを信用するのは容易ではないわ。でも、それを乗り越えると、自分の心は間違っていなかったんだとわかるものよ」

「ママ、心配いらないわ。わたしはいつだって兄さんの味方よ。この十年近く、兄さんを殴り倒したいと思ったことはないもの」

母親はほほえんだが、真剣なまなざしでモイラを見つめていた。「パトリックの問題はパトリックに任せましょう。おまえのほうこそ困った状況にあるんじゃないの？　モイラ、どう感じてるの？　どう考えるかということも重要だけど、どう感じるかということのほうが、たいていはずっと重要なのよ」

モイラはためらって母親を見つめた。「ママ、自分でもどう感じているのかわからないの。わたしは思いがけなく現れた刺激的で情熱的で危険でさえあるかもしれない男性を待って人生を浪費しているのかしら？　それとも、すぐそばにいてくれるあらゆる点で文句のつけようがない人を信頼しているのかしら？　お互いにうまくやっていくことが大切だってよく言うでしょう。わたしに分別があったら、きっと頼りがいのある人を選ぶわ。ちょうど……」

「わたしがそうしたように？」母親は言った。そしてほほえみながら首を振った。「おまえは勘違いしているわ。お父さんは思いがけなく現れた男性だったのよ。本物の信念と夢を持っている人で、慣れ親しんだすべてのものからわたしを引き離した。お父さんはアメリカへ行く以外に道はないと言ったのよ。選ぶのはいつだって難しいものだし、はっきりしていることなどなにもないわ。今でもほかの男性たちをすばらしいと思うけど、愛してるのはおまえのお父さんなのよ。結婚は賭《かけ》だったわ。わたしは困難な道を選んだの。本能に従って行動したのよ。心の命じるままにね」ケイティは向きを変えて埠頭を歩きだした。「もう帰りましょう。きっとおまえの同僚が朝から何度も電話をしてきてるに違いないわ」

ケイティはいつものきびきびした足どりで歩いていった。モイラはあとに従った。まったく不思議な朝だった。家を出るときに探していたものを、モイラは手に入れていた。それ以上に多くのものを。

12

家へ帰り着くのがずいぶん遅くなってしまい、モイラは驚いた。コリーンがキッチンの後片づけをしていたが、リビングルームのほうから甲高い声が聞こえていて、誰かいるのだとわかった。

ケイティ・ケリーはコリーンに眉をつりあげてみせた。

「ジーナとジョーンおばあちゃんが向こうにいるの。シボーンや子供たちも」コリーンが説明した。「モリーとシャノンは双子に夢中なの。シボーンに双子を産んでもらいたいらしいわ。そうすれば、いつでも赤ちゃんたちと遊べるからって」

「あら、まあ、シボーンに双子ですって！」ケイティはそう言ってリビングルームへ向かった。

「ほかのみんなはどこにいるの？」モイラは尋ねた。

「パパはもう下で準備を始めてるわ。いつもなら月曜日はゆっくりでいいんだけれど、もうすぐ聖パトリックの日だからと言って……」コリーンは肩をすくめた。

「パトリックは？」

「知るもんですか。出かけたわ」

「ダニーは？　ジョシュは？　ジョシュはここへ来たんでしょう？　奥さんのジーナがいるんだもの」

「ええ、ジョシュは下でパパを手伝ってる。それとマイケルとダニーは出かけたわ。一緒にね」

「なんですって?」モイラは耳を疑った。寒気を感じ、一方で汗がどっと噴きだした。「ダニーとマイケルが一緒にここから出ていったの?」

コリーンが姉に鋭い視線を注いだ。「姉さんは今朝、撮影予定についてなにも言い残さずに出かけてしまったじゃない。ジョシュがマイケルに、姉さんが音楽をかぶせるかなにかして、ボストンの感じのいいパブのドアを紹介しようと言っていたと思いださせたの。もちろん、〈ケリーズ・パブ〉ほどの店はないけれど、撮影する価値はあるんじゃないかって。するとダニーが、ボストンじゅうのパブを、高級なところから汚らしいところまで全部知っていると言ったわけ。ともかくふたりは一緒に出ていったわ。パパの車で、パブのドアを探しに。いったいどうしたの?まるで幽霊みたいに真っ青よ」

モイラは首を振った。「なんでもないわ」彼女は急いで答えた。「ほんとになんでもないの。あのふたりが仲よくやれるとは思えないだけ」

コリーンは目を細めて使っていた布巾《ふきん》を置くと、モイラに歩み寄った。「姉さんが家族の古い友人にかつてお熱だったことを、マイケルに話していないのね?」

「コリーン……」

「そうなんでしょう?」

「そんなこと問題じゃないわ。マイケルもわたしも、相手に以前は恋人がいたことぐらいわかっているもの。その人の名前や、つきあっていた時期や、車のナンバーなんていちいち言う必要ないと思っていたの」

コリーンは静かに笑った。「まあね、マイケルがロサンゼルスやオハイオの女性とつきあっていたって話ならする必要ないでしょうね。でも姉さんはダニーが泊まっている家に、マイケルを連れてきたのよ」

「それが問題だなんて思わなかったの。本当に思わなかったのよ」

「でも、今ふたりは一緒に出かけていて、姉さんはマイケルになにも教えていない。そして……ああ！」コリーンは大声をあげ、モイラをじっと見つめた。

「どうしたっていうの？」

「ゆうべ姉さんはあそこにいたんだ」

「なんなのよ？」

「ダニーのところにいたのね」

「コリーン、黙りなさい！」

「姉さんが正直に言ってくれれば、黙るわよ」

「わたしが自分の部屋にいなかったことをどうして知ってるの？」

「眠れなかったから、姉さんのところへ行ったのよ。お茶を飲んだり、おしゃべりをしたりしたい気分かなと思って。ああ、なんてこと」

「コリーン、お願いだからやめてちょうだい」

「マイケルを真剣に愛してるんだと思っていたわ。でも、ダニーへの愛が完全に冷めたとも思っていなかったけど。姉さんって、すごく一途《いちず》なところがあるから……もちろん、ダニーはやってきてはまた行ってしまうし、マイケルはとてもセクシーな男性だけど……。当然、姉さんは心を決めるべきよ。でも、わたしなら……そうね、正直、ふたりの関係のなかでセックスはかなり重要な——」

モイラはリビングルームのほうから足音が近づいてくるのを聞き、慌てて妹の口に手をあてた。

「お願いだから……」

コリーンはモイラの手を引きはがしてリビングルームのほうを振り返った。「誰だか知らないけれど、引き返していったみたい。ダニーとマイケルは話をすると思う？　ああ、モイラ、ふたり一緒に出かけて姉さんの話をしているのかしら？　なにを話すと思う？」コリーンは言葉を切って顔をしかめた。「なんてこと言っちゃったのかしら。ごめんなさい、姉さんがすごく惨めな気持でいるのに。わかるわ。姉さんは決して……つまり、理由があったんでしょう。姉さんのこと、大好きよ。難しい問題よね。でも心配しないで、あのふたりが殴りあいなんてするはずないわ。ダニーはああいう人だから、マイケルにひとことだって話しはしないわよ。絶対に。大丈夫。お茶をいれるわね。ジョーンおばあちゃんが言うには、紅茶がすべてを解決してくれるんですって。今の姉さんにはウイスキーのほうがいいかもね。用意できるけど」

「いいえ」モイラは言った。「わたしは店へ行くわ。ママやジョーンおばあちゃんやジーナには適当に言っておいてくれる？」

「ええ、もちろん。ジョシュに話があって下へ行ったと言っておくわ」コリーンは姉の惨めな気持を感じとり、両肩をつかんで頬にキスした。「ほんとに大丈夫だから」

「ちっとも大丈夫じゃないわ。マイケルはほんとにいい人で、思いやりがあって、わたしを信じてくれている――」

「彼こそふさわしい相手だと思うなら、ためらうことないわ。姉さんは身持ちの悪い女になったわけじゃないのよ」コリーンはモイラを見つめて頭を振った。「ねえ、姉さんが事態を悪い方向に持っていかない限り、誰かがそうすることはないんだから」コリーンはため息をついた。「マイケルと出会ったのはクリスマス休暇の直後だったんでしょう?」

モイラはうなずいた。

「姉さんのことだから、ベッドをともにするまでに何百回もデートしたんじゃないの」

「いいえ、一月に十数回デートして、二月のはじめに――」

「わかったわ、そんな細かいことはいいの、少なくとも今は」コリーンが言った。「マイケルの前に誰かとつきあったのはいつ? ダニーと別れてからだいぶたつわよね」

モイラはかぶりを振った。

「誰とも?」コリーンは息をのんだ。

「デートはしたけど」

「でも、それだけ長いあいだ、誰とも……誰とも寝なかったわけ? 驚いた、姉さんが慎み深い女性だとは思っていたけど。モイラ、今度のことで自分を責めないで。信じて、今の基準からすると、姉さんは尼僧も同然だわ。お願い、そんなに動揺しないで」

「動揺してるんじゃなくて、混乱してるの。マイケルを心から愛してるわ。そしてダニーをずっと愛していたんだと思う。でも、あんなこと……するべきじゃなかった」

「ダニーがベッドルームに引っぱりこんだんじゃないんでしょう？　姉さん、酔ってたの？」

「いいえ。でも今はお酒が必要だわ」

「そうかもしれないわね。姉さん、わたしは味方だからね、いい？」コリーンはもう一度モイラをしっかり抱きしめた。「どんなときでも、なにがあろうと、味方よ」

「ありがと。下へ行ってウイスキーを飲むわ」

モイラは妹の頬に素早くキスして身を離した。螺旋《らせん》階段に通じるドアを閉めるとき、ジーナがモイラのことを尋ね、コリーンが言い訳をしているのが聞こえた。

父親とジョシュはカウンターの端にいた。父親が酒の種類を言うと、ジョシュは床の上の開いた酒の箱からそのボトルを探しだして空の棚に補充しようとしていた。

「やあ」ジョシュが声をかけた。

「来たか、モイラ」

「ええ、パパ。ねえ、ジョシュ、あのふたり――出ていってどのくらいになる？　今日はあちこちのパブのドアを撮るんでしょう？」

「ふたりが外から撮影クルーに連絡することになっている」ジョシュは答えた。「きみもぼくも同行する必要はないよ。もちろんこれはダニーの仕事じゃないが、彼は手伝いたいみたいだった。それに、ダニーはボストンじゅうのパブを知っているんだし」

「ええ、そうなの」モイラはぼそりと言い、カウンターの後ろにあるアイリッシュウイスキーをとろうと、大股で歩いていった。父親とジョシュが見つめるなか、彼女は一杯注《つ》いだ。モイラは父親におずおずとほほえみかけた。「ゆうべは最悪だったわ。全然眠れなかったの」

「母さんと二、三時間一緒にいたら気が変になったとでも言いだすのかと思った」エイモンが言った。

「パパ！」

「ウイスキーのところへ飛んでいったんだぞ。わたしじゃなくておまえが」

「ママとわたしは……」モイラは言いかけてやめた。ジェイコブ・ブローリンが三十年ぶりに会ったケイティにすぐ気づいたことを思いだしたのだ。「ママとわたしはふたりきりですばらしい時間を過ごしたわ」

「よかった。おまえの母さんはすばらしい女性だ。そのことを感謝するんだな」

「感謝してるわ。言ったでしょう、わたしは眠れなかったの」モイラは言った。

「ジーナと双子は大丈夫かな？」ジョシュがきいた。

「ええ。ほかの子たちが相手をしているわ」モイラはそう言って、ウイスキーを一気に飲み干した。喉が焼けるようだった。これが必要だったのだ。頬を引っぱたかれたような感じだ。疑いようもなく、今や罪悪感が重くのしかかっていた。

　カウンターの奥から物音がしたので、モイラは振り返った。みんなが言っていることは間違っているのかもしれない。ダニーは自分の部屋にいるのかもしれない。

しかし、ダニーではなかった。ジェフ・ドーランだった。楽器をセットし、音あわせをしていた。

「ジェフ」モイラは声をかけた。「手伝いましょうか?」

彼女は急いでカウンターを離れた。父親とジョシュがじっと観察するように見つめていることには気づいていた――ふたりはわたしのことをよく知りすぎている。

「頼むよ、モイラ」ジェフは言った。「といっても、ほとんど終わっているが。今夜の演奏が始まる前に、なにか食べてちょっと歩いてこようと思っていたんだ。月曜にしては長い夜になるだろう。おれにとっては。ほら、普段は月曜は演奏しないから。そこのアンプにプラグを差しこんでくれ」

「わかったわ」モイラは指示されたとおりにした。

ジェフはモイラを横目で見つめた。茶色の目に好奇の色が浮かんでいた。「大丈夫かい?」

「もちろんよ」

「ゆうべ、きみが例の男と話をしているのを見たよ」

「例の男?」

「隅に座ってブラックバードを飲んでいたやつさ」ジェフはにやりとした。「実は、きみが話している内容が聞こえたんだ。そばへ行って拍手をしようかと思ったが……あいつ、警官かい?」

「そんな印象だったわ」

「ほんとに? きみはあいつにいろいろ言っていたね。あいつ、よくステージへ来ておれのボデイチェックをしなかったもんだ」

「最近の経歴は雪みたいに真っ白なんでしょう?」

「雪より真っ白さ」ジェフは言い、手をのばしてねじれたコードをまっすぐにした。「だが、過去を真っ白にすることはできない」

「ジェフ」モイラは穏やかに言った。「ここでなにかが起こってるの?」

「いいや」彼の答え方は性急すぎた。

「嘘《うそ》だわ」

「嘘じゃない。本当だ。おい、撮影をしたらどうだ?」

「マイケルたちがパブのドアを撮影しに行っているの」

「そうか」

「ジェフ――」

「一緒にサンドイッチを食べに行かないか?」ジェフは尋ねた。

「二階へ行けば、なにか食べるものを見つけてあげられるわ。もちろん、調理場のスタッフもそろそろ来るころだけど」

「いや、一緒に外へ行ってなにか食べないか?」ジェフはなおも言った。

「わたし……そうね」モイラは言った。ジェフは話をするつもりなのだ。ここではできない話を。

「二階へ行ってハンドバッグをとってくる」

「きみのお父さんにたっぷり給料をもらっているから、ソーダとサンドイッチをおごるよ」

「いいわね、ありがとう」

モイラとジョシュはカウンターのほうへ歩いていった。

「パパ、ジョシュ、すぐに戻るわ。ジェフがヒーローサンドイッチを食べたいんですって」

エイモンが在庫リストから目をあげて顔をしかめた。「ジェフ、いつだってここにあるものをどれでも食べていいんだぞ」

「ありがとう、エイモン。通りの先にある〈ジーノズ〉のヒーローサンドイッチが無性に食べたくなってね」

「わたしはおいしいコーヒーが無性に飲みたい気分なの」モイラは言い添えた。「約束する、すぐに戻ってくるわ」

「ゆっくりしてくるといい」エイモンは言った。「ジョシュはパブの経営者として有能だってことがわかったから」

「プロダクションがつぶれたときのために、頑張っておくよ」ジョシュがモイラに言った。しかし彼はモイラをよく知っているので、疑わしげに彼女を見ていた。

出口へ向かおうとしたとき、モイラは父親ののしり声を耳にした。慌てて身を起こそうとして、カウンターの下の面に頭をぶつけたのだ。「モイラ！」

「なに、パパ？」

「ジェフのそばを離れるんじゃないぞ」

モイラはびっくりして父親を見つめた。「パパ、今は真っ昼間よ」

「さっきニュースでやっていたんだ。また若い女の死体が発見されたと」

「お父さんの言うとおりだ」ジョシュがテキーラのボトルをエイモンに渡しながら言った。

「今度も売春婦？」

「アイルランド人の娘だ」父親が答えた。

「パパ、わたしはアメリカ人よ、アイルランド人じゃないわ。それにジェフがぽん引きでもしてくれれば、売春婦にもなれるだろうけど」

「モイラ・キャスリーン！」

「パパ、ごめんなさい。怖いわね、たしかに怖いわ。でも、心配いらないから。知らない男性についていったりしないし、ジェフにぴったりくっついているわ」

「事件のことを知っていたら、今朝、母さんとふたりきりで外出するのをそう簡単には許さなかっただろう」エイモンは言った。

「パパ、誓って用心するわ」

「きみもサンドイッチを食べたいんじゃないか、ジョシュ？」エイモンはきいた。「一緒に食べに行ってもいいんだよ」

「エイモン、ぼくはついさっきたっぷり朝食をとったところなんです」ジョシュは答えた。「それに、あなたを手伝っているじゃないですか。ぼくだって、あなたの気まぐれな娘のことは心配ですが、これだけは言えます、彼女はたいていい分別のある行動をする。いや、ときどきかな」

「エイモン、モイラはおれが命をかけて守る、誓うよ」ジェフは忍耐強く言った。

エイモンはうなずいた。「そうか、じゃあ任せた。しかし、早く帰ってくるんだぞ」

「わかったよ、エイモン」ジェフは答えた。

ふたりは外へ出た。「ほんとに怖いわ」モイラはつぶやいた。

「死んだ女たちのことかい？」

モイラはうなずいた。「わたしはニュースを見なかったんだけど。あなたは？」

ジェフは首を縦に振った。「きみがおりてくる前に、お父さんはテレビで見たんだ。ありがたいことに、今のおれには売春婦の知りあいはない」

「今のあなたには？」

ジェフは肩をすくめた。「むちゃをやってたころには、何人もの売春婦を知っていた。ほら、おれが若いころにそうとう悪いことをやったのは知っているだろう。ドラッグもやった。公共物破損や凶器持参で強盗を働いて捕まったこともある。もっとも銃を持っていたのはおれじゃなかったが。きみのお父さんのおかげで更生できた。今はたまにビールを一杯やる程度だ。ドラッグはやらない。銃も持っていない。まあ、ニコチンは少々やるが……」通りを歩いているとき、ジェフは上着のポケットから煙草《たばこ》の箱をとりだして一本に火をつけた。「だからゆうべの警官を見て、神経質になってしまったんだ」

「あなたが神経質になってる理由は、それだけじゃないんでしょう？」

ジェフは煙草を振った。「噂《うわさ》だよ、モイラ。単なる噂だ」

「どんな噂？」

ジェフは肩をすくめ、深々と煙を吸いこんでから答えた。「ジェイコブ・ブローリンさ」

「彼がどうしたの？」モイラは緊張した。そして即座に、母親には関係がありませんようにと祈った。

「ああ、彼は重要人物で穏健派だ。それに北アイルランドでは多くの人間が流血や暴力にうんざりしている。しかし、暴力でしかなにかを変えられないといまだに信じているグループが――当然、ずっと同じグループだが――何十年にもわたって活動しているんだ。それに忘れてならないのは、アイルランド共和国の独立は暴力によって勝ちとられたってことだ」

「ジェフ、悪いけど、なにを言いたいのかわからないわ」

「モイラ、ばかなふりをするんじゃない。暗殺だよ」

彼女は歩道でぴたりと立ちどまった。「暗殺ですって？」

「モイラ、街には暴力を振るってやろうと待ち構えているやからがわんさといるんだぜ。そいつらはどうしようもない愚か者か、穏健や交渉を信じない人間なんだ」

「それがわたしたちになんの関係があるの？　それがはっきりしていることなら、もちろんブローリンは知っているはずだわ。彼は出歩くとき」モイラは言葉を切り、また続けた。「出歩くときは、ボディガードを連れているわ。それにたぶん警察も護衛してるんじゃないかしら」

「もちろん、もちろんだとも。それと、おれはなににもかかわっていない、誓ってもいい。ただ、ブラックバードがなにかの暗号だっていう噂があるんだ。〈ケリーズ・パブ〉はいろんな人間が出入りして話をする場所だからな」

モイラは息をのんで不安そうにジェフを見つめた。「なんて恐ろしい！　本当であるはずがないわ。本当なら警察に話さなければだめよ」

「警察はすでに知ってるらしい。だからあの男はゆうべブラックバードを注文したんだ」

彼女は長く息を吐きだした。「噂ね。どこでその噂を耳にしたの、ジェフ？」

「ああ、モイラ――」

「知る必要があるの」

「そこがサンドイッチの店だ」

「ジェフ、知る必要があるのよ」

ジェフは深いため息をついた。「シェイマスだ。シェイマスは、ある晩誰かがひそひそ話しているのを聞いたそうだ。暗闇《くらやみ》のなかで……夜遅くに。彼はなにが起こっているのかは知らなかったが、おびえていたよ。パブでその話をしていたんだ。まわりは知りあいばかりだから安全だと思ったんだろう。口をつぐんでいろと忠告してやった」

「ジェフ、警察へ行って、知ってることを話すべきだわ」

「おれがなにを知ってるというんだ？　シェイマスが――半分耳の聞こえない年寄りが――ひそひそ話しているのを聞いたってだけだ。ブラックバードはバンドの名前だ。飲み物の名前でもあるが。警察はボストンに頭のいかれたやつらがいるのを知っている。警察の知らないことで、おれが話せることなんてあるもんか。共謀の罪かなんかをでっちあげられて、逮捕されるのが落ちだ」

「ジェフ――」

「きみのお父さんの言うとおりだ、モイラ」ジェフはサンドイッチ・ショップの入口の前で足をとめて言った。「知らない人間を信用するな。そして用心するんだ、パブのなかでも。もっと知りたいなら、シェイマスにきくんだな。今警察へ行ける人間がひとりいる――だが、そいつは行かないだろう。たしかにシェイマスは正直者だ。アメリカに来て馬車馬のように働き、模範的な市民になった。だが、彼がきみに話をするとは思えないし、警察へも行かないだろう」

「どうして？」

「自分が知りすぎているってことを他人に教えるのは危険だからさ」ジェフは言った。

「だけど、もし――」

「いいかい、過激派も穏健派も、そういうことに関心のないやつらでさえも、ものすごい情報網を持っている。すでに警察もこのあたりに姿を見せている。うちの店へ来るのは常連客だ。ランチの客、飲みに来る客、ディナーの客、音楽を聴きに来る客。ほとんどが長年の顔なじみさ。だが、最近パブに来る客をよく見ているんだ。知らないやつが多いから」

「パブにはいつも知らない人がいるものだわ」

「ああ、だが信じてくれ、いつもよりも多いんだよ。きっとブローリンの取り巻きもすでにこのあたりにいるに違いない。いいか、モイラ、信じてほしい。かかわらないようにするんだ――絶対に」

「父の店よ」

「お父さんの店でなにも起こりはしないよ。それに、おれたちが教えてやれることなんか、ブローリンの取り巻きはすでに全部知っているさ」

「みんながそれほど利口なら、何年ものあいだに、なぜあれほど多くの人たちが殺されているの?」

「自分たちの思想だけが正しいと信じていて、そのためだったら死んでもいいと思っている連中がたくさんいるからだ。きみは口をつぐんでいなくちゃいけない。シェイマスもだ。知らぬが仏だよ、モイラ、人生そういうもんだ。ほら、長いことドアを開けっぱなしにしているもんだから、店員たちがなかからじろじろ見ているじゃないか。なかへ入ろう。それから、きみにもうこの話はいっさいしないからな。さてと、どのサンドイッチにする?」

モイラがジェフと一緒に〈ケリーズ・パブ〉へ戻ってみると、父親はいなかった。クリシーが来ていて、カウンターで働いていた。パトリックとジョシュは入口近くのテーブルに座って、コーヒーを飲みながらひとりの男性と話をしていた。その男性は金髪で、四十五歳前後、きちんとした身なりをしている。長い脚を無造作に投げだして座っていた。

見知らぬその男性が、入ってきたモイラを見た。彼が立ちあがると、パトリックとジョシュも腰をあげた。

「モイラ、まだアンドリュー・マガヒーに会ったことはなかったよな。彼はアイルランド児童支援協会で働いているんだ。アンドリュー、妹のモイラだ。ジェフ・ドーランとは会ったことがあるだろう?」パトリックが尋ねた。

「はじめまして、モイラ」マガヒーが言った。アイルランドなまりはなく、どちらかといえばニューヨークの発音だ。マガヒーは次にジェフと握手した。「もちろんジェフとは会ったことがある。〝ブラックバード〟の演奏は何度も聴いたよ。すばらしいグループだ」

「ありがとう」ジェフは言った。

「ふたりともコーヒーでいいかな?」パトリックはきいた。

モイラは自分のカップを持ちあげた。父親にどうしても欲しいと言ったおいしいコーヒーを飲むことを忘れていたのだ。

「おれはいい」ジェフは断った。

「モイラ、今日はほかにも予定があるのかい?」ジョシュは尋ねた。

「なに?」

「予定だよ。撮影の。ダニーとマイケルは撮影クルーと一緒だ。さっき電話があって、パブのドアの撮影は順調に進んでいるそうだ。今日、ほかにもなにかやりたいことがあるのかい?」

モイラは自分の番組のことを忘れていた。ジョシュやほかのみんなに楽しい休暇を返上させて、聖パトリックの日の撮影のために家へ来たというのに。

「ああ、いいえ、今日はないわ。でも」モイラは急いで言った。「ブローリンがインタビューに応じてくれると思うの。あとで彼の側近に電話をして、時間や場所を打ちあわせなくちゃならないけど、うまくいくはずよ」

「ブローリンをつかまえたのか」ジョシュがやったぞというように言った。

「まあね」モイラはつぶやいた。

「そんな話はしてなかったじゃないか」ジェフは言った。

「ぼくも聞いてない」パトリックが言った。

「ついさっきのことだもの。今朝の話よ」モイラは気まずそうに小声で言った。母親が果たした役割のことは黙っていた。手柄を横どりしたかったからではない。アイルランドにいたときにブローリンと少なくとも知りあいだったことを、母親がほかの人に知られてもかまわないのかどうかわからなかったからだ。

「すごいよ」ジョシュは言った。「今日はもうすることがないなら——少なくとも、ぼくはお役御免なら——ジーナを観光に連れていきたいんだ」

「そうだ、店を手伝ってくれてありがとう」パトリックが言った。

「どうってことないよ」ジョシュはそう言ってから、手を振って別れの挨拶《あいさつ》をした。

「パパはどこ?」モイラは尋ねた。

「わからない」パトリックは眉を寄せて答えた。「電話を受けたあと、店を頼むと言って鉄砲玉みたいに飛びだしてった」兄は不安そうな顔つきだった。「真っ青な顔をしてるから、なにかあったのかい、一緒に行こうか、ときいたんだが、ここにいてくれと言われた」

「おかしいわね。ほんとに大丈夫かしら」

「いや、大丈夫じゃないね。しかし、殴り倒して無理やりきき
だすわけにもいかないじゃないか。

話したくなったら話してくれるだろう。それはそうと、アンドリューがわざわざここへ来たのはおまえに会うためなんだ」

「そうなんですか?」モイラは金髪の男性を見た。

男性はほほえんだ。成熟した魅力的な人で、背が高くハンサムだ。片方の頬にえくぼができる。さりげなく洗練された雰囲気を漂わせていた。

「番組を通じて、そのどこかでわれわれに協力していただきたいんです」

「はあ」モイラは低い声で言った。「どんなふうに?」

「宣伝してもらいたいんです」

モイラはうなずいた。「わかりました。つまり……すぐにってことですか? 今撮っているもののなかで?」

彼は首を振った。「いえいえ、今あることを計画中でして。法律に関することはお兄さんがやってくれている。ジェフのグループに特別なCDを出してもらいたいんです。収益金は子供たちのために寄付していただくということで。それが実現したら、ニュースチャンネルやいろいろなところに接触するつもりですが、あなたの番組は……そう、アメリカの旅行者の心に訴えかけるのにいいでしょう。彼らはみんなお金を持っていますから」

「あなたの慈善団体は詳しくはなにをなさってるんです?」モイラは尋ねた。

「尋問してるみたいじゃないか、モイラ」パトリックがぶつぶつ言った。

「知っておく必要があるのよ」モイラは兄に言った。なにが自分を駆り立てているのかわからなかったけれど、ずけずけと質問した。「確認しておきたいんですが、あなたは子供たちに、芸術や文学や言葉や数学やコンピュータサイエンスを教えようとしているんですよね。つまり、武器の製造や使用のための学校を運営するわけじゃありませんよね？」

「モイラ」パトリックは怒ったように言った。

「かまわないよ」アンドリューがほほえんで言った。そしてテーブルの上で手を組むと、真剣なまなざしでモイラを見つめた。「七〇年代から八〇年代はじめにかけて、さらには九〇年代に入っても、何度も紛争がありました。アイルランドの人口の半分は五十歳以下だということをご存じですか？　悲惨な状況のせいで、多くの人々が外国に移住しました。そしてたくさんの孤児、片親の子供、貧困者を生んだのです。北アイルランドもアイルランド共和国も、経済的に発展しつつあります。しかし、恵まれない環境で育った世代が労働市場に参入しようとしているのです。そのような若者はきちんとした教育を受けておらず、ほとんど技能もない。われわれはそうした状況を変えたいのです」

「そういうことでしたら、あなたの慈善事業の準備が整い、動きだした暁には、わたしも喜んでできる限りのことをさせていただきます」モイラはぼそぼそと言った。パトリックは、テーブルの下で妹の脚を蹴飛《けと》ばしてやりたいとばかりに相変わらず彼女をにらんでいた。ジェフでさえも、どことなく沈鬱《ちんうつ》な表情でモイラを見ていた。わたしはおかしなことに被害妄想にとりつかれてしまったのだろうか？　世界じゅうの政治家は一か八《ばち》かものごとを変えようとし、世界をよりよくしようとするものだ。そして暴力をよしとする人間も常に存在する。

「ありがとうございます」アンドリューが言った。「そうだ、あなたにひとり特別の子をお見せしましょう」彼は財布をとりだした。一瞬、彼が銃に手をのばしたのかと思い、モイラは飛びのきそうになった。

アンドリューは財布を開き、十八歳くらいで濃い茶色のロングヘアをした女性の写真を見せた。「ジル・ミラーといいます。両親は殺されました。そのときの爆発で、彼女は視力を失ったのです。自動車に積まれた爆弾でした。とにかく、彼女には生まれ持ったすばらしい音楽の才能がある。天使のごとくギターを奏でるのです。アメリカへ来たがっています。ジュリアード音学院に行くために」

モイラはうなずいた。「そうですか。行けるといいですね」彼女は穏やかに言った。

「行けますよ」アンドリューは請けあった。「世界は困難にあふれています。東ヨーロッパ、アフリカ、そして当然、ここアメリカにおいてさえ、解決策を見つけなければならない問題があるのです。ほら、エイズはわれわれみんなの命を奪う伝染病だ。しかし、われわれの事業にはちゃんと意義がある。思うに、よい教育に勝るものはありませんからね」

「ええ、もちろんです」モイラは小声で言った。

「それに、われわれのようにアメリカへ来て成功した人間が得たものを社会に還元するのは、そう悪いことではない」パトリックが言った。

「兄さんはアメリカ人じゃないの」モイラは兄に思いださせた。

「わたしもアメリカ人です。お察しのとおり、生まれも育ちもニューヨークです」アンドリューが言った。「しかし、あなたたちと同様二世だ。両親はこの国へ移住するかどうかさんざん話しあったようだが、最終的に正しい判断を下したとわたしは思っています。ともかく聞いていただいてありがとうございます。どんな形であれ、あなたが力になってくれるなら感謝します」

「さっきも言ったとおり、あなた方がなさることを見守っているつもりです」

「ぜひ見ていただきたい——実際お見せしますよ。そのときが来たら」アンドリューはモイラにほほえみかけると、兄のほうを向いた。「なあ、パトリック、そろそろカクテルアワーじゃないのかい。この店の特別メニューを試してみよう。ブラックバードを」

アンドリューがそう言いながらこちらをじっと見つめているようにモイラには思えた。

ブラックバード。やっぱりだ。何年も誰ひとり注文しなかったのに、どういうわけか最近はよく注文される。

「ブラックバードをひとつ、すぐお持ちします。兄さんは座ってて。わたしがつくるわ。うまくなったんだから」

モイラが立ちあがったとき、パブのドアが開いた。彼女はそちらを振り返った。

そこに立っていたのは父親だった。顔が灰色を通り越して土気色になっている。

「パパ！」モイラは驚きの叫びをあげて父親に駆け寄った。

父親は抵抗もしなかったが、娘に腕をつかまれたことに気づいてもいないようだった。

「パパ？ パパ、大丈夫なの？」モイラはきいた。「どうしたの？」

パトリックは立ちつくしていた。アンドリューも、ジェフも、ほかのみんなも、同じように立ちつくしてエイモンを見ていた。

「座らせてくれ」エイモンはつぶやいた。

　パトリックが素早く父親の反対側へまわった。兄と妹は父親をテーブルの椅子へ連れていった。アンドリューがさっと後ろへさがり、エイモンが椅子に座れるようにした。

「お薬を持ってきましょうか？」モイラは心配そうに尋ねた。「心臓がどうかしたの？」

「心臓なら大丈夫だ、モイラ」

「ママを呼んでくるわ」

「今はいい」エイモンはだめだというように手を振った。

「ウイスキーを持ってくる」パトリックは言った。

「ああ、頼む」

「パパ、いったいどうしたの？」モイラは心配でならなかった。

　パトリックがウイスキーの入ったグラスを父親の前に置いた。エイモンはグラスをつかむと、頭をぐっと反らして一気に飲んだ。

　そしてグラスを置き、それをじっと見つめた。

　やがて自分を囲んでいる四人に目をやった。

「シェイマスが死んだ」エイモンは低い声で言った。

13

エイモンの言葉のあとに長い沈黙が続いた。みんなにわかには信じられなかったのだ。

「死んだですって!」モイラは叫んだ。

シェイマスが、死んだ? まさか。シェイマスが、あれほど親しかった友人が、昔から家族の一員みたいなものだった人が、死んだだなんて。モイラは否定の言葉を発しなかった。父親の表情から、死んだのが本当だとわかったのだ。喪失感を覚え、目に涙があふれた。いったいシェイマスになにがあったのだろう? 彼の健康に、わたしたちは充分な注意を払わなかったのだろうか? 苦しんでいたのだろうか? なにがあったのだろう?

そのときわずかな恐怖と疑惑がモイラの悲しみを押し流した。モイラは兄に非難の視線を向けた。「兄さん、ゆうべシェイマスを家まで送ってくれるように頼んだわよね」

「送っていったさ、まっすぐ家の前まで」パトリックは父親を見つめて答えた。「彼は大丈夫だった。酔っぱらってなどいなかったし、彼は……なんともなかったんだ」

「どういうことだ? なにがあったんだ?」ジェフがきいた。

エイモンは頭を振ってモイラを見つめた。「自分の兄を責めるんじゃない、いいな、モイラ。パトリックの言うとおりだ。シェイマスは人を助けようとして死んだらしい。奇妙な話さ。彼の隣人、一階の老人が心臓発作を起こして、それにシェイマスが気づいたようだ。その老人も、玄関を出たところでやはり死体で見つかっている。警察が状況から判断するに、ミスター・コワルスキーがシェイマスにおりてきてもらおうと助けを求めて大声を出した。シェイマスは……シェイマスは慌てたせいで階段から転げ落ちたんだ」彼はしばらく黙りこんだ。「首の骨が折れていた。警察は即死だっただろうと言っていた。シェイマスは苦しまなかっただろうと。警察の話のなかでそれだけが慰めだった。シェイマスは苦しまなかったんだ」エイモンは少しのあいだ両手で頭を抱えていた。「ふたりとも倒れていた。「UPSの配送員が荷物受取の署名をもらおうとしなかったら、ずっと倒れたままだったかもしれない……そう、われわれのうちの誰かが、どうして今夜は店に来ないんだろうと思って様子を見に行くまでは」

「UPSの配送員がふたりを見つけただって？」パトリックがきいた。声がなんだかおかしかった。

エイモンはうなずいた。「配送員がガラス戸越しに見て警察を呼んだんだ。やってきた警察が検視官を呼んだ。ふたりが死んだのは今朝早くらしい。警察は……警察は現場検証を終えると死体を運びだし、わたしに電話をよこしたんだ。シェイマスはきちんとした男だったから、書類をきれいに整理してあった。わたしの名前と電話番号を書いた紙が財布のなかと二階の電話の横にあったそうだ。わたしがシェイマスの遺言執行人だ。彼に家族はいなかった。われわれが彼の家族だったんだ。このパブは彼の本当の家だったんだよ。このアメリカでの」

「コワルスキーには身内がいた」パトリックが元気のない声で言った。

エイモンは息子を見た。「いや、違う。シェイマスと同じで、彼は一度も結婚しなかった。警察はそう言っていた。コロラドかどこかにきょうだいの孫息子がひとりいるそうだ」

「おかしいな」パトリックがつぶやいた。「シェイマスはぼくが思っていたより混乱していたんだな。彼は、コワルスキーには子供が何人もいて、しょっちゅう出入りしていると言ったんだ」

「いいや」エイモンはわずかに眉を寄せて言った。「警察によると、そうじゃなかった。わたしはしばらく警察にいて、シェイマスに関しての質問に答えていたんだ」

「ゆうべシェイマスがここにいたことは話したんだろう？」ジェフ・ドーランがきいた。

「ああ、もちろんだ。しかし、パトリック、おまえがシェイマスを家まで送っていったなんて知らなかった。それを聞いてうれしいよ。彼は最期まで友人と一緒だったんだ」

「シェイマスとは建物の入口で別れたんだ。通りで」パトリックは言った。「彼は少し腹を立てていたようだった。送ってもらう必要などない、気をつけて飲んでいるんだから、と考えていたみたいだ。部屋まで送ると言ったが、大丈夫だと言い張ったんだ」

エイモンは息子の肩に手を置いた。「たぶんそのときは大丈夫だったんだろう。事故を調べている警察官たちは、自分たちの判断に間違いはないと確信しているようだった。コワルスキーは心臓発作を起こした直後に廊下へ出た。呼ばれたとき、すでにシェイマスは階段をあがりきっていたに違いない。パトリック、おまえは彼と一緒だった、そのことを覚えておくんだぞ。シェイマスはおまえやモイラやコリーンを、そしてわたしたち家族を愛してくれていた」彼はため息をつき、周囲を見まわした。「この店を愛してくれていた。シェイマスは最後の夜をここで過ごしたんだ。われわれは彼の家族だったんだから、最後に敬意を表してやろう。彼の望んでいたとおりの葬儀をやるんだ。コワルスキーはどうなるのかわからない。きょうだいの孫息子が遺体を引きとりに来るだろう。どちらも死体解剖されることになっている――こういう場合の常でな。だが、水曜の晩には通夜をやれるだろうし、木曜の午前中には葬儀ができるだろう。聖パトリックの日だ。シェイマスは喜ぶだろうよ。信心深くて、聖パトリックの日が好きだったからな」

みんな黙りこんだまま座っていて、エイモンを見つめていた。なにを言っていいかわからなかったのだ。モイラは兄を見るのが怖かった。そこになにが見えるのかわからなかったからだ。モイラの目に涙があふれた。シェイマスにつらくあたったことが思いだされた。わたしたちはアメリカ人なのだと言って彼と口論した。復活祭蜂起《ほうき》を追体験するのはやめ、過去を乗り越えるべきだと主張した。カウンターのスツールに座って、ギネスをあと一杯くらい飲んでも大丈夫だ、と言っていたシェイマスの姿が目に浮かぶ。まだきょうだいが小さかったころ、シェイマスはパブへ来るときは必ずといっていいほど、子供に与えるチョコレートやなにかをポケットに忍ばせていたことが思いだされた。

それなのにどういうわけか、たとえ父親がなんと言おうと、シェイマスの死には釈然としないものがある。モイラは傷つき、憤りを覚え……疑惑を感じていた。

気分が悪い。どうしようもないほど。

「さてと」エイモンは言った。「二階へ行ってお母さんとおばあちゃんに話をしなければならない。コリーンとシボーンにも。それから子供たちにもな」彼はモイラの心を見透かしたかのように彼女を見た。「子供たちにもだ」エイモンはもう一度言った。「シェイマスは子供たちがいると喜んだものだった。また上着にキャンデーをつめこんでくれれば、小さな目がぱっと輝くのを見られると言っていた。彼にも家族があればよかったのに。きっと立派な父親になっただろう」彼は頭を振った。それから店内を見渡した。ひとりの男性客がカウンターのスツールに座っており、奥にいるひと組のカップルが遅いランチか早いディナーをとっていた。「ものごとは続いていく」エイモンは言った。「今夜も店は大にぎわいだろう。シェイマスがいなくてもな。しかし、それが昔ながらのアイルランド人の生き方だ。死は人生の一部にすぎん。ひとりの男が全うした人生を、最後に祝ってやらなくては」

「パパ」モイラは言った。「上へ行ってママとジョーンおばあちゃんに会ってきて。店のほうはわたしたちでやるわ」

「ああ、だけど、おまえ……」

「モイラの言うとおりだよ、父さん」パトリックが言った。「夜のあいだ少し休むといい。母さんと一緒にね。ひとりの人の人生を祝ってやりたいならそうすればいいが、ぼくには父さんの気持がわかるんだ。父さんは親友のひとりを失ったんだからね。葬儀の手配は明日すればいいよ」

「〈フラナリーズ〉だ」エイモンはうなずきながら言った。「シェイマスは〈フラナリーズ〉で通夜をしてもらいたいと言っていた。実際、昔だったらパブで通夜を行い、柩《ひつぎ》を囲んで酒を酌み交わしたものだ。彼もそうしてもらいたかったかもしれない。だが、〈フラナリーズ〉だ。それが彼の選択なんだ。柩は選んであるし、墓地も買ってある。通夜と葬儀に出ること以外、シェイマスはわたしになにもさせてくれなかった」

「上まで一緒に行くよ、父さん」パトリックが言った。

「ひとりで行ける」エイモンは答えた。

「父さん、一緒に行かせてくれ」パトリックが言い張った。

誰も動けずにいると、また店の入口が開いた。一陣の風とともに現れたのは、マイケルとダニーだった。暮れなずむ午後の陽光がふたりのシルエットを浮かびあがらせている。「みんな、こんばんは」ダニーが言った。「ここにいるマイケルにアイルランドの酒飲みの歌をいくつか教えてやったんだ。彼はすっかり覚えてしまった。いいかい、マイケル？　始めるぞ……さあ、マイケル、一緒に歌おう」

ダニーが歌いだすと、マイケルも加わった。ダニーがわざとなまりを強めると、マイケルもそれに合わせて上手になまりをまねた。

「いとしいばあさん、気をつけろ！　ばあさん飛びこむ、たんすの引きだし。北風ぴゅーぴゅー吹きすさび、意地悪バンシー泣き叫ぶ。ああ、いとしいばあさん、気をつけろ、たんすの引きだし、身を伏せろ！」

ふたりは短い歌を同時に歌いおえた。マイケルはとても誇らしげでうれしそうだった。

パブにいた人々はふたりをまじまじと見つめた。

ダニーは眉をひそめると、マイケルを促して店に入ってきた。ふたりは互いの肩に腕をまわしている。「油を売っていたわけじゃないんだよ。何軒かのパブに立ち寄りはした」ダニーは言った。「でも、モイラ、きみのマイケルを酔っぱらわせて帰ってきたりはしなかったじゃないか」

マイケルもモイラを見て眉をひそめた。「いい撮影ができたと思うよ。もちろんきみとジョシュにテープを見てもらわなきゃならないが。それに何軒かのパブに寄りはしたが……」マイケルの言葉が途切れた。モイラが動転しているのに気づいたのだ。「帰るのが遅かったかな？　留守中になにかあったのかい？」

ダニーは急に酔いが醒《さ》めて深刻な顔になった。「どうしたんだ？　なにがあったんだ？」彼は尋ねた。

「シェイマスが亡くなったの」モイラは答えた。

「なんだって！」ダニーは息をのんだ。「どういうことだ？」

「シェイマスって？」マイケルがささやいた。

「父の友人で、いつも七番目のスツールに座っていた人だ。きみも会ったことがある」パトリックは手短に説明した。

ダニーはまっすぐエイモンのところへ歩いていって傍らにひざまずいた。「エイモン、すみませんでした。大丈夫ですか？」

「ああ、ダニー、大丈夫だ、ありがとう。シェイマスは人生を全うした。いい人生だった。もっと長生きできたかもしれん……しかし、そうとも、寿命がつきたんだ。いくつまで生きたかは問題じゃないらしい。人が死ねば、誰しもその人を恋しく思う。心のなかにぽっかり穴が開いてしまうんだよ。わかるだろう？」

「ええ、エイモン」ダニーが難しい顔で応じた。「シェイマスは体が弱っていたんでしょうか？　彼の本当の年は知らなかったが、健康で丈夫そうに見えたのに」

「わたしが説明するわ」モイラは立ちあがって言った。「パトリックが父を二階へ連れていくところだったの。母や祖母に教えてあげなければならないから」

「さあ、行こう、父さん」パトリックがそっと促した。

エイモンは立ちつくしていた。その姿を見ているうちに、またもやモイラの目に涙があふれてきた。父親は急に老けこんでしまったようだ。友人の死に、彼女は再び打ちのめされた。そして椅子の背をつかんだ。「パパ、上へ行ってちょうだい。今夜はママと一緒にいたほうがいいわ」

エイモンは娘の頬に軽く触れると、パトリックに導かれて奥へ歩いていった。だが突然足をとめて振り返った。「ダニー？」

「なんです、エイモン？」

「今夜はきみがわたしに代わって店を切り盛りしてくれ。いつもの客たちがやってくるだろう。きみならどうすればいいかわかっている。立派な通夜と葬儀をやるつもりだが、今夜はシェイマスの友人たちに、彼の死を知らせてやらねばならん」

「わかりました、エイモン、任せてください」ダニーは約束した。

パトリックとエイモンはカウンターの後ろのドアを通って姿を消した。ダニーはモイラを見つめた。

何軒ものパブに寄ったのに、すっかり酔いが醒めていた。「なにがあったんだ？」彼は尋ねた。

モイラはダニーをじっと見つめた。「警察の話だと、一階に住んでいた人が――」

「コワルスキーか?」ダニーは口を挟んだ。

「ええ。その人が心臓発作を起こしたらしいの。たぶんシェイマスが帰ってきた音を聞きつけたんでしょう。大声で彼を呼んだの。シェイマスは急いで駆けつけようとして階段を転げ落ちた。コワルスキーは心臓発作で亡くなっているのが発見されたわ。シェイマスも階段の下のコワルスキーのそばで見つかった。首の骨が折れていたんですって」

ダニーは長いあいだ目を伏せていた。彼がそれまで父親が座っていた椅子の背をぎゅっとつかんでいるのを、モイラは見た。ダニーの指の関節は、彼女のと同じくらい白くなっていた。

「いつのことだい?」ダニーは尋ねた。

「今朝早くだそうよ」

ダニーは相変わらずモイラを見ようとしなかった。モイラには彼の目が見えなかった。しかし、ようやくダニーが目をあげたときも、表情を読みとることができなかった。彼は即座に椅子を押しやり、大股で入口のほうへ歩きだしたのだ。

「どこへ行くんだ、ダニー?」ジェフがきいた。

「今夜ここを切り盛りするって、パパに言ったばかりじゃない」モイラは彼の背中に呼びかけた。

ダニーは立ちどまったが、しばらく背を向けたままでいた。そして振り返った。「やるさ。一時間以内に戻ってくる」

彼は再び歩きだしてから、さっと身を翻してテーブルへ戻ってきた。

このあいだずっと、アンドリュー・マガヒーは居心地が悪そうに座っていた。その彼の真ん前で、ダニーはいきなり足をとめた。「あんたは誰だ？」ダニーはつめ寄った。

「ダニー！」モイラはぎょっとして言った。

「アイルランド児童支援協会のアンドリュー・マガヒーです」マガヒーがそっけなく答えた。ダニーに手を差しだそうともしなかった。

「そうか」ダニーは言った。そしてもうしばらくマガヒーを見つめてから、大股でパブを出ていった。

モイラは気づくと、さっきまで疑念を感じていた見知らぬ人物をとりなしていた。「本当にごめんなさい、ミスター・マガヒー」彼女は言った。「ここはダニーの店ではないんです。彼にはあんな失礼な態度をとる権利はありませんわ」

「ダニーはシェイマスが大好きだったんだ」ジェフが静かに言った。

「ちっとも気にしていません。どうぞわたしのことはアンドリューと呼んでください」マガヒーは言った。「さあ、そろそろおいとまするとしよう。お父さんや家族のみなさんに心からお悔やみ申しあげますとお伝えください。それと、パトリックには別の機会に話しあいましょうと」彼はモイラの手をとった。彼女は拒まなかった。マガヒーは短く握手をすると、ほかの人たちにうなずきかけてパブを出ていった。

モイラは肩にマイケルの手が置かれたのを感じた。力強く、頼もしい手だ。彼女は罪の意識に打ちのめされることはなかった。いまだにひどく驚いたままだったのだ。

彼女はマイケルに弱々しくほほえみかけると、彼の手から身を離し、パブのドアへ歩いていった。ドアの上部のカットガラスに刻まれた〈ケリーズ・パブ〉の文字の上から通りが見えた。ダニーはまだそれほど遠くへ行っていなかった。通りを渡ったところで立ちどまり、パブのドアから通りの角のあたりまでを入念に見渡していた。その角を曲がれば、シェイマスの家がある通りだ。

モイラが見ていると、アンドリュー・マガヒーがダニーのほうへ歩いていった。ダニーはマガヒーが近づいてくるのを見つめている。やがてマガヒーに遮られて、ダニーの姿は見えなくなった。たぶんふたりは話をしているのだろう、とモイラは推測した。しばらくしてふたりは別々の方角へ歩きだした。マガヒーは右へ、ダニーは角のほうへ。ドアを閉めたままでは、ダニーの向かった先を確認することはできなかったが、そこまでする必要はなかった。シェイマスの家へ向かったのは明らかだ。

モイラはまた背後にマイケルを感じた。「ぼくにできることがあったら言ってくれ」彼はそっとささやき、彼女を自分のほうへ向かせた。モイラは泣きだした。それまでなんとかこらえていた涙が滝のように頬を伝い落ちた。マイケルが優しく両腕で彼女を抱いた。「大丈夫だ、大丈夫だよ」彼はそっと繰り返した。「シェイマスは人を助けようとして死んだ。気高い死に方だったと思う。立派に人生を終えたんだ」

「あの人は死んでしまった」モイラはマイケルの胸に顔をうずめてつぶやいた。彼は岩のように頑丈で頼もしく思われた。そのときになってやっと、彼を裏切った罪悪感がモイラの胸に忍びこんできた。そのマイケルがここにこうして一緒にいてくれて、ダニーはといえばどこかへ駆けだしていった。そしてシェイマスは……。

シェイマスは妙なことをつぶやいていた。ジェフには口をつぐんでいるようにと忠告された。ブラックバード。政治家たち。暗殺の噂《うわさ》。シェイマス、シェイマス、シェイマス……。

シェイマスは怖がっていた。しゃべっていた。神経質になっていた。そのシェイマスが死んだ。友人を助けに行こうとして。心臓発作で死んだ友人を。階段を踏み外し、転げ落ちた。

本当にそうだろうか？

シェイマスが、もし……。

もし、なんだというのか？

シェイマス、もしなにかが起こっているなら、今見えているものが偽りなら、誓ってこのままにはしておかない。真実を突きとめてみせる。

「彼が亡くなったんだ、泣いて当然だよ」マイケルは慰めた。「きみは古い友人を失った。ああ、モイラ、かわいそうに。そうだ、ぼくはパブではあまり役に立てないが、今は客もほとんどいない。きみはオフィスか、二階の家族のところへ行くといい」

モイラは後ろへさがってマイケルを見た。そして彼の頬にてのひらをあてて首を振った。マイケル。彼はこんな仕打ちを受けるべきではない……。でも、そのことは後まわしにしなくては。シェイマスが死んだのだ。再びモイラの目は涙でかすんだ。マイケルの言うとおりだ。立ちなおるには少し時間がいる。しかしそのとき、マイケルの向こうの光景が目に入った。クリシーがカウンターのところでジェフと話していた。クリシーはうなだれると、声をあげて泣きだした。モイラの涙は乾きつつあった。胸の底にきざした疑惑が刻一刻とふくれあがり、それとともに怒りと真実を突きとめたいという欲求が高まった。

たとえ真実がどのようなものであろうとも。

「いいえ、マイケル」モイラは答えた。「せっかくだけど、わたしたちでお店をやるって父に約束したの」

「〝喪中につき閉店〟という貼《は》り紙を入口に出したらどうかな」マイケルは提案した。

モイラはかぶりを振り、かすかにほほえんで後ろへさがった。「いいえ、それはだめ。そういうのは父のやり方ではないの。アイルランドのやり方ではないのよ。シェイマスの友人や飲み友達が今夜もやってくるわ。みんなお酒を飲みながら、彼の思い出話をしたがるでしょう。わたしなら大丈夫よ、気をつかってくれてありがとう。悪いけど、向こうのテーブルのふたりに注文をききに行ってくれないかしら。わたしはクリシーに少し休むように言ってくるわ。バンドのメンバーが来たら、ジェフにはもう手伝ってもらえない。今が忙しいときでなくてよかったわ」

マイケルは、きみのやり方はよくわかったというようにうなずいた。「ぼくはここにいるよ」

彼は約束した。

「あなたって信じられないほどすてきな人ね」モイラは言った。

「ありがとう」マイケルは行きかけて、引き返してきた。「今はまずいが」彼は言った。「あとで話がある、いいね」

「わかったわ」

マイケルは歩み去った。モイラはカウンターへ歩いていってクリシーを抱きしめ、しばらく一緒に泣いた。それからクリシーをオフィスへ促し、今夜は休んでもいいわと言った。クリシーは店に出ると言い張った。水曜の夜には〈フラナリーズ〉で通夜が営まれるが、今夜はシェイマスの死をみんなに伝えなければならない、わたしもその場にいたいと。

クリシーをオフィスへ行かせたとたん、客がどっと押し寄せてきた。通りを少し行ったところにある事務所の一団と、ディナーの客たちだ。

モイラがカウンターとフロアの両方はとてもこなせないと思いはじめ、マイケルはどうしていいかわからずにいたところに、兄がコリーンとともにおりてきたのが見えた。カウンターに入ったコリーンはしばらくモイラをぎゅっと抱きしめていた。言葉はいらなかった。それからコリーンはパトリックと一緒にフロアへ出ていった。パブが客でいっぱいになったころ、やっとダニーが帰ってきた。緑色のリボンを持っていた。それをいつもシェイマスが座っていたスツールにかけ、リボンの上にロザリオを載せた。ダニーがその作業を終えたとき、ちょうどリアムがやってきた。ダニーはリアムに腕をまわして話を始めた。

リアムは泣きだした。しわの寄った頰を涙がぽろぽろと伝い落ちた。老人は主を失ったスツールの隣に腰をおろした。サルや、イギリス人のロアルドとその妻、そのほかいつもの常連客も姿を見せていた。ダニーはジェフと短い会話を交わしてから、すでにほかのミュージシャンが集まっている狭いステージにあがった。そしてジェフからマイクを受けとると、一杯やりに立ち寄っただけの客と、〈ケリーズ・パブ〉を第二のわが家と見なしている客の双方に語りかけた。シェイマスがもうこの世にはいないこと、友人を助けようと急いだせいで亡くなったこと、即死だったので苦しまなかったことを話した。それから友人としてシェイマスがどんな人物であったかを語り、彼に敬意を表し、店のおごりで一杯やってもらいたいと言った。続いて、ここにいる全員に、シェイマスのために祈り、乾杯してほしい、彼はバンシーの泣き叫ぶ声を聞き、深く信じていた神のもとへ召されたのだからと述べた。

ダニーがステージをおりると、バンドが《アメイジング・グレイス》を演奏しはじめた。モイラはほかの人たちと一緒に急いで祈りと乾杯のためのエールを注《つ》いでまわった。カウンターの後ろで忙しくエールを注いでいると、カイル・ブラウンの姿が目に入った。今夜の彼は藤《ふじ》色のセーターを着て、最初に見たときと同じ隅のテーブルに座っていた。

モイラは彼にも酒をふるまうことにした。クリシーがわかったちょっとフロアのほうへ出てくるわね、とクリシーに呼びかけた。クリシーがわかったというというしるしにうなずいた。

モイラはカイル・ブラウンのところへ歩いていった。「シェイマスをご存じでした?」グラスを置きながら尋ねた。

「いや。しかし亡くなったと聞いて、とても気の毒に思うよ」

「ありがとう。それで、あなたはなにか見たんですか?」

「これまでに? そうだな、前にも言ったように、わたしは見張っているんだ」

「わたし、この店でおしゃべりをするのはまずいと忠告されたんです」モイラは言った。

「ほう？」

「若いころのシェイマスはとても弁が立ったんじゃないかしら。あの人はときどき、おしゃべりにわれを忘れることがあったの」

「ほう？　で、彼はなんと言っていたんだ？」ブラウンはグラスに手をのばすふりをして身を乗りだした。

「警察署へ行こうかと真剣に考えました」彼女は言った。「わたしの友人のシェイマスについて、直接話を聞きたかったんです」

「そりゃあいい」ブラウンは椅子の背に寄りかかってモイラを見つめた。「わたしはそこにいる」

　モイラはうなずいてテーブルから歩み去りながら、わたしはどうかしてしまったのだろうかと思った。わたしは警察官に、父親のパブにいる誰かが殺人犯だとほのめかしたのだろうか？　いいえ、わたしはほのめかす以上のことをしてしまったのだ。

　カウンターのなかへ戻ったモイラは、体が震えているのに気づいた。シェイマスを送っていったのはパトリックだ。つまり、パトリックが生きているシェイマスを見た最後の人間ということになる。ただし——わたしの疑惑があたっているなら——殺人犯、そしておそらくコワルスキーを除いてだ。しかし最もありえそうなのは、コワルスキーはシェイマスが転げ落ちる音を聞きつけて廊下へ出た、そして死体を見つけ、心臓発作を起こしたという可能性だ。わたしが警察へ行けば、兄がなんらかの形で今回の事故にかかわっているとほのめかすようなものだろうか？　兄がミスター・コワルスキーに心臓発作を起こさせ、シェイマスを階段から落ちるように仕向けたと？　いずれにしろ、兄はこの場に存在するが、殺人犯はわたしの空想の産物にすぎないのかもしれない。ただしパトリックが……？　まさか。警察へ行くのはよそう。

背後からモイラの体に両腕がまわされた。マイケルだった。「大丈夫？」彼が優しい声できいた。

「ええ。あなたはフロアでよく頑張ってくれているわ」モイラは言った。

「どうかな。コーンビーフとキャベツのにおいが体に染みついてしまった気がするよ。ろくに食事もしていないのに、手首についたマッシュポテトと肉汁をなめているうちに、腹がふくれたしね」

「よかったじゃない」モイラはそう言ったとき、テーブルの女性がマイケルを見ながら手にしたクレジットカードを振っているのに気づいた。

「お客さんがあなたを呼んでるみたいよ」

「ああ、そのようだ。たぶんチップをたっぷり弾んでくれる気だよ」

「じゃあ、もらいに行くといいわ」

マイケルは顎をつんとあげた。「ぼくはアシスタント・プロデューサーだよ。チップを懐へ入れたりはしない。クリシーの瓶に入れておくよ」

モイラはにっこりしてマイケルの手をとり、その甲に素早くキスをした。すべてが終わったら、対処しなければならないことがたくさんある。「あなたのおかげでクリシーは大儲《おおもう》けね。きっと感謝されるわ」

「早く行ってお客さんの相手をしないと」

「そうよ。また踏み倒されたらかなわないもの」

「どういうこと？」

「前に代金を払わずに逃げられたこと、覚えてない？　もう一度そんな目に遭うのはごめんでしょう。パブにとってはたいした損害じゃないけど、あなたの自尊心が大いに傷ついたんじゃなかった？」

「覚えてるよ」

「お利口さんね」

「二度とあんなへまはしないさ」

マイケルは歩み去った。リアムがひとり座って空のグラスを見つめているのが、モイラの目に映った。

彼女はカウンターに沿って歩いていき、空のグラスを満たした。リアムは普段からゆっくり時間をかけて飲む。ビールが生ぬるくなっても気にしなかった。

「大丈夫？」モイラはきいた。

リアムはうなずいた。「これからは誰と議論したらいいんだ？」切なそうにモイラに尋ねた。

「父とすればいいわ。父はいつだって議論の相手になるわよ」モイラはきっぱりと言った。そしてリアムの顔に手を触れた。「体に気をつけてね、リアム。聞いてるの？　わたしたちにとって、あなたはほんとに大切な人なんだから」

リアムはうなずいた。そしてグラスを掲げた。「シェイマスに」

「シェイマスに」モイラは応じた。

彼女が振り返ると、ジョシュがカウンターの後ろで待っていた。モイラを抱きしめて言った。

「大丈夫かい？」

「ええ、もちろんよ」

「このメモをお母さんから預かってきた。それと、きみにききたいことがある。サリー・アデアって誰だい？」

「ああ！」モイラは叫び、慌てて口に手をあてた。「お友達よ。魔女なの」

「つまり、魔術を使うってことかい？」

「ええ、サリーはセーラムに住んでいるわ。一緒にカトリックの学校へ行ったの」

「で、今は魔女なのかい？」

「サリーは万人救済派信者《ユニバーサリスト》で、魔女でもあるのよ。今ボストンで撮影しているってメールで知らせたら、セーラムで撮影をしたらどうかと言ってよこしたの。セーラムって、休日を過ごすのにもってこいの町よ。彼女から電話があったのね？」

「うん。きみの予定を知りたがっていた」

「電話をしないと」

「明日の朝すればいい。家族の友人が亡くなったので、きみが電話をするのは明朝になるだろうと話しておいた」

「サリーはシェイマスを知っていたの。きっとわかってくれるわ」

「モイラ、プレッシャーをかけたくはないんだが、きみはどうしたいんだい？　もう撮影は中止する？　今までに撮った分で充分に番組を制作できるよ」

「いいえ、だめ……もっといろいろ撮るべきことがあるわ。ただ、朝は父の手伝いをして、すべてをきちんとしておきたいの。予定では水曜の夜に通夜をして……木曜の午前中に埋葬することになっているわ。それまでに解剖が終わって遺体を返してくれればだけど。それからブローリンの側近とインタビューの打ちあわせをする必要もあるわ」

「わかった、モイラ。明日の午前中はお父さんの手伝いをするといい。そのあとで番組のことを考えよう。今夜はなにも考えずにゆっくり休むんだ――おっと、今のは失言だった。今夜は大車輪で働かなくてはならないんだっけ。休んでる暇などないよな」

モイラはほほえんだ。「ほら、わたしにとってはそれがいちばんなの。父を二階へ追いやったのが悔やまれるくらい」

「気にすることはない。お父さんはお母さんとずっと一緒にいたよ」

「子供たちのこともすっかり忘れてた」

「なにも問題ないさ。さっきジーナをホテルへ送り届けてきたんだ。パトリックとシボーンの三人の子供も少し前にベッドへ入った。母親に寄り添われて気持よく眠っているよ。パブも順調にいってる。つまりぼくの言いたいのは、明日は好きなだけお父さんと一緒に過ごせばいいってことだ。そのあとで、ほかになにを撮りたいのかを考えればいい。それで撮るものが決まったら、ぼくに教えてくれ」

「これはあなたの番組でもあるのよ、ジョシュ」

「番組はぼくのものでも、今回のエピソードは違う。すべてきみのアイデアだ。すばらしい番組になるだろう。だけどわかってるね、ぼくが必要なときには、いつでも駆けつけるよ」

「ほんとに、ジョシュ、あなたはわたしが知ってるなかで最高の人よ。ベッドをともにしなくてほんとによかった」

ジョシュはにっこりしてモイラの頬にキスした。「おやすみ」

彼が出ていくと、モイラはまだ母親のメモを握りしめたままでいることに気づいた。急いで開いて目を通した。

〈ブローリンの側近の方から電話がありました。電話ではなく、明日の午後、おまえに直接出向いてもらって打ちあわせをしたいとのこと。母より〉

「なにかあったのか?」

ジェフ・ドーランがカウンターへ来ていた。バンドは小休止中だった。

モイラは自分でも理由がわからなかったが、慌ててメモを小さく丸めると、父親に排水管がつまるからと昔から禁じられていたにもかかわらず、ビールの注ぎ口のわきのシンクの排水口へこっそり流しこんだ。

「どうもしないわ。調子はどう?」

「うまくいってるよ。きみは？」

「順調よ。ねえ、ジェフ？」

「なんだい？」

「ジェイマスはしゃべりすぎたんだと思う？」

ジェフの顔がさっと青ざめた。「ジェイマスは友達を救おうとして階段から転げ落ちたんだ。真相はわからないが。ビールを一杯くれるかな。今夜はひどい晩だ」

「ええ、いいわ」

モイラはビールを注いでやった。

マイケルがカウンターへやってきて雑巾《ぞうきん》を置き、疲れた笑みを浮かべた。「ようやくひと息つけたよ。客も少なくなってきたし、きみは二階へあがって休んだらどうだ」

「もう少ししたらね」モイラは答えた。

マイケルはため息をついた。「モイラ、きみのために、ぼくにできることがあればいいんだが。ぼくはここでは部外者だ」

「いいえ、マイケル、そんなことないわ」

「ぼくは部外者以外のなにものでもない。たぶんきみには家族が必要なんだ。それと友達が」言い添えた言葉に奇妙なニュアンスがこめられていた。「ぼくはホテルへ戻る。きみがここにいてほしいと言うなら別だけど」

「マイケル、今日は働きづめだったわね」

「もっと働けるよ。抱いて慰めてあげたいところだが、きみはひとりになりたいようだ」

「わたしなら大丈夫。本当よ。働くのが性に合ってるの」

「そうかもしれない。だが、ぼくは抱いて慰めてあげたいんだ」

「パブはそういう場所とは違うのよ、マイケル。ここにいるとほっとするの。汚れたグラスを片づけたり洗ったりするのは楽しいわ」

「ジョシュがきみに話したと言っていた。ぼくをつかまえるにはどうすればいいかわかっているね。きみからの連絡を待ってるよ」

「ありがとう」モイラはそっと言った。

「ドアまで送ってくれるかい？」

「もちろんよ」

モイラがカウンターのなかから出ると、マイケルが肩に腕をまわした。ドアのところまで来たとき、マイケルが唇に軽くキスした。彼女はふいに眉をひそめた。「わたしになにか話があったんじゃない？」

「明日にしよう」マイケルは答えた。

「今にして。今話してちょうだい」

マイケルはためらって店のなかを見まわした。

「ここで話すのは……」

「コートを着るわ。外へ出ましょう」

モイラは入口わきのコート掛けからコートをとり、一緒に外へ出た。いつもよりもあたたかかった。歩道に氷は張っていない。春の到来が間近なのだろう。

「なんなの？」

「話すべきかどうか、今でも確信がないんだ」マイケルは言った。

モイラはかぶりを振った。「どうして？　どんな話なの？」

「たぶんきみはもう知ってるんじゃないかな。しかし……ぼくはきみの友達のダニーのことを調べてみたんだ」

「なんですって？」

「すまない、そうせずにはいられなかった」

「調べたって？」

「ぼくにはちょっとした情報源があってね。認めるのは恥ずかしいが、嫉妬《しっと》していたし、心配でもあったんだ。彼はなんていうか……危険に見えた。それで……そう、きみが彼を本当に知っているとは思えなかったしね」

「どうして？」

「うん、彼はベルファスト出身で――」

「それなら知ってたわ」

「しかし、伯父さんに育てられた理由を知っていたかい？　伯父さんはしばしばダニーをここへ連れてきていただろう？」

「両親が亡くなったからよ」

「両親はただ死んだのではない。父親はイギリス治安部隊の非番の兵隊に撃ち殺されたんだ。そのとき、妹も一緒に撃たれて死んだ。母親はその一年後に亡くなっている。敵対する過激派同士の投石騒ぎの最中にね」

モイラはマイケルを凝視した。そうだ、ダニーについて、わたしはそうしたことをなにひとつ知らなかった。わたし自身の父や母についてすら知らなかったのだ。ダニーの過去がそれほどまでにつらく、暴力に満ちたものだったとは露ほども知らなかった。

「なんてこと」彼女は大きく息を吐いた。

「モイラ、ぼくがこんな話をするのは、彼の身に実に恐ろしいことが起こったからだけじゃなく……そう、ぼくの情報源によると、彼は北アイルランドのきわめて過激なグループとかかわっていたからなんだ。用心してほしい。できるだけ彼とは距離を置くんだ」

「あなたは今日一日じゅうダニーと一緒だったじゃない」モイラは小声で言った。

「ああ」マイケルが沈んだ声で答えた。「きみと一緒にいられないなら、彼を見張っていようと思って」

モイラは唇をなめてうなずいた。今日は奇妙な一日だった。そして悲しい日だった。彼女は突然、ウイスキーの入った紅茶を飲んでひと晩ぐっすり眠りたくなった。そうすれば、少なくとも何時間かはなにもかも忘れていられる。

「モイラ、きみを狼狽《ろうばい》させるようなことを言ってすまない。ただ用心してほしかったんだ。住まいへ続くドアにはちゃんと鍵《かぎ》がかかるんだろう？」

「ええ、かかるわ」モイラはぼそりと言った。家族が持っている鍵をダニーもまた持っていることを、マイケルには黙っていた。

「過去はどうあれ、きみの友達はいいやつに変わりはないのかもしれない」マイケルは言った。「だが、夜は鍵をかけなくちゃだめだ。自分を守ってくれ。きみはとても大切な人なんだよ、とりわけぼくにとっては」

　モイラは再びうなずいた。そして現実から目をそむけようとした。マイケルは恋人としてわたしを心配してくれている。それなのにわたしはマイケルを裏切り、彼が注意するようにと促した人物と寝てしまった。

「ぼくがここにいるあいだにパブへ入ったほうがいい」マイケルは言った。

　モイラはうなずいてなかへ入った。カウンターのほうへ歩いていきながら、驚きと疲労、あるいは情緒不安定のあまり、おやすみの抱擁をするのも忘れていたことにマイケルは気づいただろうかと思った。

　カウンターのなかへ入ったとき、シェイマスの空っぽのスツールの左隣にジョーンが座っているのを見てびっくりした。

「寝酒をやりに来たのさ、モイラ。今夜はどうしても一杯欲しくてね」祖母はモイラに向かってブランデーグラスを掲げた。「ブラックバードだよ。一緒にやるかい？」

「もちろんよ。ちょっと待ってて」

モイラは自分で飲み物をつくり、祖母の前に立った。ふたりはグラスを合わせた。「シェイマスに」ジョーンは言った。その声の大きさにモイラはたじろいだ。豊かで低い声だ。パブにいる全員に聞こえた。「シェイマスに。そして平和を望むすべての人に。大義と称して罪もない人間を殺す者どもは呪《のろ》われるがいい」

ジョーンはウイスキーをあおった。パブのなかはしんと静まり返り、全員が彼女を見ていた。

やがてジェフ・ドーランが大声で言った。「シェイマスとアイルランド人に。学問の黄金時代と平和な未来のために」

「乾杯！」誰かが言った。

全員がグラスを掲げた。

ジョーンがグラスを置いた。「おやすみ」穏やかな声でモイラに言うと、カウンターをまわって階段のほうへ歩いていった。

パトリックがモイラの横へやってきた。「今のはなんだったんだ？」彼は心配そうにささやいた。「いつもと様子が違う……あんなことがあったんで、まいってるのかな？」

「悲しんでいるのよ」モイラは答えた。

「ああ、そうだな」パトリックはうなずいた。「おまえもあがったらどうだ？　あとはコリーンとダニーとぼくとでやるよ。今夜は働きどおしだったんだ。さぞかし疲れただろう」

モイラは異を唱えようとした。最後までやり抜くつもりだった。けれどもふいに気が変わった。

「わかった、そうするわ、兄さん。ありがとう」

モイラは兄を残して向きを変え、祖母のあとから二階へあがっていった。階段をあがりきったところでドアに鍵をかけたかったが、ためらった。兄と妹がまだ下にいる。ふたりとも鍵を持っていた。だが身につけていないかもしれない。ところで、誰が入ってこないように鍵をかけるというの？　兄さん？　それともダニー？

モイラは廊下を歩いていくとき、祖母の部屋の前で聞き耳を立てた。バスルームで水の流れる音がした。

自分の部屋へ入って機械的に顔を洗って歯を磨き、ベッドへ向かった。さまざまな考えがすさまじい勢いで頭のなかを駆けめぐった。体は疲れきっているけれど、眠れそうになかった。横になろう。横になっているだけでも……。

モイラはのろのろとベッドに入った。シェイマスが死んだ。母は昔、ジェイコブ・ブローリンと知りあいだった。ダニーの家族はみな悲惨な死に方をした。そのダニーとベッドをともにした。ジェフはパブでなにかが起こっているかもしれないと言った。シェイマスは死んだ。彼はしゃべった。祖母はパブへおりてきて奇妙なせりふを大声で口にした……。

モイラはベッドを飛びでると、祖母の部屋へ歩いていってドアを軽くノックした。

「はい？」

「わたしよ、ジョーンおばあちゃん、モイラよ」

「お入り」

ジョーンはベッドに入っていたが、眠ってはいなかった。音を消してテレビを見ていた。

モイラは歩いていってベッドの端に腰をおろした。ジョーンは片方の眉をつりあげ、手をのばしてモイラの指を握った。

「下ですごい挨拶《あいさつ》をしていたわね」モイラは言った。

ジョーンは肩をすくめた。「わたしは老いぼれかもしれないが、ときには自分が考えていることをほかの者に知ってもらいたくなるんだよ」

「なにか心配ごとがあるの？」モイラはきいた。「なにかが起こっているの？」

「悲しいんだよ。古くからの友人を失ったもんでね。それに少し気がかりなんだ。最近、いろんなことが起こってるから」

モイラは祖母を見つめ、話題を変えた。「知ってた、ママが昔ジェイコブ・ブローリンと知りあいだったこと？」

ジョーンはうなずいた。「当然だよ」

「いったいなにが起こってるんだと思う？」

ジョーンはかぶりを振った。「この老いぼれの単なる直感にすぎないよ、モイラ。それに、そうとも、暴力に満ちた歴史が繰り返されるのを見たくないんだ。それを思っただけで怒りがわいてくる。なぜって、アイルランドはすばらしい国だからね。ああ、モイラ、おまえはあの国を何度も訪れているね。コネマラの夏の日ほどすてきなものがほかにあるかい？　草の上を風が吹き渡っていく……島じゅうをだ。北にある巨人の土手道《ジャイアンツ・コーズウェイ》も見ただろう。大昔の岩が天上から投げ落とされて柱みたいにそそり立っているかのようなところさ。あれを見たら、誰でもフィン・マックールの伝説を信じずにはいられない」

モイラはにっこりすると、思いにふけりながら話しはじめた。「フィン・マックールはフィアナ騎士団の首領で、アイルランドを異国の侵略者から守った戦士よね。力が強くて、千里眼の持ち主だった。親指を吸うことによって知恵を得ることができた」彼女はほほえんだ。「今でも覚えているけど、コリーンがまだ小さかったころ、パパもママも、どうしてもコリーンが親指を吸うのをやめさせられなかった。コリーンったら生意気に、親指を吸うとフィン・マックールみたいに頭がよくなるんだと言い返していたわ」

ジョーンは顔をほころばせた。「ああ、そうだった、よく覚えていたね。だけど親指を吸う口実にフィン・マックールを使ったのは、コリーンだけじゃなかったよ。あの子はおまえに教わったのさ。ぜひとも祖国へ旅行したいね。もう一度アーマーを訪れて、空高くそびえる大聖堂や、なだらかにうねる緑の丘を見てみたい。あそこは魔法の土地だ。なんとかもう一度見たいものだよ」

「何度も帰ったじゃない」

「そりゃそうだけど、ホームシックなのかね。アメリカが好きだし、アメリカ国民であることを誇りにしている。でも、祖国をぐるっと車でまわって若いころ過ごした美しい土地を見たいんだ」

「だったら旅行の計画を立てなくてはね」モイラはこともなげに言った。

「わかってるよ。これからの数日間を無事に乗りきろうってことだろう?」

モイラはうなずいた。そして祖母を抱きしめた。「心から愛してるわ」

「知ってるよ、モイラ。わたしだっておまえを愛している。心からね。みんなおまえをたいそう誇りにしてるんだよ。それからパトリックのことも。もちろんコリーンのことだって」

「ちょっときいていい？」

「いいとも。人はなんでも好きなことをきいていいんだ。答えてもらえるかどうかはまた別問題だけどね」

モイラはほほえんだ。「ダニーについて、本当のことを教えてくれる？」

「本当のことって？」

「今までわたしは、ダニーの父親と妹が殺されたことを全然知らなかったの」

ジョーンはしばらく黙っていた。「どこでそんなことを聞いたんだい？」

「それはちょっと言えない。本当なの？」

「ああ、ふたりはダニーの目の前で殺されたんだ」

「どうして誰も教えてくれなかったの？」

「ダニーは決してその話をしない。きっと口にするのさえつらいんだろう。これほど長い年月がたった今でさえも」

「だけど、重要なことよ。もしかしたらそのために……」

「そのために、なんだっていうんだい？」

「その、そういう経験をしたら、人はきっと……」

「おかしくなってしまう？　おまえはそう言いたいのかい？」

「ううん、違う、そうじゃない。ただ……過激に走るんじゃないかと」

「そういう人間もいるだろうね」ジョーンは肩をすくめた。「偶然、ダニーは世界じゅうを旅しながら大きくなった。そして彼は、感じたことを文字にして表している」

祖母にはダニエル・オハラを悪く言う気などないのだ、とモイラは悟った。けれども知る必要のあることはわかった。マイケルが話したことは真実なのだ。

「ジョーンおばあちゃん……今はみんなの前でスピーチをしないほうがいいかもしれないわ。たとえ古い友人のために乾杯の音頭をとるだけであっても」

「わたしは老人だよ、モイラ、好きなときに思ったことをしゃべる。年をとると平気でそういうことができるようになるのさ」

「まだそんなに年をとっていないじゃない」

「いいや、そんなことはない、このとおりの年寄りだ」

「シェイマスは年をとっていた。でも、わたしたちが彼を失う理由なんてなかったのに」

「ああ、モイラ、おまえはシェイマスの死が悲しくて仕方がないんだね、わかるよ。わたしたちはみんな同じ気持なんだ」

「それだけじゃないの」モイラはつぶやいた。

「おまえは若者の直感でなにかを感じている、そうなんだね？　だったら、いいよ、わたしもおとなしくして、思ったことをぺらぺらしゃべらないと約束する。だけど、おまえもそうしなくちゃいけないよ」

「わたしは用心深さの塊みたいな人間なの」モイラはきっぱり言った。

「じゃあ、キスして、少し眠らせておくれ」

モイラは祖母にキスをすると、しぶしぶ立ちあがった。もう少しそっちへ寄って一緒にベッドへ寝かせて、と頼みたかった。

ドアへ歩いていきながら、なぜこうも奇妙で根深い恐怖を感じるのだろうといぶかった。そして、祖母を怖がらせるのはやめることにした。

しかし、立ち去る気はなかった。

祖母の部屋のドアの外にしばらく座っていよう。

モイラはドアを開け、静かに閉めてから、大声で叫びそうになった。なにかにつまずいて転ぶところだったのだ。廊下になにかがある。体、男の体だ。ひざまずいているのか、座っているのか、それともうずくまっているのか？　そんなことはどうでもいい。喉の奥で叫びが形づくられているあいだに、男が動いた。彼はさっと立ちあがった。肺が恐怖の叫びを振り絞る寸前、モイラは口をふさがれた。

14

「しーっ」

モイラは抱きかかえられたまま震えていたが、その声を聞くまでもなくダニーだとわかった。彼を感じていた。あまりに近かったので、においで彼だとわかった。

「モイラ、ぼくだ、ダニーだ。しーっ」

モイラは叫びをのみこみ、震えながら立っていた。ダニー。よく知っていながら、実際にはなにも知らなかった男性。

彼はモイラを放した。彼女は大声で叫びながら廊下を駆けていきたい衝動を必死にこらえた。

「ここでなにをしてるの？」彼女は怒りに震える声で問いただした。

「きみのおばあさんを見張っているんだ」

彼が誰かを見張っている？

「どうして？」モイラはきいた。

「わからない」にべもない返事だ。「自分でもなぜなのか。きみのほうこそ、ここでなにをしてるんだ？」

「わたしはここに住んでいるのよ」

「おばあさんの部屋にかい？」

「彼女はわたしの祖母だもの」

「それはそうだ。しかし、今ここでなにをしてるんだ？」ダニーは尋ねた。

モイラは落ちつきを失っていたが、一歩も引かないつもりだった。「祖母を見張っているのよ」

ダニーはなにも言わなかった。暗い廊下では、彼の表情はまったく読みとれなかった。

「きみはベッドに行くといい」ダニーは言った。「ぼくはもうしばらくここにいる」

モイラは唇を嚙《か》み、これでは狼《おおかみ》に羊を護衛しようと申しでられたようなものではないかと思った。ここはわたしの家だ。廊下の先の部屋には父と兄が寝ている。この家には人が大勢いるのだ。

ダニーはなにかしようとたくらんでいるのではなさそうだ。だとすると、彼はなにを心配しているのだろう？　そしてわたしはなにを心配しているのだろう？

「わたしはここにいるわ。あなたこそベッドに行っていいわよ」モイラは言った。

闇《やみ》のなかでダニーの視線を感じた。いきなり彼がモイラの手を握った。「いいだろう。そこの壁際がぼくの場所だ。きみはここだ」

ダニーはかたくなに腰をおろした。モイラも意地になって隣に座った。手をのばせば触れそうなほど近かった。怖がるのが当然なのか、そうでないか、自分でもわからなかった。叫び声をあげるべきか、あげないべきか……。

「ほんとに行っていいのよ――」モイラは言いかけた。

「ぼくは動かない」

「わたしだって」

「じゃあ、並んで座っていたほうがいい、そうだろう？」ダニーは言った。

ふたりはそのとおりにした。

時間は刻々と過ぎていった。いつのまにかモイラは眠りこんでしまったようだ。突然目が覚めた。なぜか知らないが、頭のなかで警報が鳴り響いていた。一瞬、自分がどこにいるのか、なにが起こっているのか、わからなかった。そのうちにのみこめた。首が痛い。ダニーの肩に頭をもたせかけて眠っていたのだ。彼は暗闇のなかで姿勢を正して、目を凝らし、緊張しながら耳をそばだてていた。

モイラは音をたてないように注意して体をまっすぐに起こした。彼にならって耳を澄ましたが、なにも聞こえなかった。

ダニーがすぐそばへ身を寄せてきた。「今夜は、家族はみんな家にいるんだろう？」彼は耳もとでささやいた。

モイラはうなずいた。そのあとで、本当はいるかどうかわからないことに気がついた。モイラが二階へあがったときには、パトリックとコリーンとダニーはまだ下にいた。モイラはいったんベッドに入ってからすぐに出て、そのまま祖母の部屋へ行った。兄と妹が二階へあがってベッドへ行ったのかどうか定かでなかった。

ダニーは亡霊のようにすっと立ちあがった。モイラも並んで立った。恐ろしくて膝ががくがくした。彼は彼女には注意を払わずに、廊下を入口のほうへ進んでいった。モイラは裸足《はだし》で抜き足差し足ついていった。ダニーは急に立ちどまって振り返ると、ひどく渋い顔をして引き返せと合図した。モイラは憤然とにらみ返した。

ダニーは緊張して向きなおった。やがてその体から緊張がすっと解けるのが見えた。彼はモイラのほうへ振り返った。「もう大丈夫だ。やつらは行ってしまった」

「誰が行ってしまったの？」彼女はきいた。

「わからない。それを知りたかった」

「なにも聞こえなかったわ」

「眠っていたからさ」

「それで、なにを聞いたの？」

「物音を……表玄関のところで」

「どんな音？」

「まるで……鍵穴《かぎあな》に鍵を差しこむような音だった」

「まあ」モイラは言った。ダニーは嘘《うそ》をついている。そこの鍵を持っているのは家族とダニーだけだ。ほかにはいない。モイラは腕時計に目をやった。ちょうど五時だった。「もうじき母が起きてくるわ」モイラはそう言って彼を厳しい目で見た。

ダニーは、顎をわずかに持ちあげて歯を食いしばっているモイラを見た。「急にどうしたんだ？」彼はきいた。

「別にどうもしないわ」モイラはおびえているように聞こえないことを祈った。「母はとても早起きなの。そのうちにみんなも起きてくる。あなたはもう下へ行ったほうがいいわ。そのあとで、きちんとドアに鍵をかけておくから」

「ぼくに家のなかにいてほしくないんだな？」質問というより断定だった。

「ダニー、大変な一日だったのよ。ええ、そのとおり。あなたに二階にいてほしくないの」

「わかった。もうほとんど朝だ。それに危険も去ったことだしね」

「なんの危険？　ここで危険な人といったら、あなたしかいないわ」

モイラがいるのは廊下の端で、目の前にはダニーがいた。彼女は自分が、家族を守るためにドーベルマンのふりをしているダックスフントのような気がした。とはいえ、始めてしまったからには最後まではったりを通さなければならない。

「ぼくが危険な人間だって？」

「ええ。そう思うわ」

モイラはダニーが言い返すだろうと思った。逆上して襲いかかってくるような気さえして怖かった。そして近づいてきたら叫び声をあげようと心の準備をした。

しかし彼は近づいてこなかった。モイラに背を向けると、住まいのほうを一度も振り返らずに、パブへと続く階段へ歩いていった。

彼女は廊下に立ったまま長いこと震えていた。

ダニーは本当に物音を聞いたのだろうか？　祖母が思っていることを話したがゆえに、なんらかの危険にさらされているなんていうことがあるだろうか？

それに、まったく、ダニーは危険人物というだけでなく、ことを起こす準備をすっかり整えている人間なのだろうか？

モイラは自分の部屋へ向かって歩きだし、ためらった。コリーンのドアの前で立ちどまると、静かにノブをまわした。

妹はぐっすり眠っていた。

パトリックが妻や子供と一緒に寝ているマスターベッドルームの前で、モイラはさらに長くたたずんでいた。コリーンになら、簡単に言い訳ができただろう。眠れないのだと言えばいい。あなたも眠れなくて話し相手が欲しいのではないかと思ったのだと。パトリックは妻と寝ている。もしシボーンが目を覚ましたら、なんと説明すればいいだろう？　ごめんなさい、シボーン、悪いけど兄の様子を確かめたいの、とでも？

とはいえ、なんとしても確認する必要がある。鍵はかかっていないだろうと思い、モイラはノブに手をかけた。当然、ドアに鍵がかかっていれば、パトリックはベッドにいるということだ。シボーンは夫が部屋にいないのにドアに鍵をかけたりはしない。

数秒が過ぎた。モイラはできる限りそっとノブをまわした。父親が家じゅうの手入れを怠っておらず、すべての蝶番《ちょうつがい》に油が差されていることに感謝した。

なかをのぞいた。暗闇に目を凝らす。バスルームから常夜灯の明かりがもれているが、ベッドの付近は暗かった。隣の部屋は子供たちのために明かりをつけたままにしてある。けれどもしばらくすると、ベッドが見分けられた。そこには体がひとつしかなかった。

モイラは凍りつくような思いでそこに立っていた。やがて、こうして立っていたらシボーンが目を覚ますかもしれないと思い、急いでドアを閉めた。廊下を歩いてキッチンへ行き、明かりをつけようとしたとき、パブに通じるドアで鍵がまわる音がした。

彼女は冷蔵庫にもたれて身じろぎもせずにいた。心臓が早鐘のように打っていた。どくんどくんという鼓動の音で、自分の居場所がばれてしまうような気がした。

ダニーが引き返してきたのなら、声を限りに叫んでやろう。家族全員を起こし、ダニエル・オハラをこの家からたたきだしてくれるように父親に頼もう。

だが、ダニーではなかった。モイラが身動きもせずに見ていると、兄が住まいへ入ってきた。靴を脱いで手に持っている。音がしないようにドアを閉めて鍵をかけた。そして靴下だけの足で廊下を進みはじめた。

「お店を閉めるのにずいぶん手間どったのね」モイラは暗がりからそっと声をかけた。

パトリックが振り返った。顔が真っ青だった。彼は妹をじっと見つめた。「なんだ、モイラか。最近のおまえはどうしたんだ？　家のみんなを起こそうってのか？」

「どこへ行ってたの？」

「ぼくの後見人にでもなったつもりか？」

「どこへ行ってたのよ？」

「もっと大きな声で話したらどうだ？　そうしたらシボーンが起きてきて同じ質問をし、あげくに楽しい夫婦喧嘩《げんか》が始まるってわけさ」

「兄さん、どこへ行ってたかときいて——」

兄は暗がりにいる妹のところへずかずかと歩いてきた。「出かけていたのさ、モイラ、友達とな」

「シェイマスが亡くなった夜だというのに？」

「そうだ、シェイマスが死んだ夜にだ。知ってるだろう？　これがアイルランド流なんだよ。実を言うと、シェイマスの友人たちと一緒だったんだ。おい、もっとほかにききたいことがあるなら、紙に書きだしておいてくれ。ぼくはこれから二、三時間寝るつもりだ」

パトリックは妹をキッチンに残して廊下を歩いていった。モイラは怒りと恐怖を同時に感じた。わたしは兄を愛している。

でも、パトリックはいったいどこへ行っていたのだろう？

兄はもっと前に帰ってきていて、なかに誰かがいるのを感じ、待っていたのだろうか？　いや、それは道理に合わない。兄ならいつでも好きなときに入ってきて、ちゃんとした説明ができるはずだ。なにしろここは彼の家なのだから。

モイラは急に疲れを覚えた。すでに五時を過ぎていた。

二、三時間寝たら、すっきりするかもしれない。

彼女は表玄関へ歩いていって調べた。上についている閂《かんぬき》は今でも動くだろうか。この門はモイラたちが高校を出て以来一度も使われていなかった。

モイラは試してみた。きしんだだけで最初は動かなかった。やがて滑って閂をかけることができた。次に家のなかを通って螺旋《らせん》階段へ通じるドアへ行った。かつてはそこにチェーン錠がついていた。今はチェーンがなくなっている。そんなことは問題ではない、というより問題になるようではまずいのだ。パブには警報装置が備わっていた。

モイラはドアに背を向けて廊下を歩いていった。自分の部屋を目指したが、なかへは入らなかった。ジョーンの部屋にこっそり入ってドアに鍵をかけ、祖母の隣へそうっともぐりこんだ。頭をおろしたものの、やはり眠れそうになかった。

ドアに錠をおろした。それでも、わたしは家族を脅かす危険を締めだしたのだろうか、それとも自分を危険と一緒に閉じこめたのだろうか、と考えずにいられなかった。

眠れるとは思えなかったのに、疲れていたせいでいつのまにか眠りこんでいた。

母親の狼狽《ろうばい》した声で目が覚めた。

「エイモン！　モイラが家のなかにいないの！」

モイラは頭をベッドの足のほうにして寝ていた。がばと身を起こし、ジョーンのほうに目をやると、祖母は起きあがって驚きのまなざしで孫娘を見ていた。モイラはにっと笑ってベッドを飛びだした。疲労のためにふらふらした。ぱっとドアを開けて廊下に出ると、母親が今にも泣きだしそうな顔で立っていた。

「わたしはここよ、ママ、ここにいるわ」

「ああ、モイラ、モイラ」ケイティはそう言いながら娘を両腕で抱いた。「ごめんなさい。お父さんと一緒に〈フラナリーズ〉へ行ってもらおうと思っておまえを起こしに行ったの。のぞき見しようとしたわけじゃないのよ。そうしたら、部屋にいないから……最近、いろんなことが起こっているし……」

「心配しないで、ずっと家にいたわ。わたし……ええ、そう、ジョーンおばあちゃんのベッドにもぐりこんで一緒に寝ることにしたの」

ケイティは身を離して、わかったというようにうなずいた。

「パパと一緒に行くわ。でも、その前にシャワーを浴びてくる」

モイラがリビングルームへ行くと、父親と妹が服を着て待っていた。

「朝食はどうするの、モイラ？」ケイティがきいた。

「いらないわ、ママ」

「お茶だけでもさっと飲んでいきなさい」

断ろうとしたが、すでに母親はお茶を注《つ》いでいた。モイラは、待たせてごめんなさいという目で父親を見た。

「パトリックも一緒に行くの？」モイラは母親からお茶を受けとりながら尋ねた。

「パトリックはシボーンや子供たちとここに残る」エイモンが答えた。「準備ができ次第出かけるぞ、モイラ」

モイラは急いで紅茶を飲んで母親の頬にキスをすると、父親と妹のあとについて玄関を出た。

〈フラナリーズ〉まではほんの五ブロックなので、歩いていくことにした。

葬儀社で打ちあわせをしているとき、エイモンの両側にモイラとコリーンが座っていた。シェイマスは自分の柩《ひつぎ》をすでに買ってあった。質素なものだが、蓋《ふた》の大きな十字架の上に、ハートを抱くふたつの手をデザインした精巧な指輪が彫刻されていた。担当者によると、アイルランド人の顧客が多いので、こうした意匠の柩をいくつもストックしてあるのだという。担当者はまた、検視官のオフィスに連絡したところ、今日の午後には遺体を引き渡せそうだと告げられたと言った。エイモンが望んでいたとおり、水曜日の夜には通夜が、木曜日の午前中には葬儀ができる。マリガン神父はすでにシェイマスが亡くなったことを知っており、祈りの言葉を読むと言ってくれた。

家へ帰る道すがら、エイモンは言った。「シェイマスは以前から、自分が死んだらしてほしいことがふたつあると言っていた。ひとつは、おまえたちふたりに教会で《アメイジング・グレイス》を歌ってもらうことだ。それを天国から見たいんだと。もうひとつは、わたしが弔辞を述べることだ。上品で、お世辞がいっぱいつまってるのをな。喉がつまって言葉が出てこなくてもかまわないからって」

「わたしたち、歌うわ、心配しないで」コリーンは請けあったあとで、ためらった。「だけど、もし……もし、途中で歌えなくなったらどうしよう、パパ」

「大丈夫、歌えるさ。たとえ歌えなくなったとしても、シェイマスは喜んでくれるだろう」

帰宅したときには家族全員が起きてきていた。シボーンが子供たちにコートを着せていた。

「これからお花を買いに行くところなの。ブライアンがシェイマスのために特別な花輪を買おうと言うものだから」

シャノンが歩み寄ってきたので、モイラは腰をかがめて抱きしめた。「モリーがね、シェイマスが入る箱にチョコレートを入れるべきだって言うの。そうすれば、イエス様のいる場所から見おろしているシェイマスが、あたしたちのことを考えてくれて、シェイマスを愛してたことを思いだしてくれるからって。チョコレートを入れても大丈夫かな？」

「すてきなことだと思うわ」モイラは姪《めい》をぎゅっと抱きしめた。

「ブライアンはね、溶けてぐちゃぐちゃになるからだめだって言うの」モリーが近づいてきて言った。

モイラはブライアンを見た。冬のコートを着た少年はとても大人びて見えた。「ねえ、ブライアン、溶けたってかまわないんじゃないかしら。わたしの友達に、父親の柩に葉巻を入れてあげた人がいたわ。最後にいいかどうか決めるのはあなたのおじいちゃんだけど、わたしはチョコレートを入れてあげてもいいと思うわ。それであなたの心が休まる。大切なのはそこだもの」

シボーンは感謝の笑みをモイラに向け、少女たちの手をとった。「さあ、出かけましょう」

「パトリックはどこ？」モイラはきいた。

「まだシャワーを浴びているわ。あとで追いつくでしょう――あの人にその気があればだけど」

シボーンはそっけなく答えた。

「そうだ、わたしも一緒に行くわ」モイラは言った。

シボーンは眉をひそめたが、反対はしなかった。そして通りへ出たところでモイラをじっと見た。「あなたには武装した護衛が必要だって断言してるお父様の監視の目から逃れようとしているの?」

「違うわ」モイラは反論した。だが、シボーンは相変わらずモイラを見つめたままだった。「わかったわよ。でも、わざと黙って出てきたんじゃないのよ……そうだ、それってフロイトの精神分析かなにかでしょう。ほんとに花屋へ行きたいのよ。そのあと、ちょっと用事もあるし」

歩きながら、シボーンは子供たちを少し先に行かせた。「あなたにはますます厳しくなるわね。シェイマスの事故が起こる前から、お父様は殺人事件のことをすごく気にしてたもの。正直、わたしには危険があるようには思えないわ。殺されてもいい人間がいるなんて言うつもりはないけど、仮に連続殺人犯がいるとしても、標的にしているのは売春婦なのよ」

「わかってる。きっと父だって知ってるわ。ところでシボーン、夜中にひとりで外出しようとしたことがある?」

「あるわ、あなたが到着した夜に。といっても、両親のところへディナーに行こうとしただけ。あなたのお父様が車で送ってくれたわ。両親の家はここから一キロ半ぐらいしか離れていないから。でも、気にすることないわ――心配性なのはあなたのお父様だけじゃないから。帰りはわたしの父が送ってくれたの」

「ふたりとも父親がいることを感謝しなくちゃいけないわね」モイラは言った。

「ええ、そうね。シェイマスがこんなことになってみると、人生はなんてはかないものかとつくづく感じるわ」

「ほんと」モイラは小声で応じた。

シボーンは妙な目つきでモイラを見た。「アンドリュー・マガヒーに会ったことある？」

「ええ、つい昨日」

「それで……？」

「それで、なに？」

シボーンは肩をすくめた。「なんだかあの人……独善的な感じがして」

「独善的？」

「わたし、あの人を信用していないの」

「ほんとに？」

「だって、あの人、アイルランドの子供を撮ったテープをくれたんだけど……彼自身はお金持で、アメリカのハンプトンで育ったっていうのに、自ら寄付をしたという話は聞いたことがないわ。よくアイルランドへ出かけているようだけど、なにで生計を立ててるのか全然わからないし。親のお金を使っているのね」

「わたしは一度しか会ってないから、判断しようがないわ」モイラは言った。

シボーンは肩をすくめた。「わたしが間違ってるのかもしれない。でも、独善的というのがあの人にぴったりって感じがする。もっとも、彼がなにかをするのを実際にこの目で見たら、考えが変わるかもしれないけど。すごく印象的だったのが、彼が釣りの話をしているとき。パトリックのヨットが好きなのよ」

「この点については賛成よ――彼がなにをするのか、しっかり見ている必要があるってこと」モイラは小声で言った。シボーンの話を聞いて不安になっていた。シボーンとパトリックとのあいだには決定的な考えの相違がある。義理の姉を愛しているモイラは、それを知って胸が痛んだ。

しかも、モイラ自身が自分の兄を疑っていた。

「たぶんわたしたちは、年をとればとるほど、望んでいる以上に父親に似てくるんだわ――あらゆるものを疑ってかかるようになるの」モイラはつぶやいた。

花屋に着いた。シボーンはたいした母親だった。子供たちがシェイマスのためにあれがいいこれがいいと口々に主張するのを、辛抱強く、にこやかに聞いてやった。モイラは葬儀用の花束を選んだ。シェイマスがいたら、花に金を使うくらいならどこかの慈善団体に寄付してやってくれ、と言うだろう。彼はそういう人間だった。しかしシェイマスは、父親が言ったように家族の一員だったのだ。どうしても花を飾ってあげたい。

買い物がすむと、モイラは腕時計を見た。まもなく十二時になる。

「どこへ行くの?」シボーンが尋ねた。

「その……」モイラは一瞬ためらった。警察署よ。なぜなら、同じ屋根の下に住んでいる人たちが信用できないから。

そんなことは口が裂けても言えない。それに、兄がなにかにかかわっているかもしれないとほのめかすつもりもない。ただ不安な気持を話してしまいたいだけだった。

「番組のことでいくつか確認しておきたいことがあるの」モイラは嘘をついた。

「そう。あなたを家から連れだしてよかったわ。悲しみを紛らわせていられるもの」シボーンは言った。「わたしもすぐには帰らないつもり。この通りを少し行くと地下鉄の駅でしょう。地下鉄に乗って両親に子供たちを見せに行こうと思うの」

「いいことだわ。ご両親によろしく伝えてちょうだい」モイラは言った。

「ええ、伝えておくわ」

彼らはそこで別れて反対の方角へ歩きだした。モイラは歩きながら、自分がしようとしていることは正しいのだろうかと思い悩んだ。わたしはすでに警察も耳にしている噂《うわさ》について話しに警察へ行こうとしている。警察になにを話すというのか？　シェイマスには警察に話さなければならないことがあったようだが、死んでしまったとでも？　兄を愛しているが、彼に間違ったことができるはずもなかった。いや、単純にそうとも思えない。それに、家に客が滞在しているという事実もある。銃を携帯していて過激な行為に走ったとしてもおかしくない経歴を持つ客が……。

モイラにはなにがなんだかわからなかった。そして奇妙なことに、警察署へ近づけば近づくほど肩越しに振り返らずにはいられなくなった。いったいなにを考えているの？　監視の目が行く先々へついてきているとでも？

警察署の外に男がひとり立っているのが目に入った。壁にもたれて煙草《たばこ》を吹かしている。モイラを見ると、煙草をほうり投げて近づいてきた。いたってありふれたスーツとコートを着ている。カイル・ブラウンだった。入口近くでふたりは一緒になった。

「きみはなかへ入りたくないんじゃないのか」カイルは言った。

「どうして？」

「ちょっと歩いたほうがいいと思うが。コーヒーでも飲みながら話をしよう。きみは警察署のなかにいるのを人に見られたくないんだろう」

モイラは一瞬ためらったあと、彼のわきをすり抜けた。「入ったほうがいいと思うわ」

「好きにすればいい」

モイラは歩きつづけた。カイルはとめなかった。彼女がドアに達しても、彼はまだとめるそぶりを見せなかった。モイラは向きを変えてカイルのところへ歩いていった。

「外で話すほうがどうしていいのかわからないわ。それじゃまるで、このあたりの人はあなたが警官だってことを知らないみたいじゃない」

「実際には警官ではないんだ」

「じゃあ、実際にはなんなの？」

「別の機関の者だ」カイルはそう言って、いらだたしげに舌打ちした。「これは国際的な問題なんだ、きみだってわかってるだろうが」

「ＦＢＩなの？」モイラは尋ねた。

カイルは早くも先に立って歩きだしていた。「なんなら警察署に入ってみるといい。名札を見たら、オリアリーやショーネシーやオケーシーといった名前のやつらがいるはずだ。ほかにもロレンゾ、ジョバンニ、アストレラなんてのがいる。ちょうど今彼らが署内の勤務についている時間なんだ」

「わたしはシェイマスのことで警察の人に会いたかったの」モイラは小声で言った。

「解剖報告がついさっき届いた。首の骨が折れていた。コワルスキーの死因は心臓発作だ。現場で警官が見立てたとおりだった」

「それじゃあ……自然死だったのね?」

「首の骨折による死を自然死と呼びたいのならな」

「断っておくけど、父は――」

「きみのお父さんには、おそらくやましいところなどまったくないさ」カイルはじれったそうに言った。

「だったら、なにが――」

「そこに喫茶店がある。なかで話そう」

ふたりはなかへ入った。店内は細長く、テーブルが奥のほうまでずらっと並んでいた。カイルはいちばん奥のテーブルに向かった。腰をおろしたふたりは、愛想のないウエイトレスにコーヒーを頼んだ。

コーヒーが運ばれてくるまでカイルは口を開かなかった。「それで、きみはどんなことを知っているんだ?」ウエイトレスが去ると、彼は強い語調できいた。

「あなたほどは知らないと思うわ。警察へ行って誰かと話をし、シェイマスの死因が本当に事故だったということを確かめたかったの」

「なぜだ？　シェイマスはなにをやっていたんだ？」

「やっていた？　なにも。だけど、あの人は話してたわ」

「たとえば？」

「パブのなかでひそひそ話が交わされてるって。陰謀やなにかに関する噂があるって。ブローリンをボストン滞在中に襲撃する計画があるそうよ。その暗号が〝ブラックバード〟らしいの。あなたはブラックバードを注文したわね」

「その名を口にしたときにどんな反応が起こるのかを見たかったんだ」

「ブラックバードは飲み物でもあるし、専属バンドの名前でもあるのよ」

「ああ、もちろんだ。それに暗号として悪くない。罪のない言葉だ。きみはそれを会話のなかで使ってみて、相手がどんな反応を示すか見ていればいい。それで、誰がかかわってるんだ？」

「まるでわたしが知っているみたいな言い方ね」

「きみはなにか知っているに違いない。お兄さんは最近、イギリスからの分離を目指す反ユニオンの政治活動に首を突っこんでいるね」

「兄は孤児たちに教育を受けさせたいのよ。反なんとかなんて全然関係ないわ」モイラは兄をかばって小声で言った。「それに実際のところ、なにもかもばかげてると思わない？　頭がどうかしている人間だってパレードで銃の引き金を引くことはできる――」

「しかし、それには標的に近づかなければならない。それに引き金を引こうとしている人間は、自分は死刑になりたくないと思っているだろう」

「マサチューセッツ州には死刑制度はない――」

「国事犯に対しては今も死刑はある」カイルはいらだたしげに遮った。「だが、犯人は殺人を犯しておいてまんまと逃げおおせようと考えているだろう」

「事故に見せかけて人を殺し、うまく逃げのびるっていうの？　階段から突き落としてシェイマスの首を折った犯人みたいに？」

カイルは肩をすくめた。

「だったら、なぜぶつが必要なの？」

「ぶつ？　誰がその話をしてたんだ？」

「わたし……わからないわ。いきなりその言葉が耳に飛びこんできたの」

「よく考えるんだ。誰だった？」

「わからないのよ。パブの外だった。誰かがひそひそ話をしていたわ。顔は見えなかった。暗闇にいたの」

「考えろ。どんな声だった？」

「ささやき声」

「なあ、おい、きみはなにかに気づいたはずだ」

「気づかなかったわ」

「彼らはきみを見たのか？」

「そうね……ええ、たぶん。彼らのひとりがわきをすり抜けたんじゃないかしら。そいつがわたしを氷の上へ突き飛ばしたの」

「それできみは、それ以上なにも見なかったし、なにも考えなかったし、なにも感じなかったし、なにも聞かなかったってわけか？」

「それは——氷の上に倒れたときは痛かったわ」

「そのあと、どうなった？」

「そのあと、友達が助け起こしてくれたの」

「友達が？　どの友達だ？」

「ダニエル・オハラよ」

「彼がきみを助けにパブから出てくるのを見たのか？」

「いいえ、わたしは……」あの晩、ダニーがどこから来たのか、モイラには見当もつかなかった。

カイル・ブラウンはモイラをじっと見つめていた。「知っているだろうが、きみの友達には暗い過去がある」

「そのことなら……」

「彼の父親が撃ち殺されたことを知っているだろう？」

「わたしの兄やダニーを疑ってるの？　それとも、パブにいるほかの誰かを？」

「きみの店のバンドのリーダーも見張っておくべきだろうな」

「そう、あなたがしているのはそういうことなのね？　見張ること」

「ミス・ケリー、きみはわかっていないようだ。きみ自身が危険にさらされているかもしれないんだぞ。なにかわかったら、必ずわたしに教えるんだ、なんであろうとな」

カイルはドアのほうを見ていた。モイラは不利な状況にあると感じた。彼がなにを見ているのかわからないのだ。彼女は体をよじって後ろを見た。制服姿の警官がふたり喫茶店へ入ってきていた。モイラが向きなおったとき、カイルは挨拶《あいさつ》をするかのように警官たちに向かって手をあげてみせた。

彼女は胃がきゅっと縮まる思いでうなだれた。わたしはダニーに関して知らないことが多すぎる。

そのうえ彼と寝てしまった。また彼に身も心も捧《ささ》げ、恋い焦がれている。

「きみは自分を守らなければならない」カイルが言った。「よく知っている人たちのそばにいるようにしたまえ。育ちや職業が異なる人間は避けたほうがいい。仕事上のパートナーやニューヨークの恋人のそばにいればいいよ」

「わたしの家族はどうなの？」モイラは暗い気持で尋ねた。

「きみの家族は友人の死のことで頭がいっぱいになっている」

「それはそうだけど……パブは開いているのよ。明日の晩の通夜がすめば、また客でごった返すわ」

「わたしもパブへ行こう。きみは安全だよ」

「シェイマスが安全だったように？」

「いいかい、わたしの言うとおりにするんだ。口をつぐんでいること。そしてなにも知らないふりをすること。こっそり探ってやろうなんて気は絶対に起こしてはいけない。しかし、なにかを聞いたら、どんなことでもいい、わたしに教えてくれ。警察に会おうとしているのを、誰にも悟られるんじゃないぞ。それは闘牛士が赤い布で牛の注意を引こうとするのと同じで、自ら危険を招き寄せることになるんだからね」

「わたしにどうしろっていうの？　部屋に鍵をかけて閉じこもれとでも？」

「普段どおりの生活をしていればいい。変なことにはかかわらないこと。それと、なんでも教えてくれ」

「知っていることはもう話したわ」

「いいや、まだ話していない」

「話していないですって？」

「きみは話さなかった、生きているシェイマスを最後に見たのはお兄さんだったということを」

「兄は家まで送っていったの。シェイマスはひとりでなかへ入ったわ」

「それはお兄さんの言い分だ」

「どうして知ってるの？」

「知るのがわたしの仕事だからさ。有能なんだよ。繰り返すが、普段どおりの生活をすることだ。そして、わたし以外の人間にはかたく口を閉ざしていること、いいね」

「このあたりで撮影をする予定なんだけど」

「今はパブのなかや周辺を撮影するのはやめたほうがいい」

カイルは、これでおしまいとばかりに立ちあがった。「家まで送っていこうか？」

「いいえ、けっこうよ。まだ昼間ですもの。それほど遠くないし、ほかにもいくつか用事があるの」

ふたりは一緒に店を出た。出しなにカイルが警官たちに手を振った。警官たちが振り返した。

カイルは通りを歩いていくモイラを見送っていた。最初の角に来た彼女は行くあてもないまま
そこを曲がった。実際は用事などなかった。ただ、このまま家には帰りたくなかった。気分が落ちこみ、胸に恐怖が居座っていた。

やがてモイラは悟った。カイル・ブラウンがいくら有能であろうと、結局シェイマスは死んだのだ。いかにも事故死のように見えるのに、それを信じられなかった。

モイラはドラッグストアへ入り、風邪薬の箱を手にとって表示を読むふりをした。それを買ったが、そのあいだも絶えず周囲に視線を走らせていた。次に靴屋へ、さらにブティックへ入り、ブラウスを一枚買った。一瞬たりとも気を抜けなかった。

とうとう意を決して、ある方角へ向かって歩きだした。


「モイラはどこですか？」ダニーは、カウンターの後ろで在庫をチェックしているエイモンに尋ねた。今朝モイラは父親や妹と一緒に〈フラナリーズ〉へ行っているので安全だ、とダニーは考えていたのだった。

「シボーンや子供たちと出かけたよ」

「どこへ行ったんです？」

「もちろん花を買いに行ったのさ」エイモンは眉をひそめて答えた。「出かけてからもうかなりたつ。そのあと、たぶんシボーンは子供を連れて両親のところへ行ったんだろう」

「モイラも一緒に行ったと思いますか？」

「たぶん」

「じゃあ、電話をかけて確かめてみよう」ダニーは言った。

モイラは義理の姉と一緒ではなかった。

「モイラに用事があるのかい？」エイモンはきいた。

「いえ、そういうわけではないんです。仕事で手伝えることがあるかどうか確かめたかったんです」

エイモンは頭を振った。「そうだ、モイラはあの男のところへ行っているのかもしれん」

「そうですね」ダニーは胃のあたりにしこりができるのを感じた。「彼のことをどう思います、エイモン？」

「あのハンサムボーイのことかね？」

「ええ」

「えらく頭が切れる」

「ええ」

「モイラを喜ばせるためなら、なんでもする気でいるように見える」

「ええ」

「それと……」

「それと？」

「彼はアメリカ人だ。モイラの心をつかんでおきながら、しょっちゅう外国を飛びまわっているようなことはしない」

「エイモン、ぼくが彼女を愛してることは知っていますよね。でも、まだ身をかためる決心がついていないんです」

「ああ、まあ、人生とはそういうものだ、違うかね？」

「ぼくは彼女を失った、そう思いますか？」

「うーむ、なんというか、その、あれはいい娘なんだが、わたしに気持を包み隠さず打ち明けるわけではない。とはいえ、それでいいと思う。あの男は娘の仕事仲間だ。娘のために、娘と一緒に働いている。娘に首ったけだ。懸命につくしておる。ああまで献身的な姿を見せられたら、娘だっていい気持にもなろうってものだ。そうだろう？」

「ええ、エイモン、そのとおりです」ダニーはそう言って向きを変えた。ここから出ていきたかった。

「ダニー」

「なんです？」

「娘がきみを見るときの目に、今も特別なものがあるように思うんだがな。きみたちが言いあっているのを見ると、なにかがきらめいている、本当だ」

「ありがとう、エイモン」

ダニーはドアから出ていった。


モイラはぐるっとひとまわりして地下鉄の駅に来た。切符を買いながら、自分は完全に被害妄想にとりつかれてしまったのだろうかといぶかった。目を凝らして周囲の群衆を見まわしたけれど、不審なものは目につかなかった。彼女の経験からすると、日中なのに地下鉄がこれほど混雑しているのは珍しかった。

地下鉄をおりて地上へ出たときには、誰にも尾行されていないと確信した。モイラはきびきびした足どりで通りを急いだ。

目的のホテルに着くと、女性用トイレに入ってしばらく待ち、それから内線電話を見つけた。ジェイコブ・ブローリンの部屋へなかなかつないでもらえないのではと心配したが、オペレーターがすぐにつないでくれた。電話に出たのはきわめて事務的で、アイルランドなまりの強い男性の太い声だった。

「モイラ・ケリーと申します」彼女は言った。「今日おうかがいしてもいいとミスター・ブローリンから言われたのですが」

相手はしばらく待つよう断ったあと、今ホテルのなかにいるのかと尋ね、それならばすぐにあがってくるようにと言った。ブローリンはあと少ししたら市の役人たちとの約束があるのだが、その前にぜひ会いたいと言っているという。

モイラはエレベーターに向かった。


男はロビーの椅子に座って彼女を見ていた。彼女は男を見なかった。当然だ。なぜなら男は新聞を高く掲げて顔を隠していたからだ。

彼女が行ってしまうと、男は新聞をおろした。

完璧《かんぺき》だ。なにもかも計画どおりに運んでいる。


下のレストランでブローリンと一緒にいた大柄な男性のうちのひとりが、スイートルームのドアを開けた。「こんにちは、ミス・ケリー、ようこそ。ミスター・ブローリンが奥の部屋でお待ちです。コーヒーか紅茶をお持ちしましょうか?」

「いいえ、けっこうです、ありがとう」

「とんでもない、紅茶を飲まなければいけないよ」そう言ったのはブローリンだった。奥の部屋へ通じる戸口に立っていた。「新旧の国に住むアイルランド人同士が会うときには、紅茶を飲むものと昔から決まっているんだ」

モイラはほほえんで肩をすくめた。「紅茶をいただきます」

彼女はブローリンに歩み寄り、笑みを浮かべて手を差しだした。彼はその手を握って両方の頬にキスをした。「白状するとわたしはコーヒー党なのだが、誰もがアイルランド人は紅茶を飲むものと思いたがる。光栄なことにどこへ行っても紅茶を出されるんだ」

「コーヒーでもかまいませんわ」モイラは気をつかって言った。

「どちらがいいかね？」

「どちらでも。今日はもうコーヒーを飲んできたんです」

「わたしもそうなんだ。やはり紅茶にしよう」ブローリンはモイラを奥の部屋へ案内し、座り心地のよさそうな肘掛け椅子を示した。「それでは、きみの番組でわたしはなにをすればいいのか話しあおう」

「話したいことを話し、やりたいことをやっていただければいいんです」モイラは言った。「わたしが制作しているのは、アメリカのすばらしいものをとりあげる旅行番組で、ときにはボストンの聖パトリックの日のような大きなイベントを、ときにはネブラスカ州のキルトづくりの集まりのような小さなイベントを取材します。今回、さまざまなルーツを持つ人々がいるアメリカにおいて、わたしたちアイルランド系市民は特別なんだと思えるような内容にしたいんです。もちろん長年にわたってアイルランドからアメリカへ来た移民は大勢います。アイルランド人がこの国に大きな足跡を残したことは否定しようのない事実なのです」大柄な男性が紅茶を運んできたので、モイラは口をつぐんだ。

「ありがとう、ピーター」ブローリンは言った。

「いえ、どういたしまして」

ピーターは出ていった。

モイラは身を乗りだした。「ミスター・ブローリン、実を言うと、ここへ来たのは番組の話をするためではないんです」

「ほう?」ブローリンは眉をつりあげ、心のこもった笑みを浮かべた。「わたしはきみのお父さんに会ったことはない。会った人間は大勢知っているがね。聞くところによれば、お父さんは非常に立派な人らしい。わたしはきみのお母さんと関係を持ったことは一度もないよ。それが知りたくてここへ来たのなら、はっきり言っておこう」

モイラはしばらくブローリンを見つめていた。「まあ、とんでもない! 母のことをききに来たんじゃありません、ミスター・ブローリン」

「そうか。だとすると、政治家として大変な失態をしでかしてしまったようだ。きかれもしないのに自分から情報を提供してしまうとは」

「ミスター・ブローリン――」

「わたしをジェイコブと呼んでくれるなら、きみのことも喜んでモイラと呼ばせてもらおう」

彼女はうなずいて大きく息を吸った。「ジェイコブ、あなたが危険にさらされていることをお知らせしたかったんです」

彼は口の端を持ちあげてかすかにほほえんだ。「知っているだろう、わたしはこの世に生まれ落ちたときから、危険にさらされどおしなんだ」

ブローリンは偉ぶっているわけではなかった。自分の仕事のことも、生命のことも充分にわきまえていると、やんわりモイラに思いださせたのだ。彼はモイラの苦悩に満ちた顔を見て、彼女が心から心配していることを理解した。

「奇妙なことだが、平和に至る道は、ある者たちにとっては危険な道なのだ。しかし、感謝している。きみがわざわざ教えてくれたことを、本当に感謝している」

「ミスター・ブローリン――いえ、ジェイコブ、父のパブでなにかが起こっているようなんです。噂があるんです、あそこが……密会場所になっているっていう。思うに、あなたがボストンにいるあいだに暗殺しようとたくらんでいる人たちの」

ブローリンは紅茶を置いて身を乗りだし、両手を組んで真剣に聞いていた。「きみはなにを聞いたのかね？」

「お話しできるのは断片のつなぎあわせにすぎません。全体像はとても曖昧《あいまい》なんです。うちの店には、アイルランド音楽を演奏するすばらしい専属のバンドがいます。ポップスもやりますが、ほとんどはアイルランド音楽です。バンドの名前は〝ブラックバード〟です。それに、うちにはブラックバードと呼ばれる飲み物があるんです。何年か前に父が考案したんですけど、長いあいだ注文する人はいませんでした。どうやらその言葉が、パブでほかの人間と連絡をとるのに使われているようなんです。目指す相手と接触できなくても、それだと容易にごまかせます。なにしろその言葉は飲み物やバンドも指すんですから。父には親しい友人がいましたが、おとといの晩に亡くなりました。一階の住人を助けようとして階段から転げ落ちたんです。少なくとも警察はそう見ています、ふたりとも死んでいるのが発見されたので」

「検視解剖は行われたんだろう？」

「はい」モイラは気持がなえるのを覚えた。「ミスター・コワルスキーの死因は、あの、一階に住んでいた男性なんですけど、心臓発作でした。シェイマスの死因は首の骨折です」

ブローリンは黙りこんでいた。

「でも、いいですか、シェイマスはパブで奇妙なささやき声を耳にしたと話していたんですよ。〝ブラックバード〟という言葉が交わされるのを聞いたって。亡くなる前の晩です」

「なるほど」

「何者かが、恐ろしいことにわたしの知っている人かもしれない何者かが、あなたを殺す計画に加担していると思うんです。疑っているのはわたしだけではありません。政府の人間もパブへ来て監視しているんです」

「政府の人間、きみはそう言ったね」

モイラはうなずいた。「その男性と話をしました」

「で、彼はきみになんと言ったんだい？」

「気をつけろと言いました。用心しろって。アイルランド人ではない友人たちのそばにいるようにしろって」

「ああ、それは難しい、お父さんがパブをやっていたのでは」

「ええ」

「すると、その男がきみに用心するように言った。そしてきみはまっすぐわたしのところへ来た、そうなんだね？」

「あなたにお伝えしなければと思ったんです。もちろんたしかなことはなにひとつわかりません。ただ……あなたに警告する必要があると感じて。パレードの車に乗るのはおやめになったほうがいいですわ」

ブローリンの笑みが大きくなった。「今この瞬間も、わたしを殺したがっている連中が大勢、ボストンの街をうろつきまわっているだろう」

「そうでしょうね」

彼はソファの背にもたれた。相変わらず笑みを浮かべてモイラを見ていた。

「きみはとても勇気のある女性だ」

「そんなことありません」

「きみはここへ来た」

「ええ。でも、わたしが番組のためにあなたにインタビューをしたいと思っていることは誰でも知っています」

「それはそうだ」ブローリンは再び身を乗りだした。「モイラ、わたしもその政府の人間と同意見だよ。きみは用心しないといけない。なるべく友人や家族と一緒にいたまえ。できれば何人かでいるのがいい。それからお父さんの友人の死に関する疑惑のことは黙っているんだ。それと……」彼は一瞬ためらったが、すぐに続けた。「噂のことはわれわれも知っている。事実、この街には危険区域がいくつもある。そういうことを調べるのも仕事のうちでね。われわれアイルランド人はドラマチックなのが好きだ。聖パトリックの日にアイルランド人が暗殺されたら、これほど目立つことはあるまい。いまだにテロリズムを唯一の手段と信じこんでいる者たちにとっては、おあつらえ向きの舞台と言えるだろう。当然ながらわれわれは、当地のトラブルに関する噂の真偽を調べてみた。お父さんの店も監視している。それと、わたしのような人間は常に危険にさらされているとはいえ、心強い味方もいるんだ。人を追跡するコンピュータ技術もあるし、政府の協力もある。ここは自由の国だから、お父さんの店を尋問室にすることは誰にもできない。きみがわたしのところに来てくれたことに対して、もう一度礼を言おう。これからはなにも知らないふりをしていてくれ。きみ自身の安全のために用心してほしいんだ。なにからなにまで普段と変わりないというようにふるまわなければいけない。仕事を続けるにしても、気をつけるんだよ。なにより重要なのは、周囲に気を配っていることだ。わたしのためにも、そうしてくれるね？」

モイラはうなずいたものの、安心よりも不安が大きくなった。ブローリンは陰謀の可能性について耳にしていたのだ。

噂の出どころは〈ケリーズ・パブ〉だ。

「お父さんの友人の葬儀はいつだね？」

「木曜日の午前中です」

「時間は？」

「教会での式は九時からで、墓地へ行くのは十時ごろです」

「そうか、パレードの出発は十一時なんだ」ブローリンは考えこんだ。「きみのインタビューに応じるのはパレードが終わったあとでもかまわないかな？　おそらく車をおりるのは午後一時ごろになると思う」

「わたしのほうは、いつでもあなたのご都合のいいときでかまいません」

「浮かぬ顔をしているね、モイラ。ひょっとして心配なのかな、聖パトリックの日のその時刻には、すでにわたしはこの世にいないのではないかと」

「まあ、とんでもない！　あなたは絶対に生きています」

「ああ、生きているとも」ブローリンは約束した。「必ず生きのびるよ」彼は立ちあがった。「さあ、下まで送っていこう。そこで、われわれはインタビューの相談をしていたふりをするんだ。インタビューは〈ケリーズ・パブ〉で行おう。公務から解放され次第、パブに寄らせてもらうよ」

「きっと客でごった返していますわ」モイラは心配で言った。

「本物のアイリッシュ・アメリカン・パブで、大勢の注目の的になるのは楽しいだろうね」ブローリンは言った。「大丈夫、ちゃんと生きのびるよ。みんなでアイルランドのために、そしてアメリカのために乾杯しようじゃないか」

モイラは立ちあがった。ブローリンが彼女の手をとった。

さっきの背の高い金髪の男性がスイートルームの応接室にいた。鼻の先へ眼鏡をずらせて書類を読んでいた。

「ピーター、ミス・ケリーを下までお送りしよう」ブローリンは声をかけた。

「喜んで」ピーターは書類を置いて立ちあがった。

そのときモイラは、ピーターがあつらえのスーツの下に銃の入った肩がけのホルスターをしているのに気づいた。ブローリンはたしかに守られている。しかし、いくら力が強くて銃を持っているボディガードでも、本気で人殺しをしようとしている人間をとめられるだろうか。ことにそれが——わたしが恐れているように——目的を達するためなら死ぬこともいとわない人間であったなら。

ピーターはドアを開け、先に立って廊下へ出た。ブローリンはさりげなく天気の話を始めた。不思議だ、今年の冬は寒くて雪が多く、先日まで歩道に氷が張っていた。それが急にあたたかくなった。まるで聖パトリックの日のために、天が春を数日早く送り届けてくれたかのようだ。

「明日の気温は二十度前後まであがるんじゃないかな」ブローリンはエレベーターのボタンを押しながら言った。

エレベーターをおりた三人はロビーの中央へ歩いていった。ブローリンはモイラの両方の頬にキスするのを忘れなかった。

「このような美しい若い女性とカメラの前でおしゃべりできるなんてさぞかし愉快だろうな」フロントやその先まで聞こえるような大声でブローリンは言った。「楽しみにしているよ。きみのために、カメラの前で知っている昔話をいくつかしよう。もちろん最近の話もだ」

「お忙しいのに時間を割いていただいてありがとうございました。それと、インタビューに応じてくださることを感謝します」モイラは相手に合わせて言った。

それからピーターに礼を述べ、別れを告げて出口へ向かった。振り向くまでもなく、ふたりがロビーに立って彼女が通りへ出るまで見送ってくれているのはわかっていた。パブへ帰るために地下鉄の駅の階段をおりていくときも、ブローリンとの会話が頭から離れなかった。つまり彼らは知っていたのだ。危険区域と考えられる場所はいくつもあるが、〈ケリーズ・パブ〉もそのひとつであることを、彼らは知っていた。

わたしにできることはなにもない。誰もがすでに警告されている。アイルランド人たちは見張っている。アメリカ政府も、警察も、見張っている。できることはすべてやった。今やるべきことは、自分のために見張っていることだ。

そして兄がテロリストでないことを祈ろう。

それからダニーが……。

普段どおりにふるまわなければ。仕事をし、いつもみんなと一緒にいて、なにも知らず、なにも疑っていないようにふるまうのだ。

明日の晩は通夜だ。パブは大忙しに違いない。今夜も忙しいだろう。父を手伝わなければならないが、それは普段と同じだ。

今夜……明日の夜。

聖パトリックの日。

モイラは物思いに沈んでいた。

そのため、男が地下鉄の駅の構内までつけてきていることに気づかなかった。

15

地下鉄に乗ろうと階段を急いでおりながら、モイラはまた、なんて人が多いのだろうと思った。ここサウスサイドはもともと繁華な場所で、いつもは観光客でにぎわっているが、今はほとんどが通勤客のように見える。乗り損ねたくなかったので、彼女はプラットホームの線路寄りに引かれているかすれた白線を見つけ、そのすぐ後ろに立った。待っているうちに、線路の上を動くものがあることに気づいた。よく見ると、数匹の鼠《ねずみ》がちょろちょろ走りまわっているのだった。いったいどのくらいの鼠が轢《れき》死《し》や感電死をしたことだろう。モイラはこの生き物に哀れみを覚えずにはいられなかった。とはいえ、鼠は病気を運ぶ。腺《せん》ペストをヨーロッパじゅうに広めた蚤《のみ》を運んだのも鼠だった。

遠くに電車がやってくる音がした。群衆がいっせいに前のほうへ動きはじめた。

突然、それが普通の人波とは思えなくなった。モイラは押されていた。

「おっと、すまない」でっぷりした男性が謝った。その男性は背後から押されてモイラの背中にぶつかったのだ。

「押さないで!」隣の女性が大声をあげた。

線路際へ押しやられて危険を感じたモイラは、ふたりのあいだへ体を滑りこませようとした。

「誰だ、押しているのは？」別の男性が怒ってわめいた。

けれどもその声が消えないうちに、またもやどっと人波が押し寄せてきた。後方にいる誰かが前へ近づこうとしてみんなを押しているのだ。

「やめて！」さっきの女性が叫んだ。

また勢いよく押され、モイラはプラットホームから落ちそうになった。右隣の男性のコートにしがみつき、なんとか線路へは落ちずにすんだものの、腹這《はらば》いに倒れた。

下半身はプラットホームの上にあった。

上半身は線路上空だった。

モイラは呆然《ぼうぜん》として息もできなかった。再び鼠に気づいた。狂ったように走りまわっている。

当然ながら、電車がやってきた。起きあがろうとしながら線路の先を見ると、車両の前面がぐんぐん近づいてくるのが目に入った。

「後ろへさがれ！」背後から有無を言わせないような口調で怒鳴る声が聞こえた。

モイラは死に物狂いで体勢を立てなおそうとした。

「大変よ！」隣の女性があえぎながら言った。

でっぷりした男性がしゃがんでモイラの両脚をつかみ、懸命にプラットホームへ引っぱりあげようとしていた。

「後ろへさがれ！」再びさっきの怒鳴り声がして、もっと多くの手が差しだされ、モイラをつかんでプラットホームへ引っぱりあげた。

電車がモイラの鼻先をかすめて通り過ぎ、耳ざわりな音を発して停止した。電車の先端は彼女のいるところを三、四十メートル過ぎたあたりにあった。モイラは顔に電車の巻き起こす風を感じた。すぐそばだったので顔につむじ風があたったかのようだった。髪が目の前に垂れていた。彼女は髪をかきあげて目をしばたたき、まだ自分をしっかりつかんでいる手のほうを向いた。

「ダニー!」モイラはショックのあまり息をのんだ。

彼の髪も風で乱れていた。緊張した険しい表情をしている。そして歯を食いしばっていた。

「大丈夫かい?」でっぷりした男性がモイラの腕をつかんで尋ねた。彼女が死ぬような目に遭ったばかりだというのに、周囲の人々は相変わらず電車に乗ろうと押しあいへしあいしていた。

「ええ、大丈夫です」

「きみに外出を許すべきじゃなかった」ダニーはぼそりと言った。

「この人を責めないで。みんなが押したのがいけなかったのよ」隣の女性があえぎながら口を出した。

ダニーは周囲の人々など眼中にないようだった。乗車口へ殺到している人々も、モイラの救出に手を貸して今は弁護にまわっているふたりも、彼の意識にはないらしい。

「きみは死ぬところだったんだ」ダニーは言った。

「あんたのせいでこの女性は死ぬところだったんだ」でっぷりした男性が言った。

ダニーは振り返って男性をにらみつけた。なにかはわからないが、その男性は自分の見たものが気に入らなかったのだろう。急いでわきを通って電車に乗りこんだ。

「あなた、その男にびしっと言い返してやるといいわ」隣の女性はそう言い残して電車に乗った。

モイラはぶるぶる震えて動くこともできず、ひたすらダニーを見つめていた。いったい彼はここでなにをやっていたの？

氷で滑って転んだときも、ダニーがいた。

パブでつまずいて——あるいは押されて——転んだときも、ダニーがいた。

そして今、ここでも……。

どうすればひとりの人間がさっきのような雑踏を操れるのだろう？　どうすればわたしに標的を絞れるのだろう？　プラットホームの端近くにいた人間なら、誰でも殺される可能性があったのだ。

「モイラ、大丈夫か？」その質問は心配しているようには聞こえなかった。ダニーはまだ怒っている。わたしが大丈夫であってはいけなかったのかもしれない。

モイラは彼から離れた。「ええ、ありがとう、わたしなら大丈夫よ。でも、このプラットホームにはもう一秒だっていたくない」

「外へ出てタクシーをつかまえよう」

ふたりは地下鉄の駅を出た。モイラは体の震えを必死にこらえ、考えや感情を表に出すまいとつとめた。ダニーが再び彼女の腕をつかんだ。モイラは叫び声をあげて腕をもぎ離したかった。しかし、そんなことをすれば普段どおりにふるまっていることにならない。彼は腕をつかんでいるのだから、わたしが震えているのを感じているだろう。それでいいのだ。わたしは首を切断されるところだった。もしかしたら体を半分に切断されていたかもしれない。だったら震えていて当然だ。

ふたりは通りへ出た。日がさんさんと照っていた。ダニーはまだ彼女の腕をつかんだまま、憤慨して頭を振った。「まったく、どういうことだ」彼は息巻いた。「駅員はどこにいたんだ？　あいう騒ぎを防ぐために、プラットホームにいるべきだったのに」

モイラはダニーを見た。「あっというまの出来事だったのよ」

「誰かがいなくちゃいけなかった。実際、始末書を出させるべきだよ。逮捕者が出たってよかったんだ」

「誰を逮捕するっていうの？」モイラはダニーを見てきいた。「最初に押したのが誰なのかわからないのよ、逮捕なんかできっこないわ」

ダニーは反論せずにモイラの肘をとり、彼女をせきたてて大通りを歩きだした。「タクシーをつかまえるには水族館の近くがいちばんいい」

「ダニー？」

「なんだ？」

「どうしてあの地下鉄の駅になんかいたの？」

「きみを捜していたんだ」

「なぜ？」

「きみのことが心配だったから」

「どうして？」

「そんなの、言わなくてもわかっているだろう」

「わたしが危険だと思ったから？　ゲール語をしゃべると危険だっていうだけじゃなく、本当に危険だったたってわけ？」

「最近のきみにはいろいろと奇怪な出来事が起こっているからだ」

「どれも説明がつくことばかりだわ。氷で滑ったのだって、ハンドバッグにつまずいたのだって。ハンドバッグはなぜかどこかへやってしまって、カウンターのそばを捜さなかっただけだし。今だって……地下鉄が混雑していたからよ」

「きみは殺されるところだった」

「ええ、今回はね。でも、あなたがいて助けてくれた。ほんとに信じられないわ」

ダニーは横目でモイラを見た。「きみは、ぼくが線路へ突き落とそうとしたと思っているのか？」

「そんなこと言ってないわ。あなたがあそこにいたのが信じられないと言っているだけよ。いったいなぜあの駅でわたしを捜そうと思ったの？」

「つまり、こういうことだ。誰もきみの行き先を知らなかったが、きみのお母さんが今朝、インタビューのことでブローリンが相談したいと言っていたと話していたのを思いだした。ブローリンが宿泊しているのはあのホテルだ」彼は指さした。

「どうして知ってるの？」モイラは尋ねた。

「新聞で読んだのさ。彼の宿泊先はボストンじゅうの人間が知っている。シャーロック・ホームズばりの推理を働かせる必要などちっともなかった」

「ぴったりのタイミングだったわね」

「ああ、危機一髪だった。あの太った男は勇ましくもきみを助けようとしたが、一緒に線路へ落ちるところだった」

「ちょっと、あの人は見ず知らずのわたしを助けようとしてくれたのよ」

「そのとおり、いいやつだ。しかし、無能なやつだった」

水族館が近づくと、ダニーが言ったとおり、そのあたりはタクシーが多かった。彼は通りかかった一台を呼びとめようとしてためらった。「このまま家へ帰るかい？　それともどこかで一杯やっていこうか？」

「いいえ」モイラは即座に答えた。「早く帰らないと。仕事が待ってるの」

「ああ、そうだ、もちろん。仕事を優先しなくては」

ダニーは手をあげてタクシーを呼びとめた。モイラを先に乗せ、自分も乗りこんだ。「それで、きみの予定は？」

「わたしの予定？」

「今仕事があると言っただろう」

「ええ」

「だから……このあとの撮影の予定はどうなってるんだ？」

撮影の予定などなかったが、ダニーの顔を見ているうちに思いついた。「市外へ行ってみるつもりよ」

「きみの番組は、ボストンでの聖パトリックの日の祝賀の様子を放送するんじゃなかったのかい？」

「実は計画が変わったのよ。でも、あなたにはここにいてほしいの、ダニー。ボストンに。わたしはこのあとボストンを離れるけど、あなたはパパと一緒にいてあげて。パパは今日猫の手も借りたいはずよ。今朝はシェイマスの葬儀を手配して、パパはつらい思いをしたと思うし」

ダニーは黙りこんだ。モイラはタクシーのなかで彼をとても身近に感じた。ダニーは今も長年の知りあいである人間に見えた。背が高く、背筋がぴんとして、長い革のコートを着た姿は人の目を引きつけずにはおかない。髪を後ろへ撫《な》でつけ、緊張した表情、謎《なぞ》めいた目つきで背後へ流れていく窓外の景色を眺めている。彼の手はふたりのあいだの座席に置かれていた。指が長く、爪をきちんと切ってある。力強い手だ。その手を見ているうちに、モイラは触れてみたくなった。そして唇を噛《か》んだ。そういう点ではダニーを知りすぎるほど知っていた。コートに包まれていても肩幅が広いとわかる。彼はたぐいまれな体をしている。やせ型ではあるが筋金入りで、余分な脂肪はまったくついていない。顎のラインはシャープで、目立つ顔立ちをしている。目ははしばみ色、いや、はしばみ色というより琥珀《こはく》色で、金色に見えるときもある。タクシーのなかなので、コロンのにおいが感じられた。モイラは彼の服の下がどんなふうか知っていた。問題は、彼の内面がわからないことだった。ダニーが暗く孤独な夜に感じていることを思うと、モイラは凍りついた。彼は父親と妹が撃ち殺されるところをまのあたりにした。そうした経験は人を冷酷にするに違いない。彼は復讐《ふくしゆう》を望んでいるはずだ。復讐を遂げるために、どこまでやるつもりなのだろう？

ダニーがいきなり横を向いてモイラを見つめた。まるで彼女の心を読んだかのようだった。

「ぼくを信じてほしい」静かな口調だった。

「信じてるわ」

「下手な嘘《うそ》をついたってだめだ、モイラ。きみはいつも嘘が下手だね」

「なにかが起こっているのよ、ダニー。そしてわたしたちはふたりともそのことを知っている」

「もっと知っていればよかったのにとは思わないか？」

「あなたはもっと知ってるはずよ」

「きみこそ、知ってるくせにぼくに話していないことがたくさんあるだろう」

「あなたに話せるようなことはなにひとつないわ、ダニー」

ダニーは再び窓の外に目をやった。まもなくパブに到着した。彼が料金を払い、ふたりはタクシーをおりた。

「ありがとう」モイラはそれだけ言うと、パブのほうへ歩きだした。

「料金を払ったことへの礼かい？　それとも、ばらばら死体になるところを助けてやったことへの礼？」ダニーは冷たく尋ねた。

「両方よ」彼女は小声で答えて逃れるようにパブのなかに入った。

なかはランチの客でまだ半分近くの席が埋まっていた。リアムがいつものスツールに座っていて、カウンターの反対側にエイモンが寄りかかっていた。入ってきたモイラを見て、ふたりは顔をほころばせて手を振った。彼女には父親がとても悲しそうに、そしていつもより老けて見えた。シェイマスがいなくなって寂しいのだ。

「ただいま、パパ」

「おかえり、モイラ。大丈夫だったかい?」

彼女はうなずいて父親に歩み寄り、ぎゅっと抱きしめた。「パパは?　つらかったんじゃない?」

「大丈夫、なんとかやってるよ。人と話をしていると気が紛れるんだ。人の噂話《うわさ》をな。それから動きまわっていると」

「ほんとに大丈夫なのね?」

「わたしには居場所がある。仕事もある。友人もいる。わたしの友人もいれば、シェイマスの友人もいる」

「モイラ・キャスリーン」リアムが声をかけた。「知らないのかい?　それが昔ながらのアイルランド流の通夜のやり方なんだ。死んだ人間の柩《ひつぎ》のそばに座って、みんなで酒を酌み交わしながらわいわい話をする。通夜も葬儀も、死んだ人間のためではなく、残された人間のためにするんだよ」

「もちろんだわ、リアム」

「ふた晩続けて通夜をやるべきだよ、エイモン」リアムは言った。

「シェイマスはどうしてほしいかわたしに話していたし、書き記してもいた。シェイマスの望みどおりにしてやろう、リアム、それがいちばんだ」エイモンは娘に注意を戻した。「モイラ、仕事があるなら、そっちをやってくれ」

「パパ、今夜はきっと忙しくなるから、ここにいるつもりよ。でもその前に車を借りてもいい？　カメラを持って海岸沿いにセーラムまで行ってこようと思うの。明日はテープの編集をしたり、パレードの撮影に関してマイケルやジョシュと打ちあわせをしたりするのに忙しいから」

「二度電話があったぞ」エイモンは言った。

「誰から？」

「マイケルだよ。電話をしたほうがいい」

「パパのデスクを使ってもいい？」

「もちろんだ」

モイラは父親のオフィスへ行ってデスクの後ろへ座った。これからしようとしていることが正しいかどうか確信がなかった。たぶん午後はパブにいるほうがいいのだろう。けれど、どうしてもここにはいたくない。ダニーはきっとパブにいるだろう。

そしてパトリックは……。

そう、パトリックの居場所は誰も知らないようだった。

モイラは〈マジック・メイデン〉へ電話をかけた。友人のサリー・アデアがセーラムでやっている店だ。電話に出たサリーはモイラの声を聞いて喜び、これから行くと告げると、いっそう喜んだ。

「だけど、こんなところへ来てていいの？　今日の新聞にシェイマスの死亡記事が出てたわ。あなたたちにとってとてもつらいことでしょうね」

あなたが想像している以上よ、とモイラは思った。

「それもあって、今日そっちへ行こうと思ったの。ここにいたくないのよ。撮影クルーは連れていかないで、小型カメラだけ持っていくわ。あなたさえよければ――もちろん、あなたは喜んで放映同意書に署名してくれるでしょうけど――少し店内を撮影させてもらったあと、聖パトリックの日の飾りつけをした町を案内してもらいたいの」

「喜んで案内するわ」

サリーはお悔やみの言葉をモイラの父親と家族に伝えてほしいと言った。それからしばらくおしゃべりをしたあと、モイラは受話器を置き、マイケルのホテルの部屋へ電話をかけた。彼はいなかった。もっともモイラも、マイケルが一日じゅう座って連絡を待っていると期待していたわけではなかった。携帯電話にかけると、彼が出た。

「やあ、モイラ、ずっと捜していたんだよ」

「父と出かけることになっていたのは知ってたでしょう。そのあと、いくつか用事があったの。ジェイコブ・ブローリンに会いに行ったわ。パレードのあとでうちのパブへ来てくれることになったの。そこでインタビューに応じてくれるって」

「すごいじゃないか！　きみならできるってわかっていたよ」

「わたしもうれしいんだけど、うちの番組で最初に流すことはできないわ。衛生中継したいなら、インタビューは明日でないと間に合わないもの。局が編集して夜のニュースで何度も流すでしょうね」

「必ずいい番組ができるよ。それじゃ……今日はパブにいてお父さんの手伝いをするつもりかい？」

「実はそうじゃないの。どのくらいでここに来られる？」

「十分もあれば行ける。なぜだい？」

「セーラムまで出かけてこようと思っているの」

「そうなのかい？」

「セーラムの様子とボストンのお祭り騒ぎの様子を番組内で対照させたいの。本格的に撮影するわけじゃなくて小型カメラで撮るだけよ」

「モイラ、なんでもお望みどおりにするよ。今まで撮ったテープを見なおして、明日の撮影がすみ次第送れるようにしておいた。それと、生中継のための最終的な手配もしておいた」

「すごいじゃない。ありがとう、マイケル」

「とんでもない、それがぼくの仕事だろう？　正直に打ち明けると、ジョシュが大部分をやってくれたんだが」

「彼の仕事でもあるんですもの」モイラは言った。「ジョシュはホテルにいるの？」

「たぶんいると思う。パブのドアを撮影したテープの編集をしているんじゃないかな」

「電話してみようかしら」

「ぼくがカメラを持っている。連絡がつかなかったら、ふたりで出かけよう。ジョシュには伝言を残しておけばいい」

「そうね」

モイラは電話を切ってパブへ行って店内を見まわした。ダニーは彼女のあとから入ってこなかったようだ。

「ダニーはどこ？」父親にきいてみた。

「見てないな」エイモンは答えた。

「パトリックは？」

「少し前に出ていった。シボーンに会いに彼女の両親のところへ行くと言ってたな」

「ほんとにダニーを見なかった？」

「数時間前に出ていったきりだ。それ以来見かけてない」

ダニーも店に入ってくればよかったのに、とモイラは思った。彼がここにいるのを確認しておきたい。どこにいるのかわからないと不安になる。

「部屋にいるかしら？」

「いや、いないんじゃないか。だが気になるなら、ドアをノックしてみたらどうだ」

モイラはうなずいてパブの奥へ向かった。ダニーの部屋の前でためらい、聞き耳を立て、ドアをノックした。返事はなかった。試してみるとドアは開いた。彼女はなかへ入った。室内は非の打ちどころがないくらいきちんとしていた。ベッドは整えてあるし、衣類もきちんと片づけてある。ただジャケットだけが椅子にかかっていた。机の上のノート型パソコンがつけっぱなしになっていて、その横にボストンの地図が広げてあった。モイラは躊躇《ちゅうちょ》したが、結局は好奇心に負けた。開いているファイルは『サラの夜』というタイトルの文章だった。モイラは読みはじめた。

「特別権限法のもとに王立アルスター警察隊に捕まった場合、すべきことはひとつしかない。嘘をつくことだ。そこでサラは嘘をついた」

モイラは読みつづけた。

家へ押し入ってきた兵士たちは、お世辞にも優しいとは言えなかった。当然ながら彼らは真夜中にやってきた。街には濃霧が立ちこめていた。こういう場合には警告があるだろうと彼女はずっと思っていたが、それは間違いだった。兵士たちは目覚めたばかりの彼女をベッドから引きずりだした。ベッドからシーツをはがされ、着ていたナイトガウンは引き裂かれた。兵士たちはまったく隙《すき》を見せず、たとえ彼女が体なりベッドなりに武器を隠し持っていたとしても、それを手にする余裕はなかっただろう。

兵士たちが捜索を終えたときには、彼女は辱められ震えていた。彼らは体を隅々まで、穴のなかまで探ったが、そんなところへ隠せるほど小さな武器とはどんなものだろう、と彼女は思った。

衣類が投げ与えられた。彼女はそれを身につけた。

兵士たちは彼女を〝悪名高き場所〟——ロング・ケッシュ刑務所へ連行した。そこは有刺鉄線

きる。アメリカへ行けばいい。わたしが知りたいのは、爆弾を仕掛けた男たちの名前だ。簡単な

死ぬのを見たくはない。きみはまだ若い、人生はこれからだ。逃げようと思えば逃げることもで

　男は身を乗りだした。「気の毒に、ばかな娘だ。わたしはきみを刑務所に送りたくはない……

「わたしを見たのが誰かは知りませんが、わたしは現場近くにいませんでした」

ちのぼり、悲鳴と、人間の肉が焼けるにおいと……。

実際に爆弾が爆発したときのことは想像したことがなかった。爆風が空気を切り裂き、火炎が立

　わたしは喜んで命を捧《ささ》げるつもりでいた。あるいは少なくともそう思いこんでいた。けれども、

ってハドソン以下三名の兵士が死亡したんだ」

軍曹を車からおびきだし、その隙にきみの仲間たちが車体の下に爆弾を仕掛けた。その爆弾によ

「ミス・オマリー、きみを目撃した者がいるんだよ。きみは体の具合が悪いふりをしてハドソン

「はい。サラ・オマリーです。わたしはなにもしていません」

た。この男は礼儀正しくふるまっている。その礼儀正しさがくせ者なのだと彼女は学んでいた。

ていた。男の口調はあくまでも丁寧だった。彼女は拷問され脅迫された囚人たちの話を聞いてい

「ミス・オマリーだね？」男は書類を見ながらきいた。彼女は男のデスクの前の椅子に座らされ

　担当警官の前へ連れていかれた。その男の名前も、その評判も、彼女は知っていた。

を狙《ねら》ったものなのだ。

れが彼女をなによりもおびえさせた。これはテロ容疑者に対する通常の全域捜査ではない。彼女

が張りめぐらされ、監視塔には機関銃が配備されていた。逮捕されたのは彼女ひとりだった。そ

ことじゃないか。名前を教えてくれさえすればいい。そうしたら逃げるのに手を貸してやろう」

「名前を教えることはできません。その場にいなかったんです」

男はその言葉を受け入れたかのようにうなずいた。「そうか、少し考える時間をやろう。そのうちにきっとなにか思いだすだろう」

目隠しをされるまで、彼女は後ろに男が立っているのを知らなかった。頭にフードがかぶせられた。腕が彼女をつかんだ。「この女性の護送者を呼びたまえ」

わたしの護送者。

彼女はどこへ連れていかれるのか知らなかった。何人の兵士が自分を〝護送〟しているのかも知らなかった。

わたしは喜んで命を捧げるつもりだったのに……。

兵士たちは彼女を目隠ししたままコンクリートの上へ残していった。

悪夢のうちに時間が過ぎていった。またもや彼女は肉の焼けるにおいをかいだ気がした。寒気がして体が震えた。名前。名前を明かすわけにはいかない……。

翌日、再びオフィスへ連れだされた。

「ミス・オマリー、なにか話すことを思いだしたかね？」男がきいた。

彼女はかぶりを振った。「いいえ」

「いずれ思いだすだろう。仕方がない、それまで独房に入っていてもらわなければならん」

彼女は体が小刻みに震えているのを気づかれまいとした。唇がわなわなと震えた。

「すまんね――なにか言うことを思いだしたかな？」

彼女は首を振り、来るべきものに備えて心を強く持とうとした。〝護送者〟がやってきた。彼女はなにも考えず、なにも感じまいと必死につとめた。ひとりの兵士が彼女の上に身をかがめてささやいた。「ハドソンはおれのいとこだった」それを聞いたとき、彼女の頬を涙が静かに伝い落ちた。涙は次から次へとあふれでて、喉がつまりそうになった。


「おもしろいかい？」

モイラはパソコンを閉じて、恐怖のあまり後ずさりした。ダニーだった。戸口にもたれ、琥珀色の目を細めて彼女を見ていた。

「ダニー……」

彼は歩いてきた。「その話はおもしろいかどうかときいたんだ」

「わたしがどう思うかなんて気にしていないいんでしょう？　あなたには大勢のファンがついているんだもの」

「きみはぼくの本を買ったことがあるのかい？」ダニーは慇懃《いんぎん》に尋ねた。

「もちろんよ。ときどきだけど。今度のは必ず買うわ」

「もちろんだ。その話の結末を知りたいんだろう」

「もう行かなくちゃ」

「そうさ。きみには今日やるべき仕事がある」

「そうよ」

モイラはわきをすり抜けようとしたが、ダニーに腕をつかまれた。痛くはなかったけれど、体がくっつきそうなほど引き寄せられた。

「なにがお望みだったんだ？」

「なにって？」

ダニーの体が炉のように熱く感じられた。つかまれていると、彼の腕や胸が引きしまっていて力強いことが思いだされた。彼の目に浮かんでいる怒りに身を貫かれる気がした。

「きみはぼくの部屋にいた。なにが欲しかったんだ？」

「別になにも」

「かぎまわっていただけだというのかい？」

「いいえ……その……あなたを捜していたのよ。わたしが戻ってくるまでパパの手伝いをしてくれるかどうか確認したかったの。これから四、五時間、出かけてくるから」

「ばかだな、モイラ」

「パソコンがつけっぱなしで――」

ダニーはいらだたしげに頭を振った。「書いたものを読まれたからって、ぼくが気にすると思うか？」

「もう行かなくちゃ」モイラは言い張った。

「モイラ、くそっ、ぼくに話すべきだ」

「どうして、ダニー？　あなたはわたしになにも話してくれてないじゃない」モイラは尋ねた。

「震えているね」

「もう行くわ」

「モイラ？」パブのほうから父親の呼ぶ声がした。

「放して。父が呼んでるわ」

ダニーはモイラの目を射すくめ、いっそう近くへ引き寄せた。「モイラ、ぼくは……くそっ」

小声でつぶやくと、突き放すように彼女を放した。

彼は逃げ去っていくモイラを見つめていた。

16

「マイケルが来てるぞ」パブへ駆けこんできた娘を見て、エイモンは言った。「車のキーをとってこよう」

「ありがとう、パパ。ディナーのあとの忙しい時間までには必ず戻ってくるわ」

「ありがたいが、自分の仕事をすればいい。パブのほうはなんとかなる」

「きっと戻ってくるわ」モイラはそう断言し、父親がほうってよこしたキーを受けとめた。

ドアのところにマイケルが立っていた。撮影機材の入ったバックパックを肩にかけている。近づいてきたモイラの肩に腕をまわした。

「震えてるじゃないか」

「わたしが？　ちょっと寒いだけ。さあ、出かけましょう」

駐車場係に車をまわしてくれるように頼んだ。車がやってくると、マイケルはモイラの肩に手を置いて言った。「ぼくが運転したほうがよさそうだ」

モイラは反論しようとしたが、彼の言うとおりだった。

車は道路へ乗りだした。

「ほんとに今日、こんなことをしたいのかい？」マイケルは空いているほうの手を彼女の手の上に滑らせた。「今はきみの家族にとってつらい時期だ。ぼくにだって、シェイマスが単なる客ではなかったことくらいわかるさ」

「ええ、わたしなら大丈夫よ。ボストンを出られてほっとしているわ。それに、仕事をおろそかにしていたわ。これでいい番組ができたら驚きよ」

「機械的な作業に関しては気にする必要ないさ、モイラ。きみは出演者なんだから」

「わたしはプロデューサーでもあるのよ」

「すべてをとり仕切っているのはジョシュだ。きみが気にする必要は少しもない。それに」マイケルは軽い口調で言い添えた。「きみにはぼくがいる」

「わたしはあなたを利用し、酷使したわ」

「きみに利用されるなら光栄だよ」

マイケルはからかっているのだ。モイラの手を握っている指に力がこもった。彼女はほほえんだが、さえない笑みだと自覚していた。マイケルはモイラが彼を裏切って別の男性と寝たことを知らない。寝た相手が暗殺をくわだてているかもしれない男であることを。すでに彼女の殺害を試みた可能性のある男であることを。

そうなのだ、ダニーはいつもその場に居あわせ、わたしを助け起こしてくれた。だが、殺そうという試みに失敗した場合、救出者を演じることによって疑惑を晴らす以上にうまい方法があるだろうか？

わたしが一階へおりていったあの夜についてはどうだろう？　長いことふたりきりでいた。あのとき彼は、なにかしようと思えばできたはずだ。なにを？ 父の家のベッドでわたしの喉を切り裂くとか？

「モイラ、どうしたんだい？ ぼくはここだよ、わかってるね」

彼女はマイケルを見た。本当にどうしたのだろう？ ここに、女なら誰でもそばにいたいと願わずにはいられない男性がいる。彼はなにも悪いことはしていない。悪いことをしたのはわたしだ。しかし、まだ打ち明けるだけの心の準備ができていない――すべてが進行中である今はまだ。そしてまた、打ち明けてしまうまでは、マイケルと今までどおりつきあうわけにいかないのもわかっている。

「わたし、どうしたのかしら。きっと動揺してるのね。心配ごとがいっぱいあって」

「わかってるだろう、これから撮影しようとしている部分は必要ないんだ。休みにしてもかまわない。ニューイングランドのすてきなホテルでも見つけて……なにもかも忘れて過ごすんだ」

「あの、マイケル、ごめんなさいね、わたしってひどい――」

「いいって、わかってる。セーラムへ行こう」マイケルはしばらく黙って運転していたが、やがてまた口を開いた。「すまない。きみが動揺しているのは、ぼくのせいでもあると思う。ダニエル・オハラのことであんな話をしたから」

「パブのドアを探してまわったとき、あなたたちふたりは仲よくやっていたように見えたわ」

「うん、まあね……」マイケルは沈んだ声を出した。「あんなことを言ってすまなかった。貝みたいにぴったり口を閉ざしていればよかったよ」

「どうして？」

「彼とふたりでまあまあ楽しい一日を過ごしたからさ。ほら、家族の友人が真のライバルだとわかって、少し怖《お》じ気《け》づいたのさ」

「彼はライバルなんかじゃないわ」モイラは小声で言った。ああ、わたしは嘘《うそ》をついている。いいえ、たぶん嘘ではないのだ。容易に変わらないものがある。ダニーはわたしの感覚のなかのなにかに訴えかける肉体的魅力を常に持ちあわせているのかもしれない。そして、わたしがダニーについて知っていることすべてを論理的に考えあわせると、彼が殺人をもくろんでいないとしても、彼はわたしが人生で探し求めていた相手ではないと納得できるのかもしれない。

「ああ、たぶん違うんだろう。彼は、ぼくがきみを幸せにするなら、心から祝福すると言った。まるできみのお兄さんみたいな言い方だった。彼とは愉快に一日を過ごしたよ」マイケルは間を置いてから真剣な口調で続けた。「きみはお父さんのバーでなにかが起こっていると考えてるんじゃないのか？」

「パブよ」モイラは反射的に訂正して肩をすくめてみせた。「バーとは違うの。それに、どこでだってなにかしら起こっているんじゃないかしら」

「これから数日のあいだは、きみはぼくのそばにいたほうがいい。そうしてくれるね？」

　モイラはマイケルを見た。「今こうしてあなたと一緒にいるし、ボストンを出ていこうとしているところよ」

「それじゃあ、楽しく過ごそう」

「マイケル」モイラはささやいた。「わたし――」

「パブやシェイマスの話はもうこれきりにしよう。きみにはブローリンへのインタビューがあるし、きっとなにもかもうまくいくよ」

「どうしてうまくいくの？　シェイマスが死んだのに」

マイケルはしばらく黙っていたあと、口を開いた。「モイラ、お父さんと話したよ。なにが起こったのか知っているし、きみが動揺してるのも知っている。しかし、あれは事故だったんだ。彼は友達を助けようとした。さあ、今日を楽しもう、いいね？」

彼女はほほえんで同意したが、内心は寒々しくて不安だった。


「ジョシュ、彼女はどこへ行ったんだ？」

モイラが部屋を出ていくやいなや、ダニーは彼女の共同経営者がホテルの部屋にいることを願って電話をした。

「ちょっと待ってくれ」ジョシュは答えた。「今戻ったばかりなんだ。ここに伝言がある。セーラムへ撮影に行ったようだ。モイラの友人のサリー・アデアのところへ。ぼくは会ったことがないが、彼女を知っているかい？」

「ああ、何年か前に会ったことがある。以前この近くに住んでいたが、セーラムへ引っ越したんだ。きみは彼らと合流するのか？」

「その予定はない。たぶんモイラは小型カメラで撮るつもりなんだろう。マイケルが一緒だし。

彼なら機械の扱い方を心得ているよ」

ダニーは部屋のドアを閉めておかなかった。戸口にパトリック・ケリーが立っているのを見て驚いた。

パトリックの存在に気づいたしるしに手をあげてみせた。

パトリックはほほえみ、話がすむまで待っているというようにうなずいた。

「車で追いかけるよ」ダニーは言った。「人手が必要かもしれない」

ジョシュはしばらく黙っていた。「なあ、ダニー、彼らなら大丈夫さ。それに……ぼくが口出しすべきことじゃないが……ふたりは出会って以来、ずっとつきあっているんだ」

「わかってるよ。マイケルがモイラの幸せにとって欠かせない相手だとわかったら、きれいさっぱり手を引くつもりだ。しかし、最近の彼女はひどく動揺している。シェイマスが死んで……なあ、きみも一緒に行かないか？」

「いいとも。だが、そうなると――」

「すぐ出かけよう。今すぐに。そうすれば追いつく。ふたりはたった今出ていったばかりだ」

「わかった。これからそっちへ行く」

「どこへ出かけるんだ？」戸口にいるパトリックが尋ねた。

「セーラムへ」

「父の話だと、モイラはマイケルと一緒にサリーのところへ行ったそうじゃないか」パトリックはダニーをじろじろ眺めた。「彼らをふたりきりにしておいたほうがいいとは思わないのか？」

「そのほうがいいのかもしれない。だが、今はそうさせるつもりはない。ここでいろいろなことが……シェイマスが死んだりするようなことが起こっている今は。おい、ぼくに用事があったんじゃないのか？」

パトリックは肩をすくめて笑った。「実は、きみがセーラムまで行きたがってるんじゃないかと思って」

「きみもふたりのあとを追うつもりだったのかい？」

「ああ」

「なぜだ？」

「妹のことが少し心配なんだと思う。それとマイケル……そう、妹は彼に首ったけのようだが、実際のところ知りあってまだそう長くはない。ぼくはモイラの兄だ。生まれたときからあいつのことを知っているし、いざとなったらぼくのほうが助けになってやれるだろう。それで、たぶんきみも一緒に行きたがるんじゃないかって気がしたんだ」

「ああ、行くとも。ジョシュも一緒だ」

「いいよ。つまりぼくたちは妹のもとへ駆けつけ、きみはふたりのあいだに割りこむってわけだな？」パトリックはきいた。「いいよ、答えなくて。運転はぼくがしよう」

「なあ、頼みがあるんだ。きみのお父さんに了解をとって、ジョシュを出迎えてやってくれ。ぼくはちょっと用事をすませて、すぐに行く」

「わかった」

　パトリックが去ると、ダニーは再び電話をした。それまでリズにかけるのに家の電話を使ったことはないが、このときばかりはやむをえないと思った。

「リズ、新しい情報があったら教えてくれ」

「いいわ。パトリック・ケリーが協力している慈善団体の人……アンドリュー・マガヒーだけど、いくつかわかったことがあるわ。ききたい？」

「さっさと話してくれ」

「あなた、家の電話を使ってるのね」リズは出し抜けにとがめた。

「いいから、わかったことを早く教えてくれよ」

「彼はここ数年のあいだに何度かベルファストを訪れているわ。そのたびにジェイコブ・ブローリンと会っている――それと、リアルＩＲＡのメンバーとも。彼から目を離さないでいることね――パトリック・ケリーからもよ。今の言葉と矛盾するようだけど、マガヒーが慈善事業としてやっていることは法的にはまったく問題ないわ。彼が提出した書類はすべて非の打ちどころがないの」

「それはそうだろう。パトリック・ケリーは有能な弁護士だ」ダニーはそっけなく応じた。

「パブにはもうひとり出入りしているわね、あなたはきっと知ってるでしょうけど」

「ブラウンなら気づいてる」

「よかった。用心してね。彼はひとりで動いているんじゃないわ」

「そうじゃないかと思っていた。ブラウンからは目を離さないでいる。それ以外にまだあるはずだ。マイケル・マクレインについて、わかったことがあるんじゃないのか?」

「どうして? 彼の尻尾《しっぽ》をつかみたくてうずうずしてるの? あまりそのことにこだわらないほうがいいわ。なんだかとりつかれているみたい」

「調査を続けてくれ」ダニーは言った。とりつかれているだと? ああ、そうだ、とりつかれているのだろう。なぜかはわからないが。モイラの新しい恋人と一緒に午後いっぱい過ごしてみて、わかったことがある。それは、あいつの外見の下になにかがあるとしても、それを実に巧みに隠しているということだ。あいつは終始慎み深く、機知に富み、聡明《そうめい》だった。心底モイラを愛しているようだった。だとすると、ぼくは罪悪感を覚えてもいいはずなのに、そうはならなかった。おそらくぼくは間違っているのだろう。あいつは申し分ない男なのかもしれない。そしてぼくはといえば、何年ものあいだになにもかもを台なしにしてしまった。

「言ったでしょう」リズはじれったそうに言った。「あらゆる証拠が危険を知らせているの。ひとつのことにこだわらないで。危険はあちこちに転がっているんだから」

「こだわってなどいない」たぶんこだわっているのだ。リズの言うとおり、危険はあちこちに転がっている。

「モイラ・ケリーが今日ブローリンに会いに行ったのは知っているでしょう?」

「ああ、もちろん知っている」

「ならいいわ。あなた、家の電話を長く使いすぎてるわよ」

「きみに電話をかけた瞬間から覚悟していたさ」ダニーはいらいらして言った。「ともかくきみが調べあげたことを知りたい」

「なにについて?」

「マガヒー、パトリック、慈善事業、それからマクレインについてだ」

「ダニー……」リズは警告するように言った。

「とにかく全部知りたいんだよ。ここから電話をかけるなんてばかだったよ、まったく。またあとで電話する」ダニーは受話器を置いてコートをつかみ、内ポケットに必要なものが入っているのを確かめると、部屋を出た。そして手伝いは足りているから大丈夫だという返事を期待して、エイモンに声をかけた。エイモンはそのとおりのことを言ってくれた。

ダニーは急いで外へ出て、パトリックとともにジョシュの到着を待った。


セーラムに入ることを示す標識を通り過ぎるとき、マイケルはどこへ車をとめようかとモイラに尋ねた。

「お店の近くには空き地がないの。ここへ来るときは、たいてい公園のわきへとめることにしているわ。そこからサリーのお店まではほんの数ブロックの距離よ。すてきな町だから、歩いていくのが楽しいの」

マイケルは美しい家並みの前を通って、公園わきの最初に目に入ったスペースへ車をとめた。トランクからカメラを出し、ふたりは通りを歩きだした。〈ホーソーン・イン〉の前を過ぎ、河岸へと向かった。

モイラはマイケルに笑いかけた。ボストンから離れて心が浮き立っていた。ほんの短い時間ではあれ、まるで背中の重荷をおろしたようだった。シェイマスが死んだことも、明晩が通夜であることも、ほとんど頭になかった。

「サリーのお店まではあと一ブロックよ」

マイケルは肩にカメラをかけていた。そして歩きながらモイラの手をとった。彼女は逆らわなかった。

「ほら、あそこよ」

店の前にサリーが出ていた。まるで神通力によってふたりの到着時間を知ったかのようだった。

「見て、魔女だけのことはあるわ、わたしたちを待ってる」モイラは真剣な口調でマイケルに言うと、先に歩いていって友人を抱きしめた。サリーは漆黒の髪をしていて、体の線がはっきりと出る黒のカフタンがよく似合っていた。Vネックの胸もとにシルバーの五角形のネックレスをしている。耳たぶにぶらさがっているシルバーの球形のピアスが、淡い青の瞳を引き立てていた。

「あなたがマイケルね」サリーは歩みでて手を差しだした。

「そうです、サリー、お会いできてうれしいです。魔女に会うのははじめてなので」

「サリー、そのウィンドー、気に入ったわ」モイラはショーウィンドーをのぞきこんで言った。そこには友人の手により、妖精《ようせい》とレプラコーンと魅力的な聖パトリックの像のあるアイルランドらしい絵画的光景がつくられていた。

「ありがとう。やりすぎだと思う？　楽しんでいるうちにこうなっちゃったの」サリーはマイケルに笑いかけた。「アイルランド人はたいてい敬虔《けいけん》なカトリックなんだけど、妖精やレプラコーンやバンシーが大好きなの」

「マイケルの家族もアイルランド系なの」

サリーは笑い声をあげた。「あなたの家族ほどアイルランド人的ではないんでしょうね。あなたのお父様みたいにアイルランド的な人は、アイルランドにさえいないと思うわ」サリーはモイラの腕をとって店内へ案内した。そのあいだものべつ幕なしにしゃべりどおしだった。「彼って、たくましくてセクシーね。もちろんハンサムだってことは聞いてたけど。ほかの人たちはもうなかで待ってるわ」

「ほかの人たちって？」モイラは眉をひそめてサリーから身を引き離した。彼らがいた。モイラはぎょっとして立ちどまった。まるで冷水を浴びせられたかのようだった。パトリックに、ジョシュに、ダニー。ジョシュはカメラを手にして早くも撮影をしていたし、パトリックはショーケースをのぞいていた。ダニーはといえば、ハーブの入ったにおい袋をあれこれ品定めしている。それには病を癒《いや》す、富をもたらす、愛や心の平穏が得られる、などの説明書きがついていた。

「おい、なんでこんなに時間がかかったんだ？」ジョシュは陽気に尋ねた。

「みんな、ここでなにをしているの？」モイラは思わず息巻いた。

ジョシュは眉を寄せた。「すまない。てっきりぼくも加わるものと思ったんだ」

モイラはすぐに落ちつきをとり戻した。「いいえ、ジョシュ、いいの。わたしのほうこそごめんなさい――」

「モイラはきみだけに言ったんじゃないと思うよ、ジョシュ」パトリックは言った。

「きみもそうなんだろう」ダニーはつぶやいた。あまりに低い声だったので、モイラは本当に聞いたのかどうかわからなかった。

「この人たちが来ることを知らなかったの？　あなたをびっくりさせるなんてすてきね」サリーはモイラの口調に気づかなかったと見え、快活に言った。「それよりショーウィンドーだけど、聖パトリックの祭日のために、特別に飾りつけをしたのよ。アイルランドに関する本も何冊かそろえておいたわ。そうそう！　あそこにあるのは、わたしがつくったバンシーよ。すてきでしょう？」

実際、見事な出来栄えだった。黒い服をまとったそのバンシーは店の入口から奥へ続くアーチの下に浮かんでいるように見えた。顔はつやつやした美しい磁器でできており、目は黒だ。哀愁を帯びた表情をしている。

「なんてすばらしいんでしょう」モイラは思わずため息をもらした。

「実に美しい」マイケルは言った。

「ありがとう。元来、バンシーは美しかったに違いないわ」サリーは言った。「だって――」

「待って待って」ジョシュが割りこんだ。「モイラ、サリーと並んで座って。バンシーについて彼女にインタビューするんだ」

数分後、モイラはサリーと並んで椅子に座っていた。サリーの右手には例のバンシーが揺れていた。撮影が始まり、まずモイラがその人形を紹介した。

　バンシーに関するサリーとモイラの会話は、ジョーンの話を補うものとして申し分なかった。撮影がすむと、モイラはにっこりしてジョシュを見た。「完璧《かんぺき》だったんじゃないかしら」

「本当？　わたし、よかった？　今のテープを使うつもり？」サリーはきいた。

「最高だったわ」

「まさか編集室にまで出かける必要はないんでしょうね？」サリーは尋ねた。

「そんなことしなくていいんだよ」ダニーが答えた。モイラは返事を横どりされたのが腹立たしくて彼をにらみつけた。

「その、ぼくたちが撮ったパブのドアよりも、サリーの話のほうが断然おもしろい」ダニーはそう言って肩をすくめた。軽い口調ではあったけれど、モイラはその目つきが気に入らなかった。わたしがパソコンに入っていた書きかけの小説を読んだことをまだ怒っているのだ、と彼女は思った。

「それじゃ成功を祝ってみなさんをランチにご招待しなくちゃならないわね」サリーは申しでた。

「いいえ、わたしたちがあなたをランチに招待するわ。あんなにすばらしい話をしてくれたんですもの」モイラは言った。

「ぜひ、わたしにおごらせてちょうだい」サリーは言い張った。

「あなたのおかげで当社には大金が転がりこむんです、サリー。〈ＫＷプロダクション〉があなたをご招待しますよ」ジョシュは主張した。

「わかったわ」サリーは同意した。「もう少しするとランドールとメグが来ることになってるわ。手相見をしているご夫婦なの」みんなに説明した。「すごくあたるのよ。このなかに見てもらいたい人はいるかしら」

「ランチのほうがそそられるね」ジョシュは言った。「もうじき三時になる。さっきから腹の虫が鳴きっぱなしなんだ」

「みなさん先に出かけたらどう？　わたしが友人のマーティン・マクマーフィに電話しておくわ。そうすれば席を用意しておいてくれるでしょう。向こうへ着いて名乗りさえすれば、席へ案内してくれるわ」

モイラのそばにいたマイケルが身を寄せてささやいた。「マーティン・マクマーフィだって？　本名なのかい？」

モイラの唇の端に笑みが浮かんだ。そうよ、ダニーが、兄が、ジョシュが、ここにいるからって、それがどうだというの？　わたしは大勢に囲まれている。だから安全だ。ダニーを避けてさえいればいい。今日は楽しく過ごそう。

「よし、じゃあ、われわれは先に出かけるとしよう」

「レストランはすっかり飾りつけをしてあるわ。緑色の弓を携えたレプラコーンと、黒い衣装をまとった魔女のぬいぐるみでいっぱいよ。マーティンはお化け屋敷も持っているの。一年じゅうやってるけど、今は聖パトリックの日のために、特別にバンシーや、悪いレプラコーンや、鮮やかな緑色の骸骨《がいこつ》も配置しているわ。そこでの撮影も許可してくれるんじゃないかしら」

「それは楽しみだ。だが、まずは腹ごしらえといこう。そこへはどうやって行くんだ？」ジョシュはきいた。

「そのショッピングモールをまっすぐ行くの。レストランは通りを渡ったところの、一風変わった十八世紀の建物のなかにあるわ。お化け屋敷はそのすぐ隣よ」

「それじゃあさっそく出かけよう」パトリックがそう言って先頭に立って戸口へ向かいかけたとき、サリーの店で手相見をしているランドール・ペラムとメグ・ペラム夫妻が入ってきた。ふたりとも六十歳を超えているが、三十歳といっても通りそうなほど若々しかった。頭を剃《そ》ったランドールは、風貌《ふうぼう》が俳優のユル・ブリンナーに似ている。メグの髪はもともとはプラチナブロンドだったのが、年を重ねるにつれて銀色に変わったものらしい。ふさふさした銀髪が背中へ垂れて、着ている長い黒マントにかかっていた。サリーがふたりに、これからみんなでランチに出かけるところだと説明した。彼らは夫婦を残して出口へ向かった。

「モイラ」ドアを出ようとしたモイラをメグが呼びとめた。

モイラは足をとめて振り返った。

「ランチを楽しんできて。でも気をつけるのよ。闇《やみ》があなたを包んでいるわ」

「闇?」モイラは小声で言った。

メグの表情は不安そうだった。「暗闇を避けていなさい。さあ、もう行って。呼びとめてごめんなさい」

モイラはメグの頬に素早くキスして急いでドアから出た。みんなが続いた。通りを進んでいくとき、すぐ背後にダニーがついてきているのがわかった。例のアフターシェーブローションのにおいがする。そのにおいを、モイラは知りすぎるほど知っていた。

「ねえ」横へ並んだダニーに、モイラはいきなり怒りの声を浴びせた。「父の手伝いをしてくれるように頼んだじゃない」

「お父さんなら大丈夫だよ。リアムが一緒だし、クリシーが出勤してきていた。コリーンがおりてくるところだったし、ジェフとバンドの連中も人手がいる場合に備えて早めに出てきていた」

「ほんとに？　父と話をしたの？」

「ああ、したよ。きみのお兄さんもね」

「どうしてここへ来たの？」

「きみのことが心配だからさ」

「なぜ？　あなたがそばにいないほうが安全な気がするわ」

ダニーはモイラの肩をつかんで自分のほうを向かせた。「ぼくがきみを線路へ突き落とそうとしたと、本気で思ってるのか？」

モイラは顎をあげ、断固とした態度でダニーを見つめた。ほかのみんなは背後でどのようなドラマが演じられているのかも知らずに先へ進んでいた。

「モイラ、ぼくは作家だよ。頭に浮かんだことを本に書くのが仕事だ。殺人事件ばかり書くからって、スティーブン・キングは大量殺人者か？　ディーン・クーンツは頭がどうかしている殺人鬼か？」

「楽しく食事をしましょうよ、ダニー」

「ああ、そうだな。家へ帰ったら、きみはぼくの部屋を家捜しするといいよ。ほかになにが見つかるか引っかきまわしてみるといい」

モイラはダニーの言葉を無視して体を引き離し、みんなのあとを追った。

じきにマーティン・マクマーフィのレストランに着いた。マーティンは愛想よく彼らを迎えた。背が高く、髪は砂色、顔にそばかすがあり、非常に魅力的な男性だった。テーブルへ歩いていきながら、モイラはサリーをそっとこづいた。「あなたにぴったりの男性じゃない」

「友達としては最高よ。でも、彼には愛しあっているボーイフレンドがいるの」

「まあ、ごめんなさい」

「謝らなくてもいいわ。ふたりともわたしにとっては親友なのよ」サリーは笑った。「あとでダークにも会えるわよ。お化け屋敷で働いてるの」

彼らが着いたテーブルは緑色のテーブルクロスがかけてあり、ナプキンも緑色、塩と胡椒《こしょう》の容器はレプラコーンの形をしていた。この店は普段はテーマカフェで、いろいろな種類の怪物の像があちこちに立っていたり、つくりものの蜘蛛《くも》の巣が壁の隅にかかっていたり、小さなプラスチック製の鼠《ねずみ》がメニューを持っていたりする。今は魔女も小鬼もみな緑の衣装を着せられていた。

マーティン自らが給仕をしてくれた。料理が運ばれてくるのを待つあいだ、マイケルがカメラをとりだし、ジョシュと一緒にマーティンとモイラのあとをついてまわって店内を撮影した。料理が運ばれてきたので、彼らは再びテーブルに着いた。料理はおいしくて、冷えた緑色のビールは喉にさわやかだった。コーヒーのときに〈マクマーフィズ〉特製のショートブレッドが出た。マーティンが伝票を渡すのを拒んだので、誰も料金を払うことができなかった。

「だけど、こんなに大勢でごちそうになったら悪いわ」サリーは抗議した。

「店の宣伝になるんだから、こういう費用はいくらかかったって惜しくないよ」マーティンは反論した。

「とてもすばらしいお料理だったわ。でも、残念ながらもう帰らなければならないの」モイラは言った。

「その前にお化け屋敷に入らなくちゃね」サリーは言った。「ほんの数分ですむわ」

「ダークがみなさんをお待ちしていますよ」マーティンは誘った。

「お化け屋敷で撮影をしてもかまわないかしら？」モイラはマーティンに尋ねた。

「なかへ入って思う存分に怖がってください。だが撮影はお断りです――商売上の秘密を明かすわけにはいかないので。それに照明のもとでは、怖いものも怖くはなくなりますからね」

彼らはマーティンに礼を述べ、隣のお化け屋敷へ向かった。ダークが待っていた。背の高いハンサムな男性で、目も髪も濃い茶色で、形のいい頬骨と、魅力的な笑みの持ち主だった。彼はサリーの頬にキスすると、ひとりひとりを紹介されるあいだにこやかにほほえんでいた。「わかりました、それではいつもの客寄せ口上といきましょう。ちょっぴり怖い思いをするのは、まことに楽しいものです。けれども心底震えあがるのは楽しいこととは申せません。ここにいらっしゃるみなさんは、ちょっとやそっとで震えあがるような方々ではないとお見受けしました」ダークはため息とともに続けた。「しかし、仮にどうしようもないほど怖くなったら、遠慮はいりません、思いきり叫んでください。すぐにわれわれが駆けつけて、外へ連れだしてさしあげます。よろしいですね？　それではどうぞ……」彼は芝居がかった身ぶりで腕をさっと振ると、深くお辞儀をしてもうひとつのドアを開け、彼らをなかへいざなった。

内部はよくできていて、薄暗い明かりが本物らしい雰囲気を醸していた。サリーと並んで歩いていったモイラは、最初の部屋で立ちどまった。そこはブラム・ストーカーの部屋で、作家が机でなにかを書いており、壁に恐ろしい吸血鬼たちの映像がうごめいていた。次の部屋では、伝説上の魔女と実在の魔女との対比がなされていた。実在の魔女たちは、地球を母として崇《あが》め、宇宙に存在するあらゆるものを大切にしたという。次の部屋は狼《おおかみ》男や吸血鬼、悪魔、ミイラなどでいっぱいだった。そして今度の聖パトリックの日のために、おかしくなったレプラコーンや邪悪なバンシーも特別に配置されていた。ベッドにはシルクのガウンをまとった若い美女が寝ており、その上に吸血鬼がかがみこんでいる。モイラがその活人画をよく見ようと近づいた瞬間、犠牲者と吸血鬼の双方がいきなり振り向いた。女性からは血が滴っていて、吸血鬼は牙《きば》をむきだしていた。モイラはびっくりして悲鳴をあげた。すぐに兄とマイケルとジョシュとダニーが駆けつけた。

「どうした、モイラ？」パトリックはきいた。

「ああ、びっくりした」モイラは笑って言った。吸血鬼も犠牲者も、まるで少しも動かなかったかのように最初の姿勢に戻っていた。

「至るところに扮装《ふんそう》した人間がいるのよ」サリーは説明した。「あのふたりはお給料をあげてもらうべきね」

ダニーはモイラのすぐ背後にいた。彼のそばにいたくなかったので、彼女は急ぎ足で進んだ。

マイケルがサリーになにか尋ねた。ふたりは会話に夢中になりながら並んで歩いていた。ジョシュはパトリックに向かって、セーラムを紹介する番組を別に制作するべきだ、などと話している。

彼らは、照明がサイケデリックで回転式の床がある部屋へ入った。ダニーを追い払いたいモイラは、ずんずん先へ歩いていった。気がつくと体が回転していて、やがてつくりものの墓地に出た。墓石のあいだを靄《もや》が漂っていた。空中を飛んでいくバンシーが悲しげな泣き声をあげる。突然、墓石の陰から死神に扮した人物が飛びだしてきた。モイラは度肝を抜かれて飛びすさった。だが、今回は悲鳴をあげずにほほえんだ。死神はモイラには触れず、大鎌《おおがま》で床をとんとんたたきながら彼女の周囲をまわった。「ほんとに上手ね」モイラはつぶやき、先へ進んだ。死神はひとことも発しないまま、次の客を脅かそうと墓石のあいだへ入っていった。モイラは先を急いだ。

床が回転する音がした。仲間たちがそれに乗ってやってきた。

モイラは灰色のシルクが垂れている入口をくぐった。

そこに展開しているのは埋葬の場面で、むきだしの墓穴の周囲に会葬者たちが立っていた。死体の上を黒衣をまとったバンシーたちが舞っている。

もうひとつ戸口をくぐると廊下に出た。不気味に照らされた標識がふたつの方向を示していた。モイラが右へ進んでいくと、〝危険地域〟と書かれたドアがあった。なかに入ると、おぼろげな明かりのなかに虹《にじ》が浮かんでいて、そのたもとの金の壺《つぼ》にレプラコーンが座っていた。モイラが近づいたことによってスイッチが入ったのか、レプラコーンは振り返った。この世のものとは思えない邪悪な顔だった。モイラはふいに気味が悪くなった。慌ててその部屋をあとにしたが、出たところはさっきの廊下で、彼女はもと来た道を逆にたどっているのだった。

再び墓地に出た。不気味な音楽が低く奏でられていた。「サリー？　みんな？」モイラはそっと呼んでみた。彼らはここを通り過ぎていったようだ。「ねえ、いるの？」彼女はささやいた。

さっきの黒装束の死神が出てきて、外へ連れだしてくれることを祈った。

なにも起こらなかった。バンシーが甲高い声で歌いながら空中を漂っていた。モイラは鳥肌が立った。

「いやになっちゃう！」そうつぶやいてドアへ向かった。第六感が、あとをつけられていると警告していた。モイラは振り返った。死神がいた。「ああ、あなたね。信じられないけど、迷っちゃったみたい。外へ案内してくれないかしら？」

死神はモイラの横を通ってドアを遮るように立ちどまった。

そして突然、マントの下から、黒い袖《そで》に包まれていた腕をにゅっと出した。明かりが手に持っていたなにかを照らした。ナイフだった。大きなナイフ。刃が薄暗い明かりを受けてきらめいた。

「そこまでしなくていいわ。もう充分に怖いんですもの」モイラは言った。

彼女はぎょっとして息をのんだ。死神が手をのばして彼女を捕まえ、ぐいと引き寄せて背後から抱えこんだのだ。喉にナイフの刃を感じた。ざらついた声が耳もとでささやいた。

「イス・ピン・ペアル・ナ・オースト！」

喉にナイフの刃があたっていたにもかかわらず、モイラは悲鳴をあげた。

17

死神がモイラを乱暴に突き放した。彼女はドアを走りでて廊下を駆け、間違った方角へ曲がって、再び虹《にじ》のある部屋へ飛びこんだ。

あのレプラコーンがおぞましい笑みを浮かべて振り返った。

右へ、右へ、外へ出るには右へ行かなければ。だが出たところは、なぜかまたもや墓地だった。

薄暗がりのなかで誰かにぶつかった。モイラは金切り声をあげた。

「モイラ、ぼくだよ」ダニーだった。彼はモイラの両肩をつかんでそっと揺さぶった。「どうしてあんなふうに先へ行ってしまったんだ？　みんなきみを捜しまわっていたんだぞ」

ふいに明かりがついた。死神が墓地へ勢いよく駆けこんできた。そのすぐ後ろにダークがいた。

フードと仮面を外した死神は、髪を乱した高校生だった。

「モイラ、すみません」ダークは言った。「大丈夫ですか？　あんな叫び声をあげて走りまわるなんて、なにがそんなに怖かったんです？」

明るい照明の下で見ると、墓石は発泡スチロールにすぎず、舞っているバンシーたちは黒い衣装をまとった人間が綱でぶらさがっているのだった。ほかのみんなが駆けこんできた。マイケルとサリーはモイラの後ろの回転式の床のほうから、パトリックとジョシュは前方の戸口から入ってきた。

モイラは死神をにらんだ。「彼がナイフで脅したのよ！」

「アダムが？」ダークは当惑の声を出し、怒りのまなざしで若者をにらみつけた。

「ナイフで誰かを脅してなんかいません」若者は抗議し、モイラを真剣に見つめた。「本当にぼくは大鎌《おおがま》しか持っていません。それにこれはゴム製です――ほら」彼は武器の刃に触れてみせ、ちょっと力をいれただけでもたわむことを示した。

「誰かが脅したわ」モイラは小声で言った。「本物のナイフで。それに――」

サリーが歩み寄って両腕でモイラを抱いた。「モイラ、ごめんなさいね。みんな一緒にいるべきだったわ。だけど、本物の凶器を持っている従業員はひとりもいないのよ。ただのひとりも」

モイラは全員に見つめられているのを意識した。奇怪な想像力に負けたのでないことをみんなに納得させられるとは思えなかった。

マイケルが近づいてきてモイラを抱いた。「友人が亡くなった直後にお化け屋敷へ入ろうなんて考えたのがよくなかったんだ」小声でささやきながら、彼女の髪を撫《な》でた。

モイラは抱かれたまま振り返り、サリーを、ダニーを、兄を、ジョシュを、順々に見た。すると急に、自分を脅したのはお化け屋敷の従業員の誰でもないという確信がわいてきた。ここにいる誰かが、わたしが嘘《うそ》をついているのでないことを知っている。

誰かはわからないが、このなかのひとりがわたしを脅したのだ。

「イス・ピン・ペアル・ナ・オースト」モイラは襲撃者がささやいたゲール語の言葉を小声で繰

り返した。「沈黙は耳に心地よい」

「沈黙は耳に心地よい?」マイケルは眉間《みけん》にしわを寄せ、モイラを抱いている腕に力をこめて問い返した。だがその口調から、彼女を信じたいのに信じられなくなりつつある気持が感じられた。

「モイラ、今のはなんだい?」

「アイルランドの諺《ことわざ》だ」パトリックはけげんな顔で妹を見て言った。「ぼくたちが子供のころに祖母がよく口にしてたよ」

「わたしの両親は、黙っていなさいってしかるときにそれを使ったわ」サリーは軽い口調で言った。

「モイラ、本当は脅しじゃなかったのさ」マイケルは優しく言った。「いい言葉だ。アイルランドの諺か。気に入ったよ」

「ダーク」サリーは言った。「わたしたち、もうここを出たほうがいいと思うわ」

「ああ、そうだね。アダム、よくわかったから。少し休んでてくれ。しばらくほかの客を入れないようにする」

「ありがとうございます」アダムはまだためらっていた。モイラのほうへ数歩近づいたが、安全な距離を保っていた。「ごめんなさい、怖がらせてしまったのなら謝ります」

「あなたのせいじゃないわ」モイラは安心させてやった。

アダムは眉根を寄せてうなずくと、立ち去った。モイラには若者があとで仲間たちになんと話すか想像できた。テレビをつけて、たまたま〈レジャー・チャンネル〉が映っており、そこにモイラが出ていたら、彼はきっとこう言うだろう。〝おい、みんな、この女なら会ったことあるぜ。情けないほど臆病《おくびょう》でさ、笑っちゃったよ！〟

「さあ、こちらへ」ダークは促した。「出口へ案内します」

彼らはダークのあとをついていった。明かりがついていると、場内は思ったよりも狭く、装置はどれも信じられないほど安っぽかった。ダークが連れていってくれたところはギフトショップで、そこからお化け屋敷の入口へ通じていた。

「ほんとにすみませんでした。みなさんを一緒にしておくべきだったし、ぼくもついているべきでした」ダークはまた謝った。

サリーが彼の腕に手を置いた。「気にしなくていいのよ。いつものモイラはこんなふうに過剰反応しないんだけど、このところ緊張しっぱなしだったから」

「緊張なんかしてないわ」モイラは反論したものの、自分でも嘘だとわかっていた。

「モイラ、たまに帰郷するのはいつだって緊張するものよ。ことにアイルランド人の場合はね」サリーはささやいた。「それにシェイマスのこともあるし……ともかく、ダーク、ありがとう」

「どういたしまして。でも、ほんとに申し訳ありませんでした」ダークは謝罪を繰り返した。

モイラはダークに歩み寄った。「いいのよ、あなたもマーティンもすてきだったわ。レストランはすばらしかったし、この屋敷もセーラムで最高の場所よ。嘘じゃない。またいつか寄らせてもらうわ」

「ありがとう」

「でも、もう家へ帰らなくては。きっと父は、今夜は全員が手伝ってくれるものとあてにしているわ」モイラはみんなに言った。

「そうだな、もう帰らなくてはならない」パトリックが応じた。

みんな別れを告げはじめた。モイラはサリーと一緒に歩道へ行き、友人を抱きしめた。

「正直言って、モイラ、ほんとに――」

「お願いだから、もう謝るのはやめて。あなたはとてもよくしてくれたわ。そうだ、聖パトリックの日が終わったら、ぜひまた会いましょう」サリーがうなずいた。モイラは腕時計に目をやった。「こんなに遅くなってしまって」

「みんなを連れてきましょう」

モイラはダニーが背後へやってきたのを感じた。

「きみはゲール語を話さないと思ったが」ダニーは言った。

彼女はくるりと振り返った。「いいこと、ダニー、わたしはゲール語であなたに、くそくらえって言うこともできるのよ。でも、だからってゲール語を話すことにはならないわ。もちろん、単語をいくつか知ってはいる。生まれたときから耳にしてきたんだもの。だからなに？　あそこにいたのはあなたなの？　わたしを試したの？」

「なんだって？」

「衣装を盗んでわたしを脅したのは、あなただったのかときいているのよ。あとでわたしを嘘つき呼ばわりするために」

ダニーは腕組みをした。「モイラ、くだらないことを言うんじゃない」

「くだらないかしら？」

ほかのみんながやってきた。モイラはダニーのわきをすり抜けてサリーと腕を組んだ。「一緒に歩いていきましょう。お別れするまで、もう少しあなたといたいの。お互いボストンを離れてからというもの、あまり会う機会がないんですもの」

「モイラ……」

「わたしならほんとに大丈夫よ。さあ、行きましょう」

ほかの人たちに聞こえないところまで来ると、モイラはサリーに尋ねた。

「わたしが先に行ってしまったあと、あなたたちはどこにいたの？　ずっとみんな一緒だったの？」

「うーん……そう言われても確信はないわ。いいえ、全員一緒ではなかった。わたしはブラム・ストーカーの部屋でダークと話をしていたの。あなたの叫び声がしたから、彼はそこから脱兎《だっと》のごとく駆けだしていった。あそこの壁はほとんどが偽物よ。壁の裏側の通路を使えば、どこへでもあっというまに行けるの。わたしもダークについていこうとしたけど、違うドアを入ってしまったみたい。どこをどうたどったのか、今ではさっぱり思いだせないわ。どうして？」

「ちょっと気になっただけ」モイラは疑惑と不安でいっぱいだったが、それをサリーに悟られまいとした。

「モイラ、本物のナイフであったはずがないわ。あそこに本物の凶器など置いてないんだもの」

「だとすると、完全にだまされたのね」

「それに、どうしてあなたを誰かがナイフで脅すわけ？　おじいさんやおばあさんが口にしていた昔の諺で脅すというのも変よ。あなたがしっかりした性格なのは知ってるけど、でも、たぶん……たぶん、あなたは働きすぎなんじゃないかしら」

「ええ、たぶんね」モイラは同意した。振り返ると、ほかのみんなはまだかなり後方にいた。もうすぐ五時になろうとしている。通りは暗かった。たぶんみんなと離れたところにいるからだろう。モイラはこれ以上暗くなってほしくなかった。だが、みんなと一緒にいたいのか、自分ひとりのほうが安心なのか、それすらわからなかった。ジョシュとマイケルがそれぞれカメラを持っていて、その後ろをダニーとパトリックが歩いてくるのが見えた。モイラは視線をサリーに戻した。「お願い、もう心配しないで。わたしなら大丈夫だから。あなたがほかのみんなと一緒でなかったのはたしかなのね？」

「ええ、そうよ、今話したように、ダークと一緒だったわ」

サリーは困惑していた。モイラは、これ以上この話は持ちだすまいと決意した。いくら尋ねたところで、なにかが明らかになるわけではなさそうだ。

モイラたちが通りを渡ろうとしたとき、マイケルが追いついてきた。「ぼくたちの車は広場のわきにとめてあるんだ。だからここでお別れしようと思って」

「そうね」サリーは言った。「マイケル、お会いできてうれしかったわ。それからモイラ、あまり気にしないようにね。ご両親によろしく伝えてちょうだい」

別れの挨拶《あいさつ》をしているところへ、ダニーがやってきた。

「どこへ駐車してあるんだ?」ダニーはマイケルにきいた。

「広場だ」

「ちょっと待っててくれ。きみたちのあとをついていくから」

「その必要はないよ」マイケルはダニーに言った。

「ぼくは妹の後ろをついていきたいんだが」パトリックが近づいてきて言った。

「みんな同じところへ帰るんだし」ジョシュも加わった。彼はサリーの手をとって礼を言い、会えてとてもうれしかったと告げた。

モイラは最後にもう一度、友人の頬にキスをした。「そのうちにまた会いましょう」そう約束して歩きだした。マイケルが追いつき、彼女の肩に手をまわした。

「なあ、大丈夫かい?」

「大丈夫よ」嘘だった。

それきり車のところへ行くまで、マイケルは話しかけようとしなかった。それがモイラにはありがたかった。助手席へ滑りこんだ彼女はぐったりと座席にもたれた。疲れていた。そして怖かった。恐ろしくてならなかった。あっというまの出来事だった。それとも、実際には起こらなかったのだろうか? お化け屋敷の悪霊役たちは客に触ってはならないことになっている。だが、モイラは触られた。それとも、錯覚だったのだろうか? 邪悪な顔つきのレプラコーンにおびえて、そのために……。

違う。誰かが故意にわたしを脅したのだ。

でも、傷つけられはしなかった。脅されて、解放された。当然だ。あそこは狭くて、人がいっぱい入っている。叫び声をあげたら、すぐに誰かが駆けつけてくるだろう。もちろん、その前に喉をかき切られてしまったら……。

そして今、わたしはこうしてマイケルとふたりきりでいる。もしあれがマイケルだったとしたら？　とんでもない理由から、彼がわたしを殺したいと思っているとしたら？　今車のなかにはわたしと彼しかいない。夜がやってきた。ハンドルを握っているのは彼だ。どこへでも好きなところへ運転していくことが……。

もっとも彼はまだ発車させていなかった。

バックミラーをのぞいている。

「やってきたぞ。この車の後ろへついた」マイケルはささやいた。

「途中で彼らをまいちゃったって、全然かまわないわよ」

「そんなことはしないさ」

彼らは町を出るべく通りを進んで角を曲がった。モイラは窓の外を眺めていた。さっきのレストランとお化け屋敷の前を通った。次の通りのビクトリア朝様式の建物の前に若者たちがたむろしていた。ひとりの少年が駐車中の車に腰かけていて、手になにかを持っていた。街灯の明かりを受けてそれが光った。ナイフだった。

モイラはまっすぐ座りなおし、その少年をじっと見た。メーキャップを落としているが、吸血鬼を演じていた少年に間違いなかった。

「車をとめて！」モイラはマイケルに言った。

「どうしたんだ？」

「車をとめて。道路の端に寄せてとめてちょうだい」

「気分が悪くなったのか？」マイケルはそう尋ねながら言われたとおりにした。

モイラはマイケルの質問を無視して車を飛びおりた。今この瞬間のわたしは常軌を逸しているように見えるかもしれない。でも、そのほうがかえっていい。頭がどうかしてしまったように見えれば、相手をおびえさせることができる。モイラは注意していないにもかかわらず車をかわしながら大股に道路を渡っていった。後ろからマイケルが急ぎ足でついてくるのがわかった。パトリックが道路わきへ車を寄せたのを、ぼんやりと意識した。

誰よりも先に若者の一団のところへ来たモイラは、目を細め、歯を嚙《か》みしめて、とまっている車へ歩み寄った。少年が目をあげて彼女を見た。驚きに目を丸くし、車から飛びおりて逃げ去ろうとした。だが、モイラはその隙《すき》を与えずにジャケットの襟をつかんだ。

「あなたね！」

わたしは本当に頭がどうかしてしまったのだ。相手はナイフを持っているというのに。本物のナイフを。

「あなたって、どうしようもないやつね」モイラは怒り狂って吐きだすように言った。

周囲に大勢の仲間がいたが、少年の顔は真っ青だった。ほかの少年たちは死んだように黙りこくっていた。

「どうしてあんなことをしたの？　嘘をついても無駄よ。あなただってことはわかっているんだから」

「けがはさせなかったじゃないか。怖がらせるのが目的だったんだ！」

おそらく十六歳前後だろう。高校では大柄なほうかもしれないが、にわかに十六歳の少年にしか見えなくなった。

「誰に頼まれてやったの？」

「男の人……金が必要だったから。その人、あんたが来る一時間くらい前にやってきたんだ。百ドルくれたよ。ぼく、ほんとに金が必要だったんだ」

「どんな男？」

そのときにはマイケルも来ていて、彼女の両肩をつかんだ。「モイラ――」

「とめないで、マイケル」彼女は注意を少年に戻した。「さあ、言いなさい、どんな男だったの？」

ほかのみんなもやってきた。ダニーが少年の肩をつかんで自分のほうを向かせた。「きかれた質問に答えるんだ」

「母さんに電話する」

「いいとも。われわれと一緒に、お母さんにも警察へ行ってもらおう」

「ねえ、こいつは本物のナイフじゃないんだよ。ああ、ナイフはナイフでも、マジシャンが使うやつなんだ。スチールでできてるけど、刃が引っこむようになってる。お願いだ、警察なんか呼ばないでくれ！　頼むよ」

「だったら、彼女の質問に答えろ！」ダニーは怒鳴った。モイラにさえおびえていた少年は、ダニーを前にして完全に震えあがってしまった。

「どんな男だったの？」モイラはいくぶん落ちついた声で繰り返した。

少年はかぶりを振った。「名前は言わなかった。それに暗かったし……お化け屋敷のなかで話しかけてきたんだ。背は高かったと思う。ぼくよりちょっと高いくらい。そいつ……」少年はまわりを囲んでいる大人をぐるりと見まわした。ジョシュからパトリック、ダニーからマイケルへと視線を移し、ぐっとつばをのみこんだ。「そいつ……そいつは、ああ、わからないよ。背は高かった……ここにいるあんたの友達みんなと同じくらい。髪は茶色だったんじゃないかな。いい人だったよ。ちょっと友達にいたずらしたいだけだと言ったんだ。彼女を怖がらせて、アイルランドの言葉をささやいてくれって。ぼくには自分がしゃべった言葉の意味もわからない。本当だ。丸暗記させられたんだ。わかってくれよ——百ドルくれたんだぜ。父さんの車で事故っちゃってさ、母さんに立て替えてもらった修理代を返さなきゃならないんだ。父さんに知られたら、フットボールチームをやめさせられちゃうよ。あんたたち、父さんを知らないもんな。殺されちまうよ。ほんとに悪かった、このとおり謝るよ。なんでもする。もらった百ドルをあげてもいい。だけど警察沙汰《ざた》にだけはしないでくれ。二度とあんなまねはしないって誓うからさ」

「もう放してやって」モイラは穏やかにダニーに言った。

「放すだって？」ダニーは憤然ときき返した。

「警察を呼ぶべきだよ」パトリックはきっぱりと言った。

「そのとおりだ」ジョシュが同意した。

「いいえ、放してやってちょうだい」

ダニーはつかんでいた手をゆっくり離した。「覚えていろよ」低い声で言った。「いつでも戻ってきておまえを捕まえることができるんだぞ」

「ねえ、ほんとに金をやってもいいんだ――」少年は言いかけたが、モイラはすでに通りを車のほうへ歩きだしていた。知りたかったことはわかった。わたしを脅したのは、一緒にいたうちの誰かではなかったのだ。

最初、すぐ後ろをついてくるのはマイケルだと思ったが、振り向く前にダニーだとわかった。あのアフターシェーブローションのにおいがした。

「犯人扱いしたことを謝ってくれたら、喜んで許してやるんだけどな」ダニーは声をかけた。

「悪かったわ」モイラはそっけなく応じた。

「このまま帰ってしまうのはあまりいい考えとは思えない」

「どうして？」

「あの少年に金を渡したのが誰なのかを、まだはっきりさせていない」

モイラは足をとめて振り返った。「突きとめる方法がないことぐらい、あなただってわかってるじゃないの。警官を呼べば、彼は署へ引っぱられていく。そして泣きながら、金をくれた男を思いだそうとするでしょう。だけど思いだせっこないわ。話をしたのは暗がりだったというし、彼はおびえきっているもの。警察へ連れていったって、らちが明くはずないわ。もう帰りましょう。わたしの頭がどうかしていたんじゃないことは証明できたんだし」

「きみがどうかしているなんてひとことも言った覚えはないよ」ダニーはため息をついた。

マイケルが追いついた。パトリックとジョシュはまだ通りを渡ろうとして車をやり過ごしているところだった。「モイラ、警察を呼ぶべきだ。きみを脅そうだなんて、いったいどこのどいつだ?」マイケルは言った。

モイラは、犯人があなたたちの誰かでなかったのだから、誰であろうといっこうにかまわないのだと言いたかったが、黙っていた。

「さあ、きっと旅行番組が大嫌いな人でしょう」モイラは軽口をたたいた。「お願い、ふたりとも、もう家へ帰りましょう」

ダニーとマイケルが不満そうに彼女を見つめているところへ、ほかのふたりがやってきた。

「お願いよ」モイラは繰り返した。

マイケルはため息をつくと、車の反対側へまわってモイラのために助手席側のドアを開けた。彼が運転席へ乗ってくるまでのあいだ、モイラはバックミラーでほかの三人が後ろの車へ乗りこむのを見ていた。

乗っているうちに、モイラの胸からしだいに怒りが薄らいでいった。何者かがあの少年に金を渡して彼女を脅したという事実は残るものの、なんとなくほっとしていた。

犯人は、彼らの誰かではなかった。

モイラは疲労を覚えて座席の背に体を預けた。

「ぼくの肩はここだよ」マイケルはそっと言った。

「ありがとう。借りるわね」

マイケルに頭をもたせかけているうちに、いつのまにか眠りこんでしまった。目が覚めたときには、父親の駐車場にいた。マイケルが優しく彼女をつつき、顔に垂れている髪を指で払った。

「さあ、着いたよ」

モイラが車をおりたとき、パトリックの運転する車が到着した。歩道で全員が一緒になると、彼女は髪を撫でつけながら言った。「あそこでの出来事のことは、父や母には黙っていてちょうだい、いいわね?」

「警察を呼ぶべきだったんだ」ダニーは腹立たしげに言った。

「一度くらいわたしの言うことを聞いて。父は今だっていろいろ問題を抱えているわ。ひとことも話してはだめ、わかったわね」

彼らはみな口をへの字に結んでモイラを見ていた。彼女はふいに男性というものが理解できた気がした。彼らは一様に、どうしろと命じられるのが嫌いなのだ。

モイラが向きを変えてパブのほうへ歩きだすと、男性陣があとに従った。

店内は客でごった返していた。シェイマスの死亡記事が新聞に載ったために、古くからの友人たちが彼の死を悼んで飲み交わすために来店したのだ。

後ろの男性たちがどうするつもりなのか、モイラにはわからなかった。彼女はハンドバッグとコートをしまうと、さっそくカウンターのなかへ入った。シェイマスがかつて働いていた造船所の仲間たちが彼の死を聞きつけ、今日は地元のパブへ行かずに、ここまで足をのばしていた。彼らは仕事の難しさや、当時シェイマスがしたおもしろいことや、労働条件が悪かったので、シェイマスがみんなのために改善を求めたことなどを語りあった。

モイラがギネスを注《つ》いでいるときに、ひとりの男がこう言うのが聞こえた。「あの死亡記事はよくできていた。エイモンの話だと、あんたが書いたそうじゃないか、ダニー。シェイマスにとって最高の手向けになったよ」

モイラは振り返った。ダニーはカウンターのなかで、トレイに並べたワイングラスにシャブリを注いでいた。

「ありがとう、リチー」

「文才があるんだな」

「シェイマスのような人について書くのは難しくありませんよ」ダニーは答えた。

「ああ、ペンは強しだ」リチーという男性は言った。「剣よりよっぽど強い。最高の武器だ」

「書かれた言葉はナイフよりも切れますからね」ダニーは同意してトレイを手にした。モイラは、カウンターから出ようとしているダニーの行く手を自分がふさいでいることに気づかなかった。

彼は言った。「失礼」

「わたしが運んだのに。あなたはここに来る必要はなかったのよ」

ダニーはなにも言わずに横をすり抜けていった。しばらくするとエイモンが後ろへやってきて、そっと声をかけた。「フロアのほうでおまえを呼んでるぞ」モイラは驚いて振り返り、父親を見つめた。「シェイマスのためだ。造船所のみんながおまえとコリーンに《アメイジング・グレイス》と《ダニー・ボーイ》を歌ってもらいたいそうだ」

モイラはうなずいたものの、これほど神経が高ぶっている状態で歌いとおせるものか不安だった。カウンターを出て、フロアで妹と一緒になった。コリーンが姉の手を握った。ふたりはステージにあがってバンドの前に立った。ジェフが、これからシェイマスを悼んで二曲演奏するので、よろしければみなさんもご一緒にどうぞ、と挨拶した。

姉妹は幼いころから数えきれないほど《アメイジング・グレイス》を歌ってきた。エイモン・ケリーは、娘たちの美しいハーモニーを奏でる生まれながらの才能を誇りにしていた。姉妹は声をそろえて歌いだし、物悲しいバグパイプの伴奏がついた。ふたりは、《アメイジング・グレイス》と《ダニー・ボーイ》を続けて歌った。モイラはぎゅっとこぶしをかためて歌っていたので、爪でてのひらに傷ができそうだった。

ふたりが歌いおわると大きな拍手が起こった。リアムは目に涙を浮かべて迎えた。「よかったよ。死んだシェイマスも天国で喜んでいるだろう、自分のためにこれほどすばらしい歌を歌ってもらえたんだ」

モイラはこわばった笑みを浮かべた。コリーンの頬を涙がひと筋伝っていた。モイラは妹を抱きしめると、カウンターのなかへ入った。

ダニーがそこで飲み物をつくっていた。

「なにをつくってるの？」モイラは鋭い口調で尋ねた。

「ブラックバードだ。隅のテーブルの客の注文でね」

モイラはパブの端のほうを見やった。カイル・ブラウンがいた。飲み物を運んでいったら、今日の出来事を話す願ってもないチャンスができる。

「わたしが持っていくわ」

「いいや、モイラ。これはぼくが持っていく」

ダニーがカウンターを出てテーブルへ運んでいくのを、モイラはずっと見守っていた。音楽とにぎやかな話し声のせいで、なにも聞きとれなかった。けれどもふたりが話をしているのは見える。どちらも緊張していた。

「モイラ、わしにギネスのお代わりをくれんか、頼むよ」リアムが呼んだ。

彼女はリアムの前に飲み物を置き、愛情をこめて彼の手を握ると、ほかに用のある客はいないかとカウンターに沿って歩いていった。そのあいだも、ダニーとカイル・ブラウンから目を離さないようにしていた。

「ミス……ねえ！　あなた、モイラ・ケリーよね、そうでしょ？　わあ、すてき、あなたが……〈ケリーズ・パブ〉にいるなんて」

モイラは声をかけてきた女性を見た。年齢はモイラと同じぐらいだろうが、何年にもわたって歩きつづけてきたかのように、少し憔悴《しょうすい》して見えた。

「モイラ・ケリーです。〈ケリーズ・パブ〉へようこそ。なにかお飲みになる？　メニューをお持ちしましょうか？」

「いいえ、これでいいの。一杯のビールで充分。すぐに家へ帰らなくてはならないの。でも小さなころから、この店の入口を見てきたわ。あたしもパブで育ったのよ。いえ、パブとは言えないわね。バーよ。こんなすてきなお店とは比べものにならないわ」モイラに向かってにっと笑った。急にいくつも若返って見えた。「ここへ入ってみたいって、ずっと思ってた。やっと今夜、思いきって実行したの。すごくいい雰囲気だわ。あたしが出入りしているところとは、全然……ええ、雲泥の差よ」

相手を見ているうちにモイラは、なぜこの女性がこんなにも悲しげでこわばった表情をしているのか、その理由がわかったような気がした。彼女がしゃべりつづける言葉が、モイラの考えを裏づけているように思われた。

「最近のあたし、すごく神経質になってるの……若い女がふたり殺されたでしょう。売春婦が。首を締められて。あんなことがあると、怖くてバーへ出入りできなくなるのよね」

「殺人犯がバーで女性をあさっていたことを、彼女たちは知っているのかしら？」モイラは尋ねた。目の前の女性がかわいそうになり、この店へ来てくれたことを喜んだ——客引きをするのが目的なら話は別だが。ここは評判のいい父親の店なのだ。

大きな黒い目のまわりにくっきりと隈《くま》をこしらえた女性は、その考えを読んだかのようにモイラを見た。「あたしは一杯やりたくて入っただけよ」やけっぱちな響きがこもっていた。

「もちろんよ」即座にモイラは言った。

女性は声を低めて続けた。「犯人はバーで彼女たちに会ったんじゃないかしら。実は……このあいだの夜、父のバーでマリファナをやってたの、カウンターの下に隠れて。そのとき、確信はないけど……殺された女を見たような気がするの。男と一緒だった。ハンサムな男で、女のほうも美人だった……かつてはという意味よ。あとで新聞に載った顔写真を見て、そのときの女だと思ったわ」

「警察へ行ったの？」

「冗談でしょう」

「殺人を犯した人間なのよ」モイラは穏やかに言い聞かせようとした。「警察へ行って――」

「わかってないのね。父の店から警察へ行けるわけないじゃない」女性はためらったあとでまた続けた。「父のところでは大量の麻薬が売買されてるの。あたしが警察署の近くにいるのを見られただけでも、きっと誰かに殺されちゃうわ」

「これからまだ人が殺されるかも――」

「だけど、見たことに確信がないんだもの。きっと彼女じゃなかったのよ。それに相手の男性も……暗かったし。この次会っても、彼だとはわからないいんじゃないかしら」

「でも――」

「こんな話、するんじゃなかった。なんだか怖くなってきちゃった。こんなところへ来なきゃよかったわ。こういうお店はわたしの柄に合わないのよ」

「そんなことないわ。いつでも歓迎するから、またいらっしゃい。ビールを飲みに」

「もちろんよ」若い女性はそう言って笑った。

それから突然、その顔に奇妙な表情が浮かんだ。彼女はモイラの背後の一点を見つめていた。

モイラは振り返った。女性が見ていたのは、カウンターの上にかかっているギネスの広告のついたアンティークの鏡だった。モイラは鏡をのぞきこんだ。そこには動いている頭と座っている人々しか映っていなかった。少し視点をずらすと、ステージ上のバンドや、カイル・ブラウンの隣のテーブルから空のグラスを片づけているダニーや、フロアの真ん中あたりで料理の皿を並べている兄やマイケルの姿が見えた。

モイラは若い女性のほうを振り返った。

女性はいなかった。

モイラは悪態をついた。

「どうしたの？」クリシーが近づいてきて、心配そうにきいた。

「ここに若い女性がいたの。おびえてたわ。たぶん売春婦だと思う。父親のバーで、殺された女性のうちのひとりを見かけたようなことを話していたの。だけど、警察へ行くのをいやがっていて……そのうちに姿を消してしまったのよ」

クリシーはモイラを見た。「モイラ、たぶん今は街じゅうの売春婦や〝エスコート〟がびくびくしているのよ。その女性はきっと家へ帰ったんだわ。もしなにか知ってるなら、そのうちに警察へ話をしに行くに違いないわ」

「彼女、たいそうおびえていたの。父親がやっているバーでは、大量の麻薬が売買されているんですって」

「そう。でも、もう帰ってしまったんだし、あなたができることはないわ」

「彼女のことが心配だわ」

「モイラったら、人の心配をするのはかまわないけど、なにもできないんだから忘れるほかないわ。このところ、わたしたちにもいろいろな問題が起こっているんだし」

シェイマスのことでクリシーにまた泣かれるのではないか、とモイラは恐れた。

「あなたの話からすると、その若い女性は、自分のやってることに気をつけるだけの分別はありそうじゃないの、モイラ」クリシーは言った。

「そうね、あなたの言うとおりだわ」

「今みたいな話は、お父さんの耳には入れないほうがいいと思うわ」クリシーは忠告した。

「ええ、そうね」モイラは小声で答えて仕事に戻った。クリシーの言うとおりだ。わたしにできることはなにもない。わたし自身が問題を抱えているのだ。大きな問題を。カイル・ブラウンはまだ隅のテーブルにいた。ひとりきりで。

モイラは今がチャンスだと思い、急いでブラックバードをつくった。しかし、それを持って隅のテーブルへ行く途中で邪魔が入った。

「ミス・ケリー、さっきの歌、とてもよかったですよ」

彼女は足をとめて話しかけてきた若い男性を見た。濃い茶色の髪とはしばみ色の目に見覚えがあった。

「覚えてませんか？」

「えーと……」

「トム・ガンベッティです。タクシー運転手の。ほら、あなたがここへ到着した日に、この店の前までお乗せしたでしょう？」

「ああ、そうだったわね、思いだしたわ。ごめんなさい……このところいろいろとあったものだから、頭が混乱してて」

「わかります。あなたのご家族にとって今はつらい時期ですよね。それにしても妹さんとのデュエットはすばらしかった。いい供養になったと思いますよ」

「ありがとう。あの歌は小さいころから歌ってきたから。でも、カラオケバーなんか行ってなにか歌わせられたら、きっと聞けたものじゃないわよ」トム・ガンベッティは感じのいい青年だが、いつまでも話しこんでいるわけにはいかなかった。「トム――」

「わかってます、忙しいんでしょう。うるさくつきまとうようなまねはしません。ただ覚えておいてください、どこかへ出かける必要ができたら、呼んでくれればいつでも駆けつけます」彼はにっこり笑って言い添えた。「ぼくも半分アイルランド人なんです。お父さんのパブはほんとにすてきですよ」

「ありがとう。名刺はちゃんととってあるわ。タクシーが必要になったら、きっとあなたにお願いするわね」

モイラは青年の横を通ってカイル・ブラウンに飲み物を運んでいった。

「ミス・ケリー、会えてうれしいよ」

「こちらこそ」

「わたしに話があるのかな？」

「今朝、地下鉄の線路へ落とされそうになったわ」

「なんだと？」

「それから、お化け屋敷でナイフで脅されたの。誰かが少年にお金をやって脅させたのよ。〝イス・ピン・ペアル・ナ・オースト〟」

「それは？」

「ゲール語よ」モイラは言った。「〝沈黙は耳に心地よい〟という意味」

「警察に連絡したかい？」

「いいえ。警察になにができるというの？　その少年は、お金をくれた相手の人相を覚えてさえいなかったのよ」

カイルは考えこむようにモイラを見た。「まるで、黙っていろ、さもないと海の底で魚の餌《えさ》になっちまうぞ、と言われたみたいだな。警告を無視するのは危険だ。わたしの忠告どおりにしたまえ。関係していそうな人間には近づかないことだ」

「そうするには少し遅すぎるし、どちらにしても、誰が関係しているのか見当もつかないんですもの」

「きみの〝友達〟のダニエル・オハラからは離れていたほうがいいだろう」

モイラはカイルを凝視した。「少年を問いただしたとき、ダニーはわたしと一緒にいたのよ。だけど少年はダニーを、金を払って脅させた人物とは認めなかったわ」

「たぶんその少年はきみの友達をひと目見て、ここは黙っていたほうがいいと判断したのさ。あとで警察に話すほうがいいと。あるいはわたしが間違っているのかもしれない。よからぬことをたくらんでいるのは、きみのお兄さんかもしれない。それとも、あそこにいるジェフなのかも。それにきみのお父さんだって、いまだに祖国のための戦いをしているとも考えられる」

「わたしの父のことでそれ以上おかしなことを口にしたら――」

「きみはオハラの部屋へ入れるか?」カイルは遮った。「入れるに違いない。実際のところ、前に入ったことがあるだろう。なかを探ってみたら、興味深いものが見つかるかもしれない」

「なにをほのめかしているの?」

「わたしが? なにもほのめかしてはいないさ」

しかし、カイルの言うとおりだった。ダニーの部屋へ入ろうと思えば入れる。

「これ以上ここに立っていないほうがいい」カイルは言った。「それと、今わたしが話したことを考えておくんだな」

モイラは向きを変えてカウンターへ戻った。ダニーがステージにあがってジェフと一緒に歌っていた。シェイマスが好きだったアイルランドの古い酒飲みの歌だった。

ジョシュがやってきた。「客も減ってきたことだから、引きあげるよ。明日の午前中は会えないね。地元のテレビ局のスタジオを借りてテープを編集するつもりなんだ。きみはここで少し休養をとるといい。ご両親に気をつけてあげてくれ」

「わたしも手伝ったほうがいいんじゃない？」

「手伝いが必要なら、マイケルがいるよ。自分でテープを見たいのはわかるが、ぼくが信用できるのは知っているね。共同経営者だろう？」

モイラはジョシュの頬にキスをした。「ありがとう、ジョシュ」

「家にいるといい、家族と一緒に、わかったね？」

「わかったわ。ジーナと双子のお子さんに、わたしに代わってキスしてあげてちょうだいね」

ジョシュはドアへ歩いていくと、そこに立ってマイケルを待った。

マイケルはモイラのところへやってきた。「ぼくたちと一緒にホテルへ行くほうがいいんじゃないかな」

モイラはゆっくりとかぶりを振った。わたしはどうかしてしまったのだろうか？　ホテルに泊まったほうが安全なのに。ここを離れていたほうが。

そう、わたしは頭がどうかしているのだ。しかしかまわない。ここにとどまることにしよう。

「ありがとう、マイケル。でも、今夜はここにいなくちゃならないの」

「わかった」

いいえ、あなたはわかってない、とモイラは言いたかったが、黙っていた。マイケルは両手で彼女の顔を優しく挟み、頬にそっとキスした。そして、明日はほとんど一日、ジョシュとスタジオにつめていることになると言って帰っていった。

客がだいぶ少なくなった。いつのまにかカイル・ブラウンもいなくなっていた。アンドリュー・マガヒーが姿を見せていて、テーブルで父や兄と話をしていた。コリーンがレジへ来て金額を打ちこんだ。「ラストオーダーの声をかけようと思うんだけど」コリーンはモイラに言った。

「それがいいわ」

「すごく疲れてるみたいに見えるわ」コリーンは言った。

「ほら、みんな一生懸命働いたんだもの。あなた、売れてるのが顔でよかったわね――水仕事のせいで手が荒れてるじゃない」

「いいのよ、手なんかいくら荒れたって。家へ帰ってきてよかった。パパのために。そしてシェイマスのためにも」

客が次々に帰っていき、店はがらんとなった。アンドリュー・マガヒーも姿を消していた。兄の姿もなかった。

マガヒーと一緒に出ていったのだろうか？　それとも二階の妻のところへ行ったのだろうか？

夜遅くなって、パトリックがどこからか戻ってきた。コリーン、モイラ、パトリック、ダニーの四人は、エイモンとジェフが後片づけをするのを手伝った。やがてエイモンはジェフに、もう家へ帰るように言った。コリーンとモイラは、父親に二階へあがったらどうかと勧めた。パトリックはそうするべきだと言い張った。残っているグラスが数個になったとき、モイラは兄と妹に上にあがるように言った。

「姉さんこそ、今日は働きづめだったんだもの」コリーンは反論した。「最後はわたしがやっておくわ」

「ぼくもコリーンを手伝うよ」パトリックはそう言ってモイラを厳しい目で見つめた。兄もほかの人たちも約束を守ってセーラムでの出来事についてはいっさい口にしなかった。しかし、パトリックは兄としてほうってはおけないと思っているのか、妹を貫くような視線で見つめていた。

「お願いだから」モイラは言った。「わたしにはまだエネルギーがあり余っているの。ふたりは二階へあがってちょうだい」

モイラはダニーが自分を見つめているのを知っていた。彼とふたりきりになりたいというモイラの見え透いた意図に、ダニーは大いに困惑しているに違いなかった。彼の目には疑念がありありと浮かんでいることだろう。モイラは目を伏せたままグラスを洗いつづけた。

「わかった。だが適当に切りあげるんだぞ。朝になれば清掃の連中がやってくるんだからな」

モイラがうなずくと、兄と妹は立ち去った。モイラはグラスを洗いつづけた。わたしはこれからなにをしようというのだろう？

ダニーの潔白を証明することに、なぜこれほどまで躍起になっているのだろう？　それとも、彼と寝る最後の機会を欲しがっているのだろうか……。

彼が冷酷な暗殺者で、わたしをも平気で殺そうとしているのだと判明する前に。

モイラはごくりとつばをのみこんだ。

「そのグラスはとっくの昔にきれいになっているよ」ダニーは言った。

彼女は視線をあげた。ダニーが琥珀《こはく》色の目で見つめていた。疲れた顔に張りつめた険しい表情が浮かんでいた。グラスが指を滑って泡だらけの水中に沈んだが、割れはしなかった。

「そうね、ありがたいことに、あなたはそんなに元気そうだし、わたしはもうくたくた。最後をあなたにお願いするわ」

驚いたことに、ダニーは身を翻して自分の部屋へ歩いていき、ドアを閉めてしまった。

モイラはグラスを置き、蛇口をひねって水をとめると、手をふいた。彼の部屋の前へ歩いていってドアをノックしようかと思ったが、やめた。

そして鍵《かぎ》がかかっていないことを祈りながら、ノブに手をのばした。鍵はかかっていなかった。ベッドの上のダニーはヘッドボードに寄りかかり、腕組みをしてドアを見つめていた。モイラが来ることを知っていたのだ。

「いいだろう、なにをたくらんでいるんだ?」ダニーはきつい口調できいた。

「ひとりになりたくなかったの」

「なるほど。きみは、ぼくが線路へ突き落とそうとしたと責めた。お化け屋敷で脅させたのもぼくだと考えた。そして今度は、ぼくと一緒に過ごそうってわけだ」

「わかったわ。いいの」モイラはつぶやき、出ていこうとした。だが、出ていけなかった。

ダニーがベッドを飛びでて前に立ちふさがり、彼女をつかんで引き寄せると、ドアに鍵をかけたのだ。

「くそっ、きみがどういう理由でここへ来たかなんてどうでもいいんだ。きみがここにいることが重要なんだよ」

　ダニーは巧妙でも、誘惑的でもなかった。モイラの腰に両手をあてて抱き寄せると、セーターの裾《すそ》をつかんで頭から脱がせた。彼は服を脱がせることにかけては手際がよかった。素早くブラジャーの留め金を外し、床に落とした。そして頭をさげ、唇を乳房にあてる。巧みな唇と舌の動きに刺激され、モイラの体を炎のような熱い感覚が走った。

　彼女はダニーの髪をつかんだ。「ダニー……」

「なんだい?」彼は唇を肌につけたままささやいた。

「シャワーを浴びたいの」

　ダニーはモイラを放そうとしなかった。片方の手は彼女の腰にあてたままで、もう一方の手を下へ滑らせていき、腿のあいだのジーンズをまさぐった。

「ダニー……」

　彼はうめいてモイラを見あげた。「すばらしいよ。ぼくは噴火寸前の火山みたいだっていうのに、きみはシャワーを浴びたがっている」

「今日は長い一日だったんだもの」彼女はダニーから離れてバスルームへ向かった。歩きながらまだ身につけている衣類を脱ぎ捨てていった。彼の視線を意識した。すぐにシャワーの栓をひねってあたたかい湯を浴び、素早く体を洗った。彼が入ってくることを知っていた。

　やはりダニーは入ってきた。一瞬後にはモイラの後ろに立っていた。湯気が立ちこめるなか、モイラから石鹸《せっけん》をとりあげると、手に泡をいっぱい立てて彼女の背中をこすった。さらにヒップをこすり、前のほうへ移動していった。モイラは唇を噛み、蒸気を、彼の手の動きを感じていた。彼女は目をつぶった。石鹸を手にしたダニーは才能と独創力にあふれていた。モイラの胸をそっと愛撫《あいぶ》し、指で欲望をかきたてるように乳首をもてあそぶ。体を腰のほうまで軽く撫でおろし、下腹部から腿のあいだへ移していった。石鹸が床に落ちた。彼は指をモイラに押しつけ、彼女に入ってなかを探った。モイラの息が荒くなる。彼女はダニーにもたれかかった。彼の指が回転するとき、シャワーの蒸気がなかへ入ってくるのを感じた。モイラは低いあえぎ声をもらすと、ダニーのほうを向いた。彼女の体を覆っていた泡が彼についた。ダニーはモイラの唇を見つけて、深く湿ったキスをした。彼女は彼の胸にあてていた手を下へ滑らせていき、かたくそそり立っているものを握った。モイラを抱きしめるダニーの腕に力がこもった。わたしはこの人をずっとずっと愛してきたのだ。彼のようなことができる人は、ほかにいない。彼のように感じ、彼のように笑い、彼のように話し、彼のように触って愛してくれる人は、ほかに誰もいない。

モイラはキスをやめると、不安そうに言った。「ここ……すごく滑りやすいわ」

「滑りやすい?」

「ええ、もう出るわ」

「入りたがったくせに」

「わかってる……でも……セックスはしたいけど、脚を折るのはごめんだもの」

モイラはシャワーの下から出ると、バスタオルをつかんで体に巻きつけ、バスルームを出てドアを閉めた。

ほんの数秒しか時間がなかった。モイラはベッドの横に四つん這《ば》いになって下をのぞいた。バスルームのドアが開いた。ダニーはバスタオルを巻いてさえいなかった。ほっそりとして濡《ぬ》れた肉体をさらし、まだかたいものをそそり立てたまま、モイラをじっと見つめた。彼女はぱっと立ちあがって彼を見た。

「いったいなにをやってるんだ？」

「指輪を落としたの」

「ちゃんと指にはまってるじゃないか」

「ええ。たった今はめたの」

ダニーは大股で歩み寄ると、モイラの顎に指をあてて自分のほうを向かせた。「好奇心もほどほどにしておくんだ」彼は言った。

モイラはダニーを見つめ返した。「わたしを殺す気、ダニー？」

彼は自分の髪に指を突っこんで顔をしかめた。「まったく！　なんてことを言うんだ、モイラ。きみはここにいたいのか？　それとも出ていきたいのか？」

モイラは答えなかった。

ダニーは彼女からバスタオルをはぎとった。「とどまるか、それとも出ていくか？」

モイラの沈黙は、ダニーの望んでいた答えだった。彼は彼女の顎に手を添えて唇にキスした。それから唇をそっと喉の左側へ滑らせ、さらに胸の谷間へ移動させていった。ダニーはひざまずいて両手を彼女のヒップにあて、舌を巧みに動かした。

モイラは震えながら立っていた。こんなことではいけないと思いながら。あたたかさが、火のような熱さが、めくるめく快感が、彼女を満たした。ええ、そうよ、これでいいんだわ、これで。

モイラはダニーの肩をつかみ、指を彼の髪に差し入れて体を弓なりに反らした。焼けつくような震えが全身を走り、体がこわばって膝から力が抜けた。くずおれてしまいそうだった。自らに課した任務を完全に忘れてしまった。立ちあがったダニーは、モイラの体から力が抜けるのを感じとって彼女を抱えあげた。数秒後、ふたりはベッドの上にいた。ふたつの体が絡みあう。ダニーは攻撃的だった。鋼鉄のようにモイラのなかへ入ってきた。あまりにかたく力強いそれは、彼女の一部と化してしまったようだった。モイラはダニーと溶けあい、すべてを忘れ、ただ自分を揺さぶり圧倒してくる感覚に浸っていた。渇望を、欲望を……息もできないほどの快感を、ほとばしる絶頂を感じた。

そのあと、モイラはダニーの傍らに横たわって暗闇《くらやみ》を見つめていた。わたしはなんとひどいことをしているのだろう。でも、なんとしても――どんな手を使っても――知る必要があった。

「考えてみれば」ダニーはつぶやいた。「ぼくはプライドに負けてきみを追いだすところだった」

「行かなくちゃ」モイラは少しやけになってささやいた。

ダニーは彼女を自分のほうへ向かせ、じっと目をのぞきこんだ。「聞いてくれ、どうかぼくを信じてほしい。ぼくはきみを殺そうとはしていない」

「ここは父の家のなかよ」彼女は小声で言った。

「ここがどこだろうと知ったことか。きみがここへ来なかったら、今夜は二階の廊下で寝るつもりだった」

「どうして？」

「ゆうべ何者かが家に侵入しようとしたんだと思う」

「なぜ？」

「理由はわからないけど」

「押し入ろうとした形跡はなかったわ。もしあったとしたら、父が気づいたはずだもの。鍵を持っているのは家族とあなただけよ」

「ああ、なるほど、またぼくか。さあ、もう眠るといい、モイラ。明日の朝は早く起こしてあげるよ、家族のみんなが起きだす前にね」

ここにとどまってもいい、とモイラは思った。そして彼が眠ったら……。

「心配しなくていい」まるで彼女の考えを読んだかのようにダニーは言った。「ぼくは針が落ちた音でも目が覚めるんだ」

だったら明日の夜にしよう。彼がまだ通夜の席にいるあいだに、ここへ帰ってくるのだ。チャンスはそれしかない。

「やっぱり上へ行くわ」

「眠ったほうがいい」

「なんだか……気持が高ぶってて」

「エネルギーがあり余ってるんだね」ダニーはささやいた。「よし……エネルギーを燃やしつくす手伝いをしてあげよう」

モイラはダニーの手を、彼の舌先による微妙な愛撫を感じた。

まもなく気持の高ぶりも静まった。完全に疲れ果てていた。そして深い眠りに落ちていった。夢も見なかった。もしかしたらわたしは……。

死んでいたのかもしれない。

肩に触られたときも、目を覚ましたくなかった。

「朝だ、モイラ。上へ行く時間だ。ところで、いつになったらマイケルに気があるふりをするのをやめるんだ？　次にあいつがきみの体に腕をまわしているのを見たら、あるいはきみが爪先立ってあいつにキスしているのを見たら、マイケルに一発かましてやるからな、そのつもりでいてくれ」

18

モイラはその日を家族と過ごした。午前中はしばらくブライアンとシャノンとモリーの相手をし、そのあとあちこちへ電話をかける父親の手伝いをした。エイモンはシェイマスの通夜と葬儀を完璧《かんぺき》にとり行いたいと願っていた。モイラは代役のバンドの手配をした。〝ブラックバード〟にはひと晩の休みを与えたからだ。通夜のあとで〝ブラックバード〟のメンバーもほかの弔問客と一緒に店へ来て、結局は演奏をすることになるだろう。しかし、メンバーはみなシェイマスと知りあいだったので、休みを与えたのだった。

通夜は十時に終わる予定だ。その時間には通夜の参列者全員を〈ケリーズ・パブ〉へ招待してあった。そして料理と飲み物をただでふるまうことになっている。

スタジオからマイケルが電話をしてきたとき、モイラは説明しようとした。「通夜は七時から十時までよ。そのあいだ、コリーンとパトリックとわたしが交替で一時間ずつ店番をすることになっているの」

「なぜだい？」マイケルはきいた。

「それが……それがわたしたちのやり方だから」

「すると、お父さんは誰でも入れるつもりなのかい？　なぜ個人的なパーティーを開催中だという貼《は》り紙を出さないんだ？」

「なぜって……そうね、たぶんそれがシェイマスへの敬意の表し方だからよ。昔からアイルランド人は気前よくもてなすことで知られていたわ。よそ者だからって追い返したりはしなかった。シェイマスは……アイルランドの精神をそっくり受け継いでいたのよ。彼にはよそ者なんていなかった。それまで会ったことがない人ってだけのことなの。わたしもその考え方が好きよ。アイルランド人のすばらしい性質のひとつだと思うわ」

「ただでふるまったりしたら、お父さんは破産してしまうよ」マイケルはため息をついた。「ぼくの体に流れているアイルランド人の血は薄いのかもしれない。それで理解できないんだろう。だがモイラ、きみのそばにいたくて、ぼくはここにいるんだ。きみがどこへ行こうと、ついていくつもりだ。そしてきみがなにをするにしても、手を貸すからね」

耐えがたい罪悪感がモイラにのしかかった。しかし、通夜のあいだの彼女の店番のときに、マイケルが一緒に〈ケリーズ・パブ〉へ戻ってきてくれるのはいいことだ。

そうすればダニーが、モイラのそばにいてやらなければという考えを起こさずにすむ。

「ところで編集は順調に進んでいるし、生中継は十二時から十二時半までだ。きみにはパレードを見るための特等席が確保してある」

「ありがとう、マイケル」彼女は優しく言った。

「それがぼくの仕事だよ、モイラ。礼には及ばない」マイケルは言った。

モイラは、夜に〈フラナリーズ〉で会いましょうと言って電話を切った。そこへは家族と一緒に六時に行くことになっていた。

　午後はまたたくまに過ぎていった。パトリックもダニーも一日じゅう家にいて、家族が出かけてもいいようにすべての準備を整えた。モイラはしばらくカウンターで働いたあと、二階へあがって母親やジョーンやコリーンやシボーンに手を貸した。ケイティ・ケリーは今夜のために大量の食事を用意していた。

　姉妹ふたりきりで野菜を刻んでいるときに、コリーンが低い声で話しかけてきた。「すごくやつれた顔をしてるわよ。ゆうべまた一階で過ごしたのね」

　モイラはびっくりして妹を見つめた。

「もういい加減に心を決めなくちゃだめよ、わかってるでしょう」

「心を決める？」

「マイケルのことよ。ゆうべ彼が姉さんをじっと見つめているのを見たわ」

「コリーン、わたしは明日をなんとかやり過ごしたいと――」

「わかってる、わかってるわ。ただね……ええ、そうよ、彼は、姉さんとダニーとのあいだになにかが起こってるんじゃないかと疑いだしているみたい。ひとことも口には出さないけど、ゆうべの彼の目つきからして……ええ、なんていうか、彼は男だし、感情だけでなく男としてのプライドがあるのよ」

「ともかく、今夜と明日をやり過ごさなくてはならないの。明日が過ぎれば、事態はよくなるでしょう。ただし……」

「ただし、なんだっていうの？」そうきいたのはシボーンだった。彼女はキッチンへ入ってきて会話に加わった。

「わからない。近ごろはなにもかもが、すごく……奇妙に思えるの」

「どうして？」コリーンは尋ねた。「ほかになにかあったの？」

「あったのかですって？」モイラは後ろめたさを感じてコリーンを見た。妹もまた、パブでなにかが起こっていることに気づいているのだろうか？　カイル・ブラウンが暗殺者を捜索している連邦捜査官であることを知っているのだろうか？

「奇妙なことって？」

話していいことはひとつしかない、とモイラは思った。「ゆうべ、カウンターに若い女性がいたの。たぶん売春婦だと思う。かわいい子で、いい身なりをしていたわ」

「売春婦が？〈ケリーズ・パブ〉に？」コリーンは言った。「パパが知ったら、かんかんに怒るわよ」

「その子、客引きをしてたんじゃないの。ビールを飲んでいただけ。殺人犯が野放しになっているのに、ひとりで街へ出るのは怖いからって」

「なにがそんなに奇妙なの？」コリーンはしつこく尋ねた。

「彼女はわたしに、被害者のひとりを見たかもしれないと言ったの。殺人犯もね。だけど警察へ行くつもりはないらしいわ。父親が麻薬の売買をしているみたい」

「それからどうなったの？」シボーンが先を促した。

「わたしの頭の上の鏡を見て、彼女は真っ青になったの。いったいなにを見たのだろうと、わたしが鏡を見ているあいだに、姿を消してしまったわ」

「なにか怖いものを見たのはたしかね」シボーンは言った。

「ええ、毎晩ブラックバードを注文する隅のテーブルの警官を見たのかも」コリーンが言った。

「彼が警官だってことを知ってるの？　どうして？」モイラはきいた。

「ジェフがまず間違いないと話してたわ」

「シェイマスの葬儀や聖パトリックの日が終わったら……そのときになってもまだ心配だったら」シボーンは言った。「わたしも警察署へついていってあげる。そこで、耳にしたことやその女性のことを話せばいいわ。そうすれば気が楽になるんじゃないかしら」

「そんなことをしても、あまり役に立たないと思うわ」コリーンは言った。「まず第一に、その女性を見つけなければならない。ボストンは大きな街よ。次に、警察は彼女に話をさせなければならない。それに彼女は、実際はなにも見なかったのかもしれないしね」

「あなたの言うとおりよ」モイラは妹に言った。「だけど、シボーンの言うこともあたってるわ。話したら気が楽になるかもしれない」

　そのあとふたりで皿へクッキーを並べているときに、シボーンがモイラに言った。「カウンターで女性と交わした会話よりも、はるかに気になっていることがあるでしょう。ダニーのことよ、違う？　ダニーがここにいるのが気になって仕方がないんじゃない？」

「いいえ」モイラは嘘《うそ》をついた。

シボーンは肩をすくめた。「嘘をついてるのね。あなたは、ダニーがずっとここにとどまるようになると信じたがってる。あなたは真実を直視したくないんだわ。だけど、いいこと、真実はいつも疑惑に勝るものなのよ。今のわたしは、真実を知るためならなんだってするつもり」

「パトリックはあなたを心から愛してるわ」シボーンが夫のことをほのめかしていると悟ったモイラは、兄を弁護して言った。

「わたしもそう信じたい。もっと一緒にいる時間が多ければ、信じられるかもしれない。あの人、子供がいることすら忘れているみたいなの。マイケルにヨットの話ばかりしているし。海へ出るときはアンドリュー・マガヒーも連れていこう、そうすればアイルランドについて話しあえるからって。そのくせ、わたしや子供たちをヨットに乗せてくれる話はひとことだってしないの」

シボーンは歩み去った。

やがて服を着替えて〈フラナリーズ〉へ出かける時間になった。モリーとシャノンは柩《ひつぎ》に入れるチョコレートを手にしていた。シボーンは柩におさまったシェイマスの死体を幼い娘たちに見せてよいものか迷ったが、葬儀社が遺体をきれいにしておいてくれたので、心配は杞憂《きゆう》に終わった。

「今でもわかんないわ、モーおばちゃん」柩の傍らに並んで立っているとき、モリーがモイラに言った。「ママの話だと、シェイマスは眠ってるだけなんだって。どうして箱のなかで眠りたがるの？」

「あのね、モリー、シェイマスはほんとは天国の神様のところにいるの。そして体だけが箱のなかでお休みしているのよ。だからみんなで埋葬してあげるの。そうすれば、シェイマスのためにお祈りしたくなったり彼を思いだしたくなったりしたときに、お花を持ってお墓へ行くことができるでしょう」

「それか、お酒を持ってね」背後からダニーが皮肉っぽく言った。

「彼にちょっとしたものを持っていってあげるの」モイラは続けた。「そうすると、その人を身近に感じるわ。だけどシェイマスの魂は、本当のシェイマスは、神様のところにいるの」モイラは姪《めい》を抱きあげた。「ほら、抱いててあげるから、シェイマスの手にチョコレートを持たせてあげるといいわ。モーおばちゃんが置いたロザリオの横に」

モリーは柩にチョコレートを入れた。シャノンも同じようにした。こういうことをするのはどうかと言っていたブライアンでさえスニッカーズを持ってきていた。

ドアを開けて一般の弔問客を入れる時間になった。エイモンとケイティはまだ柩の傍らにひざまずいたままだった。やがて立ちあがって席の最前列に腰をおろした。最初の一時間が始まった。

パトリックはパブへ帰っていった。会場のわからない弔問客に〈フラナリーズ〉への道を教え、通夜に参列したあとでまたパブへ寄ってほしいということになっていた。

マイケルとジョシュとジーナが到着した。双子は連れていなかった。ジーナがモイラに、ベビーシッターを見つけることができたのだとささやいた。ジョシュは、モイラが店番をする時間になったらジーナと一緒に店へ行くと申しでた。モイラは、マイケルが一緒に帰ってくれることになっているので、そのときはここにいて、コリーンの店番のときに妹を連れて戻ってくれたらありがたいと言った。

そのあと大勢の弔問客が押しかけ、大変なにぎわいになった。シェイマスは結婚したことはなかったものの、それなりに女友達はたくさんいた。室内が混雑してきたので、モイラはロビーへ逃れた。祖国から一緒に移住してきた友人たちが、シェイマスの死を嘆き悲しむ声が室内からもれてきた。なかへ戻ったモイラは父親の隣に座った。人々が引きも切らずにやってきた。パブでの友人たち、造船所のかつての仕事仲間。みな、モイラと握手をしては、シェイマスはいい人間だったと口にした。再び彼女はひと息入れたくなって席を立った。部屋を出たところで、トム・ガンベッティとぶつかりそうになって驚いた。

「ぼくはお別れをしたくて来ただけなんです」ここにいることに困惑しているかのような口調だ。

「よく来てくださったわ。どうぞなかへ入って」

「ぼくなんかが来てよかったんでしょうか……？」

「もちろんよ。あとでパブへも来てちょうだい――時間があればだけど。歓迎するわ」

青年はうなずいた。

モイラは建物の正面に沿ってのびる窓つきの広い廊下へ歩いていった。ダニーが外のポーチにいるのが見えた。煙草《たばこ》を吸っていた。人が次々に近づいていった。ダニーは相手の話に耳を傾け、握手をしている。家族に代わってお悔やみの言葉を受けているようだった。銀髪の中年女性がダニーに歩み寄るのを見て、モイラは目を細めた。その女性は茶色の包みを抱えていた。彼は身をかがめて女性の頬にキスをした。わざわざ来てくれたことに礼を述べているらしかった。

帰っていくとき、女性は包みを持っていなかった。

「大丈夫かい？」マイケルがやってきてモイラの肩に腕をまわした。そしてその手をうなじへ移動させて、首をもんだ。

「ええ、大丈夫よ」

「そろそろパブへ帰る時間だ」

モイラはダニーが建物のなかへ戻ってくるのを見た。驚いたことにダニーは、使われていない空っぽの部屋へ入っていった。そこも弔問客が故人と最後の対面をする部屋のひとつだった。

「モイラ？」

「ああ、そうそう、帰らなくてはならないわね。ちょっと待ってて、マイケル、父に話をしてくるわ」

モイラは人込みのなかへ入っていった。なぜかわからないが、自分の行き先をマイケルには知られたくなかった。モイラはシボーンのところへ歩いていき、ダニーを見かけなかったかと尋ねた。

「いいえ、しばらく見てないわ」

「あそこの部屋へ入っていくのを見かけたように思うんだけど。わたしはパパと話してくるから、そのあいだに捜してきてくれない？　手伝ってもらいたいことがあるからって……運ぶものがあるのよ。すごく重たいの」

シボーンは歩み去った。ダニーがシボーンとともに出てきた。例の包みは持っていなかった。

モイラはふたりを避けて空っぽの部屋へ駆けこんだ。包みはなかった。だが、柩を載せる台に襞《ひだ》つきの大きな布がかぶせてある。駆け寄って布をまくった。茶色の包みがあった。触ってみる。銃ではなかった。モイラは安堵《あんど》のため息をついた。中身は大量のファイルだった。

　ドアのすぐ外で話し声がした。

「なにをしてほしいんだって？」ダニーの声だ。

「よくわからないの、ダニー。モイラはただ、あなたの手を借りたいと言っていただけだから」シボーンが答えた。

「ふーん、どこにいるんだろうな？」

「たぶんエイモンと一緒よ、柩のところじゃないかしら」

　ふたりは立ち去った。

　モイラは衝動的にファイルをいくつかつかむと、残りをもとの場所に突っこんだ。手にしたファイルをスーツの上着の下へ忍ばせて急いで部屋を出た。廊下にマイケルがいた。

「モイラ、みんなきみを捜しているよ。なにかを運ぶ必要があるんだって？」

「いいの、気にしないで。葬儀社の人たちがやってくれたわ。お花だったの」モイラは適当に浮かんだ言葉を口走った。「さあ、行きましょう」

「お父さんに断ってこなくていいのかい？」

「父にはわかるわ。行きましょう、マイケル。さあ、早く」

　パトリックは自分の車に乗っていった。モイラとマイケルはエイモンの車に乗った。途中、モイラは黙りこくっていた。マイケルは彼女の手の上に手を置いた。「愛してるよ」

　モイラは弱々しくほほえみかけた。

「いやによそよそしいじゃないか」

「もうじき全部終わるわ」

「そうだね」

　パブに着いた。店内は静かだった。代役のバンドが準備にかかっており、カウンターのなかにパトリックがいて、ビジネススーツ姿の客に給仕をしていた。客はカウンターのその男性ひとりで、テーブルのほうは空だった。

「帰ってきたわ、パトリック。あっちへ戻ってあげてちょうだい。シボーンは子供たちの相手をするのに疲れちゃったみたい。コリーンの番になったら、シボーンたちも一緒に帰ってきたらいいわ。ジョシュとジーナもコリーンと一緒に来るそうよ。そうしたら兄さんは、わたしがあっちへ戻るまで、パパとママについていてあげられるわ」

「そうだな」パトリックは首筋をもんだ。「じゃあ、向こうへ戻るとするか」彼は歩きかけて足をとめ、妹を見た。「大丈夫か？　まあ、いずれにせよ、マイケルもいることだし」

「ここへ入ってきて彼女を脅そうとするやつがいたら、ボトルで頭をかち割ってやる」マイケルは言った。

　パトリックはうなずいた。「そいつはいい」彼はコートをつかんで出ていった。

「マイケル、あのお客はビールを飲んでるだけだわ。しばらくカウンターのなかに入っててくれない？　わたしはダニーの部屋のシャワーを借りようと思うの」今がチャンスだと思い、モイラは言った。

「いいよ」

マイケルがカウンターのなかへ入ると、モイラはダニーの部屋へ急いだ。そしてクロゼットのなかをかきまわした。散らかっても、かまうことはなかった。

なにもなかった。

わたしがベッドの下をのぞいていたとき、ダニーは邪魔をした。ベッドの下へ這《は》っていったモイラは息をのんだ。

銃があった。火器のことはあまり知らないけれど、それは狙撃用ライフルに違いなかった。性能のいいハイテクのライフルで、望遠照準器がついていた。ベッドの下にテープでとめてある。モイラはベッドの下から這いでた。目に涙が浮かんでいた。こうなったら警察を呼ぶしかない。

立ちあがったときにめまいがしたので、モイラはベッドの端に腰をおろした。黒いスーツの上着の下に忍ばせてあるファイルが体にあたった。涙をこらえながらファイルを出した。最初のものに兄の名前があった。ぱらぱらとめくった。写真があり、経歴が記載されている。モイラの視界がぼやけていた。

次のファイルにはマイケル・アンソニー・マクレインの名が記されていた。モイラは涙をぬぐってのろのろとファイルを開いた。マイケルの写真が目に飛びこんできた。いや、これがマイケルの写真だろうか？

ぼやけている。涙のせいだ。そうだ……やっぱりマイケルだ。間違いない。濃い茶色の髪に、青い目、顔も同じ……。

「知られてしまったんだな。ゆうべ、あの淫売《いんばい》に見られたときから、ばれちまうんじゃないかと恐れていたんだ」

ドアが開いていた。なぜ開く音が聞こえなかったのだろう？　モイラは戸口を見つめた。マイケルが立っていた。彼はなかへ入ってドアを閉めた。

ちょうど向こうでバンドが演奏を開始した。ドアが閉まっていても防音の役には立たなかった。

〝知られてしまったんだな……あの淫売……〟

マイケルの写真。そっくりだ……よく似ている……だが、マイケルではなかった。

そう思ったとたん、疑惑がどっとわいてきた。モイラは必死に言葉を探した。「マイケル、ダニーはジェイコブ・ブローリンの暗殺をたくらんで――」

「ああ、もちろん、うまくいっていたんだ」彼は冷たく遮った。「もちろん、それが計画だった。きみにダニーを探らせ、ライフルを発見させる……しかし、本物のマイケル・マクレインの写真を見つけられるとは夢にも思わなかったよ」

ふいに真実が明らかになり、モイラは呆然《ぼうぜん》とした。その真実は、ずっと彼女の近くにあったのだ。あまりに恐ろしくて信じることができなかった。けれども……。

ああ、これが真実なのだ。それが今わたしに突きつけられたのだ！

モイラは立ちあがった。目は相手の目に釘《くぎ》づけになっていた。愕然《がくぜん》として叫ぼうという考えさえ浮かばなかった。心の片隅で、叫んでも無駄だとわかっていた。音楽が鳴り響いていたからだ。

「なんのことかわからないわ、マイケル」モイラは知らないふりを通すことにして小声で言った。「警察に電話しなくちゃ。ダニーはベッドの下にライフルを隠している——」

「そしてきみは、おれが自分で名乗っている人間ではないことを証明する書類を手にしている」彼は冷たく言うと、ドアに寄りかかってモイラを見つめた。青い氷の破片のような目だった。口から出てくる声は、モイラの知っている穏やかでなめらかなものではなかった。ざらついた、アイルランドなまり丸出しの話し方だった。「いいか、モイラ、おれは最初からきみと一緒になる計画を立てていた。だからこそ自分で選んだ職業にこうまで有能だったんだ。女を操るのが得意なのさ。しかし、信じてもらえないかもしれないが、きみを愛しているという言葉に嘘はなかった。本当のマイケル・マクレインになれる方法はないものかと、その可能性をずっと探ってきたよ。もちろん本物のマイケル・マクレインは死んでいる。この最後の任務で自由への勝利を勝ちえたら、普通の生活を送りたいと思っていた。きみと結婚してな。きみには古い友人をはめるのに手を貸してもらおうと考えた。やっと寝たりさせるつもりはなかったんだ。きみはやっと寝たんだろう？」

「ねえ、マイケル、あなたがなにを言ってるのかわからないんだけど」

「もちろんわかってるさ。ブラックバードだ。きみはパブでなにかが進行していると知っていた。ブローリン暗殺計画が進行していると。ここは密会の場所だった。ダニエル・オハラを暗殺の実行犯として逮捕させる——やつは身代わりとして申し分なかった。そのためにきみに役立ってもらう予定だったし、ここまではこちらの思惑どおりに運んできた。だが今になって……きみは知ってしまった。それだけでなく、おれを裏切ったよな、モイラ。おれを愛しているふりをして、やつと寝たんだ」

恐怖が、ことの重大さが、モイラを打ちのめした。彼女との仕事を得たときから、彼はこれを計画していたのだ。いや、それ以前からだ。おあつらえ向きの容貌《ようぼう》と経歴を持つ男を見つけて殺し、その男になりすまして仕事に応募し採用された。時間をかけてモイラに言い寄り、誘惑した。彼女の家族とパブの下調べをした。なにもかも徹底的に、用心に用心を重ねて遂行したのだ。そしてモイラと一緒にいないときには……。

売春婦を絞め殺していた。

「あなたを――あなたを愛してるわ、マイケル」モイラは嘘をついた。相手は彼女とドアのあいだに立っていた。

彼は首を振った。「いいや、おれたちの隔たりは大きすぎる。それにきみは、おれのことなど気にもかけていなかった。おれはきみを大切に思っていたのに。実際、きみはあの淫売どもとなんら変わっちゃいない。おれ以外のやつに目移りし、嘘をついて欺き、こそこそかぎまわりやがった。きみを殺さなければならないとは考えてもいなかったよ。それどころか、教会で結婚式をあげ、家族の一員として迎えられる、そんな空想をして時間をつぶしたものだ。愉快な空想だった。しかし、欺いてくれたことを感謝すべきかもしれない。なぜって、今が潮時だからだ。マイケル・マクレインは姿を消す。もちろん明日が終わったあとでな。しかし……そう、まずきみを片づけなくては。それからダニー・ボーイ、あいつはあとで処分しよう」

「マイケル、もうじき家族のみんなが帰ってくるわ。それに……あなたは考え違いをしている。あなたを愛してるわ。わたしたち――」

「ああ、モイラ、やめてくれ！　きみはばかじゃない。おれがばかでないのも知ってるな。きみのせいで計画が狂っちまったが……さあ、出かけよう」

「出かける？　ばかにしないで。あなたと一緒になんか、どこへも行かないわ」

彼が迫ってきた。モイラは飛びあがった。部屋の出口はドアしかない。そのドアへの道はふさがれていた。だが彼女は、生きのびるために必死の努力を開始した。声を限りに叫んだ。バンドの音より大声を出せば、誰かが聞きつけてくれるかもしれない。彼がベッドへ達した。モイラは部屋の反対側へ走った。望みはなかった。わきをすり抜けようとしたとき、髪を荒々しくつかまれた。再び叫んで逃れようとした。

相手の手を見たのは、そのときだ。

手袋をしていた。そして、むかむかするような甘ったるいにおいの布ぎれを持っていた。

モイラははじたばた暴れて、その手を避けようとした。蹴飛《けと》ばし、叫び、噛《か》みついた。手が、布ぎれが、彼女の口を覆った。

モイラは息を吸うまいとした。

結局は吸わなければならなかった。

床へ倒れるところを抱きとめられた。彼が抱き起こし、青く凍りつくような殺人者の目で見た。

やがて明かりが薄れだした。

しだいに暗くなって……。

世界は闇《やみ》に閉ざされ、存在しなくなった。


モイラはどこにもいなかった。ダニーはいらついていた。ファイルを受けとった直後に彼女が自分を捜していたことが呪《のろ》わしかった。大急ぎでファイルに目を通していき、マイケルのものを入念に調べだしたところだった。なにかがおかしいことにすぐに気づいた。シボーンに呼ばれたのは、そのファイルを見ていたときだ。

モイラを捜して葬儀場を端から端まで駆けずりまわった。女性用トイレの前でしばらく待ってもみた。浅い縁なし帽をかぶった銀髪の年配女性が出てきたので、失礼をわびて、シェイマスの遺体が安置されている部屋へ行った。家族のひとりひとりに尋ねてみた。モイラはここを離れることを誰にも告げていなかった。けれどもエイモンが、モイラは予定どおりマイケルとパブへ帰ったのだろうと言った。

そう聞いたとたん、ダニーの頭にひらめくものがあった。彼はファイルを隠しておいた空っぽの部屋へ急ぐと、誰に見られていようがおかまいなしに包みの中身を確かめた。

ファイルがいくつかなくなっていた。モイラが持っていったに違いない。なぜモイラだと思うのかはわからないが、彼女だという確信があった。

突然、彼の頭脳が見たことを分析処理した。

ダニーはファイルをほうり投げると、床に散らばったままにして廊下へ出た。大股に出口へ向かった。一刻も早くタクシーをつかまえなければ。だが、外へ出ようとしたところで呼びとめられた。

「あのう、パブへ行かれるんですか？」

若い男だった。濃い茶色の髪と、はしばみ色の目をしている。年は二十六、七くらいだ。

「きみは誰だ？」ダニーはぶっきらぼうにきいた。

「トム・ガンベッティです」

ダニーはうつろな目で若者を見た。過ぎていく一分一秒が惜しかった。

「タクシー運転手です。モイラを飛行場から家までお送りしました」

「タクシー運転手だと？」

「はい」

「タクシーはここにあるのか？」

「ええ、すぐ表に」

「よかった。これからパブへ行くんだが、乗せていってくれたらありがたい。できるだけ早く向こうへ着きたいんだ」

パブの前に駐車すると、ダニーはトムにそこで待っているように命じて店のなかへ駆けこんだ。カウンターにひとりいるだけの客が、ほったらかしにされているとこぼした。バンドのメンバーのひとりがやってきて客に声をかけた。「ねえ、お客さん、落ちついてください。ビールをお持ちしましょう。この家に不幸があったんです。よくないときでしたね」

ダニーは客を無視してバンドのメンバーに尋ねた。「モイラ・ケリーはどこだ?」

「ほんの数分前に男の人と帰ってきました。シャワーを浴びるとかひと休みするとかって奥のほうへ行ったんです。青い顔をしてました。友人に死なれたのがよほどショックだったんですね。男の人が様子を見に行って連れて出てくると、彼女は具合が悪いと言っていました。立っていられないほどだって。彼が支えていましたよ。そして、このままでは心配だから、家族のところへ連れていくと言って出ていきました」

ダニーは全身の血が凍る思いがした。自分の部屋へ駆けていってドアを勢いよく開けた。ベッドカバーがずれて、一方の端が床近くまで垂れていた。クロゼットのドアが開きっぱなしで、衣類が散らばっていた。

なにがあったにせよ、短時間の出来事だったに違いない。ダニーはドアを閉めた。バンドのメンバーはまだカウンターのなかにいた。

「どのくらい前に出ていった?」張りつめた声できいた。

「二分ほど前です。ほんとです。あなたが入ってくる寸前に出ていきました」

「ありがとう」

ダニーは通りへ走りでた。左右を見渡していると、タクシー運転手が窓から顔を出した。「あの、モイラを捜してるんだったら、今行ったばかりですよ。彼女、眠ってるようでした。手を振ったけど、運転している男は見向きもしなかった」

ダニーはタクシーに乗りこんだ。「Uターンして、ふたりを追いかけてくれ」

「追いかける？　そんなこと言われたって、ふたりがどこへ向かってるのか知らないんですよ」

「まだ出ていったばかりなら、すぐ見つかるだろう」

「ちょっと待って！　あなたは誰で、なにを――」

「いいからUターンしてあとを追うんだ。彼女の命が危ない」

トム・ガンベッティはその言葉を信じたようだった。タクシーの向きをぐるっと変えると、狂ったようにボストンの通りを疾走しはじめた。

「気をつけてくれよ。追いつく前に警察に捕まるのはごめんだからな。おい、あそこにいたぞ。彼女の父親の車に乗ってる。そこを曲がれ」

「ここは一方通行の――」

「とにかく曲がれ」

ガンベッティは言われたとおりにした。彼の運転技術が優れているのは認めざるをえなかった。黄褐色のステーションワゴンをすれすれでかわした。じきに彼らは本道へ戻ってエイモン・ケリーの車の三台後ろにつけていた。

「で、次はどうします？」ガンベッティは尋ねた。

「このままつけてくれ」ダニーは前方の車から目を離さずに答えた。信号に差しかかった。彼らはコルシカと配達用バンに挟まれていた。急にエイモンの車が曲がった。

「くそ、見失っちまう」ガンベッティは毒づいた。

「気にするな、やつの行き先はわかっている。できるだけ早く曲がってくれ」

ガンベッティはそのとおりにした。

「道路わきへ寄せるんだ」埠頭《ふとう》へ来ると、ダニーは言った。「おろしてくれ。それから頼みたいことがある」話しながら紙切れに数字を走り書きした。「この番号へ電話して、ダニエル・オハラの代わりにかけてると言うんだ。そしてできるだけ早く埠頭へ、〝シボーン〟へ来るように頼んでくれ。人の命がかかってると言うんだぞ。わかったな」

「ああ、もちろん」ガンベッティはポケットを探った。「携帯電話を持ってるんだ。ねえ、自分でかけたほうがいいんじゃないの？」

ダニーはすでに船が停泊しているほうへ駆けだしていた。


モイラは死んではいなかった。今のところは。頭がずきずきし、胃がむかついた。乱暴に振りまわされたような感じだった。

ゆっくりと目を開けた。なにか見えるようだけれど、薄暗くて色も形もぼやけている。声が聞こえた。男の声……話している。はっきり見えるように目をしばたたいた。モイラがいるのは小さなソファの上で、見えているのは狭いダイニングルームのようだった。テーブルに花が載っていた。ふいに、そこがどこなのかわかった。兄のヨットのなかだ。パトリックはいつもテーブルに花を飾っていた。妻のシボーンとシーズン最初のクルージングをするのに備えてだ。

男たちの声……口論している。何者だろう？　なにを話しているのだろう？　モイラは再び目をつぶって聞き耳を立てた。頭痛も吐き気も無視し、現在の状況を見定めて生きのびる道を探ろうとした。

「くそっ、あと一日なのに。必要なのはあと一日だったのに。ばかなことをしでかしやがって」

「わからないのか？　いまいましいことにファイルを持ってたんだぞ。写真がおれと違うことを知られてしまった」

「たいしたもんだ。知られたからには、今夜のうちに消してしまわなければならない。さもないと明日の計画がぱあになっちまう」

「ほかの計画を考えればいい。武器は最高のがあるんだ、あとはどこから撃つかだ。だが、おれには別の新しい身分証明書がいる」

「とにかくやり遂げなければ。おまえがモイラの近くにいることができたら完璧だったのに。すぐ近くにいて、なおかつ群衆のなかへ姿を消すことができたなら」

「そりゃ最高だっただろう。しかし、こうなったら計画を練りなおす必要がある。それもこれもダニエル・オハラのせいだ」マイケルが――彼女はその名前しか知らなかった――言った。

「最初にやつを片づけてしまえばよかったんだ」

「やつには身代わりに罪をかぶせることになっていた」

「腹が立つのは、あのくそ野郎も自分で言っていた人間ではなかったということだ。やつが秘密を知る立場にあるのは疑いない。そうでなかったら、どうしておまえに関する書類を入手できたんだ？」

「知るもんか。それより急ごう。船を沖へ出して、彼女を沈めちまわないと」

「どうして絞め殺してしまわなかったんだ？　絞め殺すのは、おまえの得意技じゃなかったのか？」

「船を出せ。おれは彼女が気を失ったままでいるか確かめてくる」

モイラの耳に足音が聞こえた。頭ががんがんしていたが、彼女はぱっと立ちあがった。パトリックは主船室の金庫に、弾のこもった銃をしまっている。銃を扱うのは得意ではないが、至近距離からなら外すことはあるまい。

モイラが主船室へ達するのと同時に、ハッチが開いた。マイケルの罵声《ばせい》が聞こえた。モイラは恐怖にわななきながらも、ドアを閉めて錠をおろした。ぶるぶる震える手で、格子づくりのクロゼットの扉を引き開け、金庫のダイヤルをまわした。

かちりと音がして番号が合った。

「モイラ、出てこい。心配するな、苦しまずにあの世へ行けるようにしてやる」

金庫が開くのと、船室のもろいドアが内側へ砕け散るのとが同時だった。

モイラは金庫に手を入れて銃を探った。なかった。

空っぽの金庫をのぞきこみ、振り返ってマイケル・マクレインだと思っていた男の目を見た。

彼は戸口から冷静にモイラを見つめていた。

「きみの兄貴もきみと同じくらい操りやすい人間だったよ、モイラ」彼は言った。「やっとアンドリュー・マガヒーがおれをこの船へ連れてきてくれた。いつの午前中だったか、きみが家族に一家の娘としてつくしていたときだ。そういう話は聞いてないだろう。おめでたいやつだよ、パトリックは。悪事がくわだてられているとは想像もできないんだな。おれが金庫を見つけたこともわかっていない。それにそういう金庫は……まあ、おれみたいな人間にとっちゃ、開けるのは朝飯前なのさ」

船室にはほかにも武器がある。きっと彼はそのことまでは知らないだろう。

モイラは狭い船室を脱兎《だっと》のごとく横切り、ベッドわきのテーブルのいちばん上の引きだしを開けた。そしてナイフをつかんだ。

ベッドの上にひざまずき、ナイフの柄《つか》を両手で握った。「それ以上近づいてごらんなさい、殺してやる、嘘じゃないわ」

彼はゆっくりと笑みを浮かべた。「モイラ・ケリー、きみに人殺しはできないよ、自分でもわかっているだろ。さあ、ナイフを渡すんだ」

モイラは相手が近づいてくるのを見てナイフを振りかざし、飛びかかってきたところへ切りつけて腕に深手を負わせた。彼は痛みを感じないようだった。右手でナイフをつかみ、左手でモイラの喉をつかんだ。彼女の手からナイフがもぎとられた。彼はモイラをベッドへ押し倒して腹の上へまたがり、指できつく喉を締めつけた。

「外海へ出るにはまだしばらく時間がかかる。なあ、モイラ、おれは嘘はつかない。本当にきみを愛してたんだ。一緒にいるのが楽しくてならなかった。そのおれを裏切ったことを、どうして謝ろうとしないんだ？」

　モイラは窒息寸前だった。

「答えられないのか？　悪かったな」

　彼は手をゆるめた。

　モイラはまだ動けなかったが、相手の目をのぞきこんで言った。「わたしがいないことに気づいたら、みんな捜しまわるわ。そうしたらあなたも見つかるのよ」

「パトリックのヨットできみを連れだしたなんて誰が考えつくんだ？」彼はにやりとしてきいた。「ああ、モイラ、こんな終わり方をしなきゃならないなんて残念だ。もう少し引きのばそうか？　おれを楽しませてくれるかい？　生きていたいだろ？　奇跡でも起こって死なずにすめばいいと願ってるんじゃないのか？」

　彼は手をのばしてモイラの顔に触ろうとした。

　突然、戸口で獣がうなるような怒声がした。

「彼女に触ってみろ、このくそ野郎、腹に穴を開けてやる。のたうちまわって死ぬことになるぞ！」

　ぎょっとしたマイケルがモイラの上から半ばおりた。

　ふたりともしばらく凍りついたように動かなかった。ダニーだった。いつものように髪を乱して戸口に立っていた。手に銃を持っている。望遠照準器つきの大きなライフルではなく小さな銃だが、狭い部屋では充分役に立ちそうだった。

ダニー。犯人だと思って責めた人が……。

「逃げろ、モイラ」ダニーは命じた。

モイラは逃げようとしたが、ナイフはまだマイケルの手にあった。立ちあがって逃げようとした瞬間、背中に切っ先を感じた。彼女は動くのをやめた。

「いいか、おれは若いころにこういう訓練を受けたことがあるんだ」ダニーは静かに言った。「彼女をちょっとでも傷つけてみろ、撃ち殺してやるからな。しかし見たところ、もうかなり傷つけたようだ。違うか？」

ダニーは狙《ねら》いを定めた。マイケルはナイフをほうりだした。

「裏切り者め」マイケルがダニーをののしった。「くそったれ、きさまこそブローリンを殺す役目を負うべきだったんだ。そうとも、この意気地なしが。戦いの最前線に立たなきゃいけないのに、その度胸もないときた」

「ああ、おれだって戦いの正しさは信じてるよ。だが、おれのは言葉と忍耐力による戦いだ。子供や罪のない人間を殺す戦いとは違う」

足音。モイラはダニーの背後から近づいてくる足音を聞いた。

ダニーもその足音を耳にし、振り返った。しかし、モイラは叫んだ。「ダニー、大丈夫よ。彼は警官なの」

その言葉を聞いて、ダニーは躊躇《ちゅうちょ》した。

カイルの銃が火を噴いた。弾丸がダニーの胸に命中した。ダニーの心臓に。

19

モイラは叫んだ。自分の命が危険にさらされたときより、もっと恐怖に満ちた悲鳴だった。彼女は駆け寄った。ダニーは腹這《はらば》いに倒れていた。だが、しゃがんでダニーの息がまだあるかどうかを確かめる前に、彼女はマイケルに腰をつかまれた。

「撃ったのはまずかったな」マイケルはカイルに言った。

モイラはマイケルの腕のなかで完全にヒステリー状態になっていた。相手の腕を引っかき、蹴《け》りつけ、つばを吐きかけた。涙で目がかすんでいた。「あなた！」怒りに駆られてカイルを怒鳴った。「警官なんでしょう！」

「警官だなんて言った覚えはない」

「ＦＢＩの――」

「そんなことはひとことだって口にしていないさ、ミス・ケリー。きみが勝手にそう思いたがっていただけだ。一日じゅう警察署の前に座って、きみがやってくるのを待っていたんだよ。ああ、ミス・ケリー、きみは自分の知りあいみんなを疑っていたな。おかげでこっちは大助かりだったよ」

モイラはダニーを殺した男に向かって脚を振りあげた。それが腹に入り、男は身を折り曲げて苦痛のうめきをもらした。

続いてモイラは後ろへ蹴りつけた。マイケルの脛にあたった。痛かったはずだが、彼はモイラをつかまえたままでいた。そしてお返しに彼女を壁へたたきつけた。モイラは頭がくらくらした。

「さすがアイルランド女だけのことはあるな、ミス・ケリー」カイル・ブラウンが歯のあいだから吐きだすように言った。「気の強い女の扱い方なら知ってるぞ」手の甲でモイラの頬を思いきり張った。

強烈な一撃だった。コンクリートへたたきつけられた水風船のように、モイラはぐったり壁にもたれて床にへたりこんだ。目から火が出た。

「やめろ、あんまり痛めつけてあざを残すのはまずい」マイケルは制止した。

「もっともらしく見えるようにしておく必要がある。やつが女をぶちのめして、女がやつを銃で撃った、そう見せかけるんだ。さて、行こうか、いつまでもぐずぐずしてはいられない」

モイラはマイケルに床から引きずり起こされるのを感じた。彼は力が強いが、ぐったりしている彼女の体は重かった。床に倒れているダニーの体が目に入った。モイラはまたもや苦悶《くもん》の叫びをあげようとしたが、唇が開いてくれなかった。

ダニーは銃の上に倒れていた。

しかし、ナイフはわずか数センチのところに転がっている……。

マイケルが彼女の重みに手こずっている隙《すき》に、モイラは体をずらして再び倒れた。今度はわざとだった。

ナイフの上に。

うまくナイフの柄《つか》を握ることができた。そして今度は引きずり起こされるに任せた。マイケルがモイラを押して通路のほうへ進ませた。通路は狭く、並んで歩くことはできなかった。先頭がモイラで、次がマイケル、その後ろをカイル・ブラウンがついてくる。通路を半分ほど進んだところで、彼女は行動を起こす決心をした。広い場所へ出てしまう前にやらなければ。怒りと苦痛がモイラに力を貸した。彼女は体をひねると、あらん限りの力をこめてナイフを突きだした。刃がマイケルの肉と筋を刺し貫いた。

ショックと痛みでマイケルは立ちどまった。呆然《ぼうぜん》とモイラを見つめていた。その目を彼女は、憎しみと侮蔑《ぶべつ》の涙に濡《ぬ》れた目で見つめ返した。彼の顔から血の気が引いた。

「さっさと進め、マイケル」カイルは命じた。

息のできないマイケルは、答えることができなかった。

その隙にモイラは駆けだした。通路を走り抜け、上甲板への階段を駆けあがった。甲板へ出ると、ハッチをばたんと閉めて錠をおろした。

モイラがそこからどいた直後、銃弾が一発、ハッチを貫いた。

ハッチの錠はじきに破られてしまうだろう。

次の銃弾がまたハッチを貫き……。

さらに次の銃弾が。

モイラは船尾へ走った。そこに救命ボートがつないであった。埠頭《ふとう》を離れた今、陸へ戻るには、その小さな救命ボートを漕《こ》いでいくしかない。彼女はひざまずくと、波に揺られるのを懸命に踏んばってロープをほどこうとした。海へ飛びこむほうがよくはないか、という考えが頭をよぎった。

長くは持たない、とすぐに考えなおした。この時期の海水は凍るように冷たい。あの黒々とした深みへ飛びこんでも、数分と持ちこたえられないだろう。

ちょうどロープがほどけたとき、背後からむんずとつかまれた。そして甲板へ引きずられていって乱暴にほうりだされた。

見あげると、マイケルがのしかかるように立っていた。彼は銃もナイフもなく素手だったが、ためらってはいなかった。腕をのばして、モイラの首を両手でつかんだ。

彼女はあらがった。希望を完全に失いながらも、生きのびようとする意志が彼女を闘争へと駆り立てた。相手の手首を殴りつけ、蹴飛ばし、腕に爪を立てた。それでも喉を締めつける手をゆるめさせることはできなかった。息が苦しくなる……。

どこか遠くで銃声がした。モイラは最初、ああ、これが死ぬときの音なのだと思った。

次の瞬間、不思議にもマイケルがいなくなって、息ができるようになった。

あえぎ、むせび、空気を吸い、目の前に広がる闇《やみ》のかなたを見ようとした。はじめのうち、舷《げん》側《そく》に打ち寄せる水の音しか聞こえなかった。そのうちに争いあう音がかすかに聞こえた。モイラは座りなおすと、激しくまばたきした。男がハッチへ覆いかぶさって倒れていた。両脚を甲板の上へ投げだしている。その先の船首のほう、操舵《そうだ》装置のそばで、ふたりの男が争っていた。

モイラは立ちあがった。よろよろと前へ歩く。ハッチの上に横たわっているのはカイル・ブラウンだった。目を開けているが、なにも見てはいなかった。死んでいた。

彼女はそこを避けてじりじりと進んでいったが、波でヨットが大きく揺れ、死体の上へ投げだされた。両足を踏んばって立ち、船首の近くへ到達したとき、ダニーとマイケルが組みあったまま海中へ転落するのが見えた。甲板から船べりにべっとりと血がついていた。

ダニーは撃たれた。弾丸は胸に命中した。それなのになぜ起きあがってきたのだろう。不思議だ。こんなに血を流していたら、死んでしまう。しかも今は海のなか……。

「ダニー」大声で名前を呼ぼうとしたが、かすれた声しか出てこなかった。

船べりへ走り、手すりから身を乗りだして下をのぞいた。水中から手が一本出ている。モイラは恐ろしいのをこらえ、必死に手をのばしてつかもうとした。

手のあとから頭が出てきた。モイラは愕然《がくぜん》とした。マイケルだった。憎悪と悪意が混在し、人間とは思えない形相をしている。

つかまれた手をぐいと引っぱられ、モイラは海へ落ちた。

冷たかった。あまりの冷たさに、一瞬、意識が遠くなりかけた。最初のうち、落ちた衝撃でつかまれていた手が離れたことに気づかなかった。凍《い》てつく暗黒の地獄の底へずんずん沈んでいくような感じがした。このままなにもせずにいたら死んでしまう。モイラは水を蹴って海面に出ようとした。波間に浮上したが、ヨットははるか遠くにあるように見えた。筋肉が働くのを拒み、腕が動かなかった。歯ががちがち鳴って、なぜか息を吸うのが難しい。それでも気力を振り絞って泳ぎだした。なんとかヨットまでたどりついたが、手すりが高くて届きそうになかった。

突然、下から押しあげられた。上半身が手すりまであがると、モイラはそれを乗り越えて甲板へ転がり落ち、はあはあとあえいだ。ダニーだ！　ダニーが生きているのだ。激しく体を震わせながら手すりから身を乗りだし、再び海中をのぞいた。冷たい波間をダニーが泳いでいた。彼が舷側まで来たので、モイラは引っぱりあげようと両手をのばした。

「ダニー」モイラは彼の目に金色の光が輝くのを見てささやいた。

次の瞬間、ダニーがまた海中へ引きずりこまれた。

「だめ！」叫んだつもりだったが、声にならなかった。マイケルがまだそこにいるのだ。今も生きていて、ダニーを攻撃しているのだ。モイラは死んだ男のところへ駆けていくと、死体を押し転がして銃を探した。銃を見つけると、さっきダニーが浮上した場所へ這うようにして戻った。モイラは両手で銃を構え、黒々とした水のなかに彼の姿を捜した。

波が立った……。

手が……続いて頭が現れた。こちらへ泳いでくる。手すりを指がつかんだ。

「モイラ、手を貸してくれ」

ダニーだ！

モイラは銃を置くと、ダニーをつかんで懸命に引っぱりあげた。どうにか手すりを越えさせることができ、ふたりはもつれて甲板に倒れた。

数秒間、横たわったままでいた。どちらも息が荒く、ぶるぶる震えていた。しばらくするとモイラはぱっと立ちあがって銃を握った。

ダニーも起きあがり、腕をのばして優しくモイラから銃をとりあげようとした。

「また襲ってくるかもしれないわ」

「いや」

「でも――」

「あいつはもう二度と浮かびあがってはこないよ、モイラ」

モイラは銃を渡しはしたものの、海面を見つめるのをやめなかった。自分がどのくらい凍えているのかにさえ気づかなかった。ダニーがやってきて肩に毛布をかけてくれた。それでも彼女はヨットに打ち寄せる波から目を離さなかった。真っ黒な海から。

ダニーは彼女を胸のなかへ抱き寄せた。「モイラ、あいつはもうあがってこないよ」そっと繰り返した。

そのとき、ぱたぱたという音がした。ヘリコプターが近づいてくる音だった。ダニーは大きく手を振りはじめた。拡声器から男の声がした。

「現在、沿岸警備隊が向かっています。沿岸警備隊が向かっています」

モイラはダニーに抱かれて頭上のヘリコプターを見あげていた。これで終わったのだと思うと、いっそう激しく体が震えた。

「あなた、生きているのね」モイラはがちがち鳴る歯のあいだから言った。「だけど銃で……銃で胸を撃たれたじゃない。すぐ近くから。わたしの目の前で……」

「最近、ちょっとばかり用心深くなっててね。防弾チョッキをつけていたんだ」

モイラはダニーを振り返った。体が氷のように冷えていることをほとんど意識していなかった。

「あなたは警官なの？　それなのに、わたしに黙っていた——」

「いや、モイラ、ぼくは警官ではない」

「だったら、何者なの？」

「一介のアイルランド人さ」ダニーは憂いに満ちた笑みを浮かべた。さらに説明しようと口を開けたが、思いなおして閉じた。そしていきなりモイラを両腕で抱き寄せると、唇に思いのこもったあたたかいキスをし、再び胸に抱きしめた。やがて、接近しつつある沿岸警備隊の船のエンジン音が聞こえてきた。

そして夜は更けていった。

20

その夜はいろいろと驚かされどおしだった。モイラが考えていたとおり、マイケル・マクレインは本当はマイケル・マクレインではなかった。本物のマイケル・マクレインはかなり以前から家族と疎遠になっている、映画だけが生きがいの孤独な男で、去年の十二月にニューヨークへ出てきてまもなく殺害されていた。マクレインはマクマレーと出会った直後のことである。マクレインはマクマレーが探し求めていた人間にまさにぴったりの男だった。また、カイル・ブラウンは警官ではなく、カイル・ブラウンという名前も偽名だった。FBIの捜査官にカイル・ブラウンという名前の人物はいたが、彼の名前が使われたのは、万一FBIにそのような人間がいるのかを照会されたときに備えてであろうとのことだった。

モイラの家のなかで進行していた複雑な状況を彼女に説明してくれたのは、最も意外な人物だった。ジェイコブ・ブローリンが、〝シボーン〟へふたりを救出しに来た沿岸警備隊の監視船に同乗していたという事実は、その夜のいちばん驚くべき出来事のひとつと言えるだろう。ブローリンにあたたかく抱きしめられたモイラは、自分の苦難が報われた気がしてうれしかった。しかし、ブローリンがダニーを迎える様子を見て目を丸くした。ブローリンにとってダニーは、まるで生き別れになっていた息子のようだった。モイラは何枚ものあたたかい毛布を体に巻き、湯気の立つココアのカップを手にして、ふたりの男性を見守っていた。

「それじゃあ、なにがどうなっているのか説明してくれない？」モイラは強い語調で言った。

「警官でないなら」彼女はダニーを責めた。「あなたはきっと……アイルランド政府の人間ね？

それとも北アイルランド議会の人？」

ダニーはかぶりを振った。「ぼくは作家兼講演者だよ、モイラ、いつもそう言ってきただろう」

「そしてわたしのきわめて親しい友人でもある」ブローリンは言った。

「実を言うと、ぼくたちが出会ったのは、きみのお母さんのおかげなんだ」

「わたしの母の？」モイラはぼんやりと問い返した。

ダニーは肩をすくめた。「ぼくはなによりも北アイルランドの平和を願っている。それを達成するためのぼくの仕事は、暴力によって生活を破壊された人々の人生を書くことなんだ。だが伯父のやり方では、つまり話しあいによってでは、なにも解決できないと思えたときがあったし、ぼくは完璧《かんぺき》な人間とはほど遠いから、一時期、暴力行為に走ったことがあった。こう行動しようと自分に誓ったやり方は、愚か者が抱く理想主義的な夢にすぎないと考えてしまったんだ。そのままだったら、今とは違う道を歩んでいたかもしれない。そんなとき、きみのお母さんが伯父にジェイコブ・ブローリンの名を教えた。その縁でぼくは彼とひと夏を過ごしたんだ」ためらったあと、また続けた。「今ではきみも知っているが、父と妹が撃ち殺されたのは本当の話だ。ぼくはふたりが死ぬのを見ていた。そしてその日、大人たちが憎みあっているせいで妹のような子供が殺されるなんてことは、二度とあってはならないと心に誓ったんだ」

「ダニーが犯しそうになった過ちを、わたしは実際にいくつも犯してきた」ブローリンは言った。「わたしの家族は代々プロテスタントで、わたし自身、かつてはオレンジ党員だった。そのわたしがカトリックの女性に恋をしてしまってね。家族が彼女を受け入れようとしなかったので、わたしがカトリックに改宗した……そしてその結果、いっそう厳しい現実を突きつけられることになった。しかし、それはまた別の話だ。現在、ダニーがそのことを執筆しているところだ」

モイラはダニーを見つめた。「なにが起こっていたのか、どうして教えてくれなかったの?」

「わたしが教えさせなかったんだ」ブローリンが代わって答えた。「マイケル・マクレインは一見非の打ちどころのない人間だった。われわれが恐れたのは、アンドリュー・マガヒーが連絡員で、きみのお兄さんを通じて連絡をとっているのではないかということだ。それからジェフ・ドーラン……彼は今は足を洗っているが、過去の経歴からして、疑惑の対象から外すことはできなかった。マクレインとお兄さんは、きみの愛情と信頼を勝ちえている。だから、きみが彼らに話さないという保証はない。われわれはカイル・ブラウンを疑っていたが、彼に対して行動を起こすわけにいかなかった。彼が会っている相手を、まだ突きとめていなかったからね」

「そして彼らはダニーをはめようとしたのね、彼のベッドの下に銃を隠して」

「ああ、そうだ。きみのハンドバッグが消えた晩のことを覚えているかい?」

「ええ」モイラは小声で言った。

「たぶんやつらは合鍵《あいかぎ》をつくるためにハンドバッグを盗んだのだろう。あとは機会を見てぼくの部屋へ銃を隠すだけでよかった。やつらはジェイコブを暗殺し、その罪をぼくに着せようとしていたんだ」

「それにしても、なにもかも……あまりに込み入ってるわ」モイラは深く息を吸った。「いったいどのように——」

「彼らはふたりとも〝アイルランド系アメリカ人解放人民同盟〟と名乗る過激派の分派に属していた。彼らに資金を提供しているアメリカ人は、自分たちの金は暴力によって身体障害者になった子供のために使われていると思っているが、実際はＩＲＡの武器調達資金になっているんだ。アメリカ政府がとり締まろうとしてきたが、なにぶん証拠不足で手が出せなかった。それだけ有能だったんだよ。書類の改竄《かいざん》や身分証明書の偽造はお手のものだったし、他人の命を奪うことも平気でやった」

「心配ではないんですか？　あなたを亡き者にしようとしている人間は、まだほかにもいるに違いありません」モイラはブローリンに言った。

「平和的な手段に反対する人間はいつだっているものだ」ブローリンは軽い調子で応じた。「しかし、わたしを支持してくれる人は大勢いる。それにわたしは両陣営に身を置いて、個々の悲劇をつぶさに見てきた。だから、本当の変化をもたらすことができるのではないかと信じているんだよ」

「すると、ダニー……あなたはジェイコブのために働いてるの？」

「いいや」

「ダニーはわたしの友人だ」ブローリンは言った。「それに彼は〈ケリーズ・パブ〉に顔がきくからね。われわれはきみのお父さんのパブでなにかがくわだてられているという情報をつかんだ。そこでわたしがダニーに電話をし、パブでの出来事を監視していて、うちのオフィスへ絶えず連絡を入れるように頼んだのだ」

いつのまにか再び体が震えだしたモイラは、ダニーを見て言った。「彼が話したことからして……たぶんマイケルが……ロバート・マクマレーが、売春婦殺しの犯人じゃないかしら」

ダニーがモイラの目を見つめ返した。彼にはモイラがどう感じているのかがわかったようだった。モイラは、人間の命をなんとも思っていない男を信頼し、その男と寝てしまったのだ。目的遂行の妨げになると見るや簡単に相手をあやめてしまうような男と。

ダニーの目がモイラの視線を受けとめた。「それについては、真実は永久にわからないだろう」

「岸はすぐそこだ」ブローリンは前方を指さして明るく言った。

救急車が待機していた。病院へ行きたくなかったモイラは大丈夫だと断ったが、ジェイコブ・ブローリンが承知しなかった。首にはっきりと青いあざができているではないか、それにダニーは肋骨《ろっこつ》が何本か折れている恐れがある、とブローリンは言った。

モイラは口もきけないほどびっくりしてダニーを見つめた。彼は肩をすくめた。「ああ、ジェイコブの言うとおりだろう。用心するようにジェイコブが警告してくれなかったら、ぼくは死んでいたに違いない。防弾チョッキのおかげで命は助かったものの、あれほど至近距離で撃たれたら……」

病院へ着いた。モイラはダニーの傍らを離れたくなかったが、手あてのために、優しく丁重に別の部屋へ連れていかれた。個室でダニーのX線写真の結果が出るのを待っていると、それまで警察と話していたブローリンが急に別の人物と話しはじめたのが聞こえた。

深みのある気づかわしげな父親の声がした。続いて兄や母親の声も聞こえた。

「わたしなら落ちついていますよ」ケイティ・ケリーがいささか甲高い声を出した。「とにかく娘に会わせてください」

その直後、ケイティが個室へ勢いよく入ってきた。カーテンのところで立ちどまり、患者用ガウンを着てベッドに横たわっているモイラを見た。

「エイモン！」すぐ後ろから入ってきた夫に向かって叫んだ。「見てちょうだい、あの人たちがわたしの娘をこんな目に遭わせて」

ケイティはそう言うなり気絶した。

幸いエイモンが近くにいて抱きとめた。

エイモンは娘を見た。「ああ、モイラ、母さんはわたしが知ってるうちでいちばん強い女性なんだがな――あんまりみんなを驚かさんでくれよ」

エイモンは妻から手を離して娘を抱きしめるわけにもいかなかった。看護人が来てアンモニアのガラス瓶を開けたあとで、意識をとり戻したケイティとともに、やっと家族は抱きあった。

続いてパトリック、コリーン、ジョーンも狭い部屋へ入ってきた。モイラは家族にキスされ、あたたかく抱擁されながら、自分を世界一幸せな人間だと感じていた。パトリックの腕に抱かれているときに、どうにかささやくことができた。「パトリック、謝らなくてはならないわ。ごめんなさい、わたし、兄さんのことを……」

「疑っていたというんだろ」パトリックはささやき返した。「いいって。かまやしないよ。おまえを愛してる。それより、ぼくのほうこそ謝らなくてはならない。目の前で進行していることに少しも気づかなかったんだ」

やがて警察が来て、モイラに話を聞きたいからと家族を部屋から追いだしたが、エイモンとケイティは出ていくのを拒んだ。

ケイティは警察にある程度話をする時間を与えたあと、断固たる態度で彼らを部屋から追い立てた。少し休んで体が回復したら、あなた方が必要なだけモイラに話をさせます、とケイティは有無を言わせぬ強い口調で断言した。

警察が去ると、モイラは母親に言った。「休んでなどいたくないわ。それよりもダニーに会いたいの」

「よし、会わせてやろう」エイモンは請けあい、医師に許可を求めて娘をダニーの部屋へ連れていった。ダニーは胸に包帯を巻かれたばかりで、ケリー家の者たちが家から持ってきた新しいシャツを着ているところだった。モイラは突然わっと泣きだして駆け寄った。

ダニーは彼女を抱きとめた。「ああ、モイラ、もう大丈夫だよ、本当だ。さあ、抱きしめてくれ。ただし、あんまり力を入れないでくれよ」

「彼は入院する必要があります」厳しい表情の担当医が言った。

「様子を見るためにでしょう」ダニーは医師に言った。「心配いりません、ここにいる人たちがぼくの様子を見ててくれます」モイラの目を見つめ、そっと言い添えた。「彼女ほどよく、ぼくを見ていてくれる人はほかにいません」

モイラはダニーの傍らを離れようとしなかった。どのみち今夜は、自分のベッドへ行ったところで眠れはしなかっただろう。子供を除いて、ケリー家の誰もが眠らなかった。朝になったら、シボーンが子供たちに最善の方法で事態を説明してやるに違いない。家族のみんなが帰宅したのは、朝の四時近くだった。九時に予定されているシェイマスの葬儀に変更はなかった。

エイモンが追悼の辞を述べた。感動的だった。モイラはコリーンと一緒にここでも《アメイジング・グレイス》を歌うことになっていたが、しわがれ声がまだ治っていなかったので、コリーンがひとりで歌った。美しい歌声だった。

シェイマスはみんなに送られてあの世へ旅立った。ジェイコブ・ブローリンは教会での葬儀に静かに参列し、墓地では、シェイマスは立派なアイルランド人であり立派なアメリカ人であったと短い弔辞を述べた。

モイラは数分間、ジョシュと部屋にこもって打ちあわせをした。モイラの声がうまく出ないのと、パレードでジェイコブ・ブローリンの車に同乗することになったのとで、生中継のアナウンサー役をコリーンがつとめることになった。

けれどもその午後にパブで行われたジェイコブ・ブローリンとのインタビューは、モイラ自らがやった。パブは聖パトリックの日の盛大なパーティーがたけなわで、家族全員が見守るなかでのインタビューだった。敵対する両陣営の言い分を公平に語ったブローリンは立派だった。北アイルランドの住民の多くが不満を抱えているのは当然で、なんとかそれを解消しなければならない。警察にもっとカトリックを採用する必要がある。政治家は住民の信頼をとり戻さなければならない。目標を達成するための道のりは長いが、平和へ向けて大きな前進があったのはたしかなのだ。「北アイルランドは美しい土地です」ブローリンは言った。「敵対する両陣営をひとつにしているもの、それは世界のみなさんにこの国の美しさを知ってもらいたいという思いです。旅行者を国民あげて歓迎します。われわれの未来は、すべての住民に公平な生活を提供できるか否かにかかっているのです。オスカー・ワイルドはかつてこう述べました。〝イギリス人に話し方を、アイルランド人に聞き方を教えることさえできれば、社会はずっと洗練されたものになるだろう〟われわれはみな話し方を学ぶ必要があります。同時に、聞き方も学ばねばなりません」

パブは一日じゅう誰でも入れるようになっていた。ブローリンの話を聞いて、店内にいた全員が心からの拍手を送った。顔見知りの客の多くは、家族にさまざまな出来事が振りかかったあとなのにエイモンが店を開けたことを驚いていた。

エイモンは言った。「なぜ開けてはいけないんだ？　パブを閉めておくだって？　わたしの人生でこれほどめでたい日はないというのに？　娘は命を危険にさらしたが、今こうして横にいる。家族や友人に囲まれて、わたしほど幸せな人間はいない。聖パトリックが天国から見守っていてくださったのだ。わたしは命ある限り神に感謝しつづけるよ」

事件を新聞やテレビがかぎつけないわけはなかった。〈ケリーズ・パブ〉の名はその日のうちにアメリカじゅうに知れ渡った。

つめかけたマスコミの相手はジョシュが引き受けた。彼は質問を四つないし五つに限定し、そのあとはパブへカメラを持ちこまないことを約束させた。

パブはてんてこ舞いだった。モイラはカウンターのなかにとどまると言い張って、グラスを洗いながら、記者たちの質問に答えるダニーの声に耳を傾けていた。

さすが講演者だけあってダニーは話がうまく、一部始終を簡単に説明した。最後にベテラン記者が質問した。「これからどうなさるんです、ミスター・オハラ？　故国へ戻って、アイルランドの政界入りを目指すんですか？」

「まさか、とんでもない」ダニーは答えた。「アメリカにとどまるつもりです。ええ、実は結婚しようと思っているんです」

モイラはびっくりしてグラスを水のなかへ落とした。ショックから覚めやらぬまま振り返ると、ダニーと目が合った。

「もし彼女がオーケーしてくれるなら」ダニーは穏やかに言った。

エピローグ

北アイルランド、ベルファスト
現在

町並みはすっかり変わっていた。今は通りに沿って美しい店が軒を連ねている。

ベルファストへ来るといつもするように、ダニーはしばし歩道に足をとめて、昔の記憶を新たにした。家族を失った悲しみにふけるためではない。かつて自分の家族だった者たちを思いだすためだ。

彼はベルファストを、そして北アイルランド全部を愛していた。つい昨日、アーマーやタラを訪れて、なだらかにうねる緑の丘を散策し、広々とした荒野の美しさを満喫したり、古代の魔法を感じたりしたばかりだった。そのあとベルファストへ戻り、こうして今、都会の喧騒《けんそう》に身を置いていた。

今日ここへ立つことは、彼にとって特別大切なことに思われた。この一年は人生で最高に幸せな年だった。

幼いころの出来事を忘れることは決してないだろう。家族を失った悲しみは、心の片隅に死ぬまで残るに違いない。たとえ悲しみは消えなくとも——消えさせてはならないのだが——心情に変化があった。実際、ペンは剣よりも強かった。ダニーは世界を変えるために、あるいは少なくとも自分を変えるために、大変な努力をした。亡くなった両親も誇りに思ってくれるだろう。そしてモイラ……モイラのおかげで、ダニーは心の平和を得ることができた。自分のなかに平和を見いだせなかったら、どうして他人に平和をもたらすことなどできるだろう。

「ダニー！」

モイラが通りをやってくるのが見えた。明るい黄緑色の服を着ていた。ぴったりしたスーツのせいで、脚の長さと腰のくびれが際立っている。陽光を受けて輝く髪が、肩の上で波打ち躍っていた。青緑色の目にかすかに気づかわしげな色を浮かべて近づいてくると、ダニーの手をとり、唇に軽くキスして目をじっと見つめた。

「あなた、大丈夫？」

ダニーはほほえんだ。「もちろんだよ」

「心配したわ。どこへ行ったのか知らなかったんですもの」

そうだった。ダニーは昼食の席をこっそり抜けだしてきたのだ。ホテルの広い舞踏室で、アンドリュー・マガヒーがアイルランドの孤児のために尽力したとして表彰されていた。アンドリューはひとりではなかった。彼とサリー・アデアはダニーたちの結婚式で紹介されたあと、ずっとつきあっていた。もちろんアンドリューは敬虔《けいけん》なカトリックのままだし、サリーは今でも魔女だ。ふたりはたぶんそのままでうまくやっていくだろう。アメリカではどんなことも可能なのだ。

ダニーはほとんどの祝辞を聞き、義兄が短い礼の言葉とともに記念銘板を受けとるところまで見ていたが、どこかの教授が演壇に立って長ったらしいスピーチを始めるや、街へ散歩に出たいという強烈な誘惑に逆らえなくなった。彼にとってここへ来るのはなによりも重要なことだった。生まれた街を訪れるたびに、彼はここへ来ることにしていた。

「ここがあの場所なのね？」

「ああ、そうだ」

モイラはダニーの手を握りしめた。「ダニー？」

彼は片方の眉をつりあげた。自分たちが夫婦であるのがいまだに信じられなかった。モイラをずっと愛してきたが、まだとても若いうちに、自分が彼女にふさわしい男ではないと悟った。自分の胸の奥に打ち負かさなければならない悪魔が巣くっているのを悟ったのだ。それから……。

モイラが傍らに横たわって震えているとき、彼女もまた恐ろしい記憶にさいなまれていることがわかった。彼女を愛していると言いながら、ほかの女たちとも寝て、用ずみになるや実験用の鼠《ねずみ》みたいに処分した男の恐ろしい記憶から、モイラはなかなか逃れられないでいるのだ。

とはいえ、全般的に見てふたりはかなりよくやってきた。結婚式は盛大だった。ボストンの家族の教会でのミサ、長いきらびやかなドレスとベールをまとったモイラ。衣装は伝統的な純白ではなく、白と銀と藤《ふじ》色を組みあわせたもので、モイラが身動きするたびに魔法をまき散らすように思われた。披露宴は当然ながら〈ケリーズ・パブ〉で行われた。

二週間のハネムーンを、カリブ海の離れ小島で過ごした。何時間もただ話をして過ごすこともあれば、ときには燃えたぎるように激しく愛しあい、またときには穏やかに愛しあうこともあった。いずれにせよ大切なのは、互いのために存在していること、絶えず一緒にいること、互いに過去への砦《とりで》となり、手に手をとって未来へと進んでいくことなのだ。

人生はすばらしい。ぼくにはモイラがいる。誰かをこれ以上愛するなんてできやしない。そしてまたこんなぼくを、これほどまでに愛してくれるとは。

これほど理解しあえるなんて信じられない。

ジェイコブ・ブローリンの人生と政治的信条を形成した出来事に関するダニーの本は、一カ月後に出版される予定だ。おそらくそうとうな論争が巻き起こるだろう。

それならそれでけっこうだ。ダニーはどちらかといえば論争を好んでいる。質の高い議論を戦わせることほど、そしてそれに勝利することほど、気持のいいものはない。もちろんモイラもかなり自説に固執するたちなので、ふたりは何度も熱のこもった論戦を行い、そのあとで許しあってすばらしい時間を過ごした。ダニーはニューヨークの〝在留外国人〟になった。モイラは結婚してわずか一年のあいだに六度も夫と一緒にアイルランドへ旅行した。最初の旅行は夫婦だけでベルファストを訪れ、北海岸のほうまで見てまわった。

二度目はダブリンへの旅行で、ジョーンをはじめ家族全員が同行した。シボーンや子供たちも一緒だった。そのときは一日をブラーニーへの小旅行にあて、子供たちに城を見せて、そしてもちろんブラーニー石にキスをさせた。ケイティ・ケリーは、そんなものへ孫たちにキスさせる必要はない、だってもう充分に口が達者なのだから、と冗談を言った。

楽しい旅だった。はじめてアイルランドへ連れてこられ、さんざん聞かされた物語の発祥の地を見せてもらうのは、子供たちにとってすばらしい経験だったに違いない。青々とした草原で丸丸太ったポニーに乗せてもらったときのモリーのはしゃぎようや、ぴかぴかの鎧《よろい》をまとった騎士の物語に熱中するブライアンの目の輝き、小さな町の風変わりな魅力にうっとりするシャノンの表情など、つき添っている大人たちのほうがうれしくなるほどだった。

モイラは一家の旅行を単なる旅行に終わらせなかった。自分の受け持つ番組の枠を広げ、自らのルーツを求めて外国へ旅するアメリカの旅行者たちというコーナーを設けたのだ。コリーンの顔は相変わらず何百もの雑誌の表紙に登場していたが、彼女は姉のために、より多くの番組のレポーター役を買ってでた。そのためモイラは旅行をする時間的なゆとりができた。ダニー自身にとっては旅行をするのは簡単だった。執筆は精神の鍛練である。もちろん想像力をかきたてる土地を片っ端から訪ねてまわり、古代から近代に至る試練と勝利の歴史を持ち帰るのは、執筆するにあたって大いに役立った。

すばらしい人生だ。これ以上の人生など想像もできない、とダニーは思った。

「ダニー」モイラは再び言った。

ダニーは自分の妻を見た。妻。彼はほほえんだ。「すまない、モイラ、ちょっと物思いにふけっていたんだ」

モイラは頭を振った。「心配だったわ、あなたが、その……ここへ来たと知って。わたしは家族のことを考えてみるの。パトリックにコリーン……両親。モリーやブライアンやシャノンを見て、そして実際に起こったことを考えてみると……とても耐えられなかったと思う……あなたのようには」

「ここへ来たのは、死んだ家族を心から愛しているからだ。彼らに挨拶《あいさつ》し、いつまでもぼくは一緒にいると告げるためなんだ」

モイラはほほえんだ。「あなたは家族の人たちがここにいると感じるのね？　あなたと一緒にいるのだと？」

「ああ、たぶん。だけどぼくは大丈夫だ、モイラ。もう何年も前から大丈夫だった。そしてきみと一緒になってからは、いっそう大丈夫だと思えるようになったよ」

買い物客が傍らを通り過ぎていった。犬を連れたかわいらしい女性がにっこりして挨拶の言葉をかけていった。ツイードの帽子をかぶった男性が帽子に手をやって挨拶した。

「ねえ……」

「どうしたんだ？」

「実を言うと、どこかでふたりきりになれたらと思っていたの……とても美しく、とてもロマンティックな場所で……」

「おいおい、ぼくの生まれた街は、とても美しくて、とてもロマンティックなんだよ」

「あら、わかってるわ、わかってるわよ。わたしが言ったのは、今泊まっているホテルのベッドルームみたいなところよ。淡い照明に、音楽に、花瓶の薔薇《ばら》の花……」

「アイスペールにシャンパンかい？　バスタブには石鹸《せっけん》の泡？　きみが身につけているのは泡だ

け、それも大切な場所を隠しているだけなんだろう?」

「まあ、そんなところね」

「気に入ったよ。さあ、行こう」

「待って、ダニー。わたしが言いたかったのは、あなたに話があるということよ。その話、たった今ここですることにしたわ」

「すばらしい。ぼくを燃えあがらせ、悩ましい気持にさせておいて、歩道に立たせておくってわけか。こんなところじゃなにもできやしないってのに」

「ダニー、わたしたちに子供ができるのよ」

それまでダニーは、これ以上の幸せはないと考えていた。けれどもモイラの言葉を聞いたとたん、それが間違いだったことを知った。さらに上をいく幸せがあったのだ。

「ぼくたちが……妊娠してるって?」

「いいえ、妊娠してるのはわたし。でも、わたしたちに赤ちゃんが生まれるのよ」

ダニーは妻を両腕に抱いた。そしてキスした。優しく、唇に、両の頬に、額に、再び唇に。

「アイルランド人の男の子が生まれるんだ」彼はささやいた。

「アメリカ人の女の子かもよ」モイラは言った。

ダニーはモイラの顔を両手で囲った。彼女の目をじっとのぞきこみ、また唇にキスをした。

「どっちだって最高だよ、こんなにうれしいことはない。ぼくは……ぼくは、感激でもう胸がいっぱいだ」彼はにっこりして空を見あげた。「聞いたかい、母さん? 孫ができるんだよ」突然、目に疑わしげな色を浮かべた。「たしかなんだろうね？」

「間違いないわ」

「もう一度検査したほうがいいんじゃないかな」

「どうして？」

「そうすれば、もう一度教えてもらうことができるからさ。ロマンティックな部屋で、音楽が鳴っていて、シャンパンがあって……」

「ダニー、わたしはこれからしばらくシャンパンを飲むわけにいかないのよ」モイラはきっぱりと言った。

「きみに飲ませようっていうんじゃないんだ。きみに、そう、シャンパンの泡を着せたらいいと思ってね」

「まあ」モイラは笑った。「さあ、行きましょうか？」

ダニーはモイラに腕をまわし、一緒に通りを歩きだした。

「なんてことだ、ぼくは震えてるぞ」ダニーは言った。「父親になるんだものな。アイルランド人の男の子の父親に」

「アメリカ人の女の子かもしれないわ」

「たぶん女の子だろう」ダニーは同意した。「アイルランド人の女の子だ」

「それともアメリカ人の男の子かもね」

「いいよ、きみの好きなほうで――最初はね」ダニーは軽口をたたいた。それからまた足をとめ、モイラの顔を両手で挟んでキスをすると、しっかり抱きしめた。「アイルランドの、そしてアメリカの、最高の伝統を、ぼくらの息子なり娘なりに伝えていこう」ダニーはそっと言った。

「まあ、ダニー、なんてすてきなのかしら」

「そう思うかい？」

「ええ」

「よし、じゃあ行こうか。どうしてもシャンパンを飲まずにはいられないよ」

訳者あとがき

ヘザー・グレアムは一九八二年に最初の小説を出版して以来、すでに百冊近い本を出し、それが世界十五カ国語に翻訳されて、総発行部数は二千万部を超えるという大変な人気作家である。主題もスコットランドを舞台にした歴史ロマンスあり、バンパイアものあり、南北戦争に題材をとったものあり、現代のサスペンスものありと、実に多岐にわたっている。その作者が今回とり上げたのは、北アイルランド紛争のテロリストにまつわる話だ。

といっても、舞台はアイルランドでなく、アメリカのボストンである。ボストンはニューヨークと並んでアイルランド系市民が多い都市だ。そこで三月十七日にはアイルランドの守護聖人である聖パトリックを祝って数千人が参加する盛大なパレードが催され、参加者は緑の服装をして街を行進する。緑はケルト民族のシンボルカラーである。その聖パトリックの祭日を実家で過ごそうとボストンへ帰郷した主人公が、折から訪米しているアイルランドの大物政治家を暗殺しようとする陰謀に巻きこまれてしまう。本書の主題は、アメリカへ飛び火した北アイルランド紛争と言ってもいいだろう。

一般に北アイルランド紛争とは、一九六〇年代後半に盛んになった少数派カトリック系住民の差別撤廃を目指す公民権運動が、プロテスタント系住民と衝突して以来先鋭化して起こった一連の事件をさす。直接的には英国治安部隊が北アイルランドに常駐するようになった一九六九年の時点を起源とするが、問題の根ははるかに深くて古く、十二世紀の昔にイギリスがアイルランドを征服したときにまでさかのぼる。以来、八百年にわたってアイルランドの歴史は圧政とそれに対する抵抗の歴史であった。十九世紀後半になってイギリスからの独立を求める運動が激化し、一九一六年にはダブリンで復活祭蜂起《ほうき》が勃発《ぼっぱつ》。そしてついに一九二二年、アイルランド自由国が成立した。だがその際、プロテスタント系住民が多数を占める北部六県だけは、カトリックが多数を占める南の二十六県と切り離されて、イギリスの統治下に留め置かれた。そしてそこでは、少数派のカトリックに対する差別政策がほとんど制度化され、一種のアパルトヘイトが雇用、教育、住宅、地方自治の各分野で強制的に実施されてきた。

六〇年代後半になって〝二級市民〟の扱いを受けていたカトリック系住民が〝一人一票〟の要求を掲げて公民権運動を展開、それを武装警察やプロテスタント組織が襲撃して多数の負傷者を出した。これに対抗するためにカトリックの過激派組織ＩＲＡがテロ活動を活発化し、以後、血で血を洗う抗争が繰り広げられてきている。

本書にはユニオニスト、ナショナリスト、オレンジ党員、リアルＩＲＡなどの名称が出てくるので、それを簡単に説明しておこう。イギリスとの連合《ユニオン》の継続・維持を求めるプロテスタントが〝ユニオニスト〟で、彼らは英王室に忠誠を誓う者たちでもあるので〝ロイヤリスト〟とも呼ばれる。彼らの過激派組織がアルスター防衛協会《UDA》とアルスター義勇軍《UVF》で、少数派カトリック教徒への無差別テロを続けてきた。〝オレンジ党〟はプロテスタントの秘密結社で、一九七五年に組織された。

これに対し、イギリスから分離して南の共和国との合併を目指すカトリックを〝ナショナリスト〟と呼び、その過激派がIRAである。九〇年代に入ってIRAがイギリスのブレア政権との話し合い路線に転じたことから、それに不満をもつ少数の者たちが九七年に〝リアルIRA〟を結成、現在も爆弾テロを繰り返している。本書でジェイコブ・ブローリン暗殺をたくらむのも、この一派に属する者たちであろうと思われる。

本書のなかに、アイルランド料理といえばじゃがいも、というところがある。アイルランドはもともと土地があまり肥えていないところへもってきて、イギリスの地主が高い地代を要求したものだから、地代を小麦などの穀類で払い、貧しい農民はじゃがいもを常食としていた。ところが一八四一年から三年間、このじゃがいもにウイルス性の病気が発生して大飢饉《だいききん》が起こった。一八四〇年当時、アイルランド全島の人口は八百万人を超えていたと推定される。それがこのじゃがいも大飢饉によって数年のうちに百万人が餓死し、百万人が国を捨ててアメリカ、カナダ、オーストラリアなどへ移住した。海外への移住はその後も続き、大飢饉以来現在まで、アメリカだけでも約七百万人のアイルランド人が移住したと言われる。そのためアイルランドの人口は一九六〇年ごろには南北合わせた全島で四百三十万人にまで減少した。その後回復し、現在では五百三十万人（南が三百七十万人、北が百六十万人）である。本書に、アイルランド本国よりもアメリカに居住するアイルランド人のほうが多いという箇所があるが、実際、アメリカには四千三百万人の、全世界となると七千万人ものアイルランド系の人々が住んでいると言われる。

本書中にタラという地名が出てくる。読者の皆さんはこの名前を聞いて、すぐに『風と共に去りぬ』を思い浮かべるにちがいない。ここに出てくるのはダブリンの北西三十五キロに位置する丘である。ここからは巨石時代の遺跡が発掘されている。また七、八世紀ごろには、群雄割拠していた小王国の領主の上に君臨する〝タラ王〟またの名を〝上王《ハイ・キング》〟が城を構えていた土地でもある。『風と共に去りぬ』のタラは、アイルランドから移住してアメリカ南部に入植し、大農場主となったスカーレット・オハラの曾祖父《そうそふ》が故国をしのんで自分の土地につけた名前である。このようにアイルランド系の人々はタラという地名に特別の思い入れがあるようだ。

二〇〇二年八月

風音さやか

訳者　風音さやか

1948年長野県生まれ。編集業務に携わりながら翻訳学校に通い、翻訳の道に入る。1990年よりハーレクイン社のシリーズロマンスを手がける。主な訳書に、ヘザー・グレアム『視線の先の狂気』（MIRA文庫）がある。

黒い鳥の唄

2002年11月15日発行　第1刷

著　　者／ヘザー・グレアム

訳　　者／風音さやか（かざと　さやか）

発 行 人／溝口皆子

発 行 所／株式会社ハーレクイン

東京都千代田区内神田1-14-6

電話／03-3292-8091（営業）

03-3292-8457（読者サービス係）

印刷・製本／大日本印刷株式会社

装 幀 者／林　修一郎

ISBN4-596-91051-0

MIRA文庫

ヘザー・グレアム
風音さやか 訳
視線の先の狂気
不思議な能力を持つマディスンはFBIの捜査に加わる。繰り返し見る悪夢の謎が解けたとき、待ち受けていた衝撃の事実とは……。

ヘザー・グレアム
笠原博子 訳
ミステリー・ウィーク
スコットランドの古城で、殺人劇の犯人捜しをするゲームの最中に城主夫人が謎の死を遂げた。3年後、同じ参加者が集いゲームを再開する。

リンダ・ハワード
松田信子 訳
炎のコスタリカ
捕らわれの屋敷から救い出してくれたのは、危険な匂いのする男。深い密林の中、愛の炎が熱く燃える。ロマンスの女王、MIRA文庫初刊行！

アン・メイジャー
細郷妙子 訳
一つの顔、二人の女
奇跡のような美貌をもつ、同じ顔の聖女と妖婦。天才外科医が運命を操り、女たちを愛憎の罠へといざなう。女性セブン連載漫画『ゴールド』の原作。

サンドラ・ブラウン
霜月　桂 訳
星をなくした夜
孤児たちを亡命させるため、ケリーは用心棒を雇い密林を抜ける。守ってくれるはずの男が最も危険な存在となった。情熱的な冒険ロマン。

サンドラ・ブラウン
松村和紀子 訳
侵入者
無実の罪で投獄された弁護士グレイウルフは脱獄を決行。逃走中に出会った女性写真家を人質にとる。全米ベストセラー作家初期の傑作。